ORGULLO Y PREJUICIO

T0303566

CLÁSICOS UNIVERSALES

Editorial Bambú
es un sello de Editorial Casals, SA

Título original: *Pride and Prejudice*

© 2010, Roser Vilagrassa Sentís, por la traducción
© 2010, Jordi Vila i Delclòs, por las ilustraciones
© 2010, David Owen, por el epílogo
© 2010, Montse Ganges, por el cuaderno documental
© 2010, Fernando Vicente, por la ilustración de cubierta
© 2010, Editorial Casals, SA, por esta edición

Casp, 79 – 08013 Barcelona
Tel.: 902 107 007
editorialbambu.com
bambulector.com

Coordinación de la colección: Jordi Martín Lloret
Diseño de la colección: Liliana Palau / Enric Jardí
Imágenes del cuaderno documental: © Age Fotostock, © Aisa,
© Album/akg-images, © Corbis/Cordon Press, © Getty Images.

Tercera edición: mayo de 2016
ISBN: 978-84-8343-375-1
Depósito legal: B-17216-2014
Printed in Spain
Impreso en Índice, SL
Fluvià, 81-87. 08019 Barcelona

ORGULLO Y PREJUICIO

JANE AUSTEN

TRADUCCIÓN DE
ROSER VILAGRASSA

ILUSTRACIONES DE
JORDI VILA I DELCLÒS

CLÁSICOS UNIVERSALES

Índice

TOMO I

CAPÍTULO I

Es una verdad universalmente aceptada que un hombre soltero que posee una gran fortuna necesita esposa.

Y aunque no se sepa nada sobre los sentimientos o la opinión de éste, cuando llega a un sitio nuevo, las familias del lugar están tan convencidas de esa verdad que consideran a ese hombre propiedad legítima de alguna de sus hijas.

—Querido señor Bennet —dijo un día la señora Bennet—, ¿te has enterado de que por fin han alquilado Netherfield Park?

El señor Bennet respondió que no.

—Pues sí —contestó su esposa—. La señora Long acaba de estar aquí y me lo ha contado.

El señor Bennet no contestó.

—¿No quieres saber quién se ha instalado? —preguntó ella con impaciencia, subiendo el tono.

—Tú quieres contármelo, y yo no tengo inconveniente en oírlo.

La sugerencia bastó como invitación.

—Bueno, querido, pues sí, te lo tengo que contar: la señora Long ha dicho que un joven acaudalado del norte de Inglaterra ha alquilado Netherfield; que llegó el lunes en carroza de cuatro caballos para ver la finca, y que le gustó tanto que enseguida se puso de acuerdo con el señor Morris. Tomará posesión a finales de septiembre, aunque algunos sirvientes llegarán al final de la semana que viene.

—¿Cómo se llama?

–Bingley.

—¿Está casado o soltero?

—¡Oh! ¡Soltero, querido, soltero! Un soltero acaudalado: dispone de cuatro o cinco mil libras al año. ¡Es perfecto para nuestras hijas!

—¿Por qué? ¿Ellas qué tienen que ver?

—Querido señor Bennet —respondió su esposa—, ¿por qué eres tan puñetero? Sabes de sobra que podría acabar casándose con una de ellas.

—¿Y con ese propósito se ha establecido aquí?

—¿Con ese propósito? ¡Qué tonterías se te ocurren! Aunque sí que podría enamorarse de una de tus hijas. Así que tan pronto llegue irás a hacerle una visita.

—¿Y por qué tengo que ir yo? Id tú y las niñas. O mejor: mándalas solas, porque siendo tan hermosa como ellas, a lo mejor le gustas tú.

—Querido, me halagas... Es verdad que de joven era hermosa, pero ahora no pretendo ser nada extraordinario. Cuando una mujer tiene cinco hijas crecidas ya no puede estar pensando en su propia belleza.

—En tales casos, querida, no suele quedar mucha belleza en la que pensar.

—Sí, bueno, pero tienes que hacer una visita al señor Bingley sin falta cuando llegue al vecindario.

—No te prometo nada.

—Piensa en tus hijas. Imagínate el buen partido que supondría para una de ellas. Sir William y lady Lucas están decididos a pasar a verle sólo por eso; ya sabes que no suelen visitar a los vecinos nuevos. Tienes que ir, porque nosotras no podemos hacerle una visita sin que antes la hayas hecho tú.

—La verdad es que eres demasiado escrupulosa. Estoy seguro de que el señor Bingley estará encantado de recibiros; le llevarás una nota de mi parte para garantizarle que le doy mi consentimiento para casarse con la que quiera (aunque tendré que decir alguna buena palabra para recomendar a mi querida Lizzy).

—Preferiría que no lo hicieras. Lizzy no es mejor que las demás, y no es ni la mitad de guapa que Jane, ni la mitad de graciosa que Lydia. Y aun así es tu preferida.

—Es que ninguna de las otras es tan digna de recomendación —replicó el marido—. Son todas bobas e ignorantes como las demás chicas. En cambio Lizzy tiene una agudeza que no tienen sus hermanas.

—Señor Bennet, ¿cómo puedes insultar a tus propias hijas? Disfrutas sacándome de quicio. No tienes compasión de mis pobres nervios.

—Te equivocas, querida. Siento un profundo respeto por tus nervios. Me acompañan desde hace mucho tiempo: veinte años hace por lo menos que te oigo hablar de ellos.

—¡Ay! Tú no sabes lo que sufro.

—Aun así, espero que te sobrepongas y vivas lo suficiente para conocer a muchos vecinos nuevos y jóvenes con fortunas de cuatro mil libras al año.

—Aunque vinieran veinte como él no serviría de nada si tú no fueras a visitarlos.

—Ten por seguro, querida, que cuando sean veinte iré a verlos a todos.

El carácter del señor Bennet era una extraña mezcla de vivo ingenio, humor sarcástico, reserva y capricho tal que los veintitrés años juntos no habían bastado a su esposa para comprenderlo. El de ésta, en cambio, era menos complicado. La señora Bennet era una mujer de pocas luces, escasa cultura y genio imprevisible. Cuando la disgustaban creía que era cosa de los nervios. Su misión en la vida era casar a sus hijas; y sus distracciones, las visitas y las novedades.

CAPÍTULO II

El señor Bennet fue uno de los primeros en visitar al señor Bingley. Había tenido la intención de ir a verle desde el primer momento pese a decirle a su esposa que no pensaba hacerlo, y hasta la tarde después de la visita ésta no lo supo. Su marido se lo reveló de la siguiente manera. Al ver que su segunda hija se adornaba un sombrero con una cinta, dijo de pronto:

—Espero que al señor Bingley le guste, Lizzy.

—Nunca sabremos qué cosas le gustan y qué cosas no le gustan al señor Bingley —se quejó su madre con resentimiento— si no quieres ir a visitarlo.

—Mamá, piensa —dijo Elizabeth— que lo conoceremos cuando se organice alguna reunión, y que la señora Long ha prometido presentárnoslo.

—No creo que la señora Long piense hacerlo. Ella misma tiene dos sobrinas. Es una mujer egoísta, hipócrita y no me merece ningún respeto.

—Ni a mí —dijo a su vez el señor Bennet—. Y me alegro de que no dependáis de su promesa.

La señora Bennet prefirió no responderle, pero al no poder contener la rabia regañó a una de sus hijas.

—¡Kitty, deja ya de toser de esa manera, por Dios! Apiádate de mis nervios. Me los estás destrozando.

—Kitty no sabe toser con discreción —dijo su padre—, y lo hace en momentos inoportunos.

—No toso porque me guste —replicó Kitty con mal humor.

—¿Cuándo tienes el próximo baile, Lizzy?

—Mañana faltarán dos semanas.

—¡Es verdad! —exclamó su madre—. Y la señora Long no vuelve hasta el día antes: no podrá presentarnos al señor Bingley, porque ni siquiera ella lo habrá conocido aún.

—En tal caso, querida, podrás anticiparte a tu amiga y presentárselo tú a ella.

—Imposible, señor Bennet, imposible si ni yo misma lo conozco. ¿Cómo puedes burlarte así de mí?

—Aplaudo tu prudencia. Una amistad de quince días no es mucho, la verdad. En quince días no se puede conocer bien a un hombre. Pero si nosotros no nos decidimos a presentárselo, otros lo harán; y al fin y al cabo la señora Long y sus sobrinas merecen una oportunidad. Por tanto, como ella lo entenderá como una atención, si tú no quieres presentárselo, ya lo haré yo.

Las chicas miraron fijamente a su padre, y la señora Bennet sólo exclamó:

—¡Qué tonterías! Pero, ¡qué tonterías!

—¿Qué significa esa exclamación tan tajante? —preguntó su esposo—. ¿Consideras una tontería las presentaciones formales y la importancia que se les concede? En eso sí que no puedo estar de acuerdo contigo. ¿Tú qué dices, Mary?, ya que eres una chica introspectiva, que lees grandes obras y luego las resumes.

Mary quería decir algo inteligente, pero no encontraba las palabras.

—Mientras Mary aclara sus ideas —prosiguió el señor Bennet—, volvamos al tema del señor Bingley.

—Estoy harta del señor Bingley —se quejó su mujer.

—Pues lamento oírtelo decir. ¿Y por qué no me lo has dicho antes? De haberlo sabido esta mañana no habría pasado a verle, te lo aseguro. Por desgracia, como la visita ya está hecha, ahora no podemos eludir el trato con él.

Las mujeres reaccionaron según él esperaba: quedaron boquiabiertas, y quizá la señora Bennet la que más. Sin embargo, cuando pasó el primer arranque de alegría, ésta aseguró que sabía desde el principio que su esposo pensaba visitar al señor Bingley.

—¡Qué detalle por tu parte, querido señor Bennet! Sabía que al final te convencería. Quieres demasiado a tus hijas para perder la oportunidad de conocer a un hombre como el señor Bingley. ¡Qué contenta estoy! Además, ha sido muy gracioso que hayas ido esta mañana y no hayas dicho nada hasta ahora.

—Bueno, Kitty, ya puedes toser todo lo que quieras —dijo el señor Bennet al salir, agotado por los arrebatos de alegría de su esposa.

—Tenéis un padre magnífico, hijas mías —les dijo en cuanto la puerta se cerró—. No sé cómo le podréis agradecer el favor que os ha hecho... ni yo, vaya. A nuestra edad no es nada fácil conocer a gente nueva cada día, os lo aseguro, pero por vosotras haríamos lo que fuera. Lydia, cielo, aunque seas la pequeña, me atrevería a decir que el señor Bingley bailará contigo en el próximo baile.

—¡Oh! —exclamó Lydia con decisión—. No me asusta nada, porque aunque soy la más pequeña, soy la más alta.

Pasaron el resto de la tarde hablando de cuándo el señor Bingley iba a devolver la visita de su padre y de cuándo debían invitarle a cenar.

CAPÍTULO III

A pesar de todas preguntas que la madre y las hijas hicieron al señor Bennet, no pudieron sonsacarle una descripción satisfactoria del señor Bingley. Lo abordaron de distintas maneras: con preguntas descaradas, suposiciones sutiles y conjeturas encubiertas. Y pese a la habilidad de las mujeres, el señor Bennet consiguió eludirlas todas. Al final tuvieron que conformarse con escuchar la información de segunda mano que podía ofrecerles lady Lucas, su vecina, y su descripción fue más que favorable. Sir William había quedado encantado con él. Era bastante joven, asombrosamente apuesto, sumamente agradable y, para colmo, pensaba asistir a la próxima fiesta con un grupo de amigos. ¿Qué más se podía pedir? El gusto por el baile facilitaba el enamoramiento, y había grandes esperanzas puestas en conquistar el corazón del señor Bingley.

—Si algún día veo a una de mis hijas felizmente instalada en Netherfield —dijo la señora Bennet a su esposo—, y a las demás igual de bien casadas, me daré por satisfecha.

A los pocos días, el señor Bingley devolvió la visita al señor Bennet, y estuvo con él diez minutos en la biblioteca. Esperaba poder ver a sus hijas, de cuya belleza tanto había oído hablar. Pero sólo vio al padre. En cambio, las muchachas tuvieron más suerte, ya que desde una ventana de arriba vieron al caballero, que llevaba un abrigo azul y un caballo negro.

Poco después mandaron al señor Bingley una invitación para cenar. La señora Bennet ya tenía previstos los platos que harían honor a sus aptitudes culinarias, cuando la respuesta a la invitación aplazó la cena: el señor Bingley debía ir a Londres al día siguiente, lo cual le impedía aceptar el honor de su invitación, etcétera, etcétera. La señora Bennet quedó muy disgustada. ¿Qué se le habría perdido al señor Bingley en la capital si hacía nada que estaba en Hertfordshire? Empezó a temer que siempre estuviera viajando y no pasara tiempo en Netherfield, como debía. Lady Lucas disipó un poco sus temores al sugerir que a lo mejor había ido a Londres para recoger a un nutrido grupo de amigos para el baile. Poco después corrió la voz de que el señor Bingley llevaría consigo al baile a doce damas y siete caballeros. Las muchachas lamentaron que fueran a asistir tantas damas, pero les alivió oír al día siguiente que sólo habían venido seis con él: cinco hermanas suyas y una prima. Y cuando el grupo entró en el salón de baile, sólo eran cinco: el señor Bingley, sus dos hermanas, el marido de la mayor y otro joven.

El señor Bingley era guapo y caballeroso, tenía un semblante agradable y una forma de ser natural y espontánea. Sus hermanas eran bien parecidas e iban a la moda. Su cuñado, el señor Hurst, apenas miró a los demás caballeros; y su amigo, el señor Darcy, enseguida atrajo la atención de los presentes por su altura y elegancia, sus hermosas facciones y su porte distinguido, así como por el rumor que circulaba a los cinco minutos después de entrar: tenía una renta de diez mil libras anuales. Los hombres opinaron que era un caballero distinguido, las señoras declararon que era mucho más guapo que el señor Bingley, y fue objeto de admiración durante buena parte de la velada, hasta que sus modales causaron una indignación general y, en consecuencia, un cambio de opinión sobre su popularidad. Y es que se descubrió que era orgulloso, que se creía superior a quienes le rodeaban y que no era fácil contentarle. La gran extensión de su finca de Derbyshire no lo eximía de tener una expresión severa y antipática, ni de no ser digno de comparación con su amigo.

El señor Bingley no tardó en darse a conocer entre las personas más importantes de la sala. Era alegre y abierto y no se saltaba un solo baile. También lamentó que el baile acabara tan pronto y comentó que él mismo ofrecería uno en Netherfield. Su simpatía hablaba por sí sola. ¡Qué diferencia entre él y su amigo! El señor Darcy sólo bailó una vez con la señora Hurst, y otra con la señorita Bingley, se negó a que le presentaran a cualquier otra dama, y se pasó el resto de la noche deambulando por la sala o hablando ocasionalmente con los de su grupo. Estaba claro: el señor Darcy era el hombre más orgulloso y antipático del mundo, y nadie esperaba que volviera a aparecer por allí. Entre los presentes, despertó especial antipatía a la señora Bennet, pues a la aversión general que tenía por el señor Darcy se sumó la ofensa por haber despreciado a una de sus hijas.

Y es que, debido a la escasez de caballeros, Elizabeth Bennet había tenido que quedarse sentada durante dos bailes; entonces oyó sin querer una conversación entre el señor Darcy y el señor Bingley, en un momento en que éste había interrumpido la diversión para pedirle a su amigo que bailara también.

—Vamos, Darcy —le dijo—, tienes que bailar. No soporto verte ahí de pie solo como un bobo. Te lo pasarás mejor si bailas.

—No pienso hacerlo. Ya sabes que lo detesto si no conozco bien a mi pareja. Y en una fiesta así sería insoportable. Tus hermanas están comprometidas, y no bailaría con otra mujer de la sala porque sería una condena.

—No seas tan quisquilloso —se quejó Bingley—. ¡Por lo que más quieras! No he visto en toda mi vida a tantas mujeres encantadoras como esta noche. Y hay varias de belleza extraordinaria.

—Sólo hay una mujer guapa en toda la sala, y eres el único que baila con ella —dijo el señor Darcy mirando a la mayor de los Bennet.

—¡Oh! ¡Es la cosa más hermosa que han contemplado mis ojos! Pero justo detrás de ti está una de sus hermanas, que también es muy guapa y además parece muy simpática. Permítame que le pida a mi pareja que te la presente.

—¿A cuál te refieres? —preguntó.

Se dio la vuelta y se quedó mirando a Elizabeth, hasta que ésta lo miró. El señor Darcy apartó la vista y añadió con indiferencia:

—No está mal, aunque no es lo bastante hermosa para tentarme. Y ahora no estoy de humor para atender a chicas con las que otros no quieren bailar. Sigue bailando con tu pareja y disfruta de sus sonrisas, porque conmigo pierdes el tiempo.

El señor Bingley le hizo caso, su amigo se alejó y Elizabeth no se movió de su sitio, aunque con sentimientos nada cordiales por él. Pese a todo, se lo contó a sus amigas con buen humor, pues era de natural alegre y traviesa, y cualquier cosa ridícula la divertía.

En general, toda la familia pasó una velada agradable. La señora Bennet se alegró de ver la admiración que su hija mayor había despertado entre los anfitriones. El señor Bingley había bailado con ella dos veces, y las hermanas de éste no le habían quitado los ojos de encima. Jane estaba igual de encantada que su madre, pero no dijo nada, pero Elizabeth se dio cuenta de lo contenta que estaba su hermana. Mary había oído a alguien decir de ella a la señorita Bingley que era la muchacha más instruida del lugar, y Catherine y Lydia habían tenido la suerte de contar con parejas toda la noche, cosa que a su edad era lo único que les importaba en un baile. Así que la familia volvió animada a Longbourn, el pueblo donde vivían y del cual eran los habitantes más importantes. Al llegar a casa encontraron al señor Bennet todavía despierto. Había perdido el sentido del tiempo enfrascado en un libro y, en esa ocasión, además sentía mucha curiosidad por saber cómo había ido la fiesta que tanta expectación había despertado. A decir verdad, esperaba que su esposa hubiera vuelto decepcionada después de lo mucho que habían imaginado sobre el forastero. Pero al poco rato supo que la impresión había sido muy distinta.

—¡Oh, querido señor Bennet! —exclamó su mujer al entrar en la sala—. Hemos pasado una noche deliciosa, ha sido un baile extraordinario. Tendrías que haber venido. Jane ha despertado tanta admiración... nunca he visto nada igual. Todos comentaban lo guapa que estaba, y al señor Bingley le ha parecido muy hermosa y ha bailado con ella dos veces. ¿Qué te parece, querido?: ha bailado con ella dos veces. Y ha sido la única a la que ha sacado a bailar dos veces. Primero se lo ha pedido a la señorita Lucas. Cuando lo he visto, me ha dado mucha rabia, pero luego no ha mostrado mucho interés en ella. Porque, la verdad, ¿quién va a interesarse por esa? Pero cuando ha visto bailar a Jane... ha quedado fascinado. Así que ha preguntado quién era y se la han presentado, y entonces le ha pedido que bailara con él la siguiente serie de dos bailes. Luego ha bailado la tercera con la señorita King, y la cuarta con Maria Lucas, y la quinta otra vez con Jane, y la sexta con Lizzy... y también ha bailado el *boulanger*.

—Si el señor Bingley se apiadara de mí —se quejó su esposo con impaciencia—, ¡no habría bailado tanto! Por Dios, deja ya de hablar de sus parejas. ¡Ya podría haberse hecho un esguince en el primer baile!

—¡Ay, querido! —prosiguió la señora Bennet—. Ese hombre me ha cautivado. ¡Es de lo más apuesto! Y las hermanas son encantadoras. En mi vida he visto vestidos tan elegantes como los que llevaban. Diría que el encaje bordado en el de la señora Hurst...

El señor Bennet volvió a interrumpirla, pidiéndole que se ahorrara la descripción de la indumentaria. Pero como no podía contenerse de comentar otros aspectos del baile, le habló con resentimiento y exageración de la grosería indignante del señor Darcy.

—Pero te aseguro —añadió— que Lizzy no pierde nada por no ser de su gusto, porque es un hombre horroroso y antipático, y no merece que le hagan caso. ¡Es tan altivo y engreído que no hay quien lo soporte! ¡Se paseaba de acá para allá como si fuera mejor que los demás! ¡Que Lizzy no es lo bastante hermosa para bailar con él! Me habría gustado que hubieras estado allí, querido, para ponerlo en su sitio, como sabes hacer. Detesto a ese hombre.

CAPÍTULO IV

Cuando Jane y Elizabeth quedaron a solas, aquélla, que hasta ese momento se había comedido al elogiar al señor Bingley, confesó a su hermana que éste le gustaba mucho.

—Es tal como ha de ser un hombre joven —dijo—: sensato, divertido, alegre... además, nunca había conocido a nadie con tan buen humor, tan desenvuelto... ¡y a la vez tan educado!

—Además es muy guapo —respondió Elizabeth—, como ha de ser (si es posible) un hombre joven. Y esto lo convierte en el hombre ideal.

—Me he sentido muy halagada cuando me ha sacado a bailar la segunda vez. No me esperaba ese cumplido.

—Ah, ¿no? Yo sí. Pero, claro, ésa es una de las grandes diferencias entre tú y yo: a ti los cumplidos siempre te cogen por sorpresa, y a mí nunca. Lo normal es que volviera a sacarte a bailar. Era inevitable que el señor Bingley se diera cuenta de que eres cinco veces más guapa que cualquier otra mujer de la sala, así que no hay que agradecerle la galantería. La verdad es que es muy simpático, así que apruebo que te guste. Porque ha llegado a gustarte tanta gente estúpida...

—¡Lizzy!

—Ya sabemos que tiendes demasiado a mirar con buenos ojos a la gente en general. Nunca ves defectos en nadie. Todo el mundo te parece bueno y simpático. En mi vida te he oído hablar mal de un ser humano.

—Prefiero no censurar a alguien antes de conocerle bien, pero también digo siempre lo que pienso.

—Ya lo sé, y precisamente eso es lo increíble: que siendo tan prudente veas siempre con buena fe los disparates y las estupideces de los demás. Fingir franqueza es algo muy corriente, lo hacen muchas personas. Pero ser franco sin ostentarlo o sin proponérselo, o sacar lo mejor de los demás, e incluso mejorarlo, excluyendo las vilezas... eso solamente lo haces tú. Bueno, y supongo que también te habrán causado buena impresión las hermanas de este caballero, ¿no? Aunque no son tan simpáticas como él.

—No, es verdad que al principio no. Pero luego, cuando hablas con ellas, son muy simpáticas. La señorita Bingley tiene pensado vivir con su hermano y llevar la casa. Y me equivocaría si dijera que no será una vecina estupenda.

Elizabeth la escuchaba en silencio, pero sin mucha convicción. En la fiesta las hermanas Bingley no habían gustado demasiado en general; y Elizabeth, que era más sagaz y menos comprensiva que su hermana, y cuyas opiniones no se alteraban fácilmente con halagos, no tenía la misma buena opinión de las hermanas Bingley. Cierto que eran damas refinadas; tenían buen humor si las contentaban y podían ser simpáticas cuando querían, pero eran orgullosas y engreídas. Eran bastante hermosas, habían estudiado en una de las mejores escuelas de la capital, poseían una fortuna de veinte mil libras al año y estaban acostumbradas a derrochar y a relacionarse con personas de clase alta. Todo esto las convencía de que valían mucho y de que los demás eran inferiores. Pertenecían a una familia respetable del norte de Inglaterra, lo cual les importaba más que el hecho de que su fortuna, así como la de su hermano, procedía de la actividad comercial.

El señor Bingley había heredado de su padre un patrimonio de casi cien mil libras. En vida, el difunto siempre había querido comprar una finca, pero no vivió suficiente para cumplir su deseo. El señor Bingley tenía la misma idea, y alguna que otra vez se había interesado por alguna propiedad de su condado. Sin embargo, ahora que disponía de una buena casa y de la libertad que le proporcionaban las tierras, quienes lo conocían y sabían que era un hombre sencillo dudaban que no fuera a pasar el resto de sus días en Netherfield y dejar en manos de la siguiente generación la adquisición de una finca.

Sus hermanas ansiaban que tuviera una finca propia. Sin embargo, aunque de momento sólo fuera arrendatario, la señorita Bingley no ponía reparos en ocupar la cabecera de su mesa, y su otra hermana, la señora Hurst, casada con un hombre más distinguido que rico, no estaba menos presta a considerar la casa de su hermano como la suya propia si le convenía. Cuando aún no hacía dos años que el señor Bingley había alcanzado la mayoría de edad, le sedujo la idea de visitar Netherfield House gracias a una recomendación fortuita. Visitó la casa y sus alrededores durante una media hora. La situación y las salas principales le gustaron, quedó satisfecho con los elogios que el dueño dedicó a la propiedad y, sin pensarlo dos veces, decidió alquilarla.

Él y Darcy eran íntimos amigos a pesar de ser muy distintos. Darcy apreciaba a Bingley por su carácter espontáneo, franco y dócil, aun cuando él era todo lo contrario y cuando él parecía insatisfecho con el suyo. Y Bingley confiaba plenamente en la estima de su amigo y respetaba su criterio. Darcy era más inteligente. No es que Bingley no lo fuera, pero Darcy lo era mucho más. Al mismo tiempo era altanero, reservado y exigente y, pese a haber recibido una buena educación, su trato con los demás dejaba mucho que desear y, en esto, su amigo lo aventajaba. Bingley caía bien allá donde fuera y, en cambio, Darcy ofendía a todo el mundo.

Sus comentarios de la fiesta de Meryton bastaban para ilustrarlo. Bingley jamás había conocido a personas tan simpáticas ni a muchachas más guapas en toda su vida; todo el mundo había sido amabilísimo y atento con él, sin rigideces ni formalidades, y al poco ya tenía la sensación de conocer a todos los presentes; en cuanto a la señorita Bennet, no podía imaginar un ángel más hermoso. Darcy, en cambio, tuvo la impresión de haber conocido a un grupo de gente tosca y sin gracia, carente de interés, y del que no había recibido ninguna muestra de atención o simpatía. Reconoció que Jane era hermosa, pero sonreía demasiado.

La señora Hurst y su hermana le dieron la razón, pero también dijeron que les había caído bien, que era una muchacha con encanto y que no les importaría conocerla mejor. Se llegó, pues, a la conclusión de que la señorita Bennet era una joven encantadora, con lo cual su hermano pensó que tenía su aprobación para pensar de ella lo que él quisiera.

CAPÍTULO V

A poca distancia a pie de Longbourn vivía una familia muy amiga de los Bennet, los Lucas. Sir William Lucas había sido comerciante en Meryton. Allí había hecho fortuna y había tenido el honor de recibir el título de «sir» gracias a un discurso dirigido al Rey durante su mandato como alcalde. La distinción se le subió a la cabeza y acabó aborreciendo su negocio y su vida en aquel pueblo de tradición comercial. Así que renunció a ambos y se trasladó con su familia a una casa a poco más de kilómetro y medio de Meryton, llamada en esa época Lucas Lodge. Allí podía disfrutar a sus anchas de su propia importancia y, una vez liberado del trabajo, dedicar su vida a ser cortés con todo el mundo. Y aunque su posición lo había envanecido, no lo había vuelto desdeñoso. Al contrario: era muy atento con todos. Siendo de por sí inofensivo, simpático y servicial, su presentación en el palacio de St. James lo había convertido, además, en un hombre educado.

Lady Lucas era una buena mujer, aunque no lo bastante lista para ser una vecina valiosa para la señora Bennet. Tenían varios hijos. La mayor, Charlotte, una joven sensata e inteligente de unos veintisiete años, era amiga íntima de Elizabeth.

Para las señoritas Lucas y las señoritas Bennet era imprescindible reunirse para hablar después de un baile. De modo que a la mañana siguiente de la fiesta de Meryton, aquéllas fueron Longbourn para intercambiar impresiones con las hermanas Bennet.

—Tú empezaste la noche con buen pie, Charlotte —dijo la señora Bennet a la señorita Lucas, lisonjeándola por consideración—. Fuiste la primera a la que el señor Bingley sacó a bailar.

—Sí... pero por lo visto prefirió a la segunda.

—¡Oh!, ¿te refieres a Jane?... claro, porque bailó con ella dos veces. La verdad es que sí, que al parecer se fijó en ella... De hecho, yo creo que así fue, porque oí algo... aunque ahora no recuerdo qué... algo que dijo el señor Robinson.

—Quizá se refiera a la conversación que oí del señor Bingley con el señor Robinson. ¿No se lo conté? El señor Robinson le preguntó qué le parecían los bailes de Meryton, si no pensaba que había muchas mujeres hermosas en la sala y cuál le parecía la más bella. Y a la última pregunta, le respondió sin pensarlo dos veces: «¡Oh!, la mayor de las hermanas Bennet, sin lugar a dudas.»

—¿De verdad? Vaya, pues parece que lo tenga muy claro. Como si... Bueno, pero al final podría no ser nada.

—Este comentario era más correcto que el que tú oíste, Eliza —dijo Charlotte—. No merece tanto la pena escuchar al señor

Darcy como a su amigo, ¿verdad? ¡Pobre Eliza! Se atrevió a decir que Elizabeth «no estaba mal».

—Te ruego que no incites a Lizzy a enfadarse porque hablara así de ella. Además, es un hombre tan antipático que gustarle sería una desgracia. La señora Long me dijo anoche que lo tuvo sentado al lado media hora y no abrió la boca ni una sola vez.

—¿Estás segura, madre? ¿Seguro que no te confundes? —dijo Jane—. Porque yo la vi hablando con el señor Darcy.

—Sí, claro, porque al final ella le preguntó qué le parecía Netherfield, y él no se pudo librar de contestar. Pero la señora Lucas dice que parecía muy molesto por haberse dirigido a él.

—La señorita Bingley me dijo —aseguró Jane— que no suele hablar mucho, salvo con sus amigos íntimos. Y que con ellos sí que es la mar de agradable.

—Pues yo no me lo creo, cariño. Si fuera un hombre tan agradable le habría dirigido la palabra a la señora Long. Ya me imagino por qué fue. Todos dicen que es muy orgulloso: seguro que en algún momento se enteró de que la señora Long no tiene carruaje y que había alquilado una calesa para ir al baile.

—A mí me da igual que no quisiera hablar con la señora Long —dijo la señorita Lucas—, pero me habría gustado que hubiera bailado con Eliza.

—Yo que tú, Lizzy —dijo su madre—, no bailaría con él si te lo pide la próxima vez.

—Madre, puedo prometerte que nunca pienso bailar con él.

—El orgullo —dijo la señorita Lucas— me suele molestar, pero en este caso no, porque está justificado. Es normal que un joven tan refinado, de buena familia, rico, con tanto a su favor, se tenga en tan alta estima. Digamos que tiene derecho a ser orgulloso.

—En eso tienes mucha razón —respondió Elizabeth—. Y a mí no me importaría disculpar su orgullo... si no hubiera atacado el mío.

—Yo creo que el orgullo —observó Mary, a quien le molestó la contundencia de aquella reflexión— es un defecto muy común. Es más, por todo lo que he leído, estoy convencida de que es muy común; que la naturaleza humana es propensa a este sentimiento y que somos pocas las personas a las que no nos gusta destacar por nuestras cualidades ya sean reales o imaginarias. Aunque la vanidad y el orgullo son dos palabras distintas, a menudo se usan como sinónimos. Se puede ser orgulloso sin ser vanidoso. El orgullo está relacionado con la opinión que tenemos de nosotros mismos; la vanidad, con lo que nos gustaría que los demás pensaran de nosotros.

—Si yo fuera tan rico como el señor Darcy —gritó el hermano pequeño de los Lucas, que las había acompañado—, me daría igual ser orgulloso. Tendría una jauría de perros de caza y me bebería una botella de vino al día.

—Entonces beberías demasiado —dijo la señora Bennet— y, si yo te viera, te arrancaría la botella de las manos.

El niño se quejó diciendo que no podría, ella insistió en que sí, y la discusión se alargó hasta el final de la visita.

CAPÍTULO VI

Poco después, las damas de Longbourn devolvieron la visita a las de Netherfield, como era costumbre. El encanto de Jane cautivó un poco más a la señora Hurst y a la señorita Bingley. Y aunque les pareció que la madre era insufrible, y que no valía la pena hablar con las hermanas pequeñas, expresaron su deseo de conocer mejor a la familia a través de las dos mayores. Jane recibió gratamente esta muestra de atención, pero Elizabeth pensó que seguían siendo desdeñosas con todo el mundo, a excepción, quizá, de su hermana, por lo que era incapaz de sentir simpatía por ellas. Además, sabía que trataban con amabilidad a Jane porque le gustaba a su hermano. De hecho, cada vez que se encontraban saltaba a la vista en general que Jane le gustaba; y a los ojos de Elizabeth era igual de evidente que la simpatía inicial de su hermana hacia él empezaba a ceder al amor. Sin embargo, se alegraba de que los demás no se dieran cuenta, pues aunque era intenso el sentimiento, Jane mantenía la serenidad y siempre parecía alegre, lo cual la protegía de la suspicacia de los

más impertinentes. Elizabeth compartió esta reflexión con su amiga, la señorita Lucas.

—En este caso —respondió Charlotte— quizá es mejor que la gente no lo sepa, pero a veces no conviene disimularlo tanto. Si una mujer esconde su afecto con la misma habilidad al objeto amado, puede perder la oportunidad de conquistarlo. Entonces da igual que el resto del mundo tampoco lo sepa. En casi cualquier sentimiento de afecto hacia alguien hay tanta gratitud y vanidad que puede ser arriesgado que nadie lo sepa. Es fácil que alguien empiece a gustarnos, es bastante natural. Pero pocos nos enamoramos de verdad sin que nos animen a hacerlo. En nueve de cada diez casos es preferible que una mujer muestre más afecto del que siente en realidad. Está claro que a Bingley le gusta tu hermana; pero podría quedar sólo en eso si ella no se lo da a entender.

—Ya lo hace en la medida en que su forma de ser lo permite. Si yo me he dado cuenta de cómo lo mira, tiene que ser bobo para no verlo también.

—No te olvides, Eliza, de que él no conoce a Jane tan bien como tú.

—Pero si una mujer tiene interés por un hombre y no se empeña en ocultarlo, él debe averiguarlo.

—Y puede que lo haga si se ven las veces necesarias. Y aunque Bingley y Jane se ven bastante a menudo, nunca pasan muchas horas juntos. Y como siempre se ven en presencia de otros, no tienen un momento para hablar a solas. Por lo tanto, Jane tendría que estar pendiente de atraer su atención cada media hora. Y cuando lo haya conquistado, tendrá tiempo de sobra para enamorarse todo lo que quiera.

—La estrategia parece buena —respondió Elizabeth— si lo que una busca es un buen partido. Si decidiera buscarme un marido rico, o simplemente un marido, creo que la aplicaría. Pero Jane no piensa así; no actúa por conveniencia. Es más, ni siquiera sabe muy bien hasta qué punto le gusta el señor Bingley, ni si lo que siente por él es o no razonable. Hace sólo dos semanas que lo conoce. Bailó cuatro bailes con él en Meryton; lo vio una mañana en su propia casa, y desde entonces ha cenado con él cuatro veces. Eso no basta para conocerlo bien.

—No como tú lo ves. Si sólo hubiera cenado con él, Jane sólo habría averiguado que tiene buen apetito. Pero no te olvides de que se han visto cuatro noches... y cuatro noches pueden dar mucho de sí.

—Sí, cuatro noches les han servido para descubrir que a los dos les gusta más jugar a tres sietes que a comercio, pero no creo que hayan averiguado cosas más importantes el uno del otro.

—En fin —dijo Charlotte—, deseo de todo corazón que las cosas le salgan bien a Jane, y si se casara con él mañana, yo creo que sería igual de feliz que si se pasara veinte meses estudiando el carácter del señor Bingley. La felicidad en el matrimonio es sólo una cuestión de suerte. Que dos personas se conozcan muy bien antes de casarse, o que se parezcan mucho, no garantiza lo más mínimo su felicidad. Porque con el tiempo cambiarán lo suficiente para irritarse el uno al otro. Así que es mejor conocer lo justo los defectos de la persona con quien vas a compartir tu vida.

—Me hace mucha gracia lo que dices, Charlotte, pero es una insensatez. Sabes que lo es y que tú misma no harías así las cosas.

Ocupada como estaba en observar las atenciones del señor Bingley hacia su hermana, Elizabeth ni siquiera sospechaba que ella misma empezaba a ser objeto de interés para su amigo. El señor Darcy no le había dado el gusto de considerarla hermosa; en el baile la había mirado sin ningún interés, y en el siguiente encuentro sólo le había dirigido la palabra para hacer críticas. Ahora bien, cuando ya había dejado claro a sus amigos que no veía ninguna facción bonita en aquella joven, y él mismo ya se había convencido, empezó a darse cuenta de que la hermosa expresión de sus ojos oscuros revelaba una inteligencia inusitada. A este descubrimiento siguieron otros igual de deshonrosos. Pese a detectar con ojo crítico más de una imperfección simétrica en su figura, tuvo que reconocer que ésta era ligera y delicada; y pese a sostener que no tenía los modales de una persona de mundo, su espontaneidad y picardía lo cautivaron. Pero Elizabeth no había percibido nada de esto: para ella el señor Darcy era un hombre que desplegaba antipatía allá donde iba y para el que no era lo bastante hermosa como pareja de baile.

Él empezó a querer saber más sobre ella y, como paso previo a dirigirle la palabra, mostraba interés por las conversaciones de Elizabeth con los demás. Cosa que a ella no le pasó por alto. Se dio cuenta en casa de sir William Lucas, durante una velada con muchos invitados.

—¿Qué pretende el señor Darcy —dijo Elizabeth a Charlotte— escuchando mis conversaciones con el coronel Forster?

—Sólo el señor Darcy podría responderte.

—Pues si vuelve a hacerlo, pienso decirle que me he dado cuenta de lo que pretende. Es muy dado a los comentarios satíricos, y si yo no empiezo a comportarme con impertinencia también, al final me cohibirá.

Al poco, cuando el caballero se acercó a ellas, al parecer sin intención de dirigirles la palabra, la señorita Lucas desafió a su amiga a mencionarle el asunto, y Elizabeth se animó a hacerlo. Así pues, se volvió hacia él y le dijo:

—¿No le parece, señor Darcy, que me he expresado insospechadamente bien hace un momento, cuando importunaba al coronel Forster para que dé un baile en Meryton?

—Lo ha hecho con gran contundencia... claro que las mujeres siempre son contundentes cuando se trata de bailes.

—Es usted severo con nosotras.

—Y ahora toca fastidiar a Elizabeth —dijo la señorita Lucas—. Voy a abrir el piano, Eliza, y luego ya sabes qué viene luego.

—Para ser mi amiga, eres muy extraña: ¡siempre me haces tocar y cantar ante conocidos y desconocidos! Si mi vanidad hubiera dado un giro musical, habrías tenido un valor incalculable como amiga, pero como no es el caso, preferiría no tener que sentarme a tocar ante un público que debe de estar acostumbrado a escuchar a los mejores intérpretes. —La señorita Lucas insistió, y Elizabeth añadió:— Muy bien; si así debe ser, que así sea. —Miró con seriedad al señor Darcy.— Hay un antiguo y sabio dicho que todos los presentes conocerán de seguro: guárdate el aliento para enfriarte la sopa. Yo me guardaré el mío para entonar esta canción.

La interpretación fue agradable, pero no fue, ni mucho menos, estupenda. Después de un par de canciones, y antes de poder responder a los ruegos de los presentes para que volviera a cantar, su hermana Mary la relevó con muchas ganas. Y es que al ser la única de la familia que estudiaba y cultivaba con afán sus aptitudes, siempre estaba dispuesta a exhibir sus dotes.

Sin embargo Mary no tenía ni talento ni buen gusto, y aunque la vanidad la había hecho ser aplicada, también le había dado un aire pedante y engreído que empañaba cualquier grado de excelencia que hubiera alcanzado. Los concurrentes habían disfrutado más con la interpretación de Elizabeth, pues aunque no había tocado tan bien, lo había hecho con naturalidad y sin afectación. En cuanto a Mary, al final de un largo concierto, se alegró de recibir elogios y agradecimientos por las piezas escocesas e irlandesas que le habían pedido sus hermanas menores, que bailaron muy animadas con algunas señoritas Lucas y dos o tres oficiales en un extremo de la sala.

El señor Darcy estaba de pie, callado e indignado por que pasaran la tarde de aquella manera, sin el mínimo interés en conversar, y estaba demasiado absorto en sus pensamientos para reparar en que a su lado tenía a sir William Lucas, hasta que éste entabló conversación:

—¡Qué estupenda forma de diversión para los jóvenes, señor Darcy! Al fin y al cabo, no hay nada como el baile. Yo lo considero uno de los principales refinamientos de las sociedades sofisticadas.

—Desde luego, sir. Además tiene la ventaja de darse en las sociedades menos sofisticadas del mundo: cualquier salvaje sabe bailar.

Sir William se limitó a sonreír.

—Su amigo es un excelente bailarín —prosiguió tras un silencio, al ver al señor Bingley unirse al grupo—, y estoy seguro de que usted mismo es un adepto a este arte, señor Darcy.

—Supongo que me vería bailar en Meryton, sir.

—Sí, claro, y lo que vi no me pareció nada mal. ¿Baila alguna vez en el palacio de St. James?

—Jamás, sir.

—¿No cree que sería un cumplido por su parte?

—Si puedo evitarlo, nunca hago cumplidos.

—Tengo entendido que vive usted en la capital.

El señor Darcy asintió inclinando la cabeza.

—Yo estuve pensando en comprarme una casa en la ciudad, porque me gustan las sociedades superiores. Pero no estaba seguro de si el aire de Londres iba a sentarle bien a lady Lucas.

Calló a la espera de una respuesta, pero su interlocutor no estaba dispuesto a darle ninguna. En aquel preciso instante Elizabeth se dirigía hacia ellos. Sir William tuvo la idea de hacer un gesto muy galante y la llamó.

—Querida señorita Eliza, ¿por qué no está bailando? Señor Darcy, permítame que le presente a esta joven: es una excelente pareja de baile. Estoy seguro de que no se negará a bailar ante tanta hermosura.

Dicho esto le cogió una mano con la intención de dársela al señor Darcy que, aunque sumamente sorprendido, no tuvo inconveniente en recibirla. Pero ella enseguida se hizo atrás y, con cierta turbación, dijo a sir William:

—Lo cierto, sir, es que no tenía ninguna intención de bailar. Le ruego que no crea que me he acercado a ustedes para mendigar un compañero de baile.

Con seria corrección, el señor Darcy pidió respetuosamente que le permitiera el honor de tomar su mano, pero fue en vano. Elizabeth estaba decidida a no bailar con él. Pero esto no desalentó a sir William, que trató de convencerla.

—Baila usted tan bien, señorita Eliza, que es una crueldad negarme la satisfacción de ver cómo lo hace. Y aunque este caballero parece poco dado a divertirse, estoy seguro de que no se opondrá a hacernos ese favor durante media hora.

—El señor Darcy es un hombre muy educado —dijo Elizabeth con una sonrisa.

—Sí, lo es... pero teniendo en cuenta el incentivo, querida señorita Eliza, no es de extrañar su buena disposición. Pero, claro, ¿quién iba a negarse a bailar con alguien como usted?

Elizabeth los miró con malicia y dio media vuelta para marcharse. Su resistencia no había ofendido al caballero, que la miró con satisfacción, cuando se acercó la señorita Bingley.

—A ver si adivino qué le tiene tan absorto.

—No creo que lo sepa.

—Está pensando en lo insoportable que sería pasar varias veladas así... en semejante compañía. Y yo estoy de acuerdo con usted, por supuesto. ¡En mi vida me he aburrido tanto! Son insulsos, pero bulliciosos... es gente insignificante que se da importancia. Me encantaría oír cómo los critica.

—Le aseguro que se equivoca en sus conjeturas. Estaba concentrado en cuestiones más amables. Pensaba en el encanto que pueden conceder unos ojos bonitos al rostro de una mujer hermosa.

La señorita Bingley lo miró fijamente, y le preguntó qué dama tenía el honor de inspirar tal reflexión. Con gran intrepidez, el señor Darcy respondió:

—La señorita Elizabeth Bennet.

—¡La señorita Elizabeth Bennet! —repitió la señorita Bingley—. Me deja usted atónita. ¿Desde cuándo es la favorita? Y, por favor, dígame cuándo podré felicitarle.

—Es exactamente la reacción que esperaba de usted. La imaginación de las mujeres vuela; salta de la admiración al amor, y del amor al matrimonio en un instante. Sabía que ya iba a querer felicitarme.

—Si se lo toma tan en serio, debo entender que el compromiso es definitivo. Tendrá una suegra encantadora y, cómo no, siempre estará de visita en Pemberley.

El señor Darcy escuchaba a la señorita Bingley con absoluta indiferencia, mientras ésta se divertía haciendo suposiciones, y como la actitud de él la convenció de que todo era cierto, dio rienda suelta a su ingenio.

CAPÍTULO VII

El patrimonio del señor Bennet consistía casi sólo en una finca con valor de dos mil libras anuales que, por desgracia para sus hijas, a falta de un legatario varón, heredaría un pariente lejano. Y el patrimonio de la señora Bennet, pese a ser más que suficiente para sus circunstancias, compensaba poco la carencia del de su esposo. Su padre había sido abogado en Meryton y le había dejado cuatro mil libras.

Su hermana estaba casada con el señor Philips, un hombre que había trabajado para su padre y lo había sucedido en el negocio; y su hermano vivía en Londres, dedicado a una actividad comercial respetable.

Longbourn estaba a poco más de kilómetro y medio de Meryton, una distancia práctica para sus hijas, pues solían visitar a su tía y comprar en una sombrerería que les quedaba de paso. Las dos más pequeñas, Catherine y Lydia, frecuentaban el pueblo vecino más que ninguna, ya que tenían menos cosas que hacer que sus hermanas; así, cuando nada mejor se presentaba, se imponía un paseo a Meryton para pasar la mañana y procurarse temas de conversación para la tarde. Y por pocas novedades que hubiera en el campo por lo general, siempre conseguían sonsacarle alguna a su tía. De hecho, en aquel momento no les faltaban noticias y alegría, porque a la comarca había llegado un regimiento de la reserva del ejército para pasar el invierno, y en Meryton estaba el cuartel general.

Dadas las circunstancias, las visitas a la señora Philips les proporcionaban información muy interesante. Todos los días averiguaban algún detalle más sobre los nombres y familiares de los oficiales. Dejó de ser un secreto dónde se alojaban, y pronto empezaron a conocer a los propios soldados. La señora Philips los visitó a todos, lo cual fue para sus sobrinas una fuente de felicidad insospechada. A partir de entonces sólo hablaban de oficiales y, a sus ojos, la inmensa fortuna del señor Bingley —cuya sola mención animaba a su madre— no tenía ningún valor frente al uniforme de un abanderado.

Una mañana, después de escuchar a sus hijas hablar con efusividad sobre el asunto, el señor Bennet comentó con calma:

—Por vuestra forma de hablar, debéis de ser las dos chicas más bobas de toda la región. Ya lo sospechaba, pero ahora estoy convencido.

Catherine quedó desconcertada y no dijo nada, pero Lydia, con absoluta indiferencia, siguió diciendo cuánto admiraba al capitán Carter y cómo deseaba verlo en algún momento aquel día, porque se iba a Londres a la mañana siguiente.

—Me asombra, querido —dijo la señora Bennet—, que seas capaz de considerar tontas a tus propias hijas. Puedo mirar con desprecio a los hijos de otros, pero nunca lo haría con los míos, fueran éstos como fueran.

—Si mis hijas son tontas, es mejor que me dé cuenta.

—Sí, pero resulta que todas son muy listas.

—Pues para mí es un orgullo poder decir que es lo único en lo que no estamos de acuerdo. Tenía la esperanza de que compartiéramos la misma opinión en todo, pero ahora veo que disentimos en que nuestras dos hijas menores son inusitadamente tontas.

—Querido señor Bennet, no puedes esperar que las niñas tengan la misma sensatez que sus padres. Seguro que cuando tengan nuestra edad no pensarán en oficiales, como no lo hacemos nosotros. Recuerdo que una vez incluso a mí me gustó mucho un soldado de casaca roja... y en el fondo me sigue gustando. Y si un coronel joven y listo, con un estipendio de cinco o seis mil libras anuales, se interesara por alguna de nuestras hijas, no lo rechazaría. Es más, la otra noche el coronel Forster llevaba puesto el uniforme, y le favorecía mucho.

—Mamá —exclamó Lydia—, la tía dice que el coronel Forster y el capitán Carter ya no van tanto a casa de la señora Watson como al principio. Ahora los ve mucho por la biblioteca Clarke.

La entrada de un lacayo con una nota para la señorita Jane Bennet impidió contestar a la madre. La enviaban de Netherfield, y el sirviente esperaba una respuesta. Los ojos de la señora Bennet brillaban de satisfacción y, mientras su hija leía, preguntaba con ansias:

—Bueno, Jane, di: ¿de quién es? ¿Qué ha pasado? ¿Qué dice? Vamos, Jane, date prisa y cuéntanoslo. Date prisa, cariño.

—Es de la señorita Bingley —anunció Jane, y leyó en voz alta.

Querida amiga:

Si no tienes piedad para cenar hoy con Louisa y conmigo, corremos el peligro de acabar odiándonos para el resto de nuestras vidas, pues un día entero de conversación entre dos mujeres sólo puede acabar en riña. Ven en cuanto puedas al recibir la presente. Mi hermano y los caballeros saldrán a comer con los oficiales.

Un abrazo,

CAROLINE BINGLEY

—¡Con los oficiales! —exclamó Lydia—. ¿Por qué la tía no nos ha dicho nada de esto?

—El señor Bingley sale a cenar —dijo la señora Bennet—. Qué mala suerte.

—¿Puedo llevarme el carruaje? —preguntó Jane.

—No, cariño, más vale que vayas a caballo, porque parece que va a llover, y así tendrías que quedarte a pasar la noche allí.

—Sería una buena estrategia —señaló Elizabeth— si supieras con certeza que no se ofrecerán a llevarla a casa.

—No, porque los caballeros se habrán llevado la calesa del señor Bingley para ir a Meryton, y los Hurst no tienen caballos.

—Preferiría ir en nuestro coche, mamá.

—Pero cariño, seguramente tu padre necesita los caballos. Los necesitan en la granja, ¿verdad, señor Bennet?

—Los necesitan en la granja más veces de las que pueden disponer de ellos.

—Pero si disponen hoy de los caballos —dijo Elizabeth—, mamá se saldrá con la suya.

Y así fue como Elizabeth consiguió que su padre confirmara que necesitaban los animales (con lo que Jane se vería obligada a ir a caballo), mientras su madre la acompañaba a la puerta anunciándole con satisfacción que iba a hacer mal tiempo. Y así fue: al poco de irse Jane se puso a llover a cántaros. Las hermanas se preocuparon por ella, pero la madre estaba encantada. No dejó de llover en toda la tarde: seguramente Jane ya no volvería.

—¡Pero qué magnífica idea la mía! —se congratuló la señora Bennet más de una vez, como si se hubiera puesto a llover gracias a ella.

Sin embargo, no conocería hasta la mañana siguiente el efecto de su acertada artimaña. Apenas si habían terminado de desayunar cuando un sirviente de Netherfield entregó la siguiente nota a Elizabeth:

Querida Lizzy:

Me he levantado sintiéndome muy mal, lo cual, supongo, se debe a que ayer me mojé entera. Estos buenos amigos no me permitirán volver a casa hasta que no me encuentre mejor. También insisten en que me vea el señor Jones. De modo que no os alarméis si oís que me ha visitado, ya que, aparte del dolor de garganta y el dolor de cabeza, no tengo nada.

Un abrazo,

JANE

—En fin, querida —dijo el señor Bennet cuando Elizabeth hubo leído la nota en voz alta—, si tu hija sufre un ataque o una enfermedad graves, o si muere, será un alivio saber que fue por tratar de conquistar al señor Bingley y obedecer tus órdenes.

—¡Oh, por favor!... no va a morirse. La gente no se muere de un simple resfriado. Ya se encargarán ellos de cuidarla. Mientras esté allí, todo irá bien. Yo iría a verla si pudiera llevarme el carruaje.

Elizabeth, que estaba angustiada, pensaba ir a verla. Pero el coche no estaba disponible y, como no le gustaba montar a caballo, la única alternativa era ir a pie. Así que anunció su decisión.

—¿Cómo se te ocurre semejante disparate? —exclamó su madre—. ¡Con todo el fango que habrá! Cuando llegues no estarás presentable.

—Estaré lo bastante presentable para ver a Jane, que es lo que quiero.

—¿Eso es una indirecta, Lizzy —dijo su padre—, para que mande traer los caballos?

—No, claro que no. No me importa ir dando un paseo. La distancia no es importante cuando hay buenos motivos para recorrerla. No son ni cinco kilómetros. Estaré aquí a la hora de comer.

—Admiro el ímpetu de tu benevolencia —observó Mary—, pero la razón debe dominar los impulsos. Y en mi opinión, las decisiones deben ajustarse a lo que exigen las circunstancias.

—Te acompañaremos hasta Meryton —dijeron Catherine y Lydia.

Elizabeth accedió, y las tres muchachas salieron de casa juntas.

—Si nos damos prisa —dijo Lydia mientras andaban—, a lo mejor nos da tiempo a ver un rato al capitán Carter un momento, antes de que se vaya a Londres.

En Meryton se separaron: las dos más pequeñas se dirigieron a la casa donde se alojaba la esposa de uno de los oficiales, y Elizabeth prosiguió sola, atravesando un campo tras otro a paso ligero, sorteando cercas y charcos con prisa e impaciencia, hasta que al fin divisó Netherfield. Tenía los tobillos cansados y las medias sucias, pero un rostro radiante debido al calor del ejercicio.

La hicieron pasar a la sala de almorzar, donde estaban todos menos Jane y donde su aparición fue motivo de sorpresa. A la señora Hurst y la señorita Bingley les pareció casi increíble que hubiera recorrido a pie casi cinco kilómetros, tan temprano, con aquel tiempo inclemente, y sola; y Elizabeth estaba segura de que la despreciaban por ello. Con todo, la recibieron con cortesía. Y en las buenas maneras de su hermano había algo mejor que simple cortesía: alegría y amabilidad. El señor Darcy dijo bien poco, y el señor Hurst no dijo nada. El primero se debatía entre la contemplación de la luminosidad que el ejercicio había otorgado al rostro de Elizabeth, y el motivo de haber ido hasta allí sola desde tan lejos. El segundo sólo estaba pendiente del desayuno.

Al preguntar por Jane no recibió respuestas favorables. La señorita Bennet había pasado mala noche y, aunque ya estaba despierta, tenía mucha fiebre y no estaba suficientemente bien para salir de la habitación. Elizabeth se alegró de que enseguida la llevaran donde estaba; y Jane de verla, pues por no asustar ni molestar a nadie, había evitado comentar en la nota cuánto ansiaba esa visita. Sin embargo, no tenía muchas ganas de hablar, y cuando la señorita Bingley llegó con Elizabeth, Jane sólo fue capaz de pronunciar palabras de gratitud por la extraordinaria generosidad con que la estaban tratando. Elizabeth le hizo compañía en silencio.

Terminado el desayuno, las hermanas Bingley fueron a la habitación. A Elizabeth empezaron a gustarle un poco más al ver el cariño y la preocupación que demostraban hacia Jane. Llegó el boticario y, después de examinar a la paciente, dijo, como se esperaba, que tenía un fuerte catarro y que había que hacer lo posible para que la joven mejorara. Le recomendó que siguiera guardando cama y prometió llevarle jarabes. Jane siguió sus consejos, ya que los síntomas febriles aumentaban y le dolía mucho la cabeza. Elizabeth no salió de su habitación ni un momento, y las hermanas Bingley pocas veces se ausentaban. Y como los caballeros habían salido, ellas no tenían nada mejor que hacer.

Cuando el reloj dio las tres, Elizabeth pensó que debía marcharse y así lo comunicó a su pesar. La señorita Bingley le ofreció el carruaje, pero Elizabeth prefirió que la anfitriona insistiera un poco más para aceptarlo. Sin embargo, cuando Jane expresó su deseo de marcharse con ella, la señorita Bingley se vio obligada a cambiar la oferta, invitando a su hermana a quedarse en Netherfield también. Sumamente agradecida, Elizabeth accedió, y mandaron a un sirviente a Longbourn para dar cuenta a la familia de que iba a quedarse allí y, asimismo, traerle algo de ropa.

CAPÍTULO VIII

A las cinco de la tarde las dos señoras se retiraron para cambiarse, y a las seis y media mandaron llamar a Elizabeth para cenar. A todas las atentas preguntas que le hicieron acerca de la salud de su hermana —y se alegró de observar especial interés por parte del señor Bingley— no pudo dar respuestas favorables: Jane no había mejorado en absoluto. Al oírlo, las hermanas repitieron tres o cuatro veces que lo lamentaban mucho, lo espantoso que era tener un catarro grave y lo poco que les gustaba ponerse enfermas. Dicho esto, no hablaron más de la cuestión, y su indiferencia para con Jane en ausencia de ésta volvió a despertar la antipatía inicial de Elizabeth hacia ellas.

No cabía duda de que el hermano era el único de los presentes de quien podía esperar buenas intenciones. Su preocupación por Jane era indiscutible, y agradecía las atenciones que le concedía a ella misma porque la ayudaban a no sentirse como una advenediza, lo que seguramente la consideraban los demás. Además, él era el único que le hacía caso. La señorita Bingley estaba absorta en el señor Darcy, y su hermana igualmente, o casi. En cuanto al señor Hurst, sentado junto a Elizabeth, era un hombre indolente que sólo vivía para comer, beber y jugar a las cartas; en un momento dado, al oírle decir a Elizabeth que ella prefería un plato sencillo a un estofado, consideró que no tenía nada más que hablar con ella.

Después de la cena Elizabeth volvió a la habitación de Jane. Y tan pronto abandonó la sala, la señorita Bingley empezó a hablar mal de ella. Opinó que tenía muy malos modales, una mezcla de orgullo e impertinencia, y que carecía de conversación, estilo, gusto, o belleza. La señora Hurst, que pensaba lo mismo, añadió:

—En pocas palabras: no tiene nada que permita recomendarla, aparte de ser una excelente caminante. Nunca olvidaré la pinta con que se ha presentado aquí esta mañana. Parecía una auténtica salvaje.

—La verdad es que sí, Louisa. Me ha costado contenerme. ¡La mera idea de venir ha sido un disparate! ¡Mira que echarse a andar campo traviesa porque su hermana ha pescado un simple resfriado! ¡Iba toda despeinada y desastrada!

—Sí... ¿Y has visto la enagua? Porque te has fijado en la enagua, ¿no? Seguro que la ha hundido en diez centímetros de fango... por lo menos. E intentaba taparla con la falda del vestido... pero no podía.

—Es muy detallada esa descripción del aspecto que tenía la señorita Elizabeth al llegar esta mañana —dijo Bingley—, pero a mí me ha pasado inadvertido: cuando ha entrado me ha parecido que estaba magnífica. Ni siquiera me he fijado en si llevaba la enagua sucia.

—Seguro que usted sí, señor Darcy —dijo la señorita Bingley—: quiero pensar que a usted no le gustaría ver a su propia hermana haciendo el ridículo de esa manera.

—No, desde luego.

—Ha venido cuatro, cinco... seis kilómetros, o los que sean, a pie con fango hasta los tobillos, y sola... ¡sola! Pero ¿qué pretendía? Yo creo que ha tenido la terrible presunción de querer demostrar independencia o algo así; una especie de indeferencia provinciana hacia el decoro.

—Lo que ha demostrado es que tiene un cariño encomiable por su hermana —dijo Bingley.

—Diría, señor Darcy —observó la señorita Bingley en un susurro—, que esta aventura ha afectado bastante a la buena opinión que tenía usted por sus ojos.

—En absoluto —respondió—: el ejercicio los ha iluminado.

Tras un breve silencio, la señora Hurst dijo:

—Yo tengo en gran estima a Jane Bennet; es una muchacha adorable, y deseo de todo corazón que le vaya bien en la vida. Pero con los padres que tiene, y con unos parientes de tan baja condición, me temo que no lo tendrá nada fácil.

—Me había parecido oírte decir que tenía un tío abogado en Meryton.

—Sí, y tienen otro que vive cerca del barrio londinense de Cheapside.

—¡Eso es capital! —exclamó la hermana, y ambas se echaron a reír con ganas.

—Aunque tuvieran suficientes tíos para llenar todo Cheapside —se quejó Bingley—, no serían por eso menos agradables.

—Pero reduciría sensiblemente sus posibilidades de casarse con hombres de cualquier condición en todo el mundo —observó Darcy.

Bingley no respondió al comentario, pero sus hermanas mostraron con entusiasmo su conformidad y se permitieron regodearse un rato más a costa de los ordinarios parientes de su querida amiga.

Ahora bien, al retirarse para visitar a la enferma, volvieron a mostrarle afecto y le hicieron compañía hasta que las llamaron para el café. Jane se encontraba muy mal todavía, y Elizabeth no quiso dejarla sola en ningún instante, hasta que, al final de la tarde, cuando vio que se había dormido, quedó tranquila y pensó que había llegado el momento de bajar con los demás, no porque le apeteciera, sino por educación. Al entrar en el salón, se encontró a todo el grupo jugando al *loo* y enseguida la invitaron a unirse. Sin embargo, al sospechar que apostaban alto, declinó la invitación y, usando a su hermana como excusa, dijo que prefería entretenerse con un libro el poco tiempo que podría pasar abajo. La señora Hurst la miró con asombro.

—¿Prefiere leer a jugar a las cartas? —se extrañó—. Pero qué cosa más rara...

—La señorita Eliza Bennet —explicó el señor Bingley— no tiene interés en los juegos de cartas. Es una magnífica lectora, y nada le gusta tanto como leer.

—No merezco elogio ni censura por leer —se defendió Elizabeth—: no soy una magnífica lectora, y me gustan muchas otras cosas.

—Como cuidar a su hermana —sugirió Bingley—, y supongo que más todavía le gustará verla mejorada pronto.

Elizabeth le dio las gracias por su buen corazón y luego se acercó a una mesa sobre la que había libros. Bingley enseguida se ofreció a ir a buscarle los que tenía en su biblioteca.

—Me gustaría tener una colección más nutrida para darle el gusto. Y por mi propio prestigio. Pero soy perezoso y, aunque no tengo muchos, tengo más de los que nunca hojearé.

Elizabeth le aseguró que tenía de sobra con los que había en la sala.

—Me sorprende —dijo la señorita Bingley— que mi padre dejara una colección de libros tan escasa. En cambio, usted, señor Darcy, ¡tiene una biblioteca estupenda!

—Por fuerza ha de ser así —respondió—. Representa la aportación de muchas generaciones.

—Y usted ha contribuido mucho a agrandarla: siempre está comprando libros.

—No concibo que, hoy en día, una biblioteca familiar se desatienda por descuido.

—¡Por descuido! Estoy segura de que usted no descuida nada que contribuya a embellecer más esa noble casa. Charles, cuando construyas tu casa, espero que sea la mitad de hermosa que Pemberley.

—Espero que así sea.

—Pero lo que yo te aconsejaría es que hicieras la adquisición en el mismo vecindario y la construyeras usando Pemberley como modelo. No hay región más bonita en toda Inglaterra que Derbyshire.

—Desde luego que lo haría. Es más: compraría Pemberley si Darcy la vendiera.

—Yo hablo de posibilidades, Charles.

—Te aseguro, Caroline, que preferiría la posibilidad de comprar Pemberley a adquirir una imitación.

La conversación distraía tanto a Elizabeth que casi no podía concentrarse en el libro. De modo que al poco rato lo dejó a un lado y se acercó a la mesa de juego. Se puso entre el señor Bingley y su hermana mayor para observar la partida.

—¿Ha crecido mucho la señorita Darcy desde la primavera? —preguntó la señorita Bingley—. ¿Será tan alta como yo?

—Creo que sí. Ahora es de la estatura de la señorita Elizabeth Bennet, o un poco más alta.

—¡Qué ganas tengo de volver a verla! No he conocido a persona más encantadora. ¡Con tanta compostura, con esos modales! ¡Y haber adquirido ya tantas habilidades a su edad! El concierto que dio al pianoforte la última vez fue exquisito.

—Me asombra —observó el señor Bingley— la paciencia que llegan a tener todas las mujeres para instruirse y desarrollar tantas habilidades.

—¿Cómo que todas las mujeres? Querido, Charles, ¿qué quieres decir con eso?

—Pues eso mismo: todas. Todas saben pintar cuadros, forrar mamparas y tejer bolsitas. Es más: diría que no conozco a ninguna que no sepa hacer todo eso y aseguraría que siempre que me han hablado por primera vez de una joven me han dicho todas las veces que tiene muchas habilidades.

—Las tres habilidades comunes a las que te has referido —dijo Darcy— suelen ser ciertas. Se tiende a decir que una mujer es instruida aunque sólo sepa tejer bolsas o forrar mamparas. Pero no estoy de acuerdo en tu opinión general sobre las mujeres. De entre mis conocidas, no puedo presumir de que haya más de seis mujeres realmente instruidas.

—Ni yo, estoy segura —aseguró la señorita Bingley.

—En tal caso —observó Elizabeth—, su idea de una mujer instruida debe de incluir muchos conocimientos.

—Así es, muchos.

—¡Oh, por supuesto! —exclamó su fiel adepta—. No se puede considerar que una persona sea instruida de verdad a menos que sobresalga por alguna habilidad. Una mujer debe destacar por sus conocimientos de música, canto, baile y lenguas modernas para considerarla instruida. Es más: debe tener cierta distinción en la manera de andar, en el tono de voz, en el trato y en el modo de expresarse. Si no, sólo podrá decirse que es instruida a medias.

—Cierto, debe poseer todo eso —añadió Darcy—, pero además algo más sustancioso: que le guste enriquecer el intelecto con abundantes lecturas.

—En ese caso no me extraña nada que sólo conozca a seis mujeres instruidas. De hecho, me sorprende que conozca alguna —observó Elizabeth.

—¿Tan exigente es usted con su propio sexo para dudar de que pueda haber mujeres así?

—Jamás he conocido a una mujer como la que describe, que reúna tanta capacidad, tanto buen gusto, tanta dedicación y tanta elegancia a la vez.

La señora Hurst y la señorita Bingley protestaron por lo injusto de la duda implícita en su comentario, diciendo que ellas conocían a muchas mujeres que coincidían con la descripción, y el señor Hurst las reprendió, quejándose de que no estaban atentas al juego. Como nadie volvió a decir nada, Elizabeth salió del salón al poco rato.

—Eliza Bennet —dijo la señorita Bingley en cuanto aquélla salió y cerró la puerta— es una de esas mujeres que pretenden gustar a los hombres subestimando a las mujeres. Y seguramente le resulta con muchos. Pero en mi opinión es un recurso mezquino, es emplear malas artes.

—Es indiscutible —respondió Darcy, a quien el comentario iba dirigido principalmente— que hay mezquindad en cualquier arte que use una mujer para seducir a un hombre. Todo lo que tenga que ver con la astucia es detestable.

La respuesta no contentó tanto a la señorita Bingley como para seguir hablando del tema.

Elizabeth volvió a entrar en el salón, aunque sólo para decir al grupo que su hermana estaba peor, y que no podía dejarla sola. Bingley dijo que harían venir al señor Jones de inmediato, y sus hermanas, convencidas de que la opinión de un médico de provincias no serviría de nada, recomendaron que enviaran al pueblo en servicio de urgencia a un doctor eminente. Elizabeth rechazó en rotundo esta recomendación, pero aceptó la del hermano. Así pues, acordaron que mandarían llamar al señor Jones a primera hora de la mañana si la señorita Bennet no se encontraba mejor. Bingley dijo que estaba muy preocupado; sus hermanas aseguraron que estaban muy apenadas. Sin embargo, la pena se les pasó enseguida tocando duetos, mientras que su hermano trató de aliviar su preocupación indicando al ama de llaves que se atendiera de la mejor manera posible a la enferma y a su hermana.

CAPÍTULO IX

Elizabeth pasó casi toda la noche en la habitación de Jane. Por la mañana tuvo la alegría de poder decir a la sirvienta enviada por el señor Bingley que Jane estaba mejor y repetirlo, poco después, a las dos elegantes señoras que atendían a las hermanas Bingley. Sin embargo, pese a la mejoría, Elizabeth solicitó que se enviara una nota a Longbourn, en la que transmitía a su madre el deseo de que acudiera a ver a Jane y opinara sobre la situación. La nota se envió de inmediato, y la señora Bennet accedió igual de pronto a la petición. Así, acompañada por sus dos hijas menores, llegó a Netherfield poco después del desayuno.

Si la señora Bennet hubiera pensado que Jane corría algún riesgo, se habría angustiado mucho. Sin embargo, al ver que su estado no era alarmante, no sintió ningún deseo de que se recuperara pronto, pues si recobraba la salud tendría que abandonar Netherfield. Por lo tanto, hizo oídos sordos a la propuesta de Elizabeth de llevarla a casa. El boticario, que llegó sobre la misma hora, también opinó que no era nada recomendable trasladar a la enferma. Después de hacer compañía a Jane durante un rato, entró la señorita Bingley. Ésta invitó a la madre y las tres hijas a la sala de almorzar. Bingley las recibió y expresó su deseo de que la señora Bennet no hubiera encontrado a la señorita Bennet peor de lo que esperaba.

—La verdad es que sí, señor Bingley —dijo la señora Bennet—. Su estado es demasiado grave para llevarla a casa. El señor Jones dice que ni se nos ocurra moverla. Tendremos que abusar un poco más de su amabilidad.

—¡No, claro, no la moveremos! —exclamó Bingley—. Y seguro que mi hermana se opondrá a que se vaya.

—Puede estar segura, señora —dijo la señorita Bingley con fría cordialidad— de que la señorita Bennet recibirá toda la atención posible mientras esté con nosotros.

La señora Bennet se deshizo en agradecimientos.

—Si no fuera —añadió— por estos buenos amigos, no sé qué habría sido de ella, porque lo cierto es que está muy enferma y está sufriendo muchísimo aunque aguante con toda la paciencia del mundo. Pero es que ella siempre ha sido así: es la persona apacible que conozco. A menudo les digo a sus hermanas que, a su lado, no son nada... Esta sala es muy coqueta, señor Bingley, y tiene una vista preciosa al caminito de grava. No conozco en toda la región una casa comparable a Netherfield. Espero que no se precipite a marcharse de un día para otro. Aunque la ha alquilado para poco tiempo, ¿verdad?

—Todas las decisiones que tomo son precipitadas —respondió Bingley—. Por tanto, si decidiera irme de Netherfield podría hacerlo en cuestión de cinco minutos. Pero, por el momento, creo que estoy bastante bien instalado.

—Es justo lo que esperaría de usted —respondió Elizabeth.

—Usted empieza a entenderme, ¿verdad? —dijo él, volviéndose hacia ella.

—¡Ya lo creo! Le entiendo perfectamente.

—Espero que sea un cumplido... aunque sé que es lamentable ser tan transparente a los ojos de los demás.

—Cada uno es como es. Un carácter profundo, enrevesado, no tiene por qué ser más o menos digno de estimación que uno como el suyo.

—Lizzy —la regañó la madre—, recuerda dónde estás y no te comportes con el desparpajo que se te permite en casa.

—No sabía —se apresuró a añadir Bingley— que disfrutara analizando el carácter de la gente. Debe de ser entretenido.

—Sí, pero los caracteres difíciles son los más entretenidos. Al menos cuentan con esa ventaja.

—En general —dijo Darcy—, no suele haber en el campo muchas personas a las que analizar, pues el círculo social con el que uno se relaciona, el de los vecinos, es limitado y no varía.

—Pero las personas en sí cambian, de modo que siempre hay algo nuevo que observar.

—Exacto —protestó la señora Bennet, ofendida por cómo el señor Darcy había descrito la sociedad rural—. Le aseguro que en el campo eso abunda tanto como en la ciudad.

Todos quedaron boquiabiertos, y Darcy, después de quedársela mirando, se apartó sin decir más. Creyendo que lo había desarmado con su comentario, la señora Bennet reiteró su argumento triunfal.

—No veo qué grandes ventajas puede tener Londres frente al campo, aparte de las tiendas y los lugares públicos. El campo es muchísimo más agradable, ¿verdad que sí, señor Bingley?

—Cuando estoy en el campo —respondió éste—, no me iría nunca; pero lo mismo me pasa cuando estoy en la ciudad. Cada uno tiene sus ventajas, y yo me siento a gusto en ambos por igual.

—Sí... pero porque usted tiene buen carácter. Pero tal como ha hablado ese caballero —dijo, mirando a Darcy—, parece que el campo sea algo despreciable.

—Mamá, seguramente te confundes —se excusó Elizabeth, roja de bochorno por el comportamiento de madre—. Creo que has interpretado mal al señor Darcy. Él se refería a que en el campo no hay tanta variedad de gente como en la ciudad. Y eso es verdad, debes reconocerlo.

—Por supuesto que sí, cariño, nadie ha dicho que en el campo haya tanta variedad, pero eso de que no hay muchos vecinos... Estoy segura de que en pocos sitios hay tantos vecinos como aquí. Yo misma he cenado alguna vez con veinticuatro familias.

Bingley sólo se contenía por Elizabeth. Su hermana fue menos delicada y lanzó una mirada al señor Darcy con una sonrisa muy elocuente. Elizabeth, por distraer la atención de su madre, preguntó si Charlotte Lucas había pasado por casa.

—Sí, nos visitó ayer con su padre. Qué hombre más agradable es sir William, ¿no le parece, señor Bingley? ¡Tan elegante! ¡Tan refinado y amable! Siempre tiene una buena palabra para todo el mundo. Eso es para mí una persona educada; y no esas personas que se creen muy importantes y nunca abren la boca.

—¿Y Charlotte se quedó a comer?

—No, volvió a su casa. Creo que la necesitaban para preparar pasteles de carne picada. Yo, señor Bingley, prefiero tener criados que hagan el trabajo; mis hijas están educadas de otra manera. Pero, claro, cada cual hace las cosas a su modo, y las hermanas Lucas son buenas muchachas, se lo aseguro. ¡Es una lástima que no sean guapas! Charlotte mismo me parece tan poco agraciada... pero bueno, es una amiga muy querida.

—Parece una chica muy agradable —dijo Bingley.

—Sí, claro... Pero hay que reconocer que es muy poco agraciada. La propia lady Lucas suele decirlo, y siempre me ha envidiado que tenga una hija como Jane. A mí no me gusta presumir de hija, pero es que Jane... pocas veces se ven mujeres tan bellas. Lo dice todo el mundo, no sólo yo como madre. Cuando Jane tenía quince años, en casa de mi hermano Edward Gardiner (que vive en la ciudad) se alojaba un caballero que estaba tan enamorado de ella que mi cuñada pensó que le haría una propuesta de matrimonio antes de irnos. Pero al final no lo hizo. Quizá pensó que era demasiado joven. Eso sí, le dedicó un poema precioso.

—Y así se desenamoró —dijo Elizabeth con impaciencia—. Me temo que le ha pasado a más de uno. ¿Quién sería el primero en descubrir que la poesía es un buen medio para ahuyentar el amor?

—Yo siempre he pensado que la poesía nutre el amor —opinó Darcy.

—Puede, si es un amor puro, estable y sano. Cualquier cosa nutre algo que por sí mismo ya es fuerte. Pero si es sólo una inclinación leve e inconsistente, estoy convencida de que un buen soneto lo acabará de desnutrir.

Darcy se limitó a sonreír, y el silencio que se impuso en la sala hizo temer a Elizabeth que su madre volviera a ponerse en evidencia. Quería hablar, pero no se le ocurría nada. Hasta que la señora Bennet rompió el silencio volviendo a agradecer al señor Bingley su amabilidad para con Jane, y a disculparse por causarle molestias con la presencia de Lizzy. El señor Bingley le respondió con llana cordialidad, y obligó a Caroline a ser cortés también y decir las palabras que exigía la ocasión. Ésta así lo hizo, aunque con poca elegancia, pero la señora Bennet se dio por satisfecha y, al rato, pidió que le trajeran el carruaje. Dicho esto, la menor de sus hijas dio un paso adelante. Las dos niñas se habían pasado la visita cuchicheando entre ellas para decidir que la más pequeña recordaría al señor Bingley que al llegar a Netherfield había prometido que daría un baile en su casa.

Lydia era una muchacha corpulenta y crecida de quince años, tez delicada y carácter alegre. La predilección de su madre por ella le había valido para que la presentara en sociedad a una edad temprana. Era impetuosa y se daba un aire de suficiencia, fortalecido hasta el envanecimiento por las atenciones que le prodigaban los oficiales. Atenciones, por otra parte, propiciadas por las cenas que su tía organizaba y su propia espontaneidad. Así pues, Lydia planteó de repente y sin ningún reparo la cuestión del baile al señor Bingley; le recordó que era una promesa y dijo que sería una vergüenza no cumplirla. La respuesta a la repentina arremetida fue una alegría para la madre.

—Estoy más que dispuesto a mantener mi compromiso. Y cuando su hermana se recupere, usted misma fijará una fecha para el baile. Porque supongo que no querrá estar en un baile mientras ella guarda cama.

Lydia se dio por satisfecha.

—¡No, claro! Mejor esperaremos a que Jane se ponga bien. Para entonces el capitán Carter seguramente ya habrá vuelto a Meryton. Y después de su baile —añadió—, pediré a los oficiales que organicen otro. Le diré al coronel Forster que será una vergüenza si no lo hace.

La señora Bennet y sus hijas se marcharon, y Elizabeth regresó enseguida al cuarto de Jane, permitiendo así que las damas y el señor Darcy pudieran comentar a sus anchas su comportamiento y el de su familia. Sin embargo, pese a los comentarios sarcásticos que la señorita Bingley hizo sobre sus «ojos bonitos», no consiguió que Darcy criticara a Elizabeth.

CAPÍTULO X

Aquel día se desarrolló más o menos como el anterior: por la mañana la señora Hurst y la señorita Bingley pasaron unas horas junto a la enferma, que, aunque despacio, iba mejorando, y por la tarde Elizabeth se reunió con el grupo en el salón. Sin embargo, la mesa de *loo* no estaba dispuesta. El señor Darcy estaba escribiendo y la señorita Bingley, sentada a su lado, observaba cómo escribía, distrayéndole de vez en cuando con los comentarios que iba haciendo a su hermana. El señor Hurst y el señor Bingley jugaban al *piquet*, y la señora Hurst observaba el juego.

Elizabeth se sentó a bordar y se entretuvo bastante con lo que estaba pasando entre el señor Darcy y su amiga. Los constantes comentarios de la dama sobre la caligrafía, la regularidad de las líneas o la extensión de la carta, y el desinterés con que el caballero los recibía conformaban un diálogo curioso, que confirmaba la opinión que Elizabeth tenía de ambos.

—¡Qué contenta se pondrá la señorita Darcy cuando reciba esta carta! —dijo la señorita Bingley sin obtener respuesta, y añadió—: Escribe muy deprisa, cosa que no sabe hacer mucha gente.

—Se equivoca. Escribo más bien despacio.

—¡Cuántas cartas tendrá ocasión de escribir en un año! ¡Y cartas de negocios! ¡A mí me resultan odiosas!

—Entonces es una suerte que me toque escribirlas a mí y no a usted.

—Por favor, dígale a su hermana que tengo muchas ganas de verla.

—Ya se lo he dicho cuando me lo ha pedido hace un momento.

—Tengo la impresión de que no le va muy bien esta pluma. Permítame que se la afile. Se me da de maravilla.

—Gracias... pero yo mismo suelo afilarme la pluma.

—¿Cómo consigue escribir de manera tan uniforme?

Darcy no dijo nada.

—Dígale a su hermana que me alegro de saber que ha mejorado con el arpa y, sobre todo, que ese diseño tan bonito que ha hecho de una mesa me ha fascinado, que es infinitamente superior al de la señorita Grantley.

—¿Le importa si le comento su fascinación en otra carta? En ésta no me queda espacio para extenderme.

—¡Oh, no pasa nada! Si veré a su hermana en enero. Pero, dígame, señor Darcy, ¿siempre le escribe cartas tan largas y tan bonitas?

—En general son largas... si son bonitas o no, no lo sé.

—Yo tengo comprobado que quien tiene facilidad para escribir cartas largas, no puede escribir mal.

—Ese cumplido no vale para Darcy, Caroline —dijo su hermano—, porque no tiene facilidad para escribir. Se detiene demasiado a buscar palabras de cuatro sílabas. ¿Tengo razón o no, Darcy?

—Mi estilo es muy distinto del tuyo.

—¡Oh! —exclamó la señora Bingley—. Charles escribe con un descuido inimaginable. Omite la mitad de las palabras, y el resto es un borrón.

—A mí me vienen las ideas tan deprisa que no me da tiempo a expresarlas, con lo cual a veces mis cartas no transmiten nada a quienes las reciben.

—Su humildad, señor Bingley —intervino Elizabeth—, disuade cualquier intención de reprenderle.

—No hay nada más engañoso —dijo Darcy— que la apariencia de humildad. Normalmente refleja una indiferencia de opinión y, en ocasiones, una forma indirecta de jactarse.

—¿Y en cuál de las dos categorías incluyes el modesto comentario que acabo de hacer? —preguntó su amigo.

—En la forma indirecta de jactarse: en realidad estás muy orgulloso de los defectos de tu escritura, porque consideras que proceden de una agilidad mental y un descuido en la ejecución, lo cual, pese a no ser digno de aprecio, es muy digno de interés o, al menos, eso crees tú. La capacidad de hacer algo con rapidez, siempre la valora mucho más quien la posee, que suele despreciar la imperfección del resultado. Cuando le has dicho esta mañana a la señora Bennet que si decidieras marcharte alguna vez de Netherfield lo harías en cinco minutos, pretendías hacer una suerte de panegírico, un cumplido para contigo mismo. Ahora bien, ¿qué tiene de encomiable una marcha precipitada que dejaría atrás asuntos pendientes de resolver, y que no te convendría a ti ni a nadie?

—¡Esto es demasiado! —exclamó Bingley—. ¡Que por la tarde tengamos que recordar las tonterías que hemos dicho durante la mañana! Aun así, debo añadir a mi favor que lo que he dicho era cierto y que lo sigo pensando. Por tanto, al menos no he dicho que soy precipitado (cuando no tenía por qué) para jactarme ante las damas.

—Puede que tú lo creas, pero yo no tengo claro, ni mucho menos, que fueras a marcharte tan deprisa. Tu conducta, y la de cualquiera, dependería de la suerte. Si salieras a montar a caballo con un amigo, y éste te dijera: «Bingley, es mejor que te quedes hasta la semana que viene», seguramente lo harías pese a tu decisión, seguramente no te marcharías... y si otro te recomendara que te quedaras aquí otro mes, también lo harías.

—Con esto sólo ha demostrado —dijo Elizabeth— que el señor Bingley no hace justicia a su inclinación. Lo ha elogiado más de lo que él mismo había hecho.

—Le estoy enormemente agradecido —dijo Bingley— por convertir las palabras de mi amigo en un halago. Pero me temo que usted no lo ha interpretado de la manera que él esperaba. Porque, en el caso de darse la circunstancia, él me respetaría más si yo me negara en redondo a quedarme y echara a correr a galope tendido.

—¿Consideraría en ese caso el señor Darcy que su falta de reflexión inicial justificaría su empeño en mantener que lo haría?

—Yo no puedo responder por Darcy: él debe hablar por sí mismo.

—Pretendes que dé cuentas de una opinión que me atribuyes y que, sin embargo, en ningún momento he reconocido como propia. No obstante, si consideramos el caso según lo ha planteado, debe tener presente, señorita Bennet, que el amigo que supuestamente desea que Bingley vuelva a casa simplemente expresa un deseo, se lo pide sin decirle que sería lo correcto.

—¿Usted no valora que alguien ceda de inmediato (sin pensarlo dos veces) a la sugerencia de un amigo?

—Ceder a una sugerencia sin convicción no halaga la inteligencia ni del uno ni del otro.

—Diría, señor Darcy, que no tiene en cuenta la influencia que puede tener en una decisión la amistad y el afecto. Lo habitual es que el respeto hacia quien da un consejo haga ceder a quien lo recibe sin que hagan falta argumentos para convencerlo. Y no me refiero específicamente al supuesto que ha planteado sobre el señor Bingley. Quizás convendría que se diera la circunstancia antes de ponernos a discutir si su comportamiento sería o no acertado. Pero en supuestos comunes y corrientes entre amigos, en los que uno de ellos desea que el otro cambie su resolución, sea o no sea ésta trascendente, ¿censuraría a esa persona por acceder al ruego de un amigo sin que éste tenga que convencerlo?

—Antes de abordar este tema, ¿acaso no convendría precisar hasta qué punto es importante el ruego del amigo y el grado de intimidad que le une a él?

—Por supuesto —afirmó Bingley—. Describamos bien las circunstancias, sin olvidar la altura y el tamaño de cada amigo, pues verá que estos detalles, señorita Bennet, pesarán en la discusión más de lo que se imagina. Le aseguro que si Darcy no fuera tan alto comparado conmigo, no lo trataría con tanta deferencia. No conozco a nadie tan perverso como él en según que ocasiones y según qué lugares... sobre todo en su casa... y en domingo por la tarde, cuando no tiene nada que hacer.

El señor Darcy sonrió, pero Elizabeth notó que se había ofendido, por lo que evitó reírse. A la señorita Bingley le molestó la manera en que su hermano lo había humillado y le riñó por haber dicho aquellas tonterías.

—Ya veo por dónde vas, Bingley —dijo su amigo—. No te gusta el tema de discusión y quieres zanjarlo.

—Puede. Las discusiones se parecen demasiado a las peleas. Si tú y la señorita Bennet podéis aplazar ésta hasta que yo haya salido, os lo agradeceré. Además, podréis decir lo que queráis de mí.

—Por mi parte —dijo Elizabeth— no tengo ningún inconveniente, y así el señor Darcy podrá terminar la carta que estaba escribiendo.

El señor Darcy aceptó la sugerencia y acabó de escribir la carta.

Cuando hubo terminado, preguntó a la señorita Bingley y a Elizabeth si les apetecía distraerse con música. A la señorita Bingley le faltó tiempo para sentarse al pianoforte, eso sí, después de pedir educadamente a Elizabeth que tocara, y después de que ésta declinara a su vez la invitación con más educación y seriedad todavía.

Mientras la señora Hurst cantaba con su hermana, Elizabeth no pudo evitar darse cuenta, mientras hojeaba unos cuadernos de música que había sobre el piano, de que el señor Darcy la miraba cada dos por tres. Claro está, ni siquiera se le ocurría pensar que pudiera gustarle a un hombre de su clase. Pero que la mirara tanto por antipatía era incluso más extraño. Llegó, pues, a la conclusión de que la miraba porque, según los valores morales del señor Darcy, había algo en ella más inapropiado y censurable que en cualquiera de los presentes. Esta suposición no le dolió en absoluto, porque el señor Darcy le caía tan mal que le traía sin cuidado lo que pensara de ella.

Después de tocar unas piezas italianas, la señorita Bingley animó el ambiente con una alegre composición escocesa. Al poco, el señor Darcy se acercó a Elizabeth y le dijo:

—¿No le apetecería, señorita Bennet, aprovechar la ocasión para bailar un *reel*?

Ella le sonrió sin decir nada. Darcy repitió la pregunta, sorprendido por el silencio.

—Sí —dijo Elizabeth—, ya le he oído, pero no sabía qué contestarle. Sé que esperaba que accediera a bailar para poder despreciar mi mal gusto, pero me gusta desbaratar esa clase de ardides y privar a quien los practica de disfrutar de esa burla premeditada. Por lo tanto, prefiero responderle que no; que no me apetece en absoluto bailar un *reel*. Y ahora, búrlese de mí si se atreve.

—No me atrevo, se lo aseguro.

Su galantería le sorprendió, ya que Elizabeth esperaba haberle ofendido. Pero su forma de ser, tan dulce y pícara a la vez, difícilmente podía ofender a nadie. Además, nunca una mujer lo había cautivado como ella. Y estaba convencido de que, si ella no hubiera pertenecido a una clase inferior, él habría corrido el riesgo de enamorarse.

La señorita Bingley vio (o sospechó) lo suficiente para sentir celos, y su preocupación por la recuperación de Jane se apoyó en el deseo de librarse de Elizabeth.

Además, intentaba que Darcy cogiera antipatía a la invitada hablándole de una supuesta boda con ésta y de lo felices que serían.

—Espero —le dijo al día siguiente mientras paseaban por el jardín— que ponga sobre aviso a su suegra cuando se celebre tan ansiado acontecimiento para que la señora se muerda la lengua y, de paso, para que enseñe a sus hijas pequeñas a contenerse de perseguir oficiales. Y, si me permite comentar un tema delicado, trate de controlar la actitud rayana en la presunción y la impertinencia que muestra su señora.

—¿Tiene algo más que sugerir sobre mi felicidad doméstica?

—Por supuesto que sí: permítale que cuelgue los retratos de su tío y su tía Philips en la galería de Pemberley. Póngalos junto al de su tío abuelo, el juez, pues comparten profesión... aunque es verdad que en ámbitos distintos. En cuanto al retrato de Elizabeth, creo que no debería ni encargarlo, pues, ¿qué pintor haría justicia a unos ojos tan bonitos?

—Lo cierto es que no sería fácil captar su expresión, no... aunque quizás el color y la forma y esas preciosas pestañas podrían pintarse...

En ese momento se cruzaron con la señora Hurst y la propia Elizabeth, que también estaban dando un paseo.

—No sabía que teníais pensado salir a pasear —dijo la señorita Bingley, algo aturdida por temor a que la hubieran oído.

—Os habéis portado tremendamente mal con nosotras —respondió la señora Hurst—. Mira que salir corriendo sin decir a dónde ibais.

Entonces tomó del brazo al señor Darcy para dejar a Elizabeth sola. En el sendero sólo había espacio para tres. Ante la grosería, el señor Darcy dijo:

—Este sendero no es lo bastante ancho para cuatro. Vayamos, mejor, al paseo.

Pero Elizabeth, que no tenía ganas de quedarse con ellos, respondió con sarcasmo:

—No, no, quédense donde están. Forman un conjunto magnífico, y es mejor no deshacerlo. Si una cuarta persona entrara en la escena rompería el encanto. Adiós.

Dicho esto, se marchó alegremente, con la esperanza de volver al cabo de uno o dos días. Por otra parte, Jane ya se había recuperado suficientemente para salir de su cuarto un par de horas aquella tarde.

CAPÍTULO XI

Cuando las damas se retiraron después de comer, Elizabeth corrió arriba para ver a su hermana. Como Jane iba bien abrigada, bajaron juntas al salón, donde sus dos amigas la recibieron con grandes muestras de alegría. Elizabeth nunca las había visto tan simpáticas como durante la hora previa a la llegada de los caballeros. Tenían ganas de hablar como nunca. Fueron capaces de describir un espectáculo con precisión, relatar una anécdota con humor y reírse con gusto de sus conocidos.

Ahora bien, en cuanto entraron los hombres, Jane dejó de ser el centro atención. La señorita Bingley dirigió la vista hacia el señor Darcy al instante, y ya tenía algo que decirle cuando apenas había puesto el pie en la sala. Pero éste fue derecho a Jane para felicitarla cortésmente; el señor Hurst también hizo una sutil reverencia y dijo que estaba «muy contento»; pero el saludo de Bingley fue impreciso y afectuoso: era todo alegría y atenciones. Pasaron la primera media hora echando leña al fuego, no fuera a ser que el cambio de estancia afectara al bienestar de Jane. A petición de Bingley, ésta se sentó al otro extremo del fuego, pues quedaba más lejos de la puerta. Luego él se sentó a su lado y apenas habló con nadie más. Elizabeth, que no perdía detalle desde el rincón contrario, presenció la escena con gran satisfacción.

Después de tomar el té, el señor Hurst recordó a su cuñada que dispusieran la mesa de juego, aunque en vano, porque ésta sabía que al señor Darcy no le apetecía jugar a las cartas. Y al rato el señor Hurst presenció cómo su cuñada negaba la misma propuesta al propio Darcy. Así pues, como no tenía nada mejor que hacer, el señor Hurst se echó a dormir en un sofá. Darcy cogió un libro, la señorita Bingley lo imitó y la señora Hurst, que sobre todo estaba ocupada jugando con sus anillos y pulseras, intervenía de vez en cuando en la conversación que su hermano mantenía con la señorita Bennet.

La señorita Bingley estaba tan abstraída en su lectura como en la del señor Darcy, de tal manera que cada dos por tres le hacía alguna pregunta o miraba la página por la que iba. Con todo, no conseguía trabar conversación con él, porque Darcy se limitaba a responder a sus preguntas para luego seguir leyendo. Al final, agotada por el intento de entretenerse con el libro —que había elegido por ser el segundo volumen de la obra que él estaba leyendo— dio un bostezo ostentoso y dijo:

—¡Qué agradable es pasar una tarde así! ¡La verdad es que no hay nada más entretenido que la lectura! Muchas cosas cansan enseguida. ¡En cambio un libro jamás! Cuando tenga mi propia casa, quiero una biblioteca excelente. Si no, seré una desdichada.

Nadie respondió al comentario. Entonces volvió a bostezar, arrojó a un lado su libro y miró alrededor de la sala. Al oír que su hermano hablaba de un baile a la señorita Bennet, fue hacia él y dijo:

—Por cierto, Charles, ¿de verdad que estás pensando en organizar un baile en Netherfield? Porque, antes de que te decidas, te recomendaría que consultaras a los presentes si les apetecería o no. Porque creo que para algunos de nosotros un baile sería más un castigo que una diversión.

—Si te refieres a Darcy —respondió su hermano—, puede irse a dormir incluso antes de que empiece... Pero el baile se celebrará. Y en cuanto Nicholls haya preparado suficiente caldo para hacer sopa de yemas y almendras, enviaré las invitaciones.

—Yo disfrutaría muchísimo más de los bailes —respondió Caroline— si se organizaran de manera diferente. Porque hay algo

insufrible y tedioso en el modo en que se celebran. Seguro que sería un acto mucho más racional si la actividad principal fuera hablar, y no bailar.

—Más racional, sí, querida Caroline, pero entonces no sería un baile.

La señorita Bingley no le respondió y, poco después, se levantó para pasearse por la sala. Era una mujer de porte elegante, pero Darcy, a quien iba dirigido el coqueteo, seguía enfrascado en la lectura. A punto de caer en la desesperación, la joven decidió hacer un último esfuerzo y, dirigiéndose a Elizabeth, dijo:

—Señorita Eliza Bennet, permítame convencerla de que siga mi ejemplo, y demos una vuelta por el salón. Le aseguro que da gusto hacerlo después de pasar tanto rato sentada en la misma postura.

Elizabeth se sorprendió, pero accedió. La señorita Bingley también consiguió lo que se proponía con aquel gesto de cordialidad: que el señor Darcy levantara la vista. La invitación de la señorita Bingley le causó la misma extrañeza que a Elizabeth y cerró el libro sin darse cuenta. Él mismo fue invitado a unirse a ellas, pero se negó, alegando que sólo se le ocurrían dos razones por las que pasearse de acá para allá en el salón y que interferiría en ambas si se unía a las damas. La señorita Bingley se moría por saber qué había querido insinuar y preguntó a Elizabeth si ella lo había entendido.

—En absoluto —le respondió—, pero seguro que pretende burlarse de nosotras, y el modo más seguro de decepcionarle es no preguntarle qué ha querido decir.

Sin embargo, la señorita Bingley era incapaz de decepcionar en ningún aspecto al señor Darcy, de modo que se empeñó en exigir que explicara esas dos razones.

—No tengo el menor reparo en hacerlo —dijo en cuanto ella le dejó hablar—. Ustedes han elegido levantarse a pasear bien porque se están haciendo confidencias y tienen asuntos secretos de que hablar, o bien porque saben perfectamente que andando resaltan sus figuras. Si se trata de lo primero, seré un tremendo estorbo; si se trata de lo segundo, las admiraré mejor si me siento junto al fuego.

—¡Oh! ¡Es indignante! —exclamó la señorita Bingley—. ¡Jamás había oído insolencia igual! ¿Qué castigo deberíamos darle por semejante comentario?

—Nada más fácil, si es lo que quiere —dijo Elizabeth—. Podemos hostigarlo, castigarlo, tomarle el pelo... reírnos de él. Usted que es tan amiga suya sabrá cómo hacerlo, ¿no?

—Le juro que no. Le aseguro que todavía no conozco sus puntos débiles pese a la buena amistad que nos une. ¡Fastidiémosle mostrando serenidad y aplomo! No, no... creo que así podría desafiarnos. Y si nos reímos nos pondremos en evidencia por querer hacerlo sin motivos, ¿no le parece? El señor Darcy se burlaría de nosotras.

—¡Así que no podemos reírnos del señor Darcy! —exclamó Elizabeth—. Eso sí que es un privilegio raro, y espero que lo siga siendo, porque lamentaría tener muchos conocidos así. ¡Con lo que me gusta reírme de los demás!

—La señorita Bingley —dijo Darcy— me ha concedido más importancia de la que merezco. Para una persona cuyo principal objetivo en la vida es la broma, hasta el más sabio y mejor de los hombres... no, hasta la más sensata y mejor de las acciones puede ridiculizarse.

—Cierto —respondió Elizabeth—, existen personas así, pero espero que no me cuente entre ellas. Espero que no insinúe que ridiculizo la sensatez ni la bondad. Las insensateces y las tonterías, los caprichos y las contradicciones me divierten, lo reconozco, y me río de ellos siempre que tengo ocasión. Pero usted precisamente carece de ellos.

—Quizá no todo el mundo sepa hacerlo. Pero he dedicado mi vida a evitar esas debilidades que a menudo ponen en ridículo a personas cabales.

—¿Debilidades como el orgullo o la vanidad?

—Sí, la vanidad es una debilidad. En cambio, el orgullo... si una persona es inteligente, sabrá moderarlo.

Elizabeth se volvió para disimular una sonrisa.

—Supongo que ya ha terminado de interrogar al señor Darcy —dijo la señorita Bingley—. Dígame, ¿a qué conclusión ha llegado?

—Me he convencido completamente de que el señor Darcy no tiene defectos, y lo reconoce sin pudor.

—No —dijo Darcy—, no pretendía decir eso. Tengo bastantes defectos, pero no tienen que ver, o eso creo, con la inteligencia. De mi carácter, por ejemplo, no respondo. Es poco flexible; cuando menos, poco flexible para lo que convendría a los demás. Me cuesta olvidar las insensateces y los vicios de los demás, así como las ofensas que me han hecho. Lo que siento no desaparece así como así por mucho que lo intente. Podría decirse que soy rencoroso. Si pierdo la buena opinión que tengo de alguien, la pierdo para siempre.

—¡Eso sí que es un defecto! —exclamó Elizabeth—. El rencor implacable es una mancha en un carácter. Pero ha elegido bien su defecto, porque no puedo reírme de él. Así que está a salvo de mis burlas.

—Yo creo que todo carácter tiende a una forma u otra de maldad, defecto natural que ni la mejor educación es capaz de prevenir.

—Y su defecto es la propensión a odiar a los demás.

—Y el suyo —respondió Darcy con una sonrisa— es empeñarse en malinterpretarlos.

—Escuchemos un poco de música —interrumpió la señorita Bingley, cansada de una conversación en la que no tomaba parte—. Louisa, no te importa que despierte al señor Hurst, ¿verdad?

Como su hermana no puso reparos, la señorita Bingley abrió el pianoforte. Y Darcy, después de pararse a pensar un momento, agradeció la decisión de Caroline, pues empezaba a sentir el riesgo de estar prestando demasiada atención a Elizabeth.

CAPÍTULO XII

A raíz de un acuerdo entre las dos hermanas, Elizabeth escribió a la mañana siguiente a su madre para que les enviara el carruaje a lo largo del día. Pero la señora Bennet, que tenía previsto que sus hijas permanecieran en Netherfield hasta el jueves siguiente —justo una semana después de la visita de Jane—, no estaba dispuesta a que volvieran antes de tiempo. Por consiguiente, su respuesta no fue propicia, al menos para Elizabeth, que estaba impaciente por volver a casa. En su carta, la señora Bennet dijo que no podría mandarle el carruaje antes del jueves, y añadía en la posdata que, si el señor Bingley y su hermana insistían en que se quedaran más tiempo, así lo hicieran, pues podía pasar sin ellas unos días más. Sin embargo, Elizabeth estaba más que decidida a no prolongar la estancia, y tampoco esperaba que nadie insistiera en ello. Es más: por temor a que pensaran que molestaban más de lo debido, instó a Jane a pedir al señor Bingley que les prestara el carruaje cuanto antes. Al final, por tanto, acordaron que expresarían su deseo inicial de macharse de Netherfield aquella misma mañana y pedirían prestado el vehículo.

El anuncio ocasionó manifestaciones de preocupación diversas. Todos insistieron en que se quedaran al menos hasta el día siguiente, pues Jane estaría mucho mejor. Al final las convencieron de aplazar su marcha. Tomada la decisión, la señorita Bingley lamentó haber sugerido que se quedaran, pues los celos y la antipatía que sentía hacia una hermana superaban el afecto que sentía hacia la otra.

El señor de la casa recibió con genuina tristeza la noticia de que pronto partirían y trató de convencer reiteradamente a la señorita Bennet de que no le convenía, que no se había recuperado del todo. Pero Jane siempre era firme cuando pensaba que hacía lo correcto.

El señor Darcy escuchó la decisión con alivio: Elizabeth había pasado suficiente tiempo en Netherfield. La joven lo atraía más de lo que le habría gustado; además la señorita Bingley era descortés con ella y, con él, estaba más pesada que nunca. Tomó, pues, la prudente decisión de disimular su interés por ella, de no revelar nada que hiciera pensar a Elizabeth que podía influir en él, en su felicidad; y si en algún momento se lo había dado a entender, su comportamiento durante aquel último día sería decisivo para confirmarle que ella no le interesaba o para disuadirla de ello. Firme en su propósito, aquel sábado apenas le dirigió la palabra y, a pesar de quedarse los dos solos durante media hora, se concentró en el libro y ni siquiera la miró.

El domingo después de misa llegó el momento de despedirse, tan ansiado por la mayoría. A última hora, las muestras de cordialidad de la señorita Bingley hacia Elizabeth fueron efusivas como nunca, así como las de cariño hacia Jane; en el momento de partir, tras asegurarle a ésta que siempre era un placer verla ya fuera en Longbourn o en Netherfield, y abrazarla con mucha ternura, la señorita Bingley incluso le dio la mano a su hermana. Elizabeth se despidió de todos sin disimular su alegría.

El recibimiento de su madre no fue muy cordial. La señora Bennet se extrañó de que regresaran tan pronto, le pareció de muy mala educación causar tantas molestias y estaba segura de que Jane volvería a acatarrarse. En cambio su padre, aunque expresó su alegría con sobriedad, estaba encantado de verlas. Había echado en falta su presencia en casa, sobre todo durante las tertulias de las tardes, que habían perdido animación, y hasta razón de ser, con la ausencia de Jane y Elizabeth.

Cuando las hermanas llegaron, Mary estaba enfrascada, como de costumbre, en el estudio del bajo continuo y la naturaleza humana, y tenía nuevos fragmentos que mostrarles, y nuevas observaciones sobre trilladas cuestiones morales que hacerles. Catherine y Lydia tenían asuntos muy distintos de que hablar con las recién llegadas. Desde el miércoles anterior, habían pasado y se habían dicho muchas cosas en el regimiento: hacía poco su tío había invitado a comer a varios oficiales, que contaron que habían azotado a un soldado y que corría el rumor de que el coronel Forster iba a casarse.

CAPÍTULO XIII

—Espero, querida —dijo el señor Bennet a su esposa al día siguiente durante el desayuno— que hayas encargado una buena comida para hoy, porque es posible que tengamos un invitado.

—¿A quién te refieres, querido? No esperaba a nadie. A menos que Charlotte Lucas haya pensado en pasar a vernos... Si es así, espero que mi cocina sea de su agrado, porque no creo que coma igual de bien en su casa.

—La persona de la que te hablo es un caballero y, además, forastero.

Los ojos de la señora Bennet brillaron, y exclamó:

—¡Un caballero y forastero! Seguro que es el señor Bingley. Pero Jane, ¡si no habías dicho nada! ¡Serás pillina! Bueno, pues me alegro mucho de recibir al señor Bingley... Pero... ¡Ay, Dios santo! ¡Qué mala suerte! A estas horas ya no encontraremos pescado en ninguna parte. Lydia, cariño, toca la campanilla. Tengo que hablar con Hill ahora mismo...

—No es el señor Bingley —la interrumpió su esposo—. Se trata de una persona a la que no he visto nunca.

El anuncio causó asombro general, y él se dejó asediar a preguntas por su mujer y sus cinco hijas.

Después de divertirse un rato con su curiosidad, les explicó lo siguiente:

—Hace cosa de un mes recibí esta carta, y hace unos quince días la respondí, pues me parecía una cuestión delicada que debía atenderse cuanto antes. Es de mi primo, el señor Collins, que, si quiere, podrá echaros de esta casa a todas cuando yo me muera.

—¡Dios mío! —exclamó su mujer—. No puedo ni oír hablar de eso. Y te ruego que no menciones a ese indeseable. Que despojen de tus propiedades a tus hijas es una tragedia. Yo, en tu lugar, habría intentado solucionarlo de alguna manera.

Jane y Elizabeth trataron de explicarle los motivos legales por los que no heredarían la propiedad familiar, pero la señora Bennet no atendía a razones cuando hablaban de aquel tema, y siguió quejándose con resentimiento de lo cruel que era arrebatar una propiedad a una familia de cinco hijas, para que se la quedara un hombre que no le importaba a nadie.

—Es verdad, es una injusticia —dijo el señor Bennet—, y nada disculpa que el señor Collins vaya a heredar Longbourn. Pero si escuchas lo que dice en la carta, y cómo lo dice, a lo mejor eres un poco más comprensiva con él.

—No, eso seguro que no. Además, me parece una impertinencia que se atreva siquiera a escribirte... ¡y una hipocresía! Odio a esa gente falsa. ¿Por qué no mantendría contigo la enemistad que tenías con su padre?

—Bueno, precisamente, parece que ha tenido ciertos miramientos como hijo, ya verás.

Dicho esto, le leyó la carta en voz alta.

Hunsford (proximidades de Westerham), Kent, 15 de octubre

Estimado caballero:

El desacuerdo que existía entre usted y mi difunto y venerado padre siempre fue para mí motivo de preocupación y, desde que sobrevino la desgracia de su fallecimiento, a menudo he deseado subsanar esa ruptura. Sin embargo, me contuve de hacerlo por las dudas que me asaltaban, por miedo a ser irrespetuoso con su recuerdo al querer avenirme con alguien con quien él estaba a mal por gusto.

—¿Lo ves? —interrumpió la señora Bennet.

No obstante, he tomado una decisión al respecto tras haber sido ordenado sacerdote en Pascua, con la suerte de haber sido distinguido con el patronazgo de la honorabilísima lady Catherine de Bourgh, viuda de sir Lewis de Bourgh, que, gracias a su generosidad y beneficencia, me ha ascendido al estimable cargo de rector de esta parroquia, donde me esforzaré por demostrar mi respeto y agradecimiento a esta señora, y donde siempre celebraré con aplicación los ritos y ceremonias que dicta la Iglesia Anglicana. Asimismo, como clérigo que soy, debo fomentar e instaurar la paz en todas las familias de mi círculo de influencia. Dicho esto, me permito señalar que el presente intento de acercamiento, con toda la buena intención que conlleva, es, a mi parecer, digno de encomio y, por tanto, le ruego que pase por alto la circunstancia de que soy el heredero directo de la finca de Longbourn, y no por ello rechace la mano que le tiendo. Para mí no es sino causa de preocupación ser la persona que perjudicará a sus buenas hijas. Por ello ruego que me disculpe y me permita asegurarle que estoy más que dispuesto a enmendarle de la mejor manera posible en el futuro. Si nada le impide recibirme en su casa, me gustaría tener el gusto de hacerles una visita a usted y a su familia el lunes 18 de noviembre a las cuatro de la tarde; seguramente abusaré de su hospitalidad durante una semana, hasta el sábado siguiente, para lo cual no tendré ningún inconveniente, pues lady Catherine no pone reparos, ni mucho menos, en que me ausente un domingo siempre que otro clérigo esté dispuesto a encargarse de la misa ese día. Dicho esto, estimado caballero, presente mis respetos a su esposa y a sus hijas.

Los mejores deseos de su amigo,

WILLIAM COLLINS

—Bueno, pues parece que a las cuatro llegará este caballero y que viene en son de paz —dijo el señor Bennet mientras doblaba la carta—. Vaya, da la impresión de ser un joven muy serio y educado, y seguro que será provechoso conocerle, sobre todo si lady Catherine es indulgente y le permite hacernos una visita otra vez.

—A pesar de todo tiene cierta razón con lo que dice de las niñas. Y si está dispuesto a desagraviarlas, no seré yo quien se lo impida.

—Aunque es difícil imaginar —dijo Jane— cómo piensa desagraviarnos, como al parecer cree que merecemos, hay que reconocer su buena intención.

A Elizabeth le llamó la atención la extraordinaria deferencia con que trataba a lady Catherine, y su bienintencionado interés en bautizar, casar y enterrar a sus parroquianos siempre que fuera necesario.

—Yo creo que es un bicho raro —dijo—. Hay algo que no acaba de encajar. Tiene un estilo muy rimbombante. ¿Y qué es eso de disculparse por ser el heredero inmediato? No esperará que creamos que cambiaría la circunstancia si pudiera hacerlo, ¿no? ¿Tú crees que será un hombre sensato, papá?

—No, hija mía, creo que no. Tengo grandes esperanzas de que sea más bien lo contrario. Su carta refleja una mezcla de servilismo y arrogancia que promete. Estoy impaciente por conocerlo.

—En cuanto a la redacción —opinó Mary—, parece que no hay faltas. La idea de tender la mano no es muy original, aunque está bien expresado.

Para Catherine y Lydia, ni la carta ni el autor tenían el menor interés. Su primo no iba a presentarse con un abrigo escarlata y, además, hacía semanas que no disfrutaban de la compañía de un hombre con ropa de cualquier otro color. En cuanto a la madre, la carta del señor Collins había disipado buena parte del rencor que le guardaba, y estaba decidida a recibirle con cierta serenidad, cosa que asombró al esposo y las hijas.

El señor Collins llegó con puntualidad, y toda la familia lo recibió con absoluta cortesía. Aunque el señor Bennet habló poco, las damas se mostraron más que dispuestas a hacerlo, así como el señor Collins: no hizo falta animarlo a conversar, ni parecía dado a guardar silencio. Era un joven alto y corpulento de veinticinco años. Tenía aspecto serio y circunspecto, y era muy formal. Apenas se había sentado halagó a la señora Bennet por tener unas hijas tan hermosas; dijo que había oído hablar mucho de su belleza, pero en su caso la realidad superaba lo que se decía, y añadió que no le extrañaría nada verlas a todas casadas llegado el momento. Aquel cumplido no gustó a todas las presentes, pero la señora Bennet, que nunca hacía ascos a un halago, respondió con presteza:

—Es usted muy amable, caballero. Y deseo de todo corazón que esté en lo cierto, porque si no acabarán en la indigencia, teniendo en cuenta la manera inusual en que se han resuelto las cosas.

—Supongo que se refiere a la herencia de esta propiedad.

—Así es caballero, así es. Debe reconocer que se trata de un asunto grave para mis pobres hijas. No es que le eche la culpa a usted, porque ya sé que estas cosas son fortuitas. No hay manera de saber qué ocurrirá con una propiedad una vez se hereda.

—Tengo muy presente, señora, el revés que supondrá para mis buenas primas... y podría seguir hablando largo y tendido del tema, pero correría el riesgo de parecer descarado y precipitado. No obstante, puedo asegurar a estas jóvenes damas que sólo he venido para admirarlas. No diré más por el momento, pero quizá cuando nos conozcamos mejor...

En ese momento lo interrumpieron al anunciar la comida. Las chicas se miraron, sonriéndose. Éstas no eran el único objeto de admiración del señor Collins, que observó y elogió el recibidor, el comedor y los muebles; y los comentarios que de todo hacía habrían emocionado a la señora Bennet de no ser por la humillante suposición de que aquel hombre lo miraba todo como su futura propiedad. También elogió la comida y rogó que le dijeran cuál de sus primas había preparado aquel magnífico guiso. En este caso la señora Bennet le paró los pies, recalcándole con acritud que podían permitirse tener una buena cocinera y que a sus hijas no se les había perdido nada en la cocina. El señor Collins se disculpó por haberla ofendido. Y aunque ella aseguró en un tono más cordial que no se había ofendido en absoluto, él siguió disculpándose durante el cuarto de hora siguiente.

CAPÍTULO XIV

Durante la comida el señor Bennet apenas abrió la boca, pero cuando los sirvientes se hubieron retirado consideró que había llegado el momento de hablar con el invitado. Empezó con un tema que al señor Collins iba a encantarle, comentando que era muy afortunado con su patrona. Que lady Catherine de Bourgh tuviera en consideración sus deseos y su bienestar era extraordinario. El señor Bennet no podía haber elegido mejor. El señor Collins se deshizo en alabanzas para con ella. Al hablar de ella adoptó una actitud solemne y, dándose importancia, declaró no haber conocido jamás tal comportamiento en una persona de su clase, tanta afabilidad, tanta condescendencia, como las que mostraba lady Catherine con él. La señora había tenido la amabilidad de aprobar los dos sermones que él ya había tenido el honor de pronunciar en su presencia. También lo había invitado a cenar dos veces a Rosings, su residencia, y precisamente el sábado anterior lo había invitado a su casa porque le faltaba un jugador para la partida de cuatrillo. Mucha gente que conocía a lady Catherine la consideraba una mujer orgullosa, pero con él siempre había sido amable. Siempre lo había tratado como un caballero más; nunca había objetado que frecuentara a sus vecinos, ni que alguna vez se ausentara de la parroquia una o dos semanas para visitar a familiares. Incluso había condescendido a recomendarle que se casara lo antes posible, siempre y cuando fuera discreto en la elección. Lady Catherine había ido a visitarle a su humilde rectoría, le habían parecido bien todas las reformas que había hecho y hasta le había hecho sugerencias, como colocar unos estantes en los armarios de la planta de arriba.

—Eso está muy bien y es toda una atención por su parte —estimó la señora Bennet—. Me imagino que será una mujer muy agradable. Es una lástima que en general las grandes damas no sean como ella. ¿Vive cerca de su casa?

—Sólo un sendero que bordea mi jardín separa mi humilde morada de Rosings Park, la residencia de lady Catherine.

—¿Y ha dicho usted que es viuda? ¿No tiene familia?

—Tiene sólo una hija, que es la heredera de Rosings y dueña de muchas propiedades.

—¡Ah! —exclamó la señora Bennet moviendo la cabeza—, entonces disfruta de una posición mejor que muchas otras chicas. ¿Y qué clase de joven es? ¿Es guapa?

—Desde luego, es una joven encantadora. La propia lady Catherine dice que, en cuanto a hermosura, la señorita De Bourgh supera con creces a las más bellas, porque sus rasgos revelan aquello que distingue a las jóvenes de ilustre cuna. Por desgracia es de constitución enfermiza, lo cual le ha impedido mejorar en muchos aspectos en los que, de lo contrario, habría sobresalido. Así me consta por la señora encargada de supervisar su educación, que aún vive con ellas. Pero es sumamente amable, y a menudo condesciende a pasar por mi humilde morada con su cabriolé y sus ponis.

—¿Ha sido ya presentada en sociedad? No recuerdo su nombre entre las damas de la corte.

—Por desgracia, su maltrecha salud le impide desplazarse a la ciudad, lo cual (como le dije un día a lady Catherine) ha privado a la corte británica de conocer su ornamento más deslumbrante. Por lo visto este comentario gustó mucho a la señora; como ya habrán visto, siempre que tengo ocasión me gusta hacer cumplidos discretos, que siempre son bien recibidos por las damas. Más de una vez he comentado a lady Catherine que su encantadora hija había nacido para ser duquesa, y que la categoría más elevada no le daría importancia a ella, sino al revés: ella daría más importancia a la categoría. A la señora le complacen este tipo de atenciones, y mi deber es concedérselas.

—Hace usted muy bien —dijo el señor Bennet—. Menos mal que sabe usted halagar con discreción. Dígame, ¿y esas atenciones son espontáneas o se las prepara?

—En general surgen en el momento. Es cierto que a veces dedico tiempo a pensar y preparar esos halagos discretos y elegantes para adaptarlos luego a cualquier situación que pueda surgir, pero siempre procuro que parezcan lo más espontáneos posible.

El señor Bennet confirmó sus sospechas: su primo era tan ridículo como había imaginado. Lo escuchaba entusiasmado, pero sin perder la compostura y, salvo por alguna que otra mirada que lanzaba a Elizabeth, no necesitaba compartir con nadie aquel gusto.

Ahora bien, a la hora del té el señor Bennet ya había escuchado suficiente al señor Collins, por lo que sugirió al invitado que volvieran a pasar al salón y, después de merendar, propuso que leyera en voz alta a las damas. El señor Collins accedió de buena gana. Para ello le dieron un libro, pero cuando lo tuvo en la mano (era evidente que pertenecía a una biblioteca ambulante) dio un respingo y, después de disculparse, declaró que jamás leía novelas. Kitty se lo quedó mirando, y Lydia soltó una exclamación. Le ofrecieron otros libros y, después de algunas deliberaciones, escogió los sermones de Fordyce. Lydia lo miró boquiabierta; su primo abrió el tomo y, antes de haber leído tres páginas con monotonía y solemnidad, lo interrumpió, diciendo:

—¿Sabes, mamá, que el tío Philips ha dicho que a lo mejor echará a Richard, y que si lo hace, el coronel Forster lo contratará? Me lo dijo la tía el sábado. Mañana iré a Meryton para averiguar qué ha pasado y preguntar cuándo volverá de la ciudad el señor Denny.

Las dos hermanas mayores le pidieron que callara, pero el señor Collins, muy ofendido, dejó a un lado el libro y dijo:

—He observado que a las jovencitas les interesan poco los libros serios en general pese a haberse escrito por su propio bien. Debo confesar que eso me asombra, porque nada les conviene más que una buena educación. Pero, en fin, no seguiré importunando a mi joven prima.

Acto seguido se volvió hacia el señor Bennet para proponerle una partida de backgammon. El señor Bennet aceptó el desafío, y señaló que hacía bien en dejar que las chicas se divirtieran con sus fútiles distracciones. La señora Bennet y sus hijas se deshicieron en disculpas por la interrupción de Lydia y prometieron que no volvería a pasar si reanudaba la lectura. Pero el señor Collins, después de asegurarles que no le guardaba rencor a su joven prima y que nunca consideraría una ofensa su comportamiento, se sentó a otra mesa con el señor Bennet y se dispuso a jugar al backgammon.

CAPÍTULO XV

El señor Collins no era un hombre inteligente, y ni la educación ni la vida social habían contribuido a compensar esa carencia. Había pasado buena parte de su vida bajo la autoridad de un padre analfabeto y mezquino, y aunque había estudiado en la universidad, se había relacionado lo justo, sin llegar a hacer amistades de provecho. El sometimiento bajo el que lo había educado el padre lo había convertido en un hombre muy humilde. Sin embargo, debido a la soberbia de una mente débil, a una vida de recogimiento y a los efectos de una prosperidad precoz e inesperada, aquella humildad se había ido desvaneciendo con el tiempo. Gracias a un golpe de suerte alguien lo había recomendado a lady Catherine de Bourgh al quedar vacante la rectoría de Hunsford. Su respeto por la alta jerarquía y su veneración por la señora como patrona, sumados a una inmejorable opinión de sí mismo, de su autoridad como clérigo y de sus derechos como rector se convirtieron en una mezcla de orgullo y servilismo, engreimiento y humildad.

Ahora que tenía una buena casa e ingresos más que suficientes, su intención era casarse. Así, había pensado en reconciliarse con la familia de Longbourn a fin de encontrar una esposa entre las hijas, si es que eran tan hermosas y buenas como decía la gente. Éste era su plan para desagraviar a la familia —para purgar su sentimiento de culpa— por heredar la propiedad del padre. Y le parecía un plan excelente, pues era legítimo y conveniente, así como generoso y desinteresado por su parte.

Y después de conocer a sus primas no cambió el plan. Es más, al ver lo hermosa que era Jane Bennet, se convenció de su propósito y de la preferencia de las primogénitas sobre las demás hermanas. Así, desde la primera noche decidió que ella sería la elegida. A la mañana siguiente, no obstante, tuvo que cambiar su decisión después de conversar durante quince minutos con la señora Bennet antes del desayuno. Empezaron hablando de la rectoría, y, en un momento dado, el señor Collins dejó caer que en Longbourn quizás encontraría a una esposa para gobernarla. Pese a las sonrisas complacientes y el buen ánimo general, la señora Bennet le advirtió acerca de Jane. De las hermanas más jóvenes, no podía decir nada, no podía responder por ellas, pero, que ella supiera, no estaban comprometidas con nadie. En cuanto a la mayor, su intuición le decía que pronto se comprometería.

El señor Collins sólo tuvo que elegir a otra hermana y, mientras la señora Bennet atizaba la lumbre, se fijó en Elizabeth. Ésta, que seguía a Jane en edad y belleza, fue la segunda elección.

La sugerencia agradó a la señora Bennet, que se hizo la ilusión de pronto tener a dos hijas casadas, y el mismo hombre al que no soportaba dirigir la palabra el día anterior ya no le resultaba odioso.

Nadie olvidó que Lydia tenía pensado ir a Meryton aquel día; todas las hermanas salvo Mary quedaron en que irían con ella. El señor Collins también las acompañaría a petición del señor Bennet, que ansiaba librarse de él y disfrutar solo de su biblioteca. Y es que el señor Collins lo había seguido a esta parte de la casa después del desayuno, y de allí no había salido aún. Parecía estar enfrascado en uno de los libros más grandes de la colección, pero no era así: en realidad no paraba de hablarle al señor Bennet de la casa y del jardín que tenía en Hunsford. Tales interrupciones sacaban de quicio a su tío. La biblioteca siempre había sido para el señor Bennet un remanso de paz y distracción y, aunque estaba preparado —como había dicho a Elizabeth alguna vez— para toparse con la absurdidad y la arrogancia en cualquier otra estancia de la casa, no estaba acostumbrado a tratar con éstas en aquella sala. Por lo tanto, su buena educación lo movió a invitar al señor Collins a salir de paseo con sus hijas. Y el señor Collins, más dado a los paseos que a la lectura, se alegró de cerrar el gran tomo y marcharse.

Entre los comentarios pedantes e insustanciales por su parte, y los educados asentimientos por la de sus primas, pasaron el tiempo hasta llegar a Meryton. A partir de ese momento perdió toda la atención de las hermanas menores, que sólo estaban pendientes de si pasaba algún oficial; no mostraban interés por nada más, salvo si veían un elegante sombrero o una tela nueva de muselina en algún escaparate.

Al poco de llegar, por la acera de enfrente pasó, junto con un oficial, un apuesto caballero al que las damas nunca habían visto y que acaparó toda su atención. El oficial era el señor Denny en persona, recién llegado de Londres (como Lydia se había cuidado de indagar). Al pasar se inclinó para saludarlas. Todas quedaron fascinadas con la guapura del desconocido y se preguntaron quién podía ser. Kitty y Lydia, resueltas a averiguarlo, cruzaron la calle con el pretexto de entrar en una tienda, con la suerte de que al llegar ellas a la otra acera, los dos caballeros, que habían dado media vuelta, pasaban a la misma altura. El señor Denny se dirigió a ellas directamente y les preguntó si le permitían presentarles a su amigo, el señor Wickham, que había venido con él de la ciudad el día antes, y añadió que tenía el placer de anunciarles que éste acababa de aceptar destino en su cuerpo militar. No podía ser de otro modo: sólo le faltaba el uniforme militar para ser apuesto del todo. Su apariencia jugaba por completo a su favor: era guapo y apuesto y de trato agradable. Tras la presentación, se mostró más que dispuesto a conversar, lo cual demostró que además era muy correcto y nada pretencioso. El grupo charlaba amigablemente cuando un ruido de cascos atrajo su atención: eran Darcy y Bingley aproximándose a caballo. Al reconocer a las damas del grupo, fueron derechos a ellas. Intercambiaron las expresiones de cortesía habituales. Bingley fue el que más habló de los dos, y sobre todo con Jane. Bingley dijo que, de hecho, se dirigía a Longbourn para saber cómo se encontraba. El señor Darcy confirmó el comentario inclinándose un poco y, evitando mirar a Elizabeth, se fijó en la presencia del forastero. Ella se dio cuenta de cómo se miraron y quedó asombrada con el efecto de aquel encuentro. Los dos cambiaron de color: uno se puso blanco, el otro rojo. Momentos después el señor Wickham se tocó el sombrero, saludo que el señor Darcy se limitó a devolver. ¿Qué podía significar aquello? Era imposible imaginarlo, era imposible no querer saberlo.

A continuación el señor Bingley se despidió —sin haberse dado cuenta, al parecer, de lo ocurrido— y prosiguió el camino con su amigo.

El señor Denny y el señor Wickham acompañaron a las jóvenes hasta la casa de la señora Philips y luego se despidieron con sendas reverencias a pesar de que la señorita Lydia insistiera en que entraran con ellas y de que la señora Philips subiera la ventana del salón para secundar a gritos la invitación.

La señora Philips siempre se alegraba de ver a sus sobrinas, sobre todo a las dos mayores en aquella ocasión, después de tantos días ausentes. No dejaba de expresar su asombro por que hubieran vuelto a casa de manera tan repentina; y, como no disponían de su propio carruaje para haber ido a buscarlas, no se habría enterado si no hubiera sido gracias al ayudante del señor Jones, pues se lo había encontrado en la calle y le había dicho que no iban a mandar más medicamentos a Netherfield porque las señoritas Bennet ya se habían marchado. Esto les estaba contando cuando Jane reclamó su atención para presentarle al señor Collins. La tía lo saludó con buena educación, a la que él correspondió doblemente, disculpándose por la intrusión, pues ni siquiera se conocían, aunque también era motivo de orgullo, porque justificaba su relación con las damas que lo habían presentado. La señora Philips quedó boquiabierta ante aquel despliegue de buenas maneras. Sin embargo, se vio obligada a desatender al desconocido ante las exclamaciones y las preguntas de las chicas por el otro forastero. A su pesar, sólo podía decirles a sus sobrinas lo que ya sabían: que había venido con el señor Denny de Londres y que iba a ocupar el cargo de teniente en el condado de __shire. Les dijo que lo había estado observando durante una hora, mientras paseaba por la calle con su amigo. Y si hubiera seguido paseando, Kitty y Lydia habrían relevado a su tía en la ventana con gusto. Pero por desgracia ahora sólo pasaban otros oficiales de vez en cuando y, comparados con aquel desconocido, ahora todos eran «estúpidos y antipáticos». Sin embargo, algunos comerían con los Philips al día siguiente, y su tía les prometió que pediría a su marido que fuera a ver al señor Wickham para invitarlo si la familia de Longbourn venían a pasar la tarde. En esto quedaron, y la señora Philips sugirió que luego podrían jugar a la lotería para divertirse, y cenar algo ligero y caliente. Las sobrinas acogieron con entusiasmo la perspectiva de pasar una tarde tan entretenida. Llegado el momento de irse, todos estaban de muy buen humor. El señor Collins insistió en volver a presentar sus disculpas al salir, y la señora Philips le aseguró de corazón que no era necesario.

De camino a casa, Elizabeth le contó a Jane lo sucedido entre los dos caballeros; y aunque Jane habría disculpado a uno o al otro, o a ambos, si hubieran hecho algo mal, tampoco entendía por qué se habían comportado de aquella manera.

Una vez en casa, el señor Collins hizo las delicias de la señora Bennet halagando los buenos modos y la buena educación de su hermana, la señora Philips. Aseguró que, aparte de lady Catherine y su hija, nunca había visto señora más elegante. No solamente lo había recibido en su casa con suma cortesía, sino que había tenido el detalle de invitarlo a él también al día siguiente aun siendo un perfecto desconocido. Supuso que la atención se debía a su parentesco con la familia Bennet, pero incluso así, jamás había conocido a nadie tan atento en su vida.

CAPÍTULO XVI

Puesto que nadie se opuso a que los jóvenes fueran juntos a cenar con su tía, y que el señor y la señora Bennet resistieron con firmeza la insistencia del señor Collins en que no pasaran solos la velada, él y sus cinco primas llegaron a Meryton en carruaje a una hora conveniente. Al entrar en el salón de los Philips, las hermanas tuvieron el gusto de oír que el señor Wickham había aceptado la invitación de su tío y que ya estaba allí.

Después del anuncio, cuando todos ya estaban sentados, el señor Collins se paseó tranquilamente por la casa para mirar y admirar. El tamaño y el mobiliario de la vivienda le impresionaron tanto que la comparó con la salita de verano de Rosings, algo que, de entrada, no gustó mucho a la anfitriona. Pero cuando el párroco le explicó qué era Rosings y quién era la propietaria, cuando le describió uno de los muchos salones de lady Catherine y supo que sólo la chimenea había costado ochocientas libras, la señora Philips sintió todo el efecto del cumplido y ya ni siquiera le habría importado que alguien compara su salón con el cuarto del ama de llaves de Rosings.

El señor Collins estaba felizmente entregado a la descripción del esplendor de lady Catherine y de su mansión (con ocasionales incisos para elogiar su humilde morada y las mejoras que iba haciendo gracias a la ayuda de la dama) cuando entraron los caballeros. Le pareció que la señora Philips sabía escuchar. De hecho, con cada cosa que le contaba el señor Collins, mejoraba su buena opinión de él, y ya estaba pensando en relatarlo todo con detalle a los vecinos tan pronto surgiera la ocasión. Para las chicas, que no soportaban escuchar a su primo y habrían deseado tener a mano un piano, o se habían dedicado a examinar las imitaciones de porcelana china de la repisa, la espera se había hecho eterna. Pero los oficiales habían llegado por fin. Fueron pasando al salón y, al ver al señor Wickham, Elizabeth pensó que ni en el primer encuentro ni luego, al recordarlo, le había parecido tan apuesto como en ese momento. Los oficiales del condado de ___shire eran, en general, hombres de gran prestigio, y entre los presentes se contaban los mejores. Pero el señor Wickham era superior a los demás en figura, belleza, aspecto y porte como lo eran los demás en comparación con el tío Philips (un hombre bajo y gordito de cara ancha que siempre olía a oporto), que fue el último en entrar.

El señor Wickham era el hombre feliz que acaparaba las miradas de casi todas las damas, y Elizabeth fue la feliz joven junto a quien se sentó. La naturalidad con que enseguida trabó conversación con ella, aunque sólo fuera para decir que la noche era muy húmeda y que seguramente iba a llover durante días, le hizo pensar que su interlocutor era capaz de hacer que pareciera interesante el más común, aburrido y trillado de los temas.

Con rivales como el señor Wickham y los oficiales, que absorbían toda la atención de las damas, el señor Collins podría haber quedado apartado. Cierto que para las primas no era nadie, pero todavía conservaba el interés de la señora Philips, que lo escuchaba con amabilidad y estaba pendiente de que no le faltaran café ni magdalenas en ningún momento.

Cuando dispusieron la mesa de juego, tuvo ocasión de agradecérselo accediendo a jugar al *whist*.

—No conozco bien el juego todavía —dijo el párroco—, pero me encantaría mejorar, pues dada mi posición...

La señora Philips agradeció el cumplido, pero no tuvo paciencia para escuchar la explicación.

El señor Wickham no sabía jugar al *whist* y fue recibido con entusiasmo en otra mesa, entre Elizabeth y Lydia. Al principio parecía que Lydia iba a acaparar toda su atención, pues era una habladora incansable. Sin embargo, era igual de aficionada al juego y estaba demasiado pendiente de apostar y exclamar con cada premio ganado como para dedicarse exclusivamente a un solo participante. Así pues, las exigencias del juego permitieron al señor Wickham hablar tranquilamente con Elizabeth, que estaba más que dispuesta a escucharle, aunque no le contaba lo que realmente le habría gustado escuchar: el por qué de su reacción al encontrarse con el señor Darcy. Ni siquiera osó mencionar su nombre. Su curiosidad, sin embargo, quedó satisfecha inesperadamente, porque fue el propio señor Wickham quien sacó el tema a colación. Preguntó a cuánto quedaba Netherfield de Meryton y, después de oír la respuesta, preguntó dudando un poco desde cuándo se alojaba allí el señor Darcy.

—Más o menos desde hace un mes —dijo Elizabeth y, para no abandonar el tema, añadió—: Tengo entendido que posee un inmenso patrimonio en Derbyshire.

—Así es —respondió Wickham—. Tiene una fortuna imponente, de diez mil libras netas al año. Está usted ante la persona más indicada para informarla al respecto, pues he tenido una relación particular con su familia desde la infancia.

Elizabeth no pudo disimular su extrañeza.

—Es normal que se sorprenda, señorita Bennet, después de haber visto, como imagino, con qué frialdad nos tratamos el señor Darcy y yo al encontrarnos ayer. ¿Usted lo conoce bien?

—Más de lo que me gustaría —se quejó Elizabeth, acalorada—: he pasado cuatro días enteros en la misma casa que él, y he llegado a la conclusión de que es un hombre muy antipático.

—Yo no puedo opinar —dijo Wickham— si es simpático o no. No soy la persona más indicada para hacerlo. Lo conozco desde hace demasiado tiempo y demasiado bien para juzgarlo justamente. No sería imparcial en absoluto. Pero debo decir que lo que ha dicho de él dejaría atónito a cualquiera, y quizá no lo habría expresado de manera tan rotunda si no fuera porque está en familia.

—Le aseguro que aquí digo lo que diría en cualquier otra parte excepto en Netherfield. No ha caído muy bien en Hertfordshire. A todos repugna su orgullo. No oirá a nadie hablar mejor de él.

—No diré que lo lamento —dijo Wickham después de una breve interrupción—, pues ni él ni nadie debería ser juzgado sólo por sus méritos. Pero creo que a él le ocurre a menudo. Su fortuna y su importancia impiden a la gente ver más allá, y lo ven como él quiere que lo vean.

—Pese a conocerlo poco, me parece un hombre con muy mal carácter.

Wickham movió la cabeza.

—No sé —dijo en cuanto hubo ocasión de reanudar la conversación— si Darcy piensa quedarse mucho tiempo más en Netherfield.

—No tengo ni idea. Pero mientras estuve allí nadie comentó que fuera a marcharse. Espero que su presencia en el vecindario no ahuyente su propósito de instalarse en __shire.

—No, desde luego que no. No seré yo quien se marche por la presencia del señor Darcy. Si no quiere verme, que sea él quien se marche. No nos llevamos bien, y siempre me fastidia encontrármelo, pero no tengo motivos para evitarlo... salvo aquellos que puedo anunciar a los cuatro vientos: la sensación de haber sido maltratado y un doloroso rencor por ser como es. Su padre, señorita Bennet, el difunto señor Darcy, fue uno de los hombres más buenos que han existido y el amigo más leal que he tenido jamás. Y no puedo estar en presencia del señor Darcy sin que me asalten miles de recuerdos profundamente dolorosos. Podría perdonarle que me tratara de una forma indignante, pero no que haya defraudado los deseos de su padre y que no haya hecho honor a su recuerdo.

Elizabeth le escuchaba muy atentamente, ya que el tema era cada vez más interesante, pero como también era delicado no le preguntó nada más.

El señor Wickham se puso a hablar de asuntos más generales como Meryton, el vecindario, o la sociedad del lugar, y se mostró sumamente satisfecho con cuanto había visto hasta el momento, pero sobre todo con la compañía, comentario que hizo con discreción pero con evidente coqueteo.

—La idea de mantener un trato social frecuente y, además, con personas distinguidas —añadió— fue el principal incentivo para ingresar en la unidad del condado de __shire. Sabía que este cuerpo gozaba de gran prestigio, y mi amigo Denny acabó de convencerme al describirme el lugar donde vivía, y las grandes atenciones y excelentes amistades que había encontrado en Meryton. Necesito relacionarme con los demás. La vida me ha causado desengaños, y no soporto la soledad. Para mí es indispensable trabajar y tratar con otras personas. Yo no iba a dedicarme a la vida militar, pero las circunstancias me obligaron. En realidad me correspondía ser clérigo: me educaron para la iglesia, y a estas alturas disfrutaría de un beneficio eclesiástico si así lo hubiera querido el caballero del que hablábamos hace un momento.

—¡No me diga!

—Así es. El difunto señor Darcy me obsequió con la mejor vida posible. Era mi padrino y me quería mucho. Nunca podré agradecer suficiente su bondad. El buen hombre pretendía asegurarme una vida holgada y pensó que así lo había hecho, pero cuando falleció, la parte que me correspondía fue a parar a otras manos.

—¡Dios mío! —exclamó Elizabeth—. Pero ¿cómo es posible? ¿Cómo es posible que no se respetara el testamento? ¿Por qué no recurrió a los tribunales?

—El legado se estableció bajo unos términos tan informales, que no me dejó lugar al recurso legal. Un hombre de palabra no habría puesto en duda la intención del difunto, pero el señor Darcy lo hizo… o más bien consideró la voluntad de su padre una mera sugerencia, y alegó que yo había perdido el derecho a reclamar nada por despilfarrador e imprudente. Dicho de otro modo: no recibí nada. Lo cierto es que la capellanía quedó vacante hace dos años, cuando ya tenía edad para ocuparla, pero se concedió a otro hombre. También es cierto que nadie me puede acusar de haber hecho nada para que mereciera perderla. Tengo un carácter impetuoso, y por eso a veces he dicho a boca llena lo que pienso de él a otras personas, así como a él mismo. Es la única acusación grave que me pueden hacer. Lo innegable es que somos hombres muy distintos y que me odia.

—¡Es indignante! El señor Darcy merece perder el prestigio que tiene.

—Tarde o temprano ocurrirá, pero yo no haré nada para que así sea. Mientras yo no olvide a su padre, no lo desafiaré ni lo pondré en evidencia jamás.

Elizabeth pensó que aquel sentimiento lo honraba y que lo hacía parecer aún más guapo.

—Pero ¿qué razones llevaron al señor Darcy a hacer algo así? ¿Qué lo llevó a comportarse con tanta crueldad?

—Su profunda y absoluta aversión hacia mí. Aversión que sólo me explico porque tenía celos de mí. Si el difunto señor Darcy no me hubiera apreciado tanto, puede que su hijo me hubiera soportado mejor. Pero creo que el inusual apego de su padre hacia mí le irritaba ya desde la infancia. No estaba hecho para resistir una competencia que nos enfrentaba, la preferencia que a menudo su padre mostraba hacia mí.

—No me imaginaba que el señor Darcy fuera tan mezquino. Es verdad que nunca he tenido simpatía por él, pero no lo hacía tan terrible. Suponía que en general despreciaba a sus iguales, ¡pero no sospechaba que fuera capaz de rebajarse a un acto tan vil de venganza, de injusticia, de crueldad! —Después de unos momentos de reflexión, Elizabeth añadió:— Curiosamente, recuerdo que un día en Netherfield se jactaba de ser inflexible e implacable si le guarda rencor a alguien. Debe de ser un hombre espantoso.

—Es preferible que yo no opine —respondió Wickham—, porque no puedo ser objetivo.

Elizabeth volvió a abstraerse en sus pensamientos y, después de unos momentos, exclamó:

—¿Cómo se puede tratar así al ahijado, a un ser querido, al favorito de un padre?

Y podría haber añadido: «Y a un joven como usted, cuya apostura avala de sobra su bondad.» Pero se contuvo y dijo, en cambio:

—Y a un amigo de la infancia, alguien con quien tenía una estrecha relación, como ha dicho.

—Nacimos en la misma parroquia, en la misma finca, y pasamos juntos la mayor parte de nuestra juventud. Vivimos en la misma casa, compartiendo los mismos entretenimientos y el mismo cariño parental. Mi padre hizo carrera en la misma profesión que su tío, el señor Philips, de la que tanto se enorgullece... pero renunció a todo para servir al difunto señor Darcy; dedicó su vida a cuidar la casa y la finca de Pemberley. El señor Darcy lo tenía en muy alta estima, lo consideraba un amigo íntimo, de confianza. A menudo reconocía que estaba en deuda con mi padre por la buena administración que hacía de la casa. Y cuando, justo antes de fallecer mi padre, el señor Darcy le prometió que se ocuparía de mí con gusto, estoy convencido de que lo hizo tanto por gratitud hacia él como por cariño hacia mí.

—¡Qué extraño! —volvió a exclamar Elizabeth—. ¡Es abominable! Me sorprende que, siendo orgulloso como es el señor Darcy no haya sido justo con usted. Aunque sólo fuera por eso, no debería enorgullecerse de actuar con deshonestidad... ¡porque a esto yo le llamo ser deshonesto!

—Es curioso, sí —respondió Wickham—, porque el orgullo rige casi todas sus acciones... y el orgullo siempre ha sido su mejor aliado. Lo ha acercado más a la virtud que a cualquier otro sentimiento. Pero nadie es coherente, y en su actitud hacia mí había impulsos más fuertes que el orgullo.

—¿Cómo un orgullo aborrecible como el suyo puede haber hecho algún bien?

—Sí. A menudo lo ha llevado a ser desprendido y generoso, a dar dinero a cambio de nada, a prodigar hospitalidad, a ayudar a sus arrendatarios y a aliviar a los pobres. Todo ello gracias al orgullo familiar y al orgullo filial, pues está muy orgulloso de lo que su padre fue. Su afán por demostrar que no deshonra a su familia, que no permitirá que degeneren las virtudes que se le atribuyen, que no echará a perder la influencia de la casa de Pemberley, es un motivo que pesa mucho. También tiene orgullo fraternal, que, sumado al cariño por su hermana, le hace ser un tutor bondadoso y concienzudo con ella; oirá con frecuencia elogios sobre lo atento y lo buen hermano que es.

—¿Cómo es la señorita Darcy?

Wickham movió la cabeza.

—Me gustaría decir que es una chica simpática. Me duele hablar mal de un Darcy. Pero se parece demasiado a su hermano: es muy, muy orgullosa. De niña era muy tierna y amable; me tenía muchísimo cariño, y yo me pasaba horas enteras entreteniéndola. Pero ya no significa nada para mí. Es una hermosa joven de quince o dieciséis años y, según tengo entendido, es una mujer muy instruida. Vive en Londres desde que murió su padre y, con ella, una dama encargada de su educación.

Después de varias pausas e intentos de cambiar de tema, Elizabeth no pudo evitar recuperarlo, exclamando:

—Lo que me asombra es que sea tan íntimo del señor Bingley. ¿Cómo puede el señor Bingley, que parece alegre y que seguro que es muy buena persona... cómo puede tener amistad con un hombre así? ¿Cómo pueden avenirse? ¿Conoce al señor Bingley?

—No, no le conozco.

—Es un hombre tranquilo, amable, encantador... Seguramente no sabe cómo es el señor Darcy en realidad.

—Seguramente no, pero el señor Darcy puede ser agradable si quiere. No le faltan aptitudes. Puede ser acomodadizo si le conviene. Con los de su misma clase se comporta de un modo muy distinto a como lo hace con otros menos favorecidos. Nunca pierde el orgullo, pero entre los ricos es liberal, justo, sincero, racional, honorable y puede que hasta simpático, lo cual es fácil, dada su fortuna y su apostura.

Al poco rato el grupo que jugaba al *whist* se dispersó, los jugadores se colocaron en torno a la otra mesa, y el señor Collins se situó entre Elizabeth y la señora Philips. Ésta se interesó por cómo le había ido en el juego, y aquél respondió que no muy bien, porque había perdido todos los puntos. Cuando la señora le dijo cuánto lo lamentaba, él le aseguró, muy serio, que no tenía la menor importancia, que para él el dinero era un bien insignificante y le rogó que no se preocupara.

—Ya tengo en cuenta, señora —explicó—, que cuando uno se sienta a jugar a las cartas asume el riesgo que esto comporta y, por suerte, mis circunstancias me permiten desprenderme de cinco chelines sin más. Es cierto que mucha gente no puede decir lo mismo, pero gracias a lady Catherine de Bourgh, no tengo la necesidad, ni mucho menos, de conceder importancia a tales pequeñeces.

El comentario captó la atención del señor Wickham, que, después de mirar al señor Collins un momento, preguntó a Elizabeth en voz baja si su pariente tenía un trato estrecho con la familia De Bourgh.

—Lady Catherine de Bourgh —respondió— le ha adjudicado hace poco una rectoría. La verdad es que no sé cómo llegó a conocerlo, pero él ya la conocía desde hacía tiempo.

—Supongo que sabrá que lady Catherine de Bourgh y lady Anne Darcy eran hermanas y, por consiguiente, que es tía del actual señor Darcy.

—No, no lo sabía. De hecho, no sabía nada de la familia de lady Catherine. La primera vez que oí hablar de ella fue anteayer.

—Su hija, la señorita De Bourgh, heredará una gran fortuna, y al parecer la familia quiere unir su patrimonio con el de su primo.

Esta información hizo sonreír a Elizabeth al pensar en la pobre señorita Bingley. Todas sus atenciones con el señor Darcy eran en vano, así como todo el interés que mostraba con la señorita Darcy y los halagos que le dedicaba, si él ya estaba comprometido a casarse con otra.

—El señor Collins —dijo Elizabeth— cuenta maravillas de lady Catherine y su hija, pero a juzgar por ciertos detalles que ha mencionado, sospecho que su gratitud hacia esa señora lo cofunde y que, aunque sea su patrona, es una mujer arrogante y engreída.

—Diría que las dos cosas —respondió Wickham—. Hace muchos años que no la veo, pero recuerdo que nunca me cayó en gracia y que era déspota e insolente. Tiene fama de ser extraordinariamente astuta y sensata, pero yo creo que debe esa fama en parte a la categoría y la riqueza, en parte a su trato autoritario y, en parte, al orgullo que comparte su sobrino, que sólo puede relacionarse con persona de inteligencia superior.

Elizabeth reconoció que el señor Wickham había hecho una descripción muy razonable, y siguieron charlando con mutua satisfacción hasta que sirvieron la cena y hubo que poner fin al juego;

entonces el caballero tuvo que dispensar sus atenciones a las otras damas. Era imposible conversar con el alboroto general de los invitados, pero el señor Wickham cautivó a todos con su forma de ser. Cuanto dijera estaba bien dicho; cuanto hiciera estaba bien hecho. Elizabeth se marchó de allí prendada de él. De camino a casa, no se podía quitar de la cabeza al señor Wickham, ni todo aquello que le había contado, pero ni siquiera tuvo tiempo de mencionar su nombre, porque ni Lydia ni el señor Collins callaron una sola vez. Lydia hablaba incesantemente de billetes de lotería, de las fichas que había perdido y de las fichas que había ganado. Por su parte, el señor Collins, se entretuvo describiendo la buena educación de los señores Philips, asegurando que no le había dado la menor importancia a haber perdido dinero en el juego de *whist*, enumerando los platos de la cena y lamentando una y otra vez que fueran tan apretados en el carruaje por su culpa. Y aun así no le dio tiempo a decir todo lo que hubiera querido antes de llegar a Longbourn House.

CAPÍTULO XVII

Al día siguiente Elizabeth le contó a Jane su conversación con el señor Wickham. Jane la escuchó sorprendida y preocupada: no podía creer que el señor Darcy fuera tan indigno del cariño del señor Bingley. Por otra parte, no habría sido propio de Jane Bennet dudar de la veracidad de un joven amable como el señor Wickham. La posibilidad de que el pobre hubiera soportado un trato semejante bastó para granjearse la ternura de Jane. Así que no le quedaba más remedio que pensar bien de los dos caballeros, defender la conducta de ambos y achacar a un malentendido o a un error las cosas que no pudieran explicarse.

—En mi opinión —dijo Jane— los dos han sufrido algún que otro engaño que desconocemos. A lo mejor hay otras personas interesadas en tergiversar los hechos y dar una imagen errónea al uno del otro. Pero cualquier conjetura que hagamos sobre las causas o circunstancias que los han distanciado, acabaremos echándole la culpa a uno o al otro.

—Tienes toda la razón, Jane, cariño, pero ¿y esas personas interesadas en interferir en este asunto? Habrá que disculparlas también, si no queremos pensar mal de nadie.

—Ríete lo que quieras, pero no me harás cambiar de opinión. Querida Lizzy, fíjate en qué mala posición queda el señor Darcy al tratar al favorito de su padre de esa manera, a alguien a quien su padre prometió asegurar un porvenir. Es imposible. Nadie medianamente compasivo, nadie que se precie, es capaz de algo así. ¿Puede un amigo íntimo llegar a defraudar tanto a otro? Yo creo que no.

—Me resulta más fácil creer que el señor Bingley está siendo engañado que creer que el señor Wickham es capaz de inventarse una historia como la que me contó anoche, con nombres, hechos... y todo con naturalidad. Si no es verdad, que el señor Darcy dé razones para contradecirlo. Además, había sinceridad en su mirada.

—Es difícil, desde luego... es angustiante. Una no sabe qué pensar.

—Perdona que replique, Jane, pero una sabe exactamente qué pensar.

Sin embargo, Jane sólo podía pensar una cosa con certeza: que si el señor Darcy había engañado al señor Bingley, éste sufriría mucho cuando el asunto saliera a la luz.

De esto conversaban en el jardín cuando las llamaron porque habían llegado unas visitas, entre las que precisamente se contaban algunas de las personas de las que habían estado hablando. Eran el señor Bingley y sus hermanas, que querían invitar personalmente a la familia al baile tan esperado que celebrarían en Netherfield el martes siguiente. Las hermanas del caballero estaban encantadas de volver a ver a su querida amiga Jane; dijeron que hacía mucho tiempo desde la última vez que se habían visto y preguntaron varias veces qué había hecho desde entonces. Las damas prestaron poca atención al resto de la familia: evitaron a la señora Bennet cuanto pudieron, hablaron lo justo con Elizabeth y ni siquiera dirigieron la palabra a los demás. Además, se marcharon muy pronto: se levantaron de manera tan repentina que cogió por sorpresa a su hermano, y salieron a toda prisa, ansiosas por zafarse de las atenciones de la señora Bennet.

La perspectiva del baile en Netherfield entusiasmó a todas las mujeres de la familia. La señora Bennet creía que había que considerarlo como una atención para con su hija mayor, y se sintió especialmente halagada por haber recibido la invitación del señor Bingley en persona y no mediante una tarjeta formal. Jane se imaginaba una feliz velada en compañía de sus dos amigas y colmada de atenciones por su hermano; y Elizabeth estaba contenta pensando que bailaría varias veces con el señor Wickham y que podría observar las miradas y la forma de comportarse del señor Darcy para comprobar que era verdad todo lo que había oído de él. La diversión que anticipaban Catherine y Lydia no dependía tanto de una razón específica ni de una persona en concreto, pues aunque pretendían bailar la mitad de la noche con el señor Wickham (como pretendía Elizabeth), no se conformarían con bailar sólo con él. Incluso Mary les aseguró que no descartaba la posibilidad de asistir.

—Me basta con tener las mañanas libres —dijo—. No es ningún sacrificio acudir de vez en cuando a un compromiso nocturno. La sociedad siempre nos reclama a todos en alguna ocasión, y yo creo que a todos nos conviene disfrutar de algún que otro momento de recreo y diversión.

El entusiasmo de Elizabeth era tal que, pese a no hablar mucho con el señor Collins, no pudo contenerse de preguntarle si pensaba aceptar la invitación del señor Bingley y si, como clérigo, le parecía apropiado asistir a una fiesta nocturna. Le sorprendió bastante que respondiera que no tenía ningún reparo en asistir, ni temiera que el arzobispo o lady Catherine de Bourgh le reprendieran por atreverse a bailar.

—No veo nada malo —dijo— en un baile organizado por un hombre de buena reputación para personas respetables. Y como no pienso sentarme ni un momento, espero que mis buenas primas me concedan el honor de bailar conmigo durante la velada. Es más, aprovecho la ocasión para pedirle a usted, señorita Elizabeth, los dos primeros bailes. Espero que mi prima Jane comprenda que esta preferencia se debe a una buena causa y no porque no la tenga en cuenta a ella.

Elizabeth se llevó un chasco: quería conceder los dos primeros bailes al señor Wickham. ¡Ahora tendría que concedérselos al señor Collins! Su entusiasmo no podía haber sido más inoportuno. Pero ya no había nada que hacer, y tuvo que aplazar un poco más su felicidad y la del señor Wickham, aceptando con el mejor ánimo que pudo la proposición del señor Collins. La atención de su primo tampoco le gustó porque sugería algo más; fue la primera vez que pensó que su primo tal vez la había elegido, entre sus hermanas, para ser la futura ama de la rectoría de Hunsford y para completar el número de jugadores en las partidas de cuatrillo de lady Catherine a falta de mejores invitados. Pasó de la sospecha a la convicción al observar que el señor Collins tenía cada vez más atenciones con ella y que no perdía ocasión de elogiar su ingenio y vivacidad. Pese a que el efecto de sus encantos le causaba más pasmo que satisfacción, su madre le insinúo poco después que le entusiasmaba la idea de que pudiera casarse con él. Pero Elizabeth prefirió hacer oídos sordos, pues sabía muy bien que si replicaba a su madre podía desatar una discusión. Además, a lo mejor el señor Collins ni siquiera llegaba a pedirle la mano; de manera que, mientras no lo hiciera, era inútil discutir sobre él.

Si las más pequeñas de las hermanas Bennet no hubieran tenido que pensar en el baile de Netherfield y hablar de los preparativos se habrían deprimido. Porque desde el día de la invitación hasta el día del baile no dejó de llover, lo cual no les permitió ir ni una sola vez a Meryton. Se habían quedado sin ver a su tía y a los oficiales, y sin novedades que contar. Incluso habían tenido que comprar por encargo las rosas de adorno para los zapatos que llevarían el día del baile. La lluvia también puso a prueba la paciencia de Elizabeth, porque interrumpió el progreso de su amistad con el señor Wickham. En cuanto a Kitty y Lydia, soportaron un viernes, un sábado, un domingo y un lunes lluviosos gracias al baile del martes.

CAPÍTULO XVIII

Hasta el momento de entrar en el salón de Netherfield y buscar al señor Wickham entre la multitud de casacas rojas sin encontrarlo, Elizabeth no pensó en la posibilidad de que éste no hubiera asistido. La convicción de encontrarlo le había hecho olvidarse de algo que, con razón, la habría alarmado. Se había arreglado con más esmero que de costumbre y estaba muy animada, dispuesta a terminar de conquistar el corazón del joven, convencida de que una noche bastaría para ello. Pero la asaltó la terrible sospecha de que el señor Bingley no lo hubiera incluido en la lista de invitados sólo por darle el gusto al señor Darcy. Sin embargo, el señor Wickham no estaba ausente por esto; su amigo, el señor Denny, hacia el que Lydia fue derecha al entrar, explicó por qué no estaba allí. Wickham había tenido que ir a Londres por trabajo el día anterior y aún no había regresado. Y con una sonrisa elocuente añadió:

—No se habría marchado precisamente ahora si no hubiera querido evitar a cierto caballero.

A Lydia le pasó inadvertido este detalle, pero a Elizabeth no. Y aunque la explicación del señor Denny confirmaba que se había equivocado al suponer los motivos de la ausencia de Wickham, Darcy seguía siendo el responsable de ésta. El desengaño avivó tanto su antipatía por él que Elizabeth no fue capaz de responderle con educación cuando se acercó a hablar con ella. Cualquier muestra de atención, tolerancia o paciencia con Darcy era una ofensa contra Wickham. Se había propuesto evitarlo a toda costa, así que se alejó de él; estaba tan enfadada que no pudo disimularlo ni al hablar con el señor Bingley, cuya ciega inclinación a favor de Darcy la enfurecía.

Sin embargo, como Elizabeth no estaba hecha para el malhumor, a pesar de que sus mejores expectativas para aquella velada se habían echado a perder, pronto recuperó el buen ánimo. Así, después de desahogarse contándole lo sucedido a Charlotte Lucas, a la que no había visto desde hacía una semana, incluso estaba animada para transigir de buen grado con las rarezas de su primo y, así, le hizo una seña para indicarle que bailaran. Pero con los dos primeros bailes resurgió la desazón: Elizabeth se moría de vergüenza. El señor Collins, torpe y solemne como era, en vez de estar atento al baile se disculpaba cada dos por tres y a menudo se movía en el sentido equivocado. Elizabeth sintió todo el bochorno y la angustia que una pareja torpe es capaz de causar en dos bailes. De modo que sintió auténtica alegría cuando se libró de él.

A continuación bailó con un oficial, con el que habló de Wickham. Al enterarse de que éste gozaba de la simpatía general sintió un gran alivio. Luego volvió donde estaba Charlotte Lucas. Mientras hablaba con ella, el señor Darcy la abordó para pedirle los dos siguientes bailes. La petición la sorprendió tanto que, sin pensar en lo que hacía, la aceptó. El señor Darcy se marchó sin decir más, y Elizabeth quedó desconcertada ante su propia falta de aplomo. Charlotte trató de tranquilizarla.

—Seguro que te resultará simpático.

—¡No, por Dios! Que un hombre al que estoy resuelta a odiar me resultara simpático... ¡Sería lamentable a más no poder! No me desees tanto mal.

Sin embargo, cuando la música se reanudó y Darcy se acercó para sacarla a bailar, Charlotte no pudo evitar susurrarle que no fuera tonta y que su interés por Wickham no le hiciera parecer grosera a los ojos de un hombre diez veces más importante. Sin responder, Elizabeth ocupó su posición para el baile de figuras, asombrada por la dignidad que le confería estar delante del señor Darcy, y se fijó en que las otras parejas la miraban con igual asombro por gozar de aquel privilegio. Durante un rato no se dirigieron la palabra, y Elizabeth pensó que el silencio duraría los dos bailes. Primero decidió que no sería la primera en hablar, pero luego pensó que incomodaría mucho al señor Darcy si lo obligaba a hablar. Así que hizo un comentario sobre el baile. Él respondió y volvió a callar. Tras guardar silencio unos minutos, habló otra vez.

—Ahora le toca a usted decir algo, señor Darcy: yo he hablado del baile, y a usted le corresponde hacer alguna observación sobre el tamaño del salón, o sobre la gran cantidad de parejas.

Él sonrió y le aseguró que diría lo que ella quisiera oír.

—Muy bien. Esa respuesta vale por ahora. Dentro de un rato puede que yo comente que los bailes privados son mucho más agradables que los públicos. Pero ahora podemos guardar silencio.

—Así que usted habla por norma cuando baila.

—A veces. Hay que hablar un poco, ya sabe. Sería muy extraño guardar absoluto silencio durante media hora seguida. Hay quien prefiere que la conversación sea lo más formal posible para hablar lo menos posible.

—¿Se refiere a lo que usted prefiere en este caso, o a lo que yo prefiero?

—A las dos cosas —respondió Elizabeth con malicia—, porque he visto que nos parecemos en varias cosas: los dos somos poco sociables y reservados; no nos gusta mucho hablar a menos que al hacerlo vayamos a asombrar a todos los presentes; y nos gustaría pasar a la posteridad con todo el esplendor de un proverbio.

—Estoy seguro de que usted no es así en absoluto. En cuanto a mí, no sabría decir hasta qué punto tiene o no tiene razón... Aunque, claro, usted cree que me ha descrito tal como soy.

—No puedo opinar sobre mi propia observación.

Darcy no dijo nada, y se quedaron callados hasta el final del baile, momento en que él le preguntó si solía ir mucho a Meryton con sus hermanas. Ella asintió y, puesto que fue incapaz de resistir la tentación, añadió:

—El otro día, cuando nos encontramos, acabábamos de conocer a alguien.

El efecto fue inmediato. Una sombra de altivez cubrió el rostro del señor Darcy, pero no dijo nada. Y Elizabeth, pese a asumir la culpa de su propia debilidad, no fue capaz de insistir en la cuestión. Al final él dijo en un tono de voz forzado:

—El señor Wickham tiene suerte de que su simpatía le permita hacer amigos... Lo que no está tan claro es si tiene la misma gracia para conservarlos.

—El pobre... Tuvo la mala suerte de perder su amistad —respondió Elizabeth con ironía—. Seguro que lo lamentará toda su vida.

Darcy no contestó y parecía querer cambiar de tema. En ese momento el señor Lucas, que pasaba por en medio del grupo de baile para cruzar la sala, se les acercó. Al fijarse en el señor Darcy, se detuvo, hizo una reverencia y dedicó unos elogios a su forma de bailar y a su pareja.

—Caballero, le aseguro que estoy maravillado. Pocas veces se ve una manera de bailar tan fuera de lo común. Es evidente que pertenece usted a una clase distinguida. No obstante, permítame decir que su hermosa pareja no le desmerece y que espero tener el gusto de verles bailar a menudo, sobre todo, querida señorita Eliza —dijo, aunque mirando a su hermana y a Bingley—, cuando se celebre un acontecimiento que a muchos nos alegrará. ¡Lloverán las felicitaciones! Señor Darcy, no le molestaré más. No quiero que me reproche por interrumpir su fascinante conversación con esta joven dama, cuyos ojos vivarachos, veo, también me reprenden por ello.

El señor Darcy casi no oyó el último comentario. En cambio, la insinuación de sir William sobre su amigo le llamó mucho la atención y dirigió la vista, muy serio, hacia Bingley y Jane, que bailaban. Pero se recuperó y volvió a mirar a Elizabeth.

—Con la interrupción del señor William he olvidado de qué estábamos hablando —le dijo.

—Creo que ni siquiera estábamos hablando. Sir William ha interrumpido a las dos personas de la sala que tenían menos cosas que decirse. Lo hemos intentado con dos o tres temas, y ya no sé de qué podemos hablar ahora.

—¿Qué le parece si hablamos de libros? —propuso Darcy con una sonrisa.

—¿De libros? ¡No, por favor! Seguro que no leemos lo mismo o, al menos, no lo hacemos desde el mismo punto de vista.

—Lamento que piense eso, pero si es así no nos faltarán temas de conversación. Podemos contrastar opiniones.

—No… no puedo hablar de libros en un salón de baile, porque estoy pensando en muchas otras cosas.

—En lugares así las circunstancias presentes se imponen sobre cualquier otra cosa, ¿verdad?

—Sí, siempre —respondió Elizabeth sin saber lo que decía, pues sus pensamientos estaban en otra parte, como se puso de manifiesto al exclamar—: Recuerdo haberle oído decir una vez, señor Darcy, que le costaba perdonar, que cuando le tiene rencor a alguien no es capaz de aplacarlo. Por eso supongo que es usted prudente y procura que nadie provoque ese rencor.

—Así es —respondió con firmeza.

—¿Y nunca le ciegan los prejuicios?

—Quiero creer que no.

—Suele pasarle a la gente que nunca cambia de opinión, por lo que conviene asegurarse bien antes de juzgar a los demás.

—¿Le importa que le pregunte a dónde quiere ir a parar con estas preguntas?

—Sólo quiero conocer mejor su carácter —contestó Elizabeth, intentando quitar gravedad a su voz—. Quiero entenderlo.

—¿Y lo ha conseguido ya?

—No, en absoluto. He oído tantas cosas distintas de usted, que estoy sumamente confusa.

—Es fácil —dijo Darcy muy serio— que la gente opine cosas muy distintas de mí. Y desearía, señorita Bennet, que no trate de hacerse una idea de mi carácter en este momento, porque tengo razones para creer que el resultado no nos dejaría bien a ninguno de los dos.

—Pero si no lo hago ahora, puede que no surja otra ocasión.

—No seré yo quien le prive de esa satisfacción —respondió él con frialdad.

Elizabeth no dijo nada más. Terminaron el último baile y se separaron en silencio, ambos descontentos, si bien no con la misma intensidad, pues aunque Darcy estaba más furioso que ella, fue capaz de disculparla, y descargó todo su enfado contra otra persona.

No hacía mucho que se habían separado, cuando la señorita Bingley se acercó a ella y, con un gesto amable pero lleno de menosprecio, la abordó diciendo:

—¡Señorita Eliza! ¡He oído que está encantada con George Wickham! Su hermana me ha estado hablando de él y me ha hecho miles de preguntas. Creo que a él le ha pasado por alto decirle, entre

otras cosas, que era hijo del estimado señor Wickham, el difunto administrador del señor Darcy. Aun así, permítame recomendarle como amiga que no confíe del todo en sus afirmaciones, pues es absolutamente falso que el señor Darcy lo tratara mal. Al contrario: ha sido sumamente bueno con él. George Wickham es quien se ha portado de manera infame. No conozco los detalles, pero me consta que el señor Darcy no tiene la culpa de nada, que no soporta oír el nombre de George Wickham y que, aunque mi hermano tuvo que incluirlo en la invitación de los oficiales por educación, se alegró mucho al saber que él mismo decidiera no asistir al baile. El mero hecho de haberse trasladado aquí es una insolencia. No sé cómo se ha atrevido. Señorita Eliza, lamento revelarle la verdad sobre su favorito, pero teniendo en cuenta el origen de Wickham, no cabía esperar nada mejor.

—Por lo que usted dice, equipara usted la culpabilidad del señor Wickham a su origen —respondió Elizabeth con enfado—, porque sólo la he oído acusarlo de ser hijo del administrador del señor Darcy, de lo cual él mismo me informó.

—Discúlpeme —respondió la señorita Bingley, alejándose con desdén—. Disculpe mi intromisión. La intención era buena...

—¡Insolente! —exclamó Elizabeth para sí—. Estás muy equivocada si pretendes influirme con un ataque tan mezquino. La culpa es de tu obstinada ignorancia y de la malicia del señor Darcy.

Elizabeth fue a buscar a su hermana mayor, que en ese momento estaba preguntando a Bingley sobre la misma cuestión. Jane, radiante de felicidad, la saludó con una sonrisa cálida y alegre, muestra de su satisfacción por cómo estaban saliendo las cosas aquella noche. Elizabeth enseguida supo cómo se sentía Jane, algo que disipó su preocupación por Wickham y la furia hacia sus enemigos, pues su hermana se hallaba seguramente en un maravilloso estado de felicidad.

—Quiero saber —le dijo luego con un gesto no menos risueño que el de Jane— qué has oído de Wickham... a menos que hayas estado ocupada en asuntos demasiado agradables como para pensar en cualquier otra persona. En ese caso te disculparía, claro.

—No —respondió Jane—, no me he olvidado de él, pero lo que voy a contarte no te gustará. El señor Bingley no conoce toda la historia, ni las circunstancias que ofendieron al señor Darcy. Pero él responderá por la buena conducta, la rectitud y el honor de su amigo, y está absolutamente convencido de que el señor Wickham merecía incluso menos atenciones de las que le dedicó el señor Darcy. Y lamento decir que, según su hermana y según él mismo, el señor Wickham no es un hombre digno de respeto. Parece que ha actuado con imprudencia y que se merece haber perdido la consideración del señor Darcy.

—¿El señor Bingley no conoce al señor Wickham?

—No. Nunca lo había visto hasta aquella mañana en Meryton.

—Por lo tanto, sólo sabe lo que le ha contado el señor Darcy. Me doy por contenta. ¿Y qué te ha dicho del beneficio eclesiástico que le correspondía?

—No recuerda bien las circunstancias a pesar de que el señor Darcy se lo ha contado más de una vez, pero cree recordar que tenía derecho a obtenerlo con unas condiciones.

—No pongo en duda la sinceridad del señor Bingley —dijo Elizabeth con ternura—, pero tienes que entender que no me convencen unas simples afirmaciones. Es muy loable que el señor Bingley defienda a su amigo, pero teniendo en cuenta que desconoce parte de la historia y que el resto lo conoce por ese mismo amigo, no voy a cambiar la opinión que tenía del señor Wickham y el señor Darcy.

Luego enderezó la conversación hacia un tema más grato para ambas para no discutir con su hermana. Feliz, pero con comedimiento, Jane le contó que tenía la esperanza de que el señor Bingley pudiera estar enamorado de ella, y Elizabeth le dijo todo lo que pudo para reforzar su confianza. Cuando el señor Bingley se unió a las hermanas, Elizabeth se retiró y fue a hablar con la señorita Lucas, que le preguntó si le había gustado bailar con su última pareja. No le dio tiempo a responder, porque el señor Collins se acercó para decirle, exultante, la suerte que tenía por haber descubierto algo de gran importancia.

—Acabo de enterarme —dijo— por una curiosa casualidad, que en el salón se encuentra un pariente próximo de mi patrona. Por azar, he oído al caballero en cuestión mencionar a la joven anfitriona los nombres de la señorita De Bourgh y de su madre, lady Catherine, que al parecer son prima y tía suyas. ¡Es una maravilla que ocurran estas cosas! ¿Quién me iba a decir que en esta fiesta conocería a un sobrino de lady Catherine de Bourgh? Menos mal que lo he averiguado a tiempo, porque así podré presentarle mis respetos. Voy a hacerlo ahora mismo. Espero que el caballero me disculpe por no haberlo hecho antes. Yo no sabía nada del parentesco, lo cual justifica mi disculpa.

—No irá usted a presentarse al señor Darcy.

—Sí. Y a pedirle que me disculpe por no haberlo hecho antes. Si no lo he entendido mal, es sobrino de lady Catherine. Así podré decirle que la señora se encontraba bien la semana pasada.

Elizabeth hizo todo lo posible para disuadirlo. Le aseguró que si se dirigía al señor Darcy, éste consideraría el gesto como una familiaridad impertinente y no tanto un cumplido para con su tía; le dijo que no era necesario, ni mucho menos, presentarse al caballero o viceversa, pero si se daba el caso, correspondía al señor Darcy hacerlo primero por ser de condición superior.

El señor Collins la escuchó con la determinación de quien no piensa renunciar a un propósito, y cuando Elizabeth terminó de hablar, le respondió:

—Querida señorita Elizabeth, tengo en muy alta estima su excelente criterio en asuntos que conoce bien, pero permítame decirle que hay una gran diferencia entre las normas de cortesía de los laicos y las del clero. Permítame explicarle que la clase clerical tiene el mismo grado de dignidad que cualquier clase superior del reino mientras se mantenga un comportamiento humilde, como corresponde a un sacerdote. Por lo tanto, si no le importa, en esta ocasión seguiré los dictados de mi conciencia, la cual me dice que tengo la obligación de hacer lo que me propongo. Perdone si ahora no aprovecho su consejo: en cualquier otra clase de asuntos lo tendré siempre en cuenta. Sin embargo, dada mi educación y mi hábito de estudio me considero más capacitado que una joven como usted para decidir qué es lo más apropiado en este caso.

Y con una reverencia exagerada, el señor Collins se alejó para presentarse al señor Darcy. Elizabeth observó con interés la reacción de éste, que puso un gesto de evidente asombro por haber sido abordado de aquella manera. El señor Collins hizo una solemne reverencia antes de hablar, y aunque Elizabeth no oía nada, se imaginó lo que decía y leyó en sus labios las palabras «disculpa», «Hunsford» y «lady Catherine de Bourgh». Le irritaba ver cómo su primo se ponía en evidencia ante un hombre como aquél. El señor Darcy lo miraba sin disimular su pasmo, y cuando, por fin, el señor Collins le dejó hablar, respondió con frialdad y educación. No obstante, el señor Collins no se desanimó y siguió hablando. Cuanto más se alargaba el discurso, mayor parecía el desprecio del otro. Cuando calló, el señor Darcy hizo una leve inclinación y se alejó de él. El señor Collins regresó a donde estaba Elizabeth.

—Debo decir —anunció su primo— que no tengo ninguna queja de cómo que se me ha recibido. Es más: el señor Darcy parecía muy complacido con la atención que he tenido con él. Me ha respondido con suma amabilidad, e incluso ha tenido el rasgo de halagarme diciendo que está tan convencido del buen criterio de lady Catherine que está seguro de que ella jamás concedería un favor inmerecido. Me ha parecido una reflexión magnífica. En general, estoy muy contento con él.

Al decaer el interés en este asunto, Elizabeth dirigió toda su atención a su hermana y el señor Bingley, y su contemplación desencadenó un flujo de agradables pensamientos que la hicieron sentir casi tan dichosa como Jane. Se imaginó a su hermana instalada en aquella misma casa, rebosante de toda la felicidad que puede proporcionar un matrimonio basado en un cariño verdadero, y estas circunstancias incluso la animaban a hacer un esfuerzo por sentir simpatía hacia las dos hermanas Bingley. Se figuraba que su madre estaba pensando lo mismo, de modo que procuró no acercarse a ella, no fuera a ser que oyera más de la cuenta. Así pues, le pareció que había tenido muy mala suerte que en la cena le hubiera tocado sentarse junto a su madre. Tampoco le hacía ninguna gracia que ésta hablara sin ambages, sin pudor, con lady Lucas de que esperaba ver pronto a Jane casada con el señor Bingley. El tema de conversación la tenía muy animada y, al parecer, no se cansaba de referir una y otra vez las ventajas que comportaría aquel enlace. Los motivos principales de satisfacción para la señora Bennet eran que se trataba de un joven encantador —¡y además tan rico!— y que vivía a poco más de seis kilómetros de su casa. Luego dijo que era un consuelo que Jane cayera tan bien a sus dos hermanas, y que estaba segura de que ellas deseaban tanto como ella la unión. Por otra parte, ésta brindaba un futuro halagüeño a sus hijas menores, porque si Jane se casaba con un caballero de tan alta condición las ayudaría a conocer a otros hombres ricos. Por último, era un alivio que a su edad pudiera encomendar a sus hijas solteras al cuidado de su hermana y no tener que acompañarlas a cada acto social más de lo que le gustaba. Pero, claro, tenía que alegrarse de aquella circunstancia, pues así lo dicta el protocolo en estos casos, aunque a nadie como a ella le gustaba tanto quedarse tranquila en casa, ya fuera a aquella edad o a cualquier otra. Para terminar manifestó sus deseos de que lady Lucas tuviera pronto la misma suerte que Jane (pese a ser evidente —y además un triunfo— que no tenía ni la más remota posibilidad).

Fue en vano el esfuerzo de Elizabeth por controlar las palabras de su madre o de pedirle que aireara su felicidad en un tono de voz más bajo. Por si fuera poco, se daba cuenta de que, al estar sentado delante de ellas, el señor Darcy oía casi todos los comentarios. Su madre le regañó diciéndole que era ridícula.

—¿Y qué me importa a mí el señor Darcy? ¿Se puede saber por qué me tiene que preocupar? No creo que le debamos ninguna consideración especial como para guardarnos de decir nada que no quiera oír.

—Mamá, por el amor de Dios, baja la voz. ¿Qué ganas con ofender al señor Darcy? Sólo conseguirás que hable mal de ti a su amigo.

Pero los ruegos de su hija fueron en vano. Su madre siguió diciendo lo que opinaba en el mismo tono inteligible. Elizabeth se sonrojaba de rabia y vergüenza. No podía dejar de mirar una y otra vez al señor Darcy, aun cuando cada vez que lo hacía confirmaba sus temores: aunque él no mirara a su madre, Elizabeth sabía que no estaba pendiente de otra cosa. Poco a poco, Darcy pasó de tener un gesto despectivo e indignado a un gesto grave, firme y sereno.

En un momento dado la señora Bennet ya no tuvo nada más que decir. Y lady Lucas, que desde hacía rato bostezaba mientras escuchaba las maravillas que aquélla le contaba y que ella probablemente jamás compartiría, se consoló dándose al pollo y al jamón. Elizabeth empezó a recuperarse. Pero el intervalo de tranquilidad duró poco, pues cuando terminaron de cenar se habló de cantar, y tuvo que soportar la vergüenza de que Mary, después de hacerse de rogar lo justo, se preparara para deleitar a los presentes. Elizabeth trató de evitar la humillación lanzándole miradas elocuentes y haciéndole señas de súplica. Pero fue inútil: Mary no sólo no las entendió, sino que estaba encantada con la oportunidad que se le brindaba para exhibirse. Así que empezó a cantar. Elizabeth fijó la vista en su hermana, embargada por una sensación penosa. Escuchó la interpretación de varias estrofas con una impaciencia que no se satisfizo al concluir la pieza, ya que al oír entre los agradecimientos de los presentes una levísima insinuación de que los honrara con otra canción, Mary empezó a cantar otra vez después de una pausa brevísima. Era evidente que la joven no tenía talento para una demostración de ese tipo: su voz era débil y su estilo afectado. Elizabeth estaba desesperada. Miró a Jane para ver cómo lo soportaba ella, pero estaba conversando tranquilamente con Bingley. Miró a sus otras dos hermanas, que se hacían señas de burla, y a Darcy, que mantenía un semblante grave e impenetrable. Miró a su padre para rogarle que interviniera, no fuera que Mary se animara a cantar toda la noche. Su padre captó la indirecta y, cuando la joven hubo terminado la segunda canción, dijo en voz alta:

—Hija mía, ha sido una interpretación excelente. Pero ya nos has deleitado bastante por hoy. Ahora deja que otras chicas puedan lucirse también.

Aunque Mary fingió no haberlo oído, se notaba que estaba un poco desconcertada. Y Elizabeth, que sintió pena por ella y lamentó el comentario de su padre, entendió que no había ayudado a nadie con su angustia. A continuación los ruegos se dirigieron a otros invitados.

—Si fuera tan afortunado de saber cantar —dijo el señor Collins—, sería para mí un grandísimo placer honrar a los presentes con un aria, pues considero la música un pasatiempo inocente y perfectamente compatible con la profesión sacerdotal. No obstante, no quiero decir con esto que dediquemos mucho tiempo a la música, pues tenemos otras cuestiones que atender. El rector de una parroquia tiene muchísimo trabajo. En primer lugar, debe fijar los diezmos de manera que él se beneficie y su patrón no se ofenda. Debe escribir sus propios sermones; y nunca le sobra tiempo para acatar las obligaciones que le exige la parroquia, ni para cuidar y mejorar su hogar, que debe ser lo más confortable posible. Y es importante que sea atento y conciliador con todo el mundo, sobre todo con aquellos a los que debe su puesto. Tales son las obligaciones de un sacerdote. Y no podría tener una buena opinión de un hombre que no aprovechara una ocasión para presentar sus respetos a alguien emparentado con la familia.

Dicho esto, hizo una reverencia dirigida al señor Darcy, dando así por concluido el discurso, que pronunció lo suficientemente alto para que llegara a oídos de media sala. Muchos se lo quedaron mirando, otros sonreían, pero nadie parecía disfrutar más de la situación que el señor Bennet, en tanto que su esposa elogiaba al señor Collins, muy seria, por haber hablado de un modo tan acertado, para luego comentar con un susurro a lady Lucas que era un joven listísimo, además de buena persona.

Elizabeth pensó que si su familia se hubiera puesto de acuerdo para hacer todo el ridículo posible aquella noche no lo habrían hecho mejor. Por eso se alegró de que el espectáculo pasara inadvertido a su hermana y a Bingley, y de que, gracias a lo que éste sentía por Jane, no le importara la exhibición de locura que acababa de presenciar. Sin embargo, lo peor era haber dado motivos para que sus dos hermanas y el señor Darcy ridiculizaran a sus parientes; no sabía qué era más insufrible, si el silencioso desdén del caballero o las sonrisas insolentes de las damas.

El resto de la velada se distrajo bien poco. El señor Collins no la dejó en paz en toda la noche, y pese a no convencerla de bailar otra vez con él, Elizabeth tampoco podía bailar con nadie más. Le pidió que sacara a bailar a otra chica y se ofreció a presentarle a cualquier joven dama de la sala, pero fue en vano. Él le confesó que en realidad le daba igual bailar, que su principal interés era gustarle dedicándole delicadas muestras de atención, y para eso debían estar juntos toda la noche. Contra semejante propósito no había argumento posible. Por suerte su amiga, la señorita Lucas, se acercaba a menudo a ellos y estaba encantada de dar conversación al señor Collins.

Elizabeth pensaba que, dadas las circunstancias, al menos no tendría que soportar ninguna crítica del señor Darcy, que a pesar de estar de pie a poca distancia de allí con una cara muy seria no se le acercó en ningún momento para hablar. Elizabeth pensó que seguramente era por lo que ella había dicho sobre el señor Wickham, y se alegró.

El grupo de Longbourn fue el último en marcharse y, gracias a un ardid de la señora Bennet, tuvieron que esperar un cuarto de hora después de haberse ido todo el mundo hasta que llegaran los carruajes, lo cual les valió una efusiva despedida por parte de algunos miembros de la familia. La señora Hurst y su hermana no abrieron la boca, salvo para quejarse de lo cansadas que estaban, ni disimularon su impaciencia por tener la casa para ellas solas. Rehuyeron cualquier intento de conversación de la señora Bennet, lo cual hizo decaer al grupo entero. Tampoco fueron un consuelo los extensos discursos del señor Collins, que estaba halagando al señor Bingley y sus hermanas por la refinada recepción que habían dado, y por su hospitalidad y cortesía para con los invitados. Darcy no decía nada. El señor Bennet disfrutaba contemplando la escena también en silencio. El señor Bingley y Jane, que estaban juntos, pero algo apartados de los demás, sólo hablaban entre ellos. Elizabeth guardaba un silencio igual de firme que el de la señora Hurst o la señorita Bingley; y aunque hasta Lydia estaba demasiado agotada, de vez en cuando exclamaba con un fuerte bostezo: «¡Dios mío, que cansada estoy!»

Cuando al fin se levantaron para marcharse, la señora Bennet insistió con mucha amabilidad en que esperaba ver pronto a toda la familia en Longbourn, y se dirigió especialmente al señor Bingley para decirle que le alegraría mucho que un día fuera a comer a su casa sin necesidad de una invitación formal. Bingley dijo que sería un placer y se comprometió de buena gana a visitarla en cuanto surgiera la oportunidad a la vuelta de Londres, donde tenía que ir al día siguiente para poco tiempo.

La señora Bennet quedó más que satisfecha y se marchó a su casa con la agradable convicción de que, contando con el tiempo necesario para establecer la dote, adquirir carruajes nuevos y vestidos de boda, en cuestión de tres o cuatro meses su hija estaría instalada en Netherfield. También tenía la certeza de que pronto vería a otra de sus hijas casada con el señor Collins, y aunque esta idea también la alegraba, no tenía ni punto de comparación. De todas, Elizabeth era la hija a la que menos quería, y a pesar de que el pretendiente y la boda eran más que suficientes para ella, el señor Bingley y Netherfield los eclipsaban.

CAPÍTULO XIX

El día siguiente trajo un nuevo acontecimiento a Longbourn. El señor Collins formalizó su declaración. Resuelto a no perder tiempo —pues su permiso se extendía hasta el sábado siguiente—, convencido de que Elizabeth correspondería su petición, se dispuso a hacerlo con calma siguiendo las formalidades que, a su juicio, debían aplicarse en estos casos. Así, cuando poco después del desayuno se encontró a la señora Bennet con Elizabeth y una de las hermanas menores, dijo a la madre:

—¿Cree usted, señora, dado su aprecio por su hermosa hija Elizabeth, que podría concederme el honor de hablar en privado con ella en algún momento esta mañana?

Aquella petición inesperada sacó los colores a Elizabeth.

—¡Querido! —exclamó la señora Bennet—. Sí, claro que sí. Seguro que Elizabeth estará encantada. Seguro que no tendrá ningún inconveniente en hablar con usted. Anda, Kitty, vete arriba.

Y después de recoger sus cosas a toda prisa para salir, su hija le dijo:

—Mamá, no salgas. Te ruego que no salgas. Disculpe, señor Collins, pero no creo que tenga nada que decirme que no puedan oír ellas. Si no, yo también saldré.

—No digas tonterías, Lizzy. Quédate donde estás —le ordenó y, al ver que, en efecto, su hija, que la miraba con enfado y vergüenza, estaba dispuesta a salir, añadió—: Lizzy, te quedarás donde estás y escucharás al señor Collins.

Elizabeth no se atrevió a oponerse a aquella orden y, después de pensarlo mejor, le pareció que lo más razonable era resolver la situación cuanto antes y de la manera más discreta posible. De modo que volvió a sentarse e hizo el esfuerzo de disimular la angustia que sentía, mezclada con la sensación de que iba a divertirse. La señora Bennet y Kitty salieron y, en cuanto quedaron a solas, el señor Collins dijo:

—Créame, queridísima señorita Elizabeth, que su modestia no sólo no le perjudica, sino que añade valor a su perfección. Si hubiera sido menos reacia, no la habría apreciado tanto. Permítame asegurarle que tengo el permiso de su respetable madre para dirigirme a usted. Supongo que ya se imaginará lo que me propongo con esta conversación aun cuando su natural sutileza la lleve a disimularlo, pues mis atenciones han sido demasiado evidentes para que las haya pasado por alto. Al poco rato de entrar en esta casa supe que usted sería la compañera idónea para compartir mi vida. Pero antes de dejarme llevar por lo que siento, quizás convenga exponerle los motivos para querer casarme y que me han traído hasta Hertfordshire con la idea de elegir esposa.

La idea de que el señor Collins, comedido y solemne como era, se dejara llevar por sus sentimientos, casi hizo reír a Elizabeth y no le permitió aprovechar aquella breve pausa para evitar que siguiera hablando.

—Los motivos por los que quiero casarme son los siguientes —prosiguió aquél—: En primer lugar, considero que un clérigo que goza de una vida holgada (como es mi caso) debe casarse para servir de ejemplo a sus feligreses. En segundo lugar, estoy convencido de que me hará muy feliz. Y en tercer lugar (motivo que tal vez debiera haber mencionado antes) sigo el consejo y la recomendación de la noble señora a quien tengo el honor de llamar patrona. En dos ocasiones (¡y sin pedírselo!) ha condescendido a darme su parecer sobre este asunto. Y fue precisamente la noche del sábado previo a partir de Hunsford. Mientras jugábamos a una partida de cuatrillo y la señora Jenkinson arreglaba el escabel de la señorita De Bourgh, lady Catherine me dijo: «Señor Collins, tiene que casarse. Un clérigo como usted tiene la obligación de casarse. Escoja con acierto, elija a una mujer tierna por mi propio bien; y por el suyo, que sea una persona trabajadora y útil, con la educación justa para ser capaz de administrar bien unos ingresos modestos. Se lo aconsejo. Encuentre una mujer cuanto antes pueda, tráigala a Hunsford, y yo iré a verla.» Permítame decirle, por otra parte, mi bella prima, que el consejo y la generosidad de lady Catherine de Bourgh no son los mejores privilegios que tengo que ofrecer. Sus maneras le parecerán superiores a cualquier posible descripción que yo le haga, y creo que a la señora le resultarán aceptables su ingenio y vivacidad, sobre todo cuando los modere con el silencio y el respeto que inevitablemente le inspirará la categoría de la señora. Esto es todo lo que tengo que decir sobre mi intención general de contraer matrimonio. Queda por explicar por qué he acudido a Longbourn para buscar esposa en vez de hacerlo en mi vecindad, donde no faltan jóvenes con encanto. Lo cierto es que, teniendo en cuenta que heredaré esta propiedad a la muerte de su honorable padre (que, por otra parte, vivirá seguramente muchos años), no quedaría tranquilo si no eligiera esposa entre sus hijas. Con esto pretendo aliviar todo lo que pueda el disgusto de perder la propiedad... triste acontecimiento que, por otra parte, como he dicho, tardará muchos años en ocurrir. Tal es, pues, mi bella prima, la motivación que me ha traído hasta aquí. Espero que no por ello disminuya el aprecio que pueda tenerme. Y ahora sólo me queda expresarle mi afecto con la mayor efusividad posible. En cuanto al dinero que pueda aportar, me es del todo indiferente, pues no exigiría nada a su padre que no pudiera asumir; de hecho, puede que usted sólo tenga derecho a recibir un cuatro por ciento al año de esas mil libras que heredará a la muerte de su madre. Por consiguiente, a este respecto seré igual de discreto: tenga la seguridad de que jamás oirá de mis labios un mezquino reproche cuando estemos casados.

Elizabeth pensó que había llegado el momento de interrumpirle.

—Va demasiado deprisa, caballero —protestó—. Se olvida de que todavía no le he dado una respuesta. Permítame que se la dé para no seguir perdiendo el tiempo: agradezco sus halagos y soy consciente del honor que supone su proposición, pero tengo que declinarla.

—Sé muy bien —respondió el señor Collins haciendo un aspaviento formal con la mano— que es habitual que una joven rechace a un hombre al que en el fondo pretende aceptar, cuando éste le pide la mano; y que puede llegar a rechazarlo una segunda y hasta una tercera vez. Por lo tanto, sepa que su respuesta no me desanima, ni mucho menos, y que espero llevarla al altar.

—Me asombra, caballero —insistió Elizabeth— que aún tenga esperanzas después de mi declaración. Yo no soy de esas chicas imprudentes (si es que las hay) que se hacen de rogar dejando su felicidad en manos del azar, a riesgo de que no vuelvan a pedirles la mano una segunda vez. Mi negativa es rotunda. Usted no me haría feliz, y estoy convencida de que soy la última mujer en el mundo que le haría feliz a usted. Ah, y si su amiga lady Catherine me conociera seguramente pensaría que no cumplo los requisitos necesarios para ser su esposa.

—Puede que lady Catherine lo pensara —dijo el señor Collins con gravedad—... aunque no: más bien creo que tendría una buena opinión de usted. Y puede estar segura de que, en cuanto tenga el honor de volver a verla, le hablaré muy bien de su modestia, de su prudencia y moderación en los gastos y de sus otras cualidades.

—De hecho, señor Collins, no hará falta que me elogie. Debe dejarme juzgar por mí misma y concederme el honor de creer lo que le digo. Le deseo que llegue a ser muy feliz y muy rico. Y al rechazar su mano, hago cuanto está en mi poder para no impedirle que lo sea. Puede dar por satisfecha la atención que ha mostrado hacia mi familia al pedirme la mano. Y cuando llegue el momento puede tomar posesión de Longbourn sin ningún cargo de conciencia. Dicho esto, creo que podemos dar por zanjado este asunto.

Elizabeth se levantó para salir de la sala, pero el señor Collins la retuvo diciéndole:

—La próxima vez que tenga el honor de hablar con usted sobre esta cuestión espero obtener una respuesta más favorable. No la acuso de ser cruel, ni mucho menos, porque me consta que es costumbre entre las damas rechazar a un hombre la primera vez que se declara. Sé que todo lo que me ha dicho ha sido para animarme a pedirle la mano otra vez, que es propio de la sutileza del carácter femenino.

—De verdad, señor Collins —dijo Elizabeth con cierta ternura—, me deja usted perpleja. Si le ha parecido que lo estaba animando con todo lo que le he dicho hasta ahora, ya no sé cómo expresar mi rechazo para dejárselo claro.

—Mi bella prima, si no le importa, pensaré que su rechazo son sólo palabras, porque tengo motivos sencillos para ello: creo que no soy indigno de usted y que el hogar que le ofrezco es más que aceptable. Mi posición, mi buena relación con la familia De Bourgh y el parentesco que nos une a usted y a mí son circunstancias a mi favor. Por otra parte, debe tener en cuenta que a pesar de sus encantos, que no son pocos, corre el riesgo de que nadie le vuelva a pedir la mano. Por desgracia su dote es tan escasa que desvirtuará de seguro los efectos de su belleza, así como sus buenas cualidades. Por consiguiente, he de concluir que no habla seriamente al rechazarme y que debo atribuir su actitud a que utiliza el suspense para que la quiera más, según la práctica habitual de las damas refinadas.

—Le ratifico, caballero, que no tengo ninguna intención de poner en práctica ninguna forma de refinamiento que consista en atormentar a un hombre respetable. Prefiero que tenga la amabilidad de creerme. Le agradezco muchísimo el honor que supone pedirme la mano, pero no puedo aceptarlo de ninguna manera. Mis sentimientos (en todos los aspectos) me lo impiden. ¿Puedo hablar más claro? No me vea como una mujer refinada que pretende atormentarlo, sino como una persona racional que dice la verdad de todo corazón.

—¡Diga lo que diga, es usted encantadora! —exclamó el señor Collins con galantería rimbombante—. Y estoy seguro de que, en cuanto mi proposición sea aceptada por la expresa autoridad de sus padres, no habrá lugar al rechazo.

Ante el empeño de su primo en no reconocer el fracaso, Elizabeth prefirió no responder y salir en silencio. Decidió que, si él seguía creyendo que lo rechazaba para animarlo a pedirle otra vez la mano, recurriría a su padre, cuya negativa sería categórica, y su primo no la confundiría con el gesto afectado y coqueto de una dama refinada.

CAPÍTULO XX

Al poco rato de quedar solo el señor Collins, embebido en la contemplación de un amor correspondido, entró la señora Bennet, que había esperado con paciencia en el vestíbulo a que terminara la conversación. Cuando Elizabeth abrió la puerta y salió como un rayo hacia la escalera, su madre entró en la sala de almorzar para felicitar al señor Collins con cálidas palabras (y para congratularse) por la feliz perspectiva de que pronto serían parientes más próximos todavía. El señor Collins agradeció y devolvió la felicitación con la misma alegría. A continuación relató los detalles de la entrevista, de la cual tenía razones suficientes para estar satisfecho, pues la negativa inmediata de su prima sólo se derivaba, naturalmente, de su vergüenza y modestia y de la genuina sutileza que la caracterizaba.

Sin embargo, la señora Bennet se sobresaltó al oír aquello. A ella también le habría gustado creer que su hija pretendía animarlo al declinar la propuesta, pero sabía que no era así y sintió la obligación de decírselo.

—Pero tenga por seguro, señor Collins —añadió—, que la haremos entrar en razón. Yo misma hablaré con ella. Es una muchacha necia y testaruda, y no sabe lo que le conviene. Pero yo se lo enseñaré.

—Perdone si la interrumpo, señora —dijo el señor Collins—, pero si es necia y testaruda, como dice, no sé si sería una esposa adecuada para un hombre de mi posición que, como es natural, espera una vida matrimonial feliz. Por lo tanto, si insiste en rechazar mi petición, quizá será mejor que no la obliguemos a aceptarla, porque si tiene esos defectos de carácter, poco contribuirá a mi felicidad.

—Me ha entendido mal, caballero. Lizzy sólo es testaruda con este tipo de cosas —rectificó la señora Bennet, alarmada—. Con todo lo demás es una chica excelente como ninguna. Ahora mismo iré a hablar con el señor Bennet, y en un santiamén la convenceremos, no le quepa duda.

La señora Bennet no le dejó tiempo para responder, ya que salió corriendo en busca de su esposo y, al entrar en la biblioteca, exclamó:

—¡Oh! Señor Bennet, te necesito ahora mismo. ¡Esto es un desastre! Tienes que convencer a Lizzy de casarse con el señor Collins, porque le ha pedido la mano y ella ha dicho que no, y si no te das prisa, él cambiará de parecer y ya no la querrá.

El señor Bennet, que estaba leyendo un libro, alzó la vista al verla entrar y la escuchó sin pestañear, con serena indiferencia, sin inmutarse al oír la novedad.

—No he tenido el gusto de entenderte —dijo cuando su esposa calló—. ¿De qué estás hablando?

—Del señor Collins y Lizzy. Lizzy dice que no quiere aceptar al señor Collins, y el señor Collins empieza a pensar que quizá sea mejor no casarse con ella.

—¿Y para qué tengo que intervenir yo? Si parece que todo se ha resuelto.

—Habla con Lizzy. Dile que insistes en que se case con él.

—Hazla bajar, y le diré lo que pienso.

La señora Bennet hizo sonar la campanilla, y mandó llamar a la señorita Elizabeth a la biblioteca.

—Ven, hija mía —dijo su padre cuando entró—. Te he hecho llamar por un asunto importante. Tengo entendido que el señor Collins te ha pedido que te cases con él. ¿Es verdad? —preguntó, y Elizabeth asintió—. Muy bien... ¿Y has rechazado la oferta?

—Así es, papá.

—Muy bien. Vayamos al grano entonces. Tu madre insiste en que la aceptes. ¿Cierto, señora Bennet?

—Sí. Y si no lo hace, no quiero verla nunca más.

—Te encuentras ante un dilema, Elizabeth. A partir de hoy serás una desconocida para uno de tus padres: tu madre no querrá verte nunca más si no te casas con el señor Collins, y yo tampoco si aceptas casarte con él.

Elizabeth no pudo por menos de sonreír ante la manera en que su padre concluyó la charla. En cambio, para la señora Bennet, que estaba convencida de que su esposo opinaba como ella, fue una absoluta decepción.

—¿A dónde quieres ir a parar con eso, señor Bennet? Me has prometido que convencerías a Lizzy de casarse con él.

—Querida —respondió el esposo—, sólo te pido dos favores. Primero, que me dejes aplicar con libertad mi criterio en este asunto.

Y segundo, que me permitas dar el uso que quiera a mi sala. Así que te agradecería que me dejaras a solas en la biblioteca lo antes posible.

Ahora bien, pese a la decepción la señora Bennet no se dio por vencida. Volvió a hablar con Elizabeth, recurriendo a la persuasión unas veces y a la amenaza otras. Trató de poner a Jane de su parte, pero ésta dijo, con toda la delicadeza posible, que prefería no intervenir. Y Elizabeth se tomaba las acometidas de su madre con seriedad unas veces y a broma otras. Y aunque su forma de reaccionar era cambiante, su decisión era firme.

Entretanto el señor Collins meditaba en soledad sobre lo ocurrido. Tenía demasiada buena opinión de sí mismo para entender que su prima pudiera tener motivos para rechazarlo; y aunque le había herido en el amor propio, no le dolía en absoluto. Su interés por ella era más bien imaginario, y la posibilidad de que su prima mereciera los reproches de su madre le impedía guardarle rencor.

Hallándose la familia en este embrollo, se presentó Charlotte Lucas para pasar el día con ellos. Al entrar en el vestíbulo se encontró a Lydia, que al verla corrió a decirle en voz baja:

—¡Me alegro de que hayas venido, porque se ha armado un lío divertidísimo! ¿Sabes qué ha pasado esta mañana? El señor Collins se ha declarado a Lizzy, y ella le ha dado calabazas.

Antes de que Charlotte tuviera tiempo de contestar apareció Kitty, que venía a darle la misma noticia. En cuanto entraron en la sala de almorzar, donde estaba la señora Bennet sola, le contó a la señorita Lucas lo que había pasado. Le pidió que tuviera compasión y convenciera a su amiga Lizzy de realizar el deseo de toda la familia.

—Se lo ruego, señorita Lucas —añadió en un tono apenado—. Nadie está de mi parte, nadie me da la razón, todos me tratan sin miramientos, nadie se apiada de mis nervios.

La entrada de Jane y Elizabeth impidió que Charlotte respondiera.

—Ahí está Elizabeth —prosiguió la señora Bennet—, como si no hubiera pasado nada. Le damos igual: como si estuviéramos en York o en cualquier otra parte. La cuestión es salirse con la suya. Pero te diré una cosa, señorita: si te empeñas en rechazar así cada propuesta de matrimonio que te hagan, nunca encontrarás marido... y no sé quién te mantendrá cuando tu padre haya muerto. Porque yo no pienso hacerlo, te aviso. ¡A partir de hoy no quiero saber nada más de ti! Ya te he dicho antes en la biblioteca que no volvería a hablarte nunca más, ¡y soy una mujer de palabra! No me gusta hablar con hijas que desatienden sus responsabilidades. Tampoco es que me guste hablar con nadie. A la gente que padece de achaques nerviosos como yo no le apetece hablar nunca. ¡Nadie sabe cómo sufro! Pero siempre es igual... Nadie siente pena de quien no se queja.

Sus hijas escuchaban en silencio a su madre en pleno arrebato, pues sabían que si intentaban calmarla o hacerla entrar en razón se enfurecería más. Así que la madre siguió hablando sin que nadie la interrumpiera. Hasta que apareció el señor Collins, con un aire más solemne de lo habitual. Al verle, la señora Bennet dijo a las chicas:

—Ahora conteneos de decir nada y dejadme hablar con el señor Collins.

Elizabeth salió a toda prisa y Jane y Kitty la siguieron, pero Lydia se quedó donde estaba, pues quería enterarse de todo lo que pudiera; Charlotte, retenida por la curiosidad, pero también por la cortesía del señor Collins, que preguntó con interés por ella y por su familia, se contentó con acercarse a la ventana y hacer como si no oyera nada. Con voz compungida, la señora Bennet inició la conversación:

—¡Oh! ¡Señor Collins...!

—Mi apreciada señora —respondió él—, no hablemos nunca más de este asunto. No estoy molesto, ni mucho menos —prosiguió en un tono que indicaba desagrado—, por la conducta de su hija. Es inevitable que existan ciertos males y todos debemos resignarnos a ello. Sobre todo un hombre como yo, que ha tenido la suerte de haber obtenido un puesto como rector tan joven. Y yo creo que he sabido resignarme. Quizás en buena parte porque sospecho que habría puesto en juego mi felicidad si mi bella prima me hubiera concedido su mano. Pues he observado que es más fácil resignarse cuando ya no damos tanta importancia a aquello que se nos ha negado. Espero que no crea que falto al respeto a su familia, mi apreciada señora, al retirar mis pretensiones para con su hija sin haberles concedido antes el honor a usted y a su esposo de pedirles que con su autoridad mediaran a mi favor. Entendería que mi comportamiento les parezca censurable por haber aceptado el rechazo de labios de su hija y no de ustedes. Pero todos podemos equivocarnos. Mi intención ha sido buena desde el principio, no les quepa duda. Yo pretendía encontrar una compañera agradable entre sus hijas, con la debida consideración de que era una ventaja para toda la familia. Pero si mi forma de proceder ha sido en algún momento censurable, ruego que me disculpen.

CAPÍTULO XXI

La discusión sobre la propuesta del señor Collins casi había terminado. Elizabeth sólo tuvo que soportar la incomodidad que acarrea inevitablemente una situación así y algún que otro reproche malhumorado de su madre. En cuanto al caballero, expresó su sentir al respecto, no con vergüenza o abatimiento, ni rehuyéndola, sino mostrando una actitud fría y un silencio resentido. El resto del día apenas le dirigió la palabra y trasladó a la señorita Lucas las atenciones que antes había dedicado a Elizabeth. La amabilidad de la joven vecina a prestarse a escucharle fue un alivio oportuno para todos, pero sobre todo para su amiga Elizabeth.

El malhumor y los achaques de la señora Bennet no se aliviaron hasta el día siguiente. El señor Collins se mostraba igual de indignado y orgulloso. Elizabeth esperaba que su resentimiento hubiera acortado su estancia en Longbourn, pero al parecer no había afectado en lo más mínimo a su plan: tenía previsto marcharse el sábado, y hasta el sábado se quedaría.

Después del desayuno, las chicas fueron a pie a Meryton a fin de averiguar si el señor Wickham había regresado ya y poder decirle cuánto lo habían echado en falta en el baile. Se lo encontraron justo al llegar al pueblo, y él las acompañó hasta la casa de su tía, donde hablaron hasta la saciedad de cuánto lamentaba no haber podido asistir y de lo preocupado que estaba todo el mundo. Sin embargo, a Elizabeth le confesó que se había ausentado a propósito porque lo había considerado necesario.

—Al acercarse el día del baile —explicó el señor Wickham—, pensé que era mejor no encontrarme con el señor Darcy... que estar en la misma sala que él, en la misma fiesta tantas horas, era más de lo que iba a poder soportar, a riesgo de crear una situación incómoda para otras personas.

Elizabeth comprendió su resignación, y charlaron largo y tendido de lo ocurrido, y pese a los encomios que se dedicaron educadamente el uno al otro, cuando Wickham y otro oficial las acompañaron a pie hasta Longbourn, él le prestó especial atención. Elizabeth se alegraba de ver a Wickham por dos razones. En primer lugar, porque el hecho mismo de que la acompañara era en sí un halago; en segundo, porque sería una buena ocasión para presentarlo a sus padres.

Cuando hacía poco que habían llegado a casa recibieron una carta de Netherfield que iba dirigida a Jane. Ésta la abrió sin perder un instante. El sobre contenía una hoja de papel satinado, cubierto por una caligrafía femenina, bonita y elegante. Elizabeth vio cómo la expresión de Jane cambiaba al leerla, y cómo se detenía con especial interés en determinados fragmentos. Jane se recuperó al momento y, tras guardar la carta, trató de integrarse, con su habitual alegría, en la conversación general. Pero Elizabeth se dio cuenta de que su hermana estaba disgustada, lo cual le hizo perder la atención en todo lo demás, incluso en Wickham. Así, en cuanto éste y su compañero se marcharon, con una mirada Jane le insinuó que la siguiera arriba. Cuando llegaron a su habitación, Jane sacó la carta y le dijo:

—Es de Caroline Bingley, y el contenido me ha dejado atónita. El grupo al completo se ha marchado de Netherfield y en estos momentos se dirige a Londres sin la menor intención de volver aquí. Tienes que oír lo que dice.

A continuación leyó en voz alta la primera frase: todos habían decidido acompañar a su hermano a la ciudad con la intención de comer aquel día en Grosvenor Street, donde el señor Hurst tenía una casa. Y a continuación decía: «No diré que lamento dejar atrás nada de Hertfordshire, querida amiga, salvo tu compañía, aunque espero que en el futuro podamos disfrutar de la estupenda relación que manteníamos y que, mientras tanto, para aliviar el dolor de la separación, mantengamos una correspondencia abierta. De ti depende.»

Elizabeth escuchaba aquella palabrería ampulosa con la indiferencia del recelo. Y aunque le sorprendía que hubieran partido de forma tan repentina, en su opinión no había nada que lamentar. Que los demás se marcharan definitivamente de Netherfield no significaba que también fuera a hacerlo el señor Bingley; en cuanto a la ausencia de las hermanas, Jane se recuperaría pronto, sobre todo porque disfrutaría más de la presencia de él.

—Es una lástima —dijo después de un breve silencio— que no hayas podido ver a tus amigas antes de irse del campo. Pero ¿no crees que ese futuro que tanta ilusión le hace a la señorita Bingley podría llegar antes de lo que cree, y que la magnífica relación que habéis tenido como amigas se reanudará con una relación mucho más gratificante como cuñadas? Las hermanas del señor Bingley no conseguirán retenerlo en Londres.

—Caroline dice claramente que ninguna persona del grupo regresará a Hertfordshire en todo el invierno. Te lo leeré. «Ayer, cuando mi hermano se marchó, pensaba que resolvería en tres o cuatro días el asunto que lo llevó a Londres, pero como sabíamos que no iba a ser así y como, además, estábamos convencidas de que en cuanto Charles llegue a la capital no tendrá prisa en marcharse, decidimos ir también para que no tenga que pasar las horas muertas en un incómodo hotel. Muchas de mis amistades están ya en la ciudad para pasar el invierno. No sabes cuánto me gustaría que tú, querida amiga, también vinieras, pero no tengo esperanzas de que así sea. Espero de todo corazón que esta Navidad en Hertfordshire no falte la alegría que suele traer esta época del año, y que abunden los pretendientes para no sentir tanto la pérdida de los tres de los que os hemos privado.»

—A juzgar por lo que dice —añadió Jane—, es evidente que no piensan volver en todo el invierno.

—Lo evidente es que la señorita Bingley piensa que su hermano no debe volver.

—¿Por qué lo crees? Eso debe decidirlo él. No tiene que dar cuentas a nadie. Pero, espera, no lo has oído todo. Voy a leerte el párrafo que más me duele. No quiero ocultarte nada. «El señor Darcy está impaciente por ver a su hermana y, para serte sincera, nosotros también tenemos muchas ganas de volver a verla. La verdad es que Georgina Darcy es una joven de una belleza, una elegancia y un talento sin par; y el cariño que le tiene Louisa (y hasta yo) nos hace aspirar a algo más: tenemos la esperanza de que llegue a ser nuestra cuñada en el futuro. No sé si te había mencionado alguna vez mi sentir sobre este tema, pero no me iré de Hertfordshire sin confiártelo. Espero que no te parezca un disparate. A mi hermano le gusta mucho la señorita Darcy, y ahora tendrá muchas ocasiones para verla y tener una relación más íntima con ella; sus parientes desean esta relación tanto como nosotros. Además, no es porque sea mi hermano, pero creo que a Charles le sobran encantos para conquistar el corazón de cualquier mujer. Con todas estas circunstancias a favor para contraer un compromiso y ninguna para impedirlo, dime si me equivoco, querida Jane, al ilusionarme con un acontecimiento que haría felices a muchos de nosotros.» ¿Qué piensas de esta última frase, querida Lizzy? —preguntó Jane al terminar—. Está bastante claro, ¿no te parece? ¿No crees que Caroline declara sin rodeos que ni espera ni desea que seamos cuñadas; que está absolutamente convencida de que no siento nada por su hermano y que, si intuye que siento algo por él, está tratando de advertirme con delicadeza? ¿Acaso puede interpretarse de otra manera?

—Sí, se puede interpretar de otra manera. Te diré cómo lo interpreto yo. ¿Quieres saberlo?

—Claro.

—Te lo diré en pocas palabras. La señorita Bingley ha visto que su hermano está enamorado de ti, pero quiere que se case con la señorita Darcy. Ha ido a Londres con él con la idea de retenerlo allí e intenta convencerte de que a él no le interesas.

Jane negó con la cabeza.

—De verdad, Jane —insistió su hermana—, te aseguro que nadie que os haya visto juntos puede negar que le gustas. Y la señorita Bingley, estoy segura, no puede negarlo. No es tan tonta. Si el señor Darcy le hubiera demostrado a ella la mitad del amor que ha demostrado su hermano por ti, ya habría encargado el vestido de novia. Lo que pasa es que no somos ni lo bastante ricas ni lo bastante importantes para ellas. Y si tiene tanto afán por casar a su hermano con la señorita Darcy es porque de este modo a ella le resultaría más fácil casarse con el señor Darcy, lo cual es una idea un tanto ingenua, aunque sería posible si la señorita De Bourgh no estuviera de por medio. Pero Jane, cariño, sólo porque la señorita Bingley te cuente que su hermano aprecia mucho a la señorita Darcy no significa que le gustas menos desde que os separasteis el martes pasado; ni te creas que puede convencerlo de que no está enamorado de ti, sino de su amiga Georgina.

—Si pensáramos igual de la señorita Bingley —respondió Jane— tu interpretación de la carta me tranquilizaría. Pero el fundamento es injusto. Caroline es incapaz de engañarme intencionadamente. Prefiero pensar que se equivoca.

—En eso tienes razón. Ya que no te consuela mi interpretación, no podías tener otra mejor: la señorita Bingley se equivoca, no te quepa duda. Así estarás a bien con ella y ya no tendrás de qué preocuparte.

—Pero, querida hermana, aun cuando supongo lo mejor, ¿podría ser feliz aceptando a un hombre cuyas hermanas y amistades preferirían que se casara con otra?

—Eso debes decidirlo tú —contestó Elizabeth—. Y si después de una reflexión bien madurada consideras que el disgusto que conllevará obviar la opinión de las hermanas pesa más que la felicidad de ser su esposa, no deberías casarte con él.

—¿Cómo puedes decir algo así? —dijo Jane con una leve sonrisa—. Sabes bien que por mucho que me doliera la desaprobación de sus hermanas no vacilaría en casarme con él.

—No lo ponía en duda. Por eso no me das pena.

—Pero si no vuelve en todo el invierno, da igual que yo esté convencida de lo que quiero. ¡En seis meses pueden pasar mil cosas!

Elizabeth rechazó la idea de que el señor Bingley no fuera a volver en seis meses. A su entender, no era más que una sugerencia de Caroline, movida por su propio interés; y aunque su amiga hubiera expresado sus deseos con gran franqueza o gran astucia en la carta, Jane no debía creer que fueran a influir en un joven independiente como su hermano.

Elizabeth trató de decirle lo que pensaba de la manera más convincente posible, y pronto se alegró de ver el efecto producido. Jane no solía desanimarse nunca, y acabó por concebir la esperanza (aunque a veces dudaba) de que Bingley regresaría a Netherfield y correspondería a sus anhelos.

Acordaron que sólo mencionarían a la señora Bennet que la familia de Netherfield se había marchado para no alarmarla por la conducta del caballero. Pero pese a haber recibido la noticia incompleta, se preocupó bastante y lamentó que las hermanas se hubieran ido también, justo cuando ellas y Jane empezaban a ser íntimas. Sin embargo, después de lamentarse hasta la saciedad, se consoló pensando que el señor Bingley volvería pronto y lo invitarían a comer a Longbourn; y aunque lo habían invitado a una comida en familia, ya se encargaría ella de ofrecerle dos platos completos.

CAPÍTULO XXII

Los Lucas habían invitado a los Bennet a comer. Durante la mayor parte del día Charlotte tuvo la atención de estar por el señor Collins. En cuanto surgió la oportunidad, Elizabeth le dio las gracias.

—Así está de buen humor. No sabes cómo te lo agradezco.

Charlotte aseguró a su amiga que le alegraba poder ayudar y que el tiempo que sacrificaba en hacerlo le compensaba con creces. Era todo un gesto por parte de Charlotte. Lo que Elizabeth no sospechaba era que su intención no era distraer al señor Collins para que no volviera a pedirle la mano, sino atraer la atención del clérigo hacia ella misma. La señorita Lucas se lo había propuesto con tanto empeño, y el resultado parecía tan favorable, que cuando se despidieron por la noche estaba segura de que lo habría conseguido si él no hubiera tenido que marcharse tan pronto de Hertfordshire. Lo que la señorita Lucas no sabía era que el señor Collins era más vehemente e independiente de lo que creía, ya que a la mañana siguiente se escabulló con admirable astucia de Longbourn House para ir hasta Lucas Lodge y echarse a sus pies. Su idea era evitar que sus primas se dieran cuenta, pues sabía que si le veían salir harían sus conjeturas, descubrirían sus intenciones, y entonces el plan podría fracasar. Y aunque estaba casi seguro de que saldría bien —y con razón, puesto que Charlotte había correspondido de sobra a sus atenciones—, después de lo ocurrido con Elizabeth el miércoles anterior, no estaba tan confiado. Pero en esta ocasión la propuesta tuvo una acogida prometedora. Casualmente, mientras miraba desde una ventana de la planta de arriba, la señorita Lucas lo vio dirigirse hacia su casa; sin pensarlo dos veces, salió para fingir un encuentro inesperado. Poco esperaba Charlotte que el señor Collins fuera a brindarle tanto amor y elocuencia.

Al rato —el tiempo que duró el largo discurso del señor Collins— ya estaban comprometidos y contentos de estarlo. Al entrar en Lucas Lodge, él le rogó de todo corazón que pusiera fecha a ese día en que iba a hacerlo el hombre más feliz del mundo. Y aunque por el momento debían esperar a hacerlo, la joven no quería jugar con la felicidad del señor Collins. La estupidez con que lo había dotado la naturaleza quitaba a su noviazgo el encanto que suele hacer que una mujer quiera prolongarlo. Y a la señorita Lucas, que lo aceptaba únicamente por el deseo simple y desinteresado de tener su propio hogar, mientras lo consiguiera le daba igual si lo hacía tarde o temprano.

Así pues, sin perder un momento fueron a pedir su consentimiento a sir William Lucas y su esposa, y éstos se lo dieron con mucho gusto. La posición del señor Collins lo convertía en un buen partido para su hija, que no iba a heredar gran cosa a la muerte de sus padres; y el porvenir de riquezas que le esperaba con el clérigo era más que aceptable. Lo siguiente que hizo lady Lucas fue calcular sin ningún escrúpulo y con más interés que nunca cuántos años de vida le podían quedar al señor Bennet. Por su parte, sir William dejó claro que en cuanto el señor Collins heredara Longbourn, él y su esposa habrían de personarse en el palacio de St. James lo antes posible. Dicho de otro modo: la familia entera estaba pletórica por la noticia. Las más pequeñas esperaban poder ser presentadas en sociedad uno o dos años antes de lo previsto, y los muchachos se alegraron de que Charlotte no fuera a ser una solterona para el resto de su vida. La propia Charlotte estaba tranquila. Había conseguido su propósito y había tenido tiempo para considerarlo. En general, sus reflexiones fueron satisfactorias. Cierto que el señor Collins no era un hombre inteligente ni simpático; que su compañía era irritante y que el cariño que le profesaba debía de ser imaginario. Charlotte nunca había tenido muy buena opinión de los hombres ni del matrimonio, pero siempre había pensado que debía casarse: era el único recurso digno para una mujer de buena educación y escasa fortuna, y aunque no le iba a asegurar la felicidad, era la mejor salvaguarda contra la indigencia. Y ya lo había conseguido: a los veintisiete años y sin haber sido nunca hermosa, algo que le hacía apreciar más su buena suerte. Lo menos agradable de aquella circunstancia iba a ser la ingrata sorpresa que le daría a Elizabeth Bennet, cuya amistad valoraba por encima de la de cualquier otra persona. Elizabeth no lo entendería, y seguramente se lo reprocharía; y aunque no pensaba renunciar a su propósito, sabía que la desaprobación de su amiga iba a dolerle. De modo que decidió comunicárselo ella misma, pidiéndole al señor Collins que al volver a Longbourn para comer no mencionara el compromiso a nadie. Claro está, le prometió guardar el secreto. Aunque no resultó fácil, pues su larga ausencia había despertado la curiosidad de las mujeres, que lo acribillaron a preguntas al volver. A fin de esquivarlas se hizo el desentendido, pero también tuvo que hacer un esfuerzo para no decir nada, porque en realidad se moría de ganas de anunciar a los cuatro vientos que su amor había sido correspondido.

Como pensaba partir al día siguiente de madrugada, se despidió la noche anterior, cuando las muchachas se retiraron a dormir. La señora Bennet le dijo con mucha cordialidad que para ellos sería un placer que volviera a visitarles cuando se lo permitieran sus compromisos.

—Queridísima señora —respondió el señor Collins—, no sabe cuánto me complace su invitación, pues la estaba deseando. No le quepa duda de que la aprovecharé y vendré a verles otra vez en cuanto pueda.

La respuesta dejó a todos atónitos, y el señor Bennet, que no quería que regresara tan pronto, se apresuró a decir:

—¿Y lady Catherine no se molestará por que vuelva a ausentarse, estimado caballero? Es mejor que desatienda a los parientes que se arriesgue a ofender a su patrona.

—Estimado señor Bennet —contestó el señor Collins—, agradezco mucho su amable consejo. Puede estar seguro de que nunca tomaría una decisión tan importante sin antes consultar a lady Catherine.

—Toda precaución es poca. Arriésguese a lo que sea menos a ofenderla. Y si cree que si vuelve a visitarnos la señora se ofendería (lo cual es muy probable), no tenga ningún reparo en quedarse en casa tranquilo, porque nosotros no nos ofenderemos.

—Estimado señor Bennet, muchas gracias por su dedicado interés. Pronto le enviaré una carta para agradecérselo, así como para agradecerle todas las muestras de atención que he recibido durante mi estancia en Hertfordshire. En cuanto a mis bellas primas, me tomaré la libertad de desearles salud y felicidad a todas (sin excluir a mi prima Elizabeth) aunque no sea necesario, pues me ausentaré por poco tiempo.

Las damas se retiraron con los correspondientes formalismos, todas sorprendidas por igual de que su primo pensara volver pronto. La señora Bennet quería creer que el señor Collins tenía la idea de cortejar a alguna de sus hijas menores, y quizá Mary podría dejarse convencer para aceptarlo. De todas, era la que más apreciaba sus cualidades; a menudo, la consistencia de sus reflexiones la impresionaba y aunque él no era, ni mucho menos, inteligente como ella, la señora Bennet pensó que si lo animaba a leer y a mejorar siguiendo el ejemplo de su hija podría llegar a ser un compañero muy agradable para ella. Pero todas estas esperanzas se disiparon al día siguiente. La señorita Lucas fue a visitarlas a media mañana y, en privado, contó a Elizabeth lo sucedido el día anterior.

Durante los dos últimos días, Elizabeth había contemplado la posibilidad de que el señor Collins creyera estar enamorado de su amiga; pero que Charlotte le animara a creerlo era tan descabellado como si ella misma lo hiciera. Tal fue su asombro al oír la noticia que exclamó sin ninguna delicadeza:

—¡¿Que te has prometido al señor Collins?! Charlotte, querida... ¡es imposible!

El comedimiento que la señorita Lucas había procurado mantener al relatar lo ocurrido cedió a un momento de confusión por aquel reproche tan franco. No obstante, como era precisamente la reacción que esperaba, enseguida se rehizo y dijo con calma:

—¿Por qué te sorprendes tanto, querida Eliza? ¿Te parece inconcebible que el señor Collins se procure una mujer decente sólo porque no tuvo suerte contigo?

Habiendo recuperado la compostura y haciendo un esfuerzo, Elizabeth le aseguró que se alegraba de que fueran a ser parientes y le deseó toda la felicidad del mundo.

—Sé cómo te sientes —contestó Charlotte—. Debes de estar sorprendida, muy sorprendida... porque hace nada el señor Collins quería casarse contigo. Cuando hayas tenido tiempo para reflexionar, espero que te parezca bien mi decisión. Ya sabes que no soy romántica. Nunca lo he sido. Sólo quiero una vida holgada y tranquila, y teniendo en cuenta la buena reputación del señor Collins, sus relaciones y su posición, estoy convencida de que seré bastante feliz con él, igual que lo han sido tantas otras al casarse.

—Por supuesto —respondió Elizabeth a media voz.

Después de un silencio incómodo, volvieron con el resto de la familia. Charlotte se marchó al poco rato, y Elizabeth se quedó pensando en lo que le había contado su amiga. Le costó mucho asimilar la idea de una unión tan poco apropiada. Ya era insólito que el señor Collins hiciera dos ofertas de matrimonio en tres días, pero más lo era todavía que le hubieran aceptado una. Ya sabía que Charlotte tenía una idea del matrimonio distinta de la que ella tenía, pero no esperaba que a la hora de comprometerse renunciara a unos valores por unas ventajas tan frívolas. Charlotte, esposa del señor Collins... ¡la idea era humillante! Y la pena de ver cómo una amiga se humillaba y perdía el amor propio se sumaba a la angustiante convicción de que no podía ser ni medianamente feliz con la vida que estaba eligiendo.

CAPÍTULO XXIII

Elizabeth estaba sentada con su madre y sus hermanas, dándole vueltas a la noticia de Charlotte, dudando si podía mencionarlo o no, cuando se presentó sir William. Su hija lo había enviado para anunciar el compromiso a la familia Bennet. Después de colmar de cumplidos a las mujeres de la casa y de congratularse por la futura unión de las familias, anunció el compromiso a una audiencia no ya asombrada, sino incrédula. Y es que la señora Bennet, con más insistencia que buena educación, protestó diciendo que estaba del todo equivocado, y Lydia, siempre desprevenida y a menudo descortés, exclamó sin pelos en la lengua:

—¡Por Dios, sir William! ¿Cómo se atreve a contarnos algo así? ¿No sabe usted que el señor Collins quiere casarse con Lizzy?

Sólo un vasallo servil habría tolerado semejante descaro sin enfadarse, pero la buena educación de sir William le permitió pasarlo por alto. Y a pesar de asegurarles (con su permiso) que la información no era falsa, tuvo que aguantar todas sus impertinencias.

Sintiendo que tenía el deber de liberarlo de aquella molesta situación, Elizabeth se adelantó para confirmar el anuncio, explicando que la propia Charlotte se lo había contado a ella. Para poner fin a las exclamaciones de su madre y sus hermanas, felicitó con toda seriedad a sir William. Jane emuló a su hermana, que añadió varios comentarios sobre la felicidad que traería la unión, sobre la excelente reputación del señor Collins y sobre lo práctico que resultaba que Hunsford quedara tan cerca de Londres.

La señora Bennet estaba demasiado abrumada para decir nada en presencia de sir William, pero tan pronto se marchó, se desahogó con sus hijas. En primer lugar repitió que no se creía nada de lo que les había contado; en segundo lugar, que si era verdad seguramente los Lucas habían engañado al señor Collins; en tercer lugar, que nunca serían felices y, en cuarto lugar, que el compromiso podía romperse en cualquier momento. Eso sí, de toda aquella historia podían sacar dos conclusiones: que Elizabeth tenía la culpa de todo aquel engorro y que todos habían utilizado a su hija sin ningún miramiento. No dejó de repetirlo en todo el día. Nada la consolaba ni la apaciguaba. Y llegada la noche tampoco se atenuó su resentimiento. Tuvo que pasar una semana para poder mirar a Elizabeth sin echárselo en cara, un mes para poder dirigirle la palabra a sir William y a lady Lucas sin faltar a la buena educación, y varios meses para perdonar a su hija Charlotte.

El señor Bennet, en cambio, se tomó la noticia con más serenidad, y hasta le resultó grata, pues dijo que se alegraba de descubrir que Charlotte Lucas, a la que solía tener por una joven más o menos espabilada, era igual de necia que su esposa, ¡y más necia que su hija!

Jane confesó que el compromiso la había sorprendido, pero en vez de insistir en ello, expresó un sincero deseo de que fueran felices (Elizabeth tampoco pudo convencerla a ella de que era improbable que fueran a serlo). Kitty y Lydia no envidiaban a la señorita Lucas en absoluto, ya que el señor Collins era un mero clérigo, y trataron el anuncio como una novedad más que difundir en Meryton.

Lady Lucas tenía muy presente el triunfo de poder echar en cara a la señora Bennet la alegría de que pronto tendría a una hija bien casada, por lo que a partir de entonces sus visitas a Longbourn para expresar su felicidad fueron más frecuentes, aun cuando las miradas ariscas y los comentarios maliciosos de la señora Bennet bastaran para ahuyentar esa dicha.

Entre Elizabeth y Charlotte había un acuerdo tácito de no hablar sobre el asunto; y aquélla estaba convencida de que jamás volverían a compartir confidencias. El desengaño sufrido con Charlotte le hizo respetar más aún a su hermana Jane, cuya rectitud y delicadeza jamás la decepcionarían y por cuya felicidad estaba más preocupada cada día, pues ya había pasado una semana desde que Bingley se había ido y no sabían si regresaría.

Jane había contestado enseguida la carta de Caroline Bingley y contaba los días que podría tardar en llegar la respuesta. En cambio, la carta de agradecimiento que el señor Collins había prometido mandar llegó el martes siguiente, dirigida al padre y escrita con una solemnidad tal que si el sacerdote hubiera pasado un año entero con la familia. Tras descargar su conciencia por su estancia, procedía a informarles con gran exaltación de que estaba muy feliz porque su amable vecina, la señorita Lucas, había aceptado su mano, y añadía que sólo por volver a verse con esta señorita había aceptado sin vacilar la atenta invitación de la señora Bennet de hacer otra visita a Longbourn, cosa que esperaba poder hacer dentro de quince días a partir del lunes. Por otra parte, lady Catherine le había dado plena aprobación por su compromiso con la señorita Lucas; tanto era así que esperaba que se casaran lo antes posible. Estaba seguro de que

Charlotte accedería con gusto a establecer una fecha temprana para celebrar la ceremonia que lo convertiría en el hombre más feliz del mundo.

Sin embargo, la idea de volver a ver al señor Collins en Hertfordshire ya no alegraba tanto a la señora Bennet; más bien al contrario, y estaba dispuesta a quejarse a su esposo: lo normal era que se alojara en Lucas Lodge y no en Longbourn, porque además de inoportuna, su presencia en casa sería sumamente incómoda. No soportaba las visitas cuando se encontraba mal, y los enamorados eran las visitas más molestas de todas. De esto se quejaba entre dientes la señora Bennet, y sólo un disgusto mayor superaba éste: la ausencia prolongada del señor Bingley.

Jane y Elizabeth también estaban preocupadas. Pasaban los días y no recibían noticias de él. Sólo el rumor que empezó a circular en Meryton, según el cual no regresaría a Netherfield en todo el invierno. Esto sacaba de quicio a la señora Bennet, y lo negaba asegurando que era una falsedad escandalosa.

Incluso Elizabeth empezó a temer, no que Bingley perdiera el interés por Jane, sino que sus hermanas se hubieran salido con la suya. Aunque no estaba dispuesta a reconocer una posibilidad tan destructiva para la felicidad de Jane y tan deshonrosa para el sólido amor de Bingley, no podía evitar considerarla. Temía que su amor por Jane no fuera lo bastante fuerte para soportar las insensibles maquinaciones de sus hermanas, la influencia abrumadora de su amigo, los encantos de la señorita Darcy y las distracciones de Londres.

Claro está, para Jane la angustia de la incertidumbre era mayor que para Elizabeth, pero como prefería ocultar sus sentimientos, ni ella ni su hermana mencionaban siquiera el asunto. Pese a ser un tema delicado, su madre no se contenía: no pasaba una hora sin que mencionara a Bingley, dijera lo impaciente que estaba por su vuelta o incluso exigiera a Jane que debía reconocer que, si no volvía a Netherfield, la había utilizado sin miramientos. Sólo alguien como Jane podía soportar estos ataques con cierta calma.

El señor Collins regresó a Longbourn con absoluta puntualidad el lunes que había anunciado, pero no fue recibido con la misma cortesía que la primera vez. Pero como era tan feliz no le hacían falta muchas atenciones y, por suerte para la familia, su noviazgo los liberó de buena parte de su compañía. Se pasaba casi todo el día en Lucas Lodge y en ocasiones regresaba a Longbourn con el tiempo justo para disculparse por su ausencia antes de que todos se retiraran a dormir.

La señora Bennet se hallaba en un estado lamentable. El menor comentario sobre su compromiso con la señorita Lucas la ponía de un malhumor exasperante para los demás y le parecía oír hablar del tema allá donde iba. Odiaba la mera presencia de la señorita Lucas. Como sucesora suya en aquella casa, la miraba con envidia y aversión. Cada vez que Charlotte les visitaba, la señora Bennet concluía que lo hacía para anticipar el momento de posesión; y cada vez que hablaba en voz baja con el señor Collins estaba convencida de que murmuraban sobre Longbourn, tramando un plan para echarlas a ella y a sus hijas de casa en cuanto muriera el señor Bennet. Un día se quejó con amargura a su marido de esto:

—De verdad, señor Bennet, me cuesta mucho hacerme a la idea de que Charlotte Lucas será la dueña de esta casa, de que me obligarán a cederle mi lugar... ¡y de que viviré para ver cómo me sustituye en Longbourn!

—Querida, no te dejes llevar por pensamientos tan tristes. Pensemos que a lo mejor hay suerte y te mueres tú antes que yo.

Estas palabras no sirvieron de consuelo a la señora Bennet, y en vez de replicar, siguió lamentándose.

—No soporto la idea de que vaya a quedarse con toda la propiedad. Si no fuera por la herencia, no me importaría.

—¿Qué es lo que no te importaría?

—Nada. Nada me importaría en absoluto.

—Alegrémonos, entonces, de que no estás bajo tal estado de indiferencia.

—Yo nunca podría alegrarme, señor Bennet, de nada que tenga que ver con la herencia de esta casa. No sé cómo puedes soportar el cargo de conciencia de permitir que otro hombre herede una casa que pertenece a tus hijas. ¡Y que además sea el señor Collins! ¿Por qué tiene más derecho a heredarla que ellas?

—Te dejaré reflexionar sobre la respuesta —contestó el señor Bennet.

TOMO II

CAPÍTULO I

Por fin, un día llegó la carta de la señorita Bingley y disipó todas las dudas. La primera frase aseguraba que ya se habían establecido en Londres para pasar el invierno y terminaba diciendo que su hermano lamentaba no haber tenido tiempo para despedirse de sus amigos de Hertfordshire antes de partir.

Todas, absolutamente todas las esperanzas se desvanecieron. Y cuando Jane recuperó el ánimo para acabar de leer la carta, aparte del profesado afecto de la autora, nada encontró que la aliviara. Los elogios a la señorita Darcy conformaban la mayor parte del texto. Caroline volvía a insistir en las diversas cualidades de la joven, se jactaba con regodeo de que su relación era cada vez más íntima y se atrevía a predecir que los deseos expresados en su anterior misiva iban a realizarse. También se alegraba mucho de contarle que su hermano se alojaba en casa del señor Darcy, y mencionaba con arrobamiento que éste tenía previsto adquirir muebles nuevos.

Elizabeth, a quien Jane hizo enseguida partícipe del contenido de la carta, la escuchó en silencio, indignada. Su corazón se debatía entre la preocupación por su hermana y el resentimiento contra los Bingley y sus amigos. No se creyó que el hermano de Caroline —como ésta aseguraba— estuviera interesado en la señorita Darcy, ni dudaba —como nunca había dudado— que en realidad estaba enamorado de Jane. Y aunque el señor Bingley siempre le había inspirado simpatía, no podía evitar pensar con rabia y desprecio en su pusilanimidad, en su falta de determinación, por dejarse someter a las intrigas de sus hermanas y amigos, por sacrificar su propia felicidad a costa del capricho y las preferencias de éstos. Si sólo hubiera sacrificado su felicidad, a Elizabeth no le habría importado. Pero como su decisión afectaba a su hermana, Elizabeth opinaba que el señor Bingley tenía que haberlo tenido en cuenta. Dicho de otro modo, el asunto daría lugar a muchas reflexiones, pero todas serían en vano. Elizabeth no podía pensar en nada más, pero tanto si Bingley había perdido el interés por Jane como si la culpa era de sus amigos por haber intervenido, tanto si se había dado cuenta del afecto de Jane como si no (aunque esa diferencia afectaría considerablemente a la opinión que Elizabeth tenía de él), la situación de su hermana era la misma, y su tranquilidad ya se había quebrantado.

Jane no se atrevió a compartir sus sentimientos con Elizabeth hasta un par de días después. Ese día, cuando la señora Bennet las dejó a solas, por fin, después de una diatriba más extensa de lo habitual contra Netherfield y su dueño, no pudo contenerse y dijo:

—¡Oh! Desearía que nuestra querida madre tuviera más dominio de sí misma, porque no sabe el daño que me hace hablando todo el tiempo de él. Pero no quiero quejarme, pronto se me pasará, me olvidaré de él y todo será como antes.

Elizabeth miró a su hermana con preocupación e incredulidad.

—No me crees, ¿verdad? —preguntó Jane ruborizándose un poco—... aunque, la verdad, no tienes por qué. Pervivirá en mi recuerdo como uno de los hombres más agradables que he conocido nunca, pero sólo eso. Ya no espero ni me preocupa nada más y, gracias a Dios, tampoco tengo nada que reprocharle. Tampoco estoy sufriendo tanto. Aunque necesito un poco de tiempo... Haré lo posible por estar mejor —aseguró y, con una voz más fuerte, añadió—: Al menos tengo el consuelo de que la culpa ha sido mía por creer que yo también le gustaba y que sólo me ha perjudicado a mí.

—¡Jane, cielo! —exclamó Elizabeth—. Eres demasiado buena. Tu encanto y generosidad son angelicales; no sé qué decirte... Tengo la sensación de no haber sido nunca justa contigo, de no haberte querido como te mereces...

Jane enseguida negó que tuviera nada especial y elogió a su hermana por su muestra de cariño.

—No —dijo Elizabeth—, no es justo. Te empeñas en creer que todo el mundo es respetable y te ofendes si hablo mal de alguien. Eres la única persona a la que considero perfecta, y te niegas a oírlo. No temas, que no me excederé, que no corromperé tu privilegio de bondad universal. No tienes nada que temer. Hay pocas personas a las que quiero de verdad y de las que tengo una buena opinión. Cuanto mejor conozco el mundo, más me decepciona. Cada día estoy más convencida de que el ser humano es inconstante, y que no te puedes fiar de la apariencia de virtud o sensatez. Estos últimos días he visto dos ejemplos de ello. El primero no lo tendré en cuenta, y el segundo es el compromiso de boda de Charlotte. ¡Es incomprensible! Se mire por donde se mire, ¡es incomprensible!

—Lizzy, cielo, no te dejes llevar por esa clase de sentimientos. Te acabarán amargando. No tienes suficientemente en cuenta la diferencia que puede haber entre las circunstancias y el carácter de las personas. Piensa en la decencia del señor Collins, y en la prudencia y la formalidad que caracterizan a Charlotte. Piensa que su familia es grande, que económicamente él es un buen partido y, por otra parte, debes reconocer por el bien de todos que a lo mejor hasta siente algo por nuestro primo... como cariño... o aprecio.

—Haría el esfuerzo de creer que tienes razón sólo para darte el gusto, pero no le beneficiaría a nadie. Si me convencieran de que Charlotte siente cariño por él, por poco que sea, su inteligencia me decepcionaría más de lo que ya me ha decepcionado su corazón. Jane, cielo, el señor Collins es un hombre engreído, pedante e intransigente. Lo sabes tan bien como yo, y estoy segura de que también piensas (como yo) que una mujer que se casa con él no puede estar bien de la cabeza. No puedes defenderla aunque sea Charlotte Lucas. No puedes alterar el significado de *principio* e *integridad* por defender a una persona, ni empeñarte en convencerte (o convencerme) de que el egoísmo es prudencia y que la indiferencia al peligro asegura la felicidad.

—Lo que creo es que eres demasiado dura con los dos —respondió Jane—, y espero que cambies de parecer cuando los veas juntos y felices. Pero no hablemos más de esto. Antes has dicho que estos últimos días has visto dos ejemplos de inconsecuencia. Te he entendido bien, Lizzy, pero te ruego que no me hagas sufrir pensando que esa otra persona tiene la culpa de todo y que ha perdido todo tu respeto. No hay que ser tan dada a pensar que los demás nos hacen daño intencionadamente. No podemos esperar que un joven lleno de vitalidad siempre sea cauto y circunspecto. Muy a menudo la propia vanidad nos engaña. Las mujeres tendemos a creer que la admiración de un hombre es algo más que eso.

—Y los hombres lo hacen a propósito para que nos lo creamos.

—Si es así, no tienen excusa, pero no creo que haya tanta mala intención en el mundo como muchos piensan.

—Yo no creo en absoluto que el señor Bingley lo haya hecho a propósito —aclaró Elizabeth—, pero tampoco hay necesidad de intrigar para perjudicar a los demás, para hacerles infelices. Una persona puede cometer un error, y pueden ocurrir toda clase de desgracias. Basta con ser desconsiderado, con no tener en cuenta los sentimientos ajenos o simplemente con no ser decidido.

—¿Y crees que una de esas razones explica su comportamiento?

—Sí, la última. Pero si digo más, podrías tener un disgusto al saber lo que pienso del hombre que te gusta. Impídelo ahora que estás a tiempo.

—¿Insistes, entonces, en suponer que sus hermanas han interferido en sus decisiones?

—Sí, y con la ayuda de su amigo.

—No me lo puedo creer. Pero ¿por qué? Como hermanas y amigo, sólo desean que sea feliz, y si estuviera enamorado de mí, yo sería la única persona que le garantizaría esa felicidad.

—Tu primera suposición es errónea. Sus hermanas y su amigo pueden desearle muchas otras cosas además de felicidad. Pueden desear que sea más rico y más importante, o que se case con una joven que posee la clase y distinción que dan la riqueza, los parientes y amigos importantes y el orgullo.

—No dudo en absoluto que prefieran que elija a la señorita Darcy —concedió Jane—, pero quizá se debe a mejores sentimientos de los que presupones. La conocen desde hace más tiempo que a mí:

es normal que la aprecien más. Pero independientemente de lo que ellos prefieran, no creo que se hayan opuesto a lo que él desea. ¿Qué clase de hermana se tomaría la libertad de hacerlo si no pensara que hay algo inaceptable en sus deseos? Si pensaran que está enamorado de mí, no intentarían separarnos; si lo estuviera, no podrían separarnos aunque lo intentaran. Al presuponer que está enamorado de mí, haces que parezca que todos urden intrigas contra mí, y eso me entristece. No me hagas sufrir con esa idea. No me avergüenzo de haberme equivocado... o, al menos, si siento vergüenza es muy poca, no es nada comparada con la que sentiría si pensara mal de él o de sus hermanas. Déjame verlos con buenos ojos, de una forma que me permita entender lo que ha pasado.

Elizabeth no podía contrariar a su hermana, de modo que en adelante el nombre del señor Bingley casi no se mencionó en sus conversaciones.

La señora Bennet seguía lamentándose de que el joven no hubiera regresado a Netherfield, y aunque Elizabeth se lo explicaba bien una y otra vez, no parecía que la señora tuviera intención de pensar con más serenidad sobre la cuestión. Eso sí, consiguió convencerla de algo que ni ella misma creía: que sus muestras de atención hacia Jane se debían al típico encaprichamiento pasajero, que se disipó en cuanto dejaron de verse. Y aunque la señora Bennet reconoció en ese momento que era una explicación posible, siguió lamentándose de lo ocurrido día tras día, y su mayor consuelo era que el señor Bingley quizá volvería en verano.

El señor Bennet se lo tomó de otra manera.

—Lizzy —dijo un día—, diría que tu hermana es desafortunada en amores. La felicito. Antes de casarse, a las mujeres les gusta ser desafortunadas en amores aunque sea una vez. Da que pensar y le concede distinción entre las amigas. ¿Y a ti, cuándo te tocará a ti? Porque no soportarías ser menos que tu hermana Jane. Yo creo que éste es el momento idóneo, ahora que en Meryton hay suficientes oficiales para causar desengaños a todas las damas del condado. Elige a Wickham. Parece un hombre simpático y sería un honor que te diera calabazas.

—Gracias, papá, pero un hombre menos agradable también me iría bien. No todas podemos tener tan buena suerte como Jane.

—Cierto —dijo el señor Bennet—, pero es un alivio pensar que sea como sea el hombre que te toque en suerte, tu madre, que te quiere, sabrá sacar lo mejor de la circunstancia.

La compañía del señor Wickham contribuyó a disipar la tristeza en que estaba sumida la familia Bennet. Veían al oficial a menudo, y a sus otras cualidades se sumaba ahora la de una franqueza general. El señor Wickham ya reconocía abiertamente todo lo que Elizabeth ya sabía (sus quejas contra el señor Darcy, el sufrimiento que le había causado); ya era de dominio público, y todo el mundo se alegraba, porque el señor Darcy no les caía bien antes incluso de conocer aquella historia.

Jane era la única persona capaz de pensar que tal vez hubiera circunstancias atenuantes para lo ocurrido que los habitantes de Hertfordshire ignoraran, e insistía en la posibilidad de que hubiera habido algún malentendido. Pero para todos los demás el señor Darcy estaba sentenciado como el hombre más infame del mundo.

CAPÍTULO II

Después de una semana de muestras de amor y proyectos de felicidad llegó el sábado, y el señor Collins tuvo que despedirse de su amada Charlotte. Pero la perspectiva de empezar pronto con los preparativos para recibir a la novia hicieron más llevadera su pena, porque esperaba que en la siguiente visita a Hertfordshire Charlotte pusiera fecha para ese enlace que haría de él el hombre más feliz del mundo. Se despidió de sus parientes de Longbourn con la misma solemnidad de la última visita; volvió a desear a sus hermosas primas salud y felicidad y repitió al señor Bennet que le enviaría una carta de agradecimiento.

El lunes siguiente, la señora Bennet tuvo el gusto de recibir a su hermano y a su esposa, que fueron a pasar la Navidad a Longbourn como cada año. El señor Gardiner era un hombre inteligente y caballeroso, muy superior a su hermana tanto en dotes naturales como en educación. A las damas de Netherfield les habría costado creer que un hombre que se ganaba muy bien la vida comerciando y que supervisaba sus propios almacenes pudiera ser tan educado y cortés. La señora Gardiner, varios años más joven que la señora Bennet y el señor Philips, era una mujer agradable, inteligente y refinada, así como una gran preferida entre las sobrinas de Longbourn; con las dos mayores, que iban con frecuencia a la ciudad para visitarla, tenía una relación muy especial.

Lo primero que hizo la señora Gardiner al llegar fue repartir regalos y describir la última moda. Una vez había hecho esto, su presencia perdía importancia y se limitaba a escuchar. La señora Bennet tenía muchos agravios que contar y muchas quejas que expresar. Desde la última vez que había visto a su cuñada, habían tratado con muy poca consideración a toda la familia. Dos de sus hijas habían estado a punto de casarse, pero todo había quedado en agua de borrajas.

—La culpa no es de Jane —prosiguió—, porque ella habría aceptado la mano del señor Bingley si hubiera podido. Pero Lizzy... ¡ay, cuñada! Duele pensar que ahora sería la esposa del señor Collins si no fuera tan tozuda. En esta misma sala su primo le propuso casarse y ella le dio calabazas. Así que ahora la señora Lucas tendrá una hija casada antes que yo, y la propiedad de Longbourn corre más peligro que nunca. Es que los Lucas son gente muy astuta, cuñada. Te sacarían los ojos si pudieran. Me sabe mal decirlo, pero es que es así. Me desespera y me duele que mi propia familia se burle de mí, y que mis vecinos se crean mejores que los demás. No sabes lo reconfortante que es vuestra visita en estos momentos... y me alegro de oír que se ha puesto de moda la manga larga.

La señora Gardiner, que en general estaba al corriente de lo sucedido gracias a la correspondencia que mantenía con Elizabeth y Jane, hizo los comentarios justos a su cuñada y, por compasión de sus sobrinas, desvió la conversación.

Después, cuando quedó a solas con Elizabeth, se interesó más por el tema.

—Parece que habría sido un marido ideal para Jane —dijo—. Es una pena que no prosperara. Pero estas cosas pasan tan a menudo... Un joven (como dices del señor Bingley) queda prendado de una chica guapa durante unas semanas, y cuando el azar los separa, se olvida sin más... Esta clase de inconstancias son frecuentes.

—Mal de muchos, consuelo de tontos —dijo Elizabeth—, pero a nosotras no nos vale. No sufrimos por haber tenido mala suerte. No es tan frecuente que los amigos de un joven que posee una gran fortuna interfieran para que se quite de la cabeza a una chica de la que días antes estaba profundamente enamorado.

—Cuando dices «profundamente enamorado» suena tan trillado, tan poco serio, tan vago, que no me da una idea clara. La misma expresión suele utilizarse para describir sentimientos que surgen a la media hora de conocer a alguien, como si existiera un amor real e intenso. Por favor, descríbeme hasta qué punto estaba enamorado el señor Bingley.

—Jamás he visto un interés por otra persona tan prometedor. El señor Bingley prestaba cada vez menos atención a los demás y estaba completamente absorto con Jane. Con cada encuentro era más y más decidido, y era más evidente. En el baile que él mismo ofreció ofendió a dos o tres muchachas por no sacarlas a bailar... yo misma le dirigí la palabra en dos ocasiones y ni siquiera me contestó. No puede haber indicios más claros. ¿Acaso la falta de cortesía general no es la pura esencia del amor?

—¡Sí, claro! Es la esencia de esa clase de amor que, supongo, sentía por tu hermana. Pobre Jane... Lo siento mucho por ella, porque siendo como es puede que tarde en rehacerse. Habría sido mejor que te hubiera ocurrido a ti, Lizzy, porque te habrías reído de todo antes que ella. ¿Crees que querrá pasar una temporada con nosotros? A lo mejor la ayudaría cambiar de aires... y alejarse un poco de casa le sentaría muy bien.

A Elizabeth le entusiasmó la propuesta, y estaba segura de que su hermana accedería sin pensarlo dos veces.

—Espero —dijo la señora Gardiner— que la presencia de ese joven en Londres no influya en su decisión. Vivimos en una parte muy distinta de la ciudad, nuestras amistades son muy diferentes y, como sabes, salimos bien poco, así que es muy difícil que se encuentren siquiera a menos que él vaya a verla expresamente.

—Y eso sí que es imposible. Porque ahora lo retiene su amigo, ¡y el señor Darcy no le dejaría acercarse a esa parte de Londres para visitar a Jane! Querida tía, ¿cómo se te ha ocurrido algo así? A lo sumo el señor Darcy habrá oído hablar de Gracechurch Street; pero si osara pasarse por ese barrio, no tendría bastante ni con un mes de abluciones para sentir que está limpio de impurezas. Y no te quepa duda, tía: allá donde él va, va el señor Bingley.

—Mucho mejor. Entonces espero que él y Jane no lleguen a encontrarse. Pero, dime: ¿no se escribía Jane con su hermana? Ella seguramente irá a visitarla.

—Lo que su hermana hará es acabar de romper la amistad.

Sin embargo, pese a la convicción que fingía al afirmar esto, y pese a la posibilidad de que hermanas y amigo impidieran al señor Bingley ver a Jane (lo cual era todavía más interesante), después de meditarlo, algo le dijo que no todo estaba perdido. Cabía la posibilidad (y en algunos momentos pensaba que hasta la probabilidad) de que el amor de Bingley se reanimara y que la influencia natural de los encantos de Jane se impusiera sobre la de sus hermanas y su amigo.

Jane aceptó la invitación de su tía con gusto, y sólo pensó en los Bingley porque esperaba poder pasar alguna que otra mañana con Caroline sin riesgo de encontrar a su hermano, pues no vivían en la misma casa.

Los Gardiner estuvieron una semana en Longbourn, y no hubo día sin compromiso al que asistir, ya fuera con los Philips, los Lucas o los oficiales. La señora Bennet había puesto tanto cuidado en que su hermano y cuñada se entretuvieran, que ni una sola vez se sentaron a comer en familia. Cuando el compromiso era en casa, siempre había oficiales invitados, entre los cuales nunca faltaba el señor Wickham; y en estas ocasiones, puesto que Elizabeth había despertado la curiosidad de la señora Gardiner al hablarle de él con afecto, ésta los observaba muy de cerca. Aunque no le pareció que su amor fuera serio, la predilección del uno por el otro era lo bastante clara para inquietarla un poco. Por lo tanto, resolvió hablar con Elizabeth del asunto antes de partir de Hertfordshire y hacerle saber que era una imprudencia alentar aquella relación.

El señor Wickham cayó en gracia a la señora Gardiner, aunque no por sus buenas facultades. Diez o doce años atrás, antes de casarse, la señora había vivido una temporada en Derbyshire, de donde él era, de modo que tenían muchas amistades en común. Y aunque el señor Wickham había vuelto a la región pocas veces después de la muerte del padre del señor Darcy —de lo cual hacía cinco años—, pudo darle más noticias de las que esperaba de sus antiguos amigos.

La señora Gardiner había visto Pemberley alguna que otra vez, y había conocido muy bien al difunto señor Darcy, lo cual proporcionó un tema de conversación inagotable. La señora Gardiner disfrutó tanto como Wickham comparando su recuerdo de Pemberley con la minuciosa descripción que el oficial hizo de la residencia, y elogiando la bondad de su antiguo dueño. Al enterarse del trato que el señor Wickham había recibido del señor Darcy trató de recordar la reputación que éste tenía de niño; por fin le vino a la mente algo que podía coincidir con lo que contaba el señor Wickham: según decían, el aludido señor Fitzwilliam Darcy era un niño muy orgulloso y tenía muy mal carácter.

CAPÍTULO III

La señora Gardiner aprovechó la primera oportunidad que tuvo de quedarse sola con Elizabeth para advertirla a tiempo y con delicadeza. Después de decirle honestamente lo que pensaba, añadió:

—Lizzy, eres una chica demasiado sensata para enamorarte sólo porque te aconsejen que no lo hagas, y por eso no temo decirte esto sin rodeos. De verdad, creo que deberías tener cuidado. No te expongas, ni quieras exponerlo a él a una relación que sería una imprudencia por falta de medios. No tengo nada en contra de él: es un joven muy interesante y, si tuviera el dinero necesario, diría que no podías haber elegido mejor. Pero las cosas no funcionan así, y no deberías dejarte llevar por un encaprichamiento. Una de tus cualidades es la sensatez, y todos esperamos que la apliques. Estoy segura de que tu padre confía en tu buena capacidad para tomar decisiones sensatas y en tu buena conducta. Y a tu padre no debes decepcionarlo.

—Querida tía, veo que te tomas esto muy en serio.

—Sí, y espero convencerte de que tú también te lo tomes así.

—En tal caso no debes alarmarte, porque cuidaré de mí misma, y me cuidaré del señor Wickham. No se enamorará de mí si puedo evitarlo.

—Elizabeth, seamos serias.

—Discúlpame, tía. Volveré a intentarlo: de momento no estoy enamorada del señor Wickham; no, desde luego que no. Pero es, con diferencia, el hombre más agradable que he conocido nunca... y si él se enamorara de mí, en fin... creo que sería mejor que no se enamorara. Me doy cuenta de la imprudencia que cometeríamos, tía... ¡Oh, ese abominable Darcy! La buena opinión que tiene mi padre de mí me honra, y me sentiría desdichada si la perdiera. Con todo, mi padre aprecia al señor Wickham. Dicho de otro modo, querida tía: lamentaría mucho disgustaros a ti o a él. Pero cuando hay sentimientos de por medio, en general (y pasa muy a menudo), los jóvenes no cancelan un noviazgo por falta de medios. ¿Cómo puedo prometer que actuaré con sensatez si las circunstancias me tientan, como les pasa a tantas otras chicas de mi edad? Es más: ¿cómo voy a saber que es prudente resistirme a esa tentación? Así que sólo puedo prometerte que no me precipitaré. No me precipitaré dando por sentado que soy su favorita. Cuando esté con él, no desearé serlo. En resumen, que haré lo que pueda.

—Quizá también convendría que no lo animaras a frecuentar tanto Longbourn. O al menos, que no le recuerdes a tu madre que lo invite.

—Como hice el otro día —dijo Elizabeth, sonriendo con picardía—. Tienes toda la razón: lo más sensato es que no se lo recuerde. Pero no te creas que es tan asiduo. Esta semana ha venido muchas veces, pero por vosotros. Ya conoces a mamá: procura que a los invitados no les falte compañía en ningún momento. Pero de verdad te prometo que trataré de actuar con prudencia. ¿Te quedas tranquila?

Su tía le aseguró que sí, Elizabeth le agradeció los consejos y se fueron cada una por su lado. La señora Gardiner había sabido aconsejar a su sobrina sobre un tema delicado sin molestarla.

El señor Collins volvió a Hertfordshire poco después de que los Gardiner y Jane se hubieran marchado, pero como en esta ocasión se había alojado con los Lucas, su presencia no molestó tanto a la señora Bennet. Muy pronto se casaría, y la señora Bennet estaba tan resignada por fin que lo veía como algo inevitable, y hasta repetía cada dos por tres, aunque con cierto retintín, que deseaba que fueran felices. Aquel jueves se celebraría la boda, y el día antes la señorita Lucas les hizo una visita para despedirse. Cuando se levantó para marcharse, Elizabeth, avergonzada por los buenos deseos de su madre (expresados con renuencia y de mala gana), aunque también conmovida por su amiga, salió con ella de la habitación. Cuando bajaban por las escaleras, Charlotte le dijo:

—Espero que me escribas a menudo, Eliza.

—Y así será.

—Y quiero pedirte otro favor: ¿vendrás a verme?

—Nos veremos muchas veces en Hertfordshire. O eso espero.

—No creo que salga de Kent en mucho tiempo. Así que debes prometerme que vendrás a verme a Hunsford.

Elizabeth no pudo negarse, aunque no le apetecía nada visitarla.

—Mi padre y Maria vendrán a verme en marzo —añadió Charlotte—. Espero que accedas a venir con ellos. Además, Eliza, ya sabes que tu presencia me alegrará tanto como la suya.

Llegó el día y se celebró la boda. Tan pronto los novios cruzaron la puerta de la iglesia partieron a Kent, y, como suele ocurrir, todos tenían algo que decir o que escuchar sobre el acontecimiento. Al poco tiempo Elizabeth recibió una carta de su amiga, y se escribieron con la misma frecuencia y regularidad habitual; lo imposible era que el contenido fuera igual de franco. Elizabeth no podía evitar escribirle sin sentir que habían perdido la confianza de siempre, y aunque no quería disminuir el ritmo de la correspondencia, lo hacía por lo que su amistad había sido en otra época y no por lo que era en aquel momento de sus vidas. Recibió las primeras cartas de Charlotte con muchas ganas. Tenía curiosidad por saber qué diría de su nuevo hogar, qué le había parecido lady Catherine y hasta qué punto osaría declararse feliz. Al leer las cartas, Elizabeth pensó que Charlotte había reaccionado en todos los aspectos tal como esperaba. Transmitía alegría, parecía estar rodeada de comodidades y no mencionaba nada que no pudiera alabar. La casa, los muebles, los vecinos, los caminos... todo era de su gusto, y lady Catherine era de lo más simpática y atenta. Era la misma descripción de Hunsford y Rosings que había hecho el señor Collins, pero atenuada. Y Elizabeth se dio cuenta de que tendría que esperar a hacerle una visita para conocer todo lo demás.

Jane ya había escrito a su hermana para anunciar que habían llegado bien a Londres, y cuando volvió a hacerlo, Elizabeth esperaba que ya supiera algo de los Bingley.

Su impaciencia por leer la segunda carta recibió la recompensa habitual para la impaciencia. Después de una semana en Londres, Jane ni había visto a Caroline ni sabía nada de ella, pero lo achacaba a que la última carta que había escrito a su amiga desde Longbourn debía de haberse perdido.

«La tía», decía luego, «tiene pensado ir mañana a esa parte de la ciudad, así que aprovecharé la ocasión para pasar por Grosvenor Street y visitarla.»

Después de esa visita a Caroline Bingley envió otra carta a Elizabeth:

«Creo que Caroline no estaba muy animada», decía, «pero se alegró mucho de verme, y me reprochó que no le hubiera dicho que iba a estar en Londres. Yo tenía razón: mi carta nunca le llegó. Pregunté por su hermano, por supuesto. Me dijo que estaba bien, pero tan ocupado con la señorita Darcy que casi no lo veían. Me dijeron que la señorita Darcy comería en su casa ese mismo día. Me gustaría conocerla. No estuve mucho rato porque Caroline y la señora Hurst tenían que salir. Creo que volveré a verlas pronto.»

Elizabeth movió la cabeza al terminar de leer: estaba segura de que si el señor Bingley averiguaba que Jane estaba en Londres sería por casualidad.

Pasaron cuatro semanas, y Jane nada sabía de él. Consiguió convencerse de que él ya no le importaba, pero no podía seguir obviando el desinterés de la señorita Bingley. Después de esperarla en casa cada mañana y de imaginar posibles justificaciones que explicaran por qué no habían ido a verla, al fin, a las dos semanas, Caroline se dignó a hacerlo. Pero la brevedad de la visita y sobre todo su cambio de actitud desengañaron a Jane y le dio la razón a Elizabeth. Su siguiente carta reflejaba con claridad cómo se sentía:

Queridísima Lizzy, estoy segura de que no te atreverás a jactarte de que tenías razón cuando confiese que me he desengañado por completo del aprecio que me tenía la señorita Bingley. Pero, querida hermana, aunque los hechos te dan la razón, no me taches de terca por pensar que, teniendo en cuenta la amabilidad con que me trataba, mi buena fe era tan lógica como tu suspicacia. No entiendo por qué quiso fingir que teníamos una relación estrecha. Pero si pasara otra vez, estoy segura de que volverían a engañarme. Caroline no me devolvió la visita hasta ayer y, entretanto, no recibí ni una nota, ni una palabra de disculpa. Cuando vino, era muy evidente que no le apetecía nada estar allí; se disculpó lo justo, y con mucha formalidad, por no haber hecho la visita antes, no expresó ningún deseo de querer volver a verme, y era una persona tan distinta de la que yo conocía que en cuanto se fue decidí que ya no quería frecuentar su amistad. Es una pena, pero no puedo evitar echarle la culpa a ella. Hizo muy mal en querer ser mi amiga. Al menos puedo decir con tranquilidad que ella fue quien quiso estrechar los lazos. Pero la compadezco, porque debe de tener la mala conciencia de haberse portado mal conmigo, y porque estoy segura de que la preocupación por su hermano la ha movido a comportarse así. No necesito dar más explicaciones. Y aunque sabemos que esa preocupación es innecesaria, si existe justificará su comportamiento; y como él merece que su hermana le quiera, toda preocupación que sienta por él es lógica y buena. Lo que no entiendo es por qué esto sigue preocupándole, porque si él hubiera tenido algún interés en mí nos habríamos visto hace mucho tiempo. A juzgar por una cosa que dijo Caroline, estoy segura de que él sabe que estoy en Londres. Pero por su manera de hablar parece que quiera convencerse de que su hermano está enamorado de la señorita Darcy. No lo entiendo. Si no temiera juzgar con dureza, casi me atrevería a decir que en todo esto hay falsedad. En fin, trataré de apartar de mi mente cualquier pensamiento amargo y concentrarme en las cosas que me hacen feliz, como tu cariño y la generosidad de nuestros queridos tíos. Escribe pronto. Por cierto, la señorita Bingley dijo que su hermano nunca volvería a Netherfield, que iba a renunciar a la casa, o algo así, aunque no lo dijo muy segura. Es preferible no comentar nada. Me alegro muchísimo de que tengas tan buenas noticias de nuestros amigos de Hunsford. Deberías ir con sir William y Maria cuando vayan a verles. Estoy segura de que te sentirás como en casa.

Un abrazo,

JANE

A Elizabeth le dolió aquella carta, pero se animó al pensar que Jane no volvería a dejarse engañar, al menos por la señorita Bingley. Ahora sí que ya no cabía esperar nada de su hermano. Elizabeth ni siquiera deseaba que reanudara sus atenciones, su concepto de él empeoraba con cada reflexión y, como un castigo para él y un posible beneficio para Jane, deseaba que se casara lo más pronto posible con la hermana del señor Darcy, pues tal como la había descrito el señor Wickham, aquella chica le haría lamentar la oportunidad que había desperdiciado al rechazar a Jane.

Sobre la misma fecha la señora Gardiner escribió a Elizabeth para recordarle lo que le había prometido sobre aquel oficial, y le pedía novedades. Y ésta se las dio, aunque contentaron más a la tía que a la sobrina. Al parecer el señor Wickham había perdido interés por ella, ya no le dedicaba atenciones y ahora era el admirador de otra. Elizabeth era lo bastante perspicaz para darse cuenta de todo, pero podía asimilarlo y escribir de ello sin que le doliera demasiado. Apenas le había afectado, la certeza de que la habría elegido a ella si el dinero lo hubiera permitido bastaba para satisfacer su vanidad. La repentina adquisición de diez mil libras era el encanto más destacable de la joven que ahora recibía sus atenciones. Y como Elizabeth no veía su caso con la misma claridad que el de Charlotte, le pareció lógico que el señor Wickham quisiera gozar de independencia económica. Es más: lo veía como algo sumamente natural, y aunque prefería suponer que le habría costado bastante renunciar a esa independencia, estaba dispuesta a entenderlo como una medida prudente y ventajosa para ambos y a desearle que fuera feliz de todo corazón.

De todo esto hizo partícipe a la señora Gardiner. Y después de relatar las circunstancias añadió: «Ahora sé de seguro, querida tía, que en realidad nunca he estado muy enamorada, porque si hubiera conocido esa pasión pura y edificante, ahora no soportaría oír su nombre y le desearía toda clase de males. Pero mis sentimientos no sólo son cordiales para con él, sino también para con la señorita King. No puedo decir que la odie ni que piense mal de ella. En fin, no creo que lo mío fuera amor. Ya ves: mis medidas de precaución han surtido efecto. Y aunque para los demás sería mucho más interesante si estuviera profundamente enamorada, no puedo decir que lamente mi relativa insignificancia. En ocasiones la importancia se paga demasiado cara. Kitty y Lydia se han tomado más a pecho que yo esta deserción. Todavía son jóvenes e inexpertas para entender el mundo, y todavía no conciben la humillante condena de que los hombres jóvenes y guapos necesitan algo de qué vivir, igual que cualquier otro hombre.»

CAPÍTULO IV

Enero y febrero pasaron sin que hubiera más acontecimientos en la familia Bennet, ni más distracciones que los paseos a Meryton, unas veces con frío, otras con fango. Elizabeth había pensado ir de visita a

Hunsford. Al principio era una intención vaga, pero cuando supo que Charlotte esperaba la visita, la idea se fue consolidando, y a Elizabeth le apetecía cada vez más. Con la ausencia de Charlotte tenía ganas de verla y ya no sentía tanta aversión por el señor Collins. La visita tenía el aliciente de la novedad y, como estar en casa no era lo más agradable en aquel momento con una madre como la suya y unas hermanas insufribles, un cambio de aires no le iría mal. Además, el viaje le permitiría ver a Jane aunque sólo fuera fugazmente. Es más, cuando quedaban pocos días para partir, incluso habría lamentado un retraso del viaje. Pero no hubo contratiempos y siguieron el plan inicial de Charlotte: Elizabeth iría con sir William y su otra hija. Luego decidieron que pasarían una noche en Londres, de manera que el plan era inmejorable.

Lo único que lamentó fue separarse de su padre, porque sabía que la iba a echar de menos y, llegado el momento, tampoco le gustó que su hija se marchara. Le pidió que le escribiera y casi le prometió que le contestaría con otra carta.

Elizabeth fue cordial al despedirse del señor Wickham, pero éste lo fue más todavía. El cortejo que ahora dedicaba a otra no le hizo olvidar que Elizabeth había sido la primera en atraer su atención y en merecerla, la primera en escucharle y en compadecerlo, y la primera en quien se había fijado. Y en su forma de despedirse de ella (deseándole que disfrutara del viaje, recordándole qué debía esperar de lady Catherine de Bourgh y confiando en que la impresión que ésta le causara coincidiera con la suya, como coincidían en la que tenían de todos los demás) había cierta solicitud, cierto interés que le hizo sentir que siempre le guardaría un sincero cariño. Y se separó de él convencida de que, casado o soltero, siempre sería para ella un ejemplo de amabilidad y educación.

Al día siguiente, sus compañeros de viaje le hicieron pensar en lo simpático que era el señor Wickham en comparación. Sir William y su hija María, una chica alegre pero tan cabeza hueca como el padre, no tenían nada que decir que mereciera la pena escuchar, y Elizabeth les prestaba la misma atención que al traqueteo del carruaje. A Elizabeth le encantaban las absurdidades, pero hacía demasiado que conocía a sir William. Éste no podía contarle nada que no supiera ya sobre las maravillas de su presentación en la corte y la entrega del título de sir, y sus cumplidos eran tan trillados como su conversación.

Era un viaje de poco más de treinta y ocho kilómetros, y partieron tan temprano que a mediodía ya estaban en Gracechurch Street. Cuando el carruaje se detuvo frente a la puerta de los Gardiner, vieron a Jane en la ventana del salón observando su llegada. Cuando entraron en el jardín, ya había salido para recibirles. Elizabeth la miró bien y se alegró de comprobar que tenía el aspecto sano y adorable de siempre. En las escaleras principales había un tropel de niños y niñas, cuyas ansias de ver a su prima no les permitió esperar en el salón, y cuya timidez —pues no la habían visto en un año— los contuvo de bajar más escalones. Todo era alegría y amabilidad. Pasaron un día agradable: por la mañana entre compras y ajetreo, y por la tarde en el teatro.

Elizabeth se las arregló para sentarse al lado de su tía. Empezaron a hablar de su hermana. En respuesta a sus minuciosas preguntas, Elizabeth quedó más preocupada que asombrada al enterarse de que aunque en general Jane trataba de animarse, tenía momentos de abatimiento. Lo normal, sin embargo, era esperar que ese desánimo desapareciera pronto. La señora Gardiner también le informó con todo detalle de la visita de la señorita Bingley a Gracechurch Street. También le contó todo aquello de lo que había hablado con su sobrina en diversas ocasiones y le confirmó que Jane había terminado definitivamente su amistad con Caroline. Luego la señora Gardiner criticó la deserción del señor Wickham y la felicitó por llevarlo tan bien.

—Pero Elizabeth, cariño —añadió—, ¿qué clase de chica es la señorita King? Lamentaría que nuestro amigo fuera un interesado.

—Dime, querida tía, cuando se trata casarse, ¿dónde está la diferencia entre ser un interesado y ser prudente? ¿Dónde acaba el buen criterio y dónde empieza la avaricia? Por Navidad temías que cometiera la imprudencia de casarme con él, y ahora que pretende a una chica que posee diez mil libras quieres saber si está con ella por interés.

—Con que me digas qué clase de chica es ya sabré qué pensar.

—Creo que es muy buena chica. No he oído nada malo de ella.

—Sí, pero él no se fijó en ella hasta que murió su abuelo y la hizo heredera de su fortuna...

—No... ¿qué motivos iba a tener? Si no podía permitirse el lujo de ganarse mi afecto porque no tengo dinero, ¿para qué iba a molestarse en cortejar a una chica igual de pobre que no le interesaba?

—Pero me parece una falta de delicadeza que empezara a dispensarle atenciones justo después de morir su abuelo.

—Un hombre que pasa estrecheces no tiene tiempo para estar pendiente de quedar bien, como suelen hacer otros. Si ella no se opone, ¿por qué habríamos de oponernos nosotras?

—Que ella no se oponga no justifica la actitud de él. Sólo demuestra que a esa joven le falta algo: sentido común o sensibilidad.

—Bueno —se quejó Elizabeth—, estás en tu derecho de pensar que él es un interesado y ella una insensata.

—No, Lizzy, no lo pienso. Me sabría mal pensar algo así de un joven que vivió tanto tiempo en Derbyshire.

—¡Vaya! Pues si sólo es eso, yo misma tengo una pésima opinión de los jóvenes de Derbyshire... y sus amigos íntimos no son mucho mejores. Estoy harta de todos. Menos mal que mañana iré a un lugar donde hay un hombre que no posee ninguna buena cualidad y que tampoco tiene modales ni sentido común que lo hagan digno de ser recomendado. Al final, los hombres que merecen la pena son los más estúpidos.

—Cuidado, Lizzy, porque si hablas así parece que hayas sufrido un desengaño.

La obra concluyó y, antes de separarse, Elizabeth tuvo la inesperada alegría de que sus tíos la invitaran a acompañarles en un viaje que pensaban hacer en verano.

—Todavía no hemos decidido hasta dónde iremos —explicó la señora Gardiner—, pero puede que lleguemos a los Lagos.

Elizabeth no podía imaginar un plan mejor para el verano y, agradecida, enseguida aceptó la invitación.

—Ay, queridísima tía —exclamó con efusividad—, ¡qué maravilla!, ¡qué felicidad! Me has infundido ánimo y vigor. Adiós al desengaño y el abatimiento. ¿Qué son los hombres comparados con las piedras y las montañas? ¡Oh, pasaré horas y horas contemplándolas arrobada! Y cuando regresemos no seré como esos viajeros que no saben describir nada con precisión: nosotros sabremos dónde hemos estado y recordaremos lo que hemos visto. Lagos, montañas y ríos no se mezclarán en la memoria; y describiremos los paisajes sin discutir si era de aquí o de allá. Que nuestro entusiasmo sea menos insoportable que el de la mayoría de quienes viajan.

CAPÍTULO V

Al día siguiente reanudaron el viaje. Todo cuanto Elizabeth veía le parecía nuevo e interesante, y el buen ánimo le permitía disfrutar de las cosas. Había encontrado a su hermana tan bien que ya no temía por su salud, y cada vez que pensaba en el viaje al norte con sus tíos rebosaba de alegría.

Cuando salieron de la carretera principal y entraron en el camino que conducía a Hunsford, los tres miraban por las ventanillas en busca de la casa del párroco, que esperaban ver en cada curva. A un lado, una empalizada lindaba con Rosings Park. Elizabeth sonrió al recordar todo lo que había oído contar de sus habitantes.

En un momento dado divisaron la rectoría. El jardín que descendía hasta el camino, la casa que se alzaba en medio, la empalizada verde y el seto de laureles les anunció que habían llegado. El señor Collins y Charlotte salieron a la puerta, y el carruaje se detuvo frente a una verja pequeña donde arrancaba un caminito de grava que conducía a la casa; todos asentían con la cabeza y sonreían. Al poco rato ya habían bajado del vehículo y todos estaban contentos de verse. La señora Collins recibió a su amiga con muchísima alegría y, dada la calurosa acogida, Elizabeth se convenció de que había hecho bien en visitarla. Enseguida se dio cuenta de que su primo no había cambiado pese a haberse casado: mantenía la misma cortesía y formalidad en el trato, y allí mismo, en la verja, dedicó unos minutos a Elizabeth para escucharla y hacerle las preguntas obligadas sobre la familia. A continuación les hicieron pasar sin más demora que el comentario, por parte del anfitrión, de lo arreglada que estaba la entrada. Al entrar en el salón volvió a darles la bienvenida a su humilde morada con ostentosa formalidad y, puntualmente, volvió a preguntar si querían tomar unos refrigerios que había hecho su mujer.

Elizabeth estaba preparada para verlo en la gloria, y no podía evitar pensar que, al alardear del buen tamaño de la sala, la apariencia y los muebles, se dirigía especialmente a ella, como si quisiera mostrarle lo que había perdido al rechazar su mano. Y aunque todo parecía ordenado y confortable, no estaba dispuesta a darle el gusto de suspirar de arrepentimiento. Más bien se maravillaba de que su amiga pareciera tan contenta con semejante compañero. Cuando el señor Collins decía algo que pudiera avergonzar a su esposa aunque sólo fuera un poco (cosa que ocurría no pocas veces) miraba a Charlotte sin querer. En un par de ocasiones percibió un leve rubor, pero en general, Charlotte era prudente y fingía no haberle oído. Después de pasar suficiente tiempo sentados para admirar todo el mobiliario del salón —del aparador al guardafuegos— y contar lo que habían hecho en Londres, el señor Collins los invitó a dar un paseo por el jardín, grande y muy bien arreglado, que él mismo cultivaba. Trabajar en el jardín era, para él, un placer absolutamente legítimo. Elizabeth admiró la seriedad con que Charlotte hablaba de lo sano que era el ejercicio y reconocía que ella misma recomendaba practicarlo cuanto más mejor. El señor Collins, que los guiaba por los senderos del jardín sin apenas dejarles intervenir para hacerle los elogios que pedía, describía cada rincón con tanto detalle que lo despojaba de toda belleza. Conocía todas las fincas de alrededor y sabía cuántos árboles había en cada bosquecillo particular, por muy lejos que estuviera. Pero de todas las vistas de las que pudiera presumir aquel jardín (o aquel condado, o aquel reino), ninguna podía compararse con la de Rosings, que se apreciaba gracias a un claro entre los árboles que delimitaban la extensión frente a su casa. Era un edificio hermoso y moderno, bien situado sobre un montículo.

Desde el jardín, el señor Collins quiso llevarles a recorrer sus dos prados, pero como las damas no llevaban calzado apropiado para andar sobre la escarcha, tuvieron que dar media vuelta. Así como sir William siguió adelante con él, Charlotte llevó a su hermana y a su amiga hacia la casa, encantada de hacerlo, seguramente porque así tendría la oportunidad de mostrarla sin la ayuda de su esposo. Era bastante pequeña, pero estaba bien construida y era práctica. Por otra parte, todo estaba acondicionado y ordenado con esmero y coherencia, cosa que Elizabeth atribuía a la mano de Charlotte. Cuando uno podía olvidarse del señor Collins, la casa era realmente un lugar acogedor y, viendo que Charlotte no disimulaba lo a gusto que estaba, Elizabeth supuso que debía de abstraerse a menudo de su esposo.

Elizabeth ya sabía que lady Catherine todavía estaba en el campo, y su nombre volvió a mencionarse durante la comida, cuando el señor Collins intervino para comentar:

—Así es, señorita Elizabeth, tendrá usted el honor de ver a lady Catherine de Bourgh el próximo domingo en la iglesia. No hace falta decir que le va a encantar. Es sumamente afable y condescendiente, y estoy seguro de que la señora la honrará dispensándole su atención cuando acabe la misa. Osaría decir que no me cabe la menor duda de que, durante su estancia, las hará partícipes, tanto a usted como a mi cuñada Maria, de cualquier invitación que tenga el honor de concedernos a mi esposa y a mí. Su actitud para con mi querida Charlotte es maravillosa. Comemos en Rosings dos veces por semana, y nunca nos permiten regresar a casa a pie. A menudo hacen traer el carruaje de la señora... o más bien, uno de los carruajes de la señora, pues tiene varios.

—Es verdad. Lady Catherine es una señora muy respetable e inteligente —añadió Charlotte—. Y una vecina muy atenta.

—Así es, querida, y eso mismo digo yo. Es una mujer a la que nunca se puede tratar con suficiente deferencia.

Pasaron la tarde hablando principalmente de Hertfordshire y de lo que ya se habían dicho en la correspondencia. Al final del día, en la soledad de su cuarto, Elizabeth reflexionó sobre lo satisfecha que estaba Charlotte, sobre su habilidad para manejar a su marido y su serenidad para soportarlo, y tuvo que reconocer que su amiga lo estaba haciendo todo muy bien. También pensó en cómo transcurriría su visita entre la calma de los habituales pasatiempos, las molestas interrupciones del señor Collins y la diversión de tratar con los habitantes de Rosings. Una imaginación viva lo resolvió todo enseguida.

Al día siguiente al mediodía, mientras Elizabeth se estaba preparando en su habitación para dar un paseo, un ruido inesperado alborotó la casa. Se detuvo a escuchar un momento y oyó que alguien subía corriendo las escaleras, llamándola. Elizabeth abrió la puerta. En el rellano estaba Maria.

—¡Ay, Eliza, querida! —gritó con agitación y sin apenas aliento—. ¡Ven, corre, baja al comedor, porque la escena es digna de ver! No te diré de qué se trata. Date prisa y baja enseguida.

Elizabeth le hizo preguntas, pero Maria no quiso contarle nada más, así que para desvelar el misterio bajaron a toda prisa al comedor que daba al caminito particular de la casa: el alboroto se debía simplemente a la llegada de dos damas, que habían detenido frente a la verja el faetón bajo en el que iban.

—¿Eso es todo? —preguntó Elizabeth—. Lo menos que esperaba era que los cerdos hubieran invadido el jardín. ¡Sólo son lady Catherine y su hija!

—¡No, querida! —exclamó Maria, indignada por el error—. No es lady Catherine. La anciana es la señora Jenkinson, que vive con ellas. La otra sí que es la señorita De Bourgh. Fíjate... Qué pequeñita es... Nunca habría imaginado que fuera tan delgada y menuda.

—Es una absoluta grosería que deje a Charlotte ahí fuera con el viento que hace. ¿Por qué no entra?

—¡Oh! Charlotte dice que casi nunca lo hace. Cuando la señorita De Bourgh entra en la casa es un gran honor.

—Me gusta su aspecto —dijo Elizabeth, pensando en algo distinto—. Parece enfermiza y amargada... Sí, le irá muy bien al señor Darcy. Será la esposa ideal para él.

El señor Collins y Charlotte estaban en la verja hablando con las señoras; y sir William —para regocijo de Elizabeth— estaba plantado en la entrada principal, muy serio, contemplando la grandeza que tenía ante sí, haciendo una reverencia cada vez que la señorita De Bourgh miraba en su dirección.

Concluida la conversación, las damas reanudaron la marcha y los demás volvieron a entrar en casa. Tan pronto el señor Collins vio a las dos muchachas, las felicitó por su buena suerte, comentario que Charlotte explicó a continuación: lady Catherine los había invitado a todos a comer a Rosings Park al día siguiente.

CAPÍTULO VI

El señor Collins no cabía en sí de gozo por la invitación. Nada le hacía sentir más ufano que poder dar prueba de la magnificencia de su patrona a sus fascinados huéspedes; que poder demostrarles la amabilidad con que la señora les trataba a él y a su csposa. Era exactamente lo que estaba deseando, y que la ocasión hubiera surgido tan pronto era un ejemplo de la condescendencia de lady Catherine, para la que no tenía suficiente admiración.

—Confieso —dijo— que no me habría sorprendido nada que la señora nos hubiera invitado el domingo a tomar el té y pasar la tarde en Rosings. Es más, puesto que conozco tan bien sus muestras de amabilidad, sabía que así sería. Pero ¿quién iba a pensar que fuera a tener una atención así? ¿Quién iba a imaginar que fuera a invitarnos a comer a su casa y, además, a todos y al poco tiempo de llegar ustedes?

—A mí no me ha sorprendido en absoluto —respondió sir William—, ya que conozco muy bien las costumbres de los poderosos. Conocimiento, dicho sea de paso, que mi posición social me ha permitido adquirir. En la corte, este tipo de gestos, propios de una educación refinada, son habituales.

Apenas se habló de otra cosa el resto del día y a lo largo de la mañana siguiente. El señor Collins les explicó con todo detalle qué debían esperar, y les dijo que las suntuosas habitaciones, los numerosos criados y la comida, que sería espléndida, no debían intimidarles.

Cuando las mujeres se levantaron para ir a arreglarse, dijo a Elizabeth:

—No se sienta incómoda, querida prima, por su atuendo. Lady Catherine no exige en absoluto a sus invitados la misma elegancia en el vestir que tan bien les sienta a ella y a su hija. Yo le recomendaría que se ponga la mejor prenda que tenga, pues la ocasión no requiere nada especial. Lady Catherine no tendrá ni mejor ni peor opinión de usted por vestir con sencillez. Le gusta mantener la distinción propia de su clase.

Mientras se vestían, llamó dos o tres veces a los cuartos de las mujeres para sugerirles que se dieran prisa, pues a lady Catherine le molestaba mucho que la hicieran esperar para comer. Las maravillas que oía contar de aquella señora y su estilo de vida tenían atemorizada a Maria Lucas, que no estaba acostumbrada al trato social y, aunque estaba deseando su presentación en Rosings, sentía la misma aprensión que su padre el día de la suya en el palacio de St. James.

Como hacía buen tiempo, dieron un agradable paseo de casi un kilómetro por la finca. Todo jardín tiene sus encantos y vistas particulares, y aunque Elizabeth reconocía que éste los tenía, la escena no le causó el arrobamiento que el señor Collins esperaba, y apenas le impresionó su enumeración de las ventanas de la fachada y el comentario sobre el precio original que sir Lewis de Bourgh había pagado por todos los cristales.

Cuando subieron la escalinata que conducía al vestíbulo, Maria estaba cada vez más nerviosa y tampoco sir William parecía tranquilo del todo. A Elizabeth no le falló el valor. Nada de cuanto había oído dejaba en mala posición a lady Catherine; la señora sólo tenía cualidades extraordinarias o virtudes milagrosas, y Elizabeth consideraba que algo tan insignificante como la majestuosidad del dinero y la categoría no iban a turbarla.

Desde el vestíbulo —donde el señor Collins comentó, extasiado, el magnífico acabado y proporción de los ornamentos— siguieron a los sirvientes a través de una antecámara hasta el salón donde lady Catherine, su hija y la señora Jenkinson les esperaban sentadas. Con gran condescendencia, la señora se levantó para recibirles; y como la señora Collins había acordado con su marido que ella asumiría las presentaciones, éstas se desarrollaron con normalidad, sin las disculpas y los agradecimientos habituales que a él le habrían parecido necesarios.

Pese a haber estado en el palacio real de St. James, sir William estaba tan impresionado por el esplendor del lugar que tuvo el valor justo para hacer una reverencia muy baja y tomó asiento sin decir palabra. Su hija, amedrentada, se sentó en el borde de la silla sin saber dónde mirar. La escena no alteró a Elizabeth, y contempló con serenidad a las tres damas sentadas delante de ellas. Lady Catherine era una mujer alta y delgada de rasgos muy marcados que otrora debían de haber sido bellos. De entrada no parecía una persona conciliadora, como tampoco lo había sido su modo de recibirles, pues no hizo ningún esfuerzo por que sus invitados olvidaran que eran de clase inferior. No era el silencio lo que la hacía imponente, sino cualquier cosa que dijera, pues lo hacía en un tono tan autoritario que revelaba engreimiento, algo que a Elizabeth hizo pensar en el señor Wickham. Después de pasar aquel día con ella, llegó a la conclusión de que la dama era tal cual se la había descrito.

Tras observar a la madre, cuya seriedad y porte le recordaron a los del señor Darcy, miró a la hija: la delgadez y la escasa altura de la joven la asombraron casi tanto como a Maria. La señorita De Bourgh era pálida y enfermiza; y aunque no era fea, tampoco era nada excepcional. Hablaba muy poco, salvo cuando se dirigía en voz baja a la señora Jenkinson, cuyo aspecto no tenía nada destacable y que sólo estaba pendiente de escuchar lo que la joven le decía y de colocar bien una mampara para protegerle los ojos del sol.

Después de sentarse a conversar unos minutos, la anfitriona les invitó a contemplar las vistas desde las ventanas; el señor Collins ayudó a poner de relieve la hermosura del paisaje, y lady Catherine les explicó que era mucho más bello en verano.

La comida fue sumamente generosa, con los sirvientes y la vajilla de plata que había mencionado el señor Collins. Y, tal como había asegurado también que ocurriría, le tocó sentarse en la cabecera de la mesa por deseo explícito de la señora, cosa que hizo como si sintiera que la vida no podía darle nada mejor. Trinchaba la carne, comía y elogiaba con gustosa prontitud. Hizo comentarios sobre cada plato, seguidos de los del de sir William, que ya se había recuperado y repetía cualquier cosa que su yerno dijera, y de una manera que Elizabeth no se explicaba cómo lady Catherine era capaz de soportar. Pero lady Catherine parecía contenta con aquel exceso de admiración, y sonreía con amabilidad, sobre todo cuando servían algún plato novedoso para ellos. El grupo no era muy dado a conversar. Elizabeth trataba de intervenir cuando surgía la ocasión, pero ocupaba un lugar entre Charlotte y la señorita De Bourgh: la primera sólo estaba pendiente de escuchar a lady Catherine, y la segunda no pronunció palabra en toda la comida. La señora Jenkinson estaba atenta la mayor parte del tiempo a si la menuda señorita De Bourgh comía bien, insistiéndole en que probara algún otro plato o mostrando su preocupación por que no fuera a estar indispuesta. Maria ni siquiera se atrevía a hablar, y su padre sólo hacía que comer y elogiar.

Cuando las mujeres volvieron al salón, se limitaron a escuchar a lady Catherine, que habló sin pausa hasta que sirvieron el café. Expresaba su opinión de un modo muy categórico, clara señal de que no solían contradecirla. Con familiaridad, hizo preguntas detalladas a Charlotte sobre sus quehaceres domésticos y le dio muchos consejos acerca de cómo desempeñarlos; le dijo cómo había que mantener el orden en una familia tan pequeña como la suya y la aleccionó en el cuidado de las vacas y las aves. A Elizabeth le pareció que a la dama solamente le interesaba aquello que le proporcionara ocasión para dar órdenes. Cuando dejó de sermonear a la señora Collins, hizo varias preguntas a Maria y Elizabeth, pero sobre todo a ésta, de cuyos vínculos sociales menos sabía, y que, según comentó al señor Collins, le parecía una joven guapa y refinada. En distintos momentos le preguntó cuántas hermanas tenía, si alguna tenía posibilidades de casarse, si eran hermosas, dónde habían estudiado, qué carruaje tenía su padre y cuál era el nombre de soltera de su madre. Aunque Elizabeth no pasó por alto la impertinencia de las preguntas, las respondió con tranquilidad. En un momento determinado, lady Catherine observó:

—Tengo entendido que el señor Collins heredará la propiedad de su padre. Me alegro por usted —dijo, volviéndose a Charlotte—, aunque por otra parte no veo la necesidad de excluir a la línea femenina de heredar una propiedad. En la familia de sir Lewis de Bourgh no se estimó necesario... ¿Sabe cantar o tocar algún instrumento, señorita Bennet?

—Un poco.

—¡Oh! Entonces la escucharemos con gusto en algún momento. Tenemos un piano estupendo, seguramente mejor que... Tiene que probarlo algún día. ¿Sus hermanas tocan o cantan?

—Una sí.

—¿Por qué no aprendieron todas? Todas deberían haber aprendido. Todas las señoritas Webb, unas conocidas mías, saben tocar y cantar, y los ingresos del padre son inferiores a los del suyo... ¿Sabe dibujar?

—No, en absoluto.

—¿Ninguna de sus hermanas?

—No, ninguna.

—Qué cosa tan rara. Supongo que las circunstancias se lo impidieron. Su madre tendría que haberlas llevado a Londres cada primavera para recibir clases de algún maestro.

—A mi madre no le habría importado, pero mi padre detesta la capital.

—¿Se han quedado sin institutriz?

—Nunca hemos tenido institutriz.

—¿Nunca han tenido institutriz? ¿Cómo es posible? ¡Criar a cinco hijas en casa y sin institutriz! Jamás he oído cosa semejante. Su madre debió de trabajar como una burra para educarlas.

Elizabeth no pudo contener una sonrisa al asegurarle que no había sido el caso.

—¿Y quién las ha educado? ¿Quién las ha cuidado? Sin institutriz debieron de estar desatendidas.

—En comparación con otras familias, supongo que un poco sí. Pero no nos han faltado medios a las que hemos querido aprender. En casa siempre se ha fomentado la lectura, y hemos tenido los maestros necesarios. Y si alguna ha preferido no hacer nada, también se le ha permitido.

—Sí, desde luego. Eso es precisamente lo que una institutriz impide que suceda. Y si hubiera conocido a su madre, le habría aconsejado encarecidamente que contratara a una. Yo siempre digo que la educación sólo da buenos resultados si la enseñanza es perseverante y regular, algo que sólo una institutriz puede proporcionar. Le asombraría la cantidad de familias a las que he ayudado para que así sea. Para mí es un placer poder ayudar a una joven a crearse una buena posición. Gracias a mis recursos, cuatro sobrinas de la señora Jenkinson están muy bien situadas. Y el otro día recomendé a otra joven cuyo nombre simplemente se mencionó en una conversación, y la familia está encantada con ella. Señora Collins, ¿le he dicho que lady Metcalfe pasó ayer para darme las gracias? Le parece que la señorita Pope vale un tesoro. «Lady Catherine», me dijo, «me ha regalado usted un tesoro.» ¿Han presentado en sociedad a alguna de sus hermanas pequeñas, señorita Bennet?

—Sí, señora: a todas.

—¿A todas? ¿A las cinco a la vez? ¡Qué cosa más rara! Y eso que usted es la segunda... Han presentado en sociedad a las más jóvenes incluso antes de que alguna de las mayores se haya casado. Sus hermanas menores deben de ser muy jóvenes.

—Sí, la más pequeña aún no ha cumplido los dieciséis. Puede que ella sea demasiado joven para haber sido presentada ya en sociedad. Pero creo que no sería justo privar a las demás de la compañía y la diversión social sólo porque las mayores no pueden o no quieren casarse pronto. La última en nacer tiene el mismo derecho a disfrutar de los placeres de la juventud que la primera. Y no poder hacerlo por una razón como ésa... Creo que no sería lo ideal para cultivar el cariño entre hermanas o la delicadeza de pensamiento.

—En mi opinión —dijo la señora—, dice lo que piensa con mucha decisión para ser tan joven. Dígame, ¿qué edad tiene?

—Con tres hermanas menores crecidas —respondió Elizabeth sonriendo—, no esperará la señora que vaya a confesarlo.

Lady Catherine se quedó estupefacta por no haber recibido una respuesta directa; y Elizabeth sospechó que era la primera persona que había osado jugar con tan señorial impertinencia.

—Estoy segura de que no tiene más de veinte años... por lo tanto, no necesita ocultar su edad.

—Todavía no he cumplido los veintiuno.

Cuando los caballeros se unieron a ellas y terminaron de merendar, dispusieron las mesas de juego. Lady Catherine, sir William y el señor y la señora Collins se sentaron a jugar al cuatrillo; y como la señorita De Bourgh prefirió jugar al casino, las dos muchachas tuvieron el honor de ayudar a la señora Jenkinson a completar el grupo de jugadores. Su mesa era tediosa a más no poder. Apenas se dijo nada que no tuviera que ver con la partida, salvo cuando la señora Jenkinson expresó su temor de que la señorita De Bourgh tuviera demasiado calor o demasiado frío, demasiada luz o demasiado poca. En la otra mesa estaban mucho más entretenidos. En general sólo hablaba lady Catherine, y lo hacía para señalar los errores de los otros tres jugadores o para contar alguna anécdota sobre sí misma. El señor Collins se dedicaba a asentir a cuanto la dama decía, a darle las gracias cada vez que ganaba una ficha y a disculparse si creía que había ganado demasiadas. Sir William no decía gran cosa: estaba concentrado memorizando las anécdotas y los nombres aristocráticos que se mencionaban.

Cuando lady Catherine y su hija se cansaron del juego, retiraron las mesas y ofrecieron el carruaje a la señora Collins. Ésta lo aceptó, agradecida, y mandaron ir a buscarlo de inmediato. Mientras esperaban, se reunieron en torno al fuego y lady Catherine pronosticó el tiempo que haría al día siguiente. A continuación los llamaron porque había llegado el carruaje y, después de las múltiples expresiones de agradecimiento por parte del señor Collins y de otras tantas reverencias por parte de sir William, se marcharon. Tan pronto se alejaron de la entrada, el señor Collins preguntó a Elizabeth qué opinión le merecía su experiencia en Rosings. Por consideración a Charlotte, ésta fue más favorable de lo que era en realidad. Más le costó elogiar a la señora, pero como el señor Collins no quedó satisfecho, prefirió relevarla y encargarse él mismo de alabarla.

CAPÍTULO VII

Sir William solamente pasó una semana en Hunsford, pero su visita fue lo bastante larga para convencerse de que su hija estaba muy bien situada y de que tenía un marido y una vecina que pocos podían tener. Mientras sir William estuvo con ellos, el señor Collins dedicaba las mañanas a salir con él en el calesín y a mostrarle la campiña. Pero cuando se fue, la familia reanudó sus quehaceres habituales, y Elizabeth vio con alivio que no por ello tendría que tratar más con su primo, ya que éste ocupaba la mayor parte del tiempo entre el desayuno y la comida en el jardín, o en leer y escribir, y en mirar por la ventana de su biblioteca particular, que daba al camino. La sala donde más tiempo pasaban las mujeres estaba en la parte de atrás. A Elizabeth le extrañó al principio que Charlotte no prefiriera el salón comedor para uso común, ya que era de mayor tamaño y más bonito. Pero pronto se dio cuenta de que su amiga tenía una razón poderosa para hacerlo. Y es que el señor Collins habría pasado mucho menos tiempo en su sala privada si ellas hubieran escogido un salón igual de agradable que aquél. Elizabeth reconoció que había sido una decisión acertada.

Como desde el salón no se veía el camino, dependían del señor Collins para saber qué carruajes pasaban por delante y, sobre todo, con qué frecuencia pasaba la señorita De Bourgh con su faetón, algo de lo que les informaba siempre a pesar de que fuera así todos los días. No pocas veces, la joven hacía un alto en la rectoría para conversar unos minutos con Charlotte, que casi nunca la convencía para que saliera.

Pasaban pocos días sin que el señor Collins fuera hasta Rosings dando un paseo, y no muchos más sin que su esposa considerara necesario acompañarle. Elizabeth no entendía el por qué de sacrificar tantas horas en aquella labor, hasta que cayó en la cuenta de que podía haber otros rectores con familia dispuestos a hacer lo mismo. De vez en cuando lady Catherine los honraba con una visita, durante la cual no pasaba por alto nada. Examinaba los pasatiempos de los Collins, contemplaba sus labores y recomendaba que se hicieran de otra manera; encontraba defectos en la distribución de los muebles, o descubría descuidos de la criada; y si aceptaba un refrigerio, parecía hacerlo únicamente para señalar que los trozos de carne de la señora Collins eran demasiado grandes para una familia tan pequeña.

Elizabeth no tardó en advertir que, si bien no correspondía a aquella señora ejercer de juez de paz en el municipio, era una mediadora muy activa en su parroquia, y en cuanto había el menor incidente, el señor Collins se lo transmitía. Así, cuando había vecinos con tendencia a pelearse, descontentos o demasiado pobres, lady Catherine hacía una salida al pueblo para resolver las diferencias, acallar las quejas y reprenderles, imponiendo la armonía y la abundancia.

Repetían unas dos veces por semana el pasatiempo de ir a comer a Rosings y, como habían perdido un jugador al marcharse sir William y, por tanto, sólo había una mesa de juego por las tardes, cualquier pasatiempo resultaba igual de entretenido que el anterior. Por lo demás no tenían muchos más compromisos, pues el estilo de vida del vecindario excedía las posibilidades de los Collins. Pero a Elizabeth no le importaba, y estaba disfrutando mucho: pasaba horas enteras charlando a gusto con Charlotte, y hacía tan buen tiempo para aquella época del año que lo aprovechaba para estar al aire libre. Su paseo preferido, adonde solía ir cuando los demás iban de visita a Rosings, era a través de un bosquecillo ralo que bordeaba aquella parte de la finca, donde había un bonito camino abrigado que al parecer nadie salvo ella apreciaba y donde se sentía a salvo de la curiosidad de lady Catherine.

Y con este sosiego transcurrieron las primeras dos semanas de su visita. Se acercaba la Pascua, y una semana antes tenían que llegar a Rosings unos invitados, hecho que para un círculo tan reducido debía de ser algo importante. A los pocos días de llegar a casa de los Collins, Elizabeth había oído que lady Catherine esperaba la visita del señor Darcy en las próximas semanas, y aunque habría preferido ver a otro de sus conocidos, su presencia insuflaría algo de novedad a las veladas de Rosings. Además, incluso le divertiría ver cómo cortejaba a su prima y, de este modo, ser testigo de los esfuerzos baldíos de la señorita Bingley para conquistarlo, pues era evidente que lady

Catherine lo había destinado para su hija. La señora hablaba de su llegada con gran satisfacción, hablaba de él con mucha admiración y no pareció sentarle nada bien enterarse de que había frecuentado a Elizabeth y a la señorita Lucas.

En la casa del párroco pronto supieron que había llegado, ya que el señor Collins pasó la mañana entera paseando sin perder de vista los pabellones de la entrada, que daban a Hunsford Lane, a fin de enterarse lo antes posible. Después de hacer la debida inclinación cuando el carruaje tomó el giro para entrar en la finca de Rosings, echó a correr hacia su casa para dar cuenta de la novedad. A la mañana siguiente se apresuró a visitar Rosings para presentar sus respetos, en aquel caso a dos sobrinos de lady Catherine, pues con el señor Darcy había venido un tal coronel Fitzwilliam, el menor de los hijos de su tío, lord ——. Para gran sorpresa de todos, cuando el señor Collins regresó a su casa, los caballeros lo acompañaron. Al ver que se acercaban desde la sala de su esposo, Charlotte corrió a la otra habitación para decir a las chicas el honor que les aguardaba, y añadió:

—Eliza, tengo que darte las gracias por este gesto de cortesía. El señor Darcy nunca habría venido tan pronto sólo para verme a mí.

Elizabeth tuvo el tiempo justo para negar que el honor se debiera a ella, pues el timbre anunció que habían llegado, y poco después los tres caballeros entraron en la sala. El coronel Fitzwilliam, que encabezaba el grupo, tenía unos treinta años, no era guapo, pero como persona era todo un caballero en el trato. El señor Darcy tenía la misma actitud que solía en Hertfordshire; con su reserva habitual hizo los halagos correspondientes a la señora Collins; e, independientemente de lo que pensara de Elizabeth, la saludó con absoluta serenidad. Ella se limitó a corresponder el saludo en silencio.

El coronel Fitzwilliam entabló conversación con la facilidad y el talante de un hombre bien educado, y además era simpático. En cambio su primo, después de haber hecho una breve observación sobre la casa y el jardín a la señora Collins, se quedó sentado sin hablar con nadie hasta que, al fin, por educación se vio obligado a preguntar a Elizabeth por la salud de su familia. Ella le respondió con la sequedad habitual y, después de callar un momento, añadió:

—Mi hermana mayor está en Londres desde hace tres meses. ¿No la habrá visto por casualidad?

Elizabeth sabía perfectamente que no, pero quería averiguar si revelaría sin querer algo de lo ocurrido entre la familia Bingley y Jane. Lo cierto es que a Elizabeth le pareció que al responderle que no había tenido la suerte de encontrarse a la señorita Bennet, se abrumó un poco. No hablaron más del tema, y al cabo de un rato los caballeros se marcharon.

CAPÍTULO VIII

Cuando se hubieron ido, todos elogiaron el trato y los modales del señor Fitzwilliam, y las tres mujeres estaban de acuerdo en que añadiría bastante más diversión a las veladas de Rosings. Sin embargo, ya hacía días que no recibían ninguna invitación, pues como tenían huéspedes, los vecinos ya no eran imprescindibles. Lady Catherine no les honró con esta atención hasta el Domingo de Pascua, casi una semana después de llegar los caballeros, aunque sólo les dijo, al salir de misa, que pasaran por su casa aquella tarde. A lo largo de la semana anterior no habían visto mucho a lady Catherine ni a su hija. Y si bien el coronel Fitzwilliam había hecho alguna que otra visita a la rectoría, sólo habían visto al señor Darcy en la iglesia.

Los Collins aceptaron la invitación, cómo no, y a una hora apropiada se unieron al grupo en el salón de lady Catherine. La señora los recibió con cordialidad, pero era evidente que su compañía ya no era tan grata como en las ocasiones en que no había nadie más. Por otra parte, sólo hablaba con sus sobrinos, sobre todo con Darcy, y con ningún otro presente.

El coronel Fitzwilliam parecía genuinamente encantado de verles (y es que la llegada de cualquiera a Rosings era en sí un alivio), y la hermosa amiga de la señora Collins había captado su atención. En un momento dado se sentó a su lado y habló con ella de Kent y Hertfordshire, de viajar y quedarse en casa, y de libros nuevos y música. Lo hizo con tal interés que Elizabeth nunca se había entretenido tanto en aquel salón. El entusiasmo y la naturalidad con que conversaban llamó la atención de lady Catherine, así como la del señor Darcy. Es más, desde que habían llegado, no había dejado de mirarles una y otra vez con curiosidad. Al cabo de un rato, la conversación también despertó la curiosidad de lady Catherine, que no tuvo ningún reparo en preguntar:

—¿De qué estás hablando, Fitzwilliam? ¿Qué es lo que has dicho? ¿Qué le estás contando a la señorita Bennet? Cuéntame.

—Estamos hablando de música, señora —respondió el sobrino cuando ya no le quedó más remedio.

—¡De música! Entonces hablad en voz alta, que os oigamos todos, por favor. Es uno de mis temas predilectos. Si estáis hablando de música, tengo que participar en la conversación. Diría que en Inglaterra hay pocas personas a quienes les guste la música tanto como a mí, o personas con mejor gusto que yo por naturaleza. Si me hubiera molestado en aprender, habría destacado. Y Annc también, si su salud se lo hubiera permitido. Estoy segura de que tocaría de maravilla. ¿Cómo van los progresos musicales de Georgiana, Darcy?

El señor Darcy elogió la habilidad de su hermana con cariño.

—Me alegro mucho de oír que le va tan bien —dijo lady Catherine—. Y, por favor, dile de mi parte que tiene que practicar mucho para destacar.

—Le aseguro, señora —respondió su sobrino—, que no necesita este consejo. Practica continuamente.

—Mejor para ella. No hay otro modo de hacerlo. Cuando le escriba, le recomendaré que no desatienda el estudio bajo ningún concepto. Yo suelo decir a las jóvenes que la excelencia en la música sólo se adquiere con mucha práctica. A la señorita Bennet ya le he dicho mil veces que nunca llegará a tocar bien si no practica más; y como la señora Collins no tiene ningún piano en casa, ya sabe que puede venir todos los días a practicar a Rosings, porque tiene a su disposición el piano de la sala de la señora Jenkinson. En esa parte de la casa no molestaría a nadie.

El señor Darcy sintió vergüenza, al parecer, de la insolencia de su tía, y no dijo nada.

Cuando terminaron de tomar café, el coronel Fitzwilliam recordó a Elizabeth que le había prometido que iba a tocar para él, de modo que ella se levantó y fue a sentarse al piano. El caballero acercó una silla para ponerse a su lado. Lady Catherine escuchó hasta la mitad de la pieza y luego siguió hablando, como antes, con su otro sobrino, hasta que éste se levantó y se dirigió al piano con su habitual gesto reflexivo, y se situó de manera que viera bien el bello rostro de la intérprete. Elizabeth se dio cuenta de lo que pretendía y, en cuanto una pausa se lo permitió, le dijo con una sonrisa traviesa:

—¿Pretende amedrentarme, señor Darcy, al venir a escucharme con tanta seriedad? No me intimida que su hermana toque tan bien. Soy tan testaruda que nunca me dejo acobardar por los demás. Cuanto más pretenden intimidarme, más valor me infunden.

—No le diré que se equivoca —respondió Darcy—, porque no creo que realmente piense que quiero desconcertarla. Es más, diría que tengo el placer de conocerla desde hace suficiente tiempo para saber que de vez en cuando disfruta expresando opiniones que en realidad le son ajenas.

Elizabeth se rió de buena gana por la descripción que había hecho de ella, y dijo al coronel Fitzwilliam:

—Su primo le dará una idea muy agradable de mí y le dirá que no se crea una palabra de lo que le diga. He tenido la mala suerte de conocer a una persona que puede revelar mi auténtica forma de ser en un lugar del mundo donde yo esperaba pasar por una persona mejor. De hecho, señor Darcy, es usted mezquino al mencionar todo lo que sabe de mí y que me perjudica... y además muy poco diplomático (si no le importa que lo diga) porque hace que quiera desquitarme, y podrían salir a la luz cosas que indignarían a sus parientes.

—No le tengo miedo —respondió él sonriendo.

—Dígame, se lo ruego: ¿de qué acusa exactamente a mi primo? —pidió el coronel Fitzwilliam—. Me gustaría saber cómo se comporta entre desconocidos.

—Se lo diré... pero prepárese para escuchar algo terrible. Debe usted saber que la primera vez que coincidimos fue en un baile. ¿Y sabe qué hizo en ese baile? ¡Sacó a bailar sólo a cuatro mujeres! Lamento que tenga que oír esto, pero así fue. Sólo bailó cuatro veces, aun cuando faltaban hombres. Y me consta que más de una joven se quedó sin bailar. Señor Darcy, no lo negará, ¿verdad?

—En ese momento no tenía el honor de conocer a ninguna joven de la fiesta aparte de las de mi propio grupo.

—Sí, claro, y en un salón de baile no puede haber presentaciones. En fin... Coronel Fitzwilliam, dígame, ¿qué quiere que toque ahora? Espero sus órdenes.

—Quizá —dijo Darcy— me habría comportado mejor si me hubiera presentado a alguien... pero me cuesta presentarme a desconocidos.

—¿Cree que debemos preguntar a su primo a qué se debe? —dijo Elizabeth, dirigiéndose todavía al coronel Fitzwilliam—. ¿Cree que debemos preguntarle por qué a un hombre inteligente y bien educado, a un hombre de mundo, le cuesta presentarse a desconocidos?

—Yo mismo le contestaré —se ofreció Fitzwilliam— sin pedirle permiso a mi primo. Le cuesta porque no se molesta en hacer el esfuerzo.

—No tengo tanta facilidad como otra gente —se defendió Darcy— para conversar con personas con las que nunca he tratado. No soy capaz de captar y mantener el tono de la conversación, ni fingir que me interesan sus preocupaciones, como hace mucha gente.

—Mis dedos —dijo Elizabeth— no se deslizan sobre el piano con la maestría con que lo he visto hacer a muchas mujeres. Carecen de la misma fuerza o rapidez, y no crean el mismo efecto. Pero siempre he pensado que la culpa es mía por no haberme tomado la molestia de practicar más. Sin embargo, no por ello pienso que mis dedos son menos capaces de interpretar mejor que los de cualquier otra mujer.

Darcy sonrió y dijo:

—Tiene usted toda la razón. En realidad ha dedicado más tiempo a cosas mejores. Nadie que tenga el privilegio de escucharla tocar puede pensar que carece de talento. Ninguno de nosotros toca para desconocidos.

En ese momento lady Catherine los interrumpió, levantando la voz para preguntar de qué estaban hablando. Elizabeth se puso a tocar de inmediato. Lady Catherine se acercó y, después de escuchar la interpretación unos minutos, dijo a Darcy:

—La señorita Bennet no tocaría mal si practicara más y tuviera el privilegio de tener un profesor en Londres. Sabe mover bien los dedos, pero su gusto no se puede comparar con el de Anne. Anne habría sido una intérprete exquisita si la salud no le hubiera impedido aprender.

Elizabeth miró a Darcy para ver hasta qué punto compartía el elogio a su prima, pero, ni en ese momento ni en ningún otro, detectó indicio alguno de amor por la señorita De Bourgh. Elizabeth pensó que la manera de relacionarse con ésta habría consolado a la señorita Bingley, pues seguramente habría preferido casarse con ella si hubieran sido parientes.

Lady Catherine siguió haciendo comentarios sobre la interpretación de Elizabeth, y dando instrucciones sobre su ejecución y su gusto. Elizabeth las consentía con la paciencia que exige la buena educación y, a petición de los caballeros, siguió tocando hasta que el carruaje de la señora estuvo listo para llevarlos a casa.

CAPÍTULO IX

A la mañana siguiente Elizabeth aprovechó para escribir a Jane mientras los señores Collins estaban en el pueblo con Maria haciendo unos encargos, cuando la sobresaltó el timbre de la puerta, señal inequívoca de una visita. Como no había oído ningún carruaje, pensó que podía tratarse de lady Catherine. Ante el temor de que así fuera, y a fin de evitar preguntas impertinentes, decidió guardar la carta a medio escribir. En esto estaba cuando la puerta se abrió y, para su sorpresa, entró en la sala el señor Darcy.

Él también se asombró de ver que estaba sola, y se disculpó por la intrusión diciendo que esperaba encontrar a todas las mujeres en casa.

Entonces se sentaron. Elizabeth le preguntó por Rosings y enseguida vio que tenía que decir algo más o se impondría el silencio. Era preciso pensar en algo, de modo que la urgencia le hizo recordar la última vez que se habían visto en Hertfordshire y, ante la curiosidad de qué diría sobre la marcha precipitada de todo el grupo de Netherfield, dijo lo siguiente:

—Me sorprendió que se marcharan de Netherfield de un día para otro en noviembre, señor Darcy. El señor Bingley debió de alegrarse de que todos lo acompañaran tan pronto porque, si mal no recuerdo, los demás se fueron al día siguiente de partir él. Espero que él y sus hermanas se encontraran bien la última vez que los vio en Londres.

—Perfectamente… gracias.

Al ver que no recibía más respuesta que aquella y, después de un breve silencio, añadió:

—Si no he entendido mal, el señor Bingley no tiene intención de volver a Netherfield.

—Nunca le he oído decir que no volverá, pero es posible que en el futuro pase poco tiempo allí. Tiene muchas amistades y está en una edad en que cada vez se tienen más amigos y compromisos.

—Si piensa ir a Netherfield poco, al vecindario le convendría que vendiera la propiedad y, así, a lo mejor se instalaría una nueva familia. Aunque supongo que el señor Bingley no compró la casa pensando en el vecindario sino en sí mismo, y cabrá esperar que se la quede o la venda siguiendo el mismo principio.

—No me extrañaría —dijo Darcy— que la venda en cuanto le surja una buena oferta.

Elizabeth no respondió. Temía seguir hablando de su amigo y, puesto que no tenía nada más que decir, decidió no molestarse más buscando temas de conversación.

Darcy se dio cuenta y dio pie a una nueva conversación.

—Parece una casa confortable. Tengo entendido que lady Catherine contribuyó mucho a arreglarla cuando el señor Collins llegó a Hunsford.

—Supongo que sí… y estoy segura de que no podría haber depositado su generosidad en nadie más agradecido que él.

—El señor Collins ha tenido suerte con la esposa que ha escogido.

—Sí, desde luego. Sus amigos pueden alegrarse de haber conocido a una de las poquísimas mujeres inteligentes que accederían a casarse con él, o que lo harían feliz, según el caso. Mi amiga es una mujer de mucho entendimiento, aunque yo no diría que casarse con el señor Collins haya sido lo más sensato que ha hecho en su vida. Sin embargo parece muy feliz y, desde el punto de vista práctico, era un excelente partido para ella.

—La señora Collins debe de estar contenta de vivir a poca distancia de sus seres queridos.

—¿A poca distancia, dice? Si está a casi ochenta kilómetros.

—Ochenta kilómetros por una buena carretera no es nada: poco más de medio día de viaje. En mi opinión es muy poca distancia.

—Yo no creo que esa distancia sea una de las ventajas de su matrimonio —dijo Elizabeth—, no diría que la señora Collins se ha establecido cerca de su familia.

—Eso demuestra su fuerte vínculo a Hertfordshire. Supongo que cualquier lugar más allá de la vecindad de Longbourn le parecerá lejano.

Dijo esto sonriendo, y Elizabeth pensó que sabía por qué: Darcy debía de suponer que ella estaba pensando en Jane y Netherfield, por lo que se ruborizó al responder:

—Con esto no quiero decir que una mujer deba establecerse cerca de su familia. La lejanía y la proximidad son relativas y dependen de diversas circunstancias. Si existen medios económicos que quiten importancia al coste del viaje, la distancia es un elemento despreciable. Pero éste no es el caso. Es cierto que los señores Collins viven holgadamente, pero no tanto para permitirse viajes frecuentes. Y creo que mi amiga sólo consideraría que está cerca de su familia si viviera a la mitad de esta distancia.

El señor Darcy aproximó un poco su silla a la de Elizabeth.

—Pero usted no tiene por qué tener el mismo apego al lugar en el que vive. No es posible que alguien como usted no haya salido de Longbourn.

Elizabeth se asombró. El caballero cambió al instante de actitud, hizo la silla atrás, cogió un periódico de la mesa y, mientras echaba una rápida ojeada, le dijo en un tono más frío:

—¿Le gusta el condado de Kent?

La pregunta dio pie a una conversación seca y sosegada por ambas partes, que se interrumpió al entrar Charlotte y su hermana, que acababan de llegar del pueblo. El *tête-à-tête* las sorprendió. El señor Darcy explicó que estaba allí por error y había importunado a la señorita Bennet y, después de permanecer sentado unos minutos sin decir nada más, se puso en pie y se marchó.

—¿A qué habrá venido? —dijo Charlotte en cuanto Darcy hubo salido—. Eliza, querida, se habrá enamorado de ti, porque nunca se habría presentado aquí de esa manera tan familiar.

Sin embargo, al contarle lo callado que había estado durante la visita, ni siquiera Charlotte, por mucho que quisiera, pensó que era así. Después de hacer varias conjeturas, sólo se les ocurrió que la visita podía deberse a la falta de cosas que hacer en aquella época del año. La temporada de actividades al aire libre se había terminado. En Rosings tenía a lady Catherine para entretenerse, así como libros y juegos de billar, pero un hombre no podía estar mucho tiempo sin salir. Ya fuera por la proximidad de la rectoría, por el placer de pasear hasta allí o por la grata compañía, lo cierto es que a los dos primos les seducía la idea de visitar la casa del párroco, y lo hacían casi a diario. Podían presentarse a cualquier hora de la mañana, unas veces juntos, otras por separado, y alguna que otra vez con su tía. Era evidente para todos que el coronel Fitzwilliam los visitaba porque disfrutaba de la compañía, cosa que lo hacía un hombre aún más interesante. Además, la simple satisfacción de pasar tiempo con él, así como la evidente admiración que él le profesaba, le hacían pensar a Elizabeth en su antiguo favorito, George Wickham. Y aunque, al compararlos, el coronel Fitzwilliam no tenía la delicadeza del oficial ni era tan seductor, a Elizabeth le gustaba que fuera un hombre más instruido.

La cuestión era por qué el señor Darcy frecuentaba tanto la casa del párroco. No podía deberse a la compañía porque durante las visitas pasaba diez minutos sentado sin abrir la boca, y cuando hablaba era como si lo hiciera por necesidad y no por gusto, como si lo hiciera por educación y no por disfrutar de la charla. Raras veces parecía animado. La señora Collins ya no sabía qué hacer con él. El coronel Fitzwilliam, que de vez en cuando se reía de su estupidez, confirmó que en general era un hombre diferente, algo que Charlotte no habría adivinado por sí sola, pues no lo conocía bien. Como quería pensar que aquel cambio se debía a los efectos del amor (y que su amiga Elizabeth era el objeto amado), se empeñó en averiguarlo. Así pues, cada vez que iban a Rosings o que los caballeros venían a Hunsford, Charlotte observaba a Darcy. Pero no sacaba nada en claro. Saltaba a la vista que miraba mucho a su amiga, pero la expresión de sus ojos era incierta. Era una mirada franca, fija, pero no sabía si reflejaba admiración, porque en ocasiones simplemente parecía distraído.

En un par de ocasiones Charlotte había insinuado a Elizabeth que a lo mejor le gustaba al señor Darcy, pero ella se reía cada vez que se lo oía decir, y a la señora Collins no le parecía bien insistir demasiado, no fuera a crear expectativas que acabaran en un desengaño. Pero estaba segura de que si Elizabeth llegaba a pensar que le gustaba al señor Darcy, perdería su antipatía por él.

A veces imaginaba a Elizabeth casada con el coronel Fitzwilliam. De los dos era indiscutiblemente el más amable, saltaba a la vista que la admiraba y, además, gozaba de una buena posición. Pero el señor Darcy contraponía a estas ventajas un patronato considerable sobre la iglesia y, en cambio, su primo no.

CAPÍTULO X

Más de una vez, paseando por la finca Elizabeth se había encontrado al señor Darcy. Maldecía la mala suerte de que él paseara precisamente por donde nadie más lo hacía. Para no volver a encontrárselo, la primera vez le dejó saber que era uno de sus lugares preferidos y, por tanto, frecuentados. Que se encontraran una segunda vez ya era extraño, pero es que hubo un tercer encuentro. O bien el señor Darcy actuaba a conciencia, con perversidad, o bien lo hacía como un acto de penitencia, porque en las tres ocasiones no sólo se saludaron con mera formalidad y sufrieron un incómodo silencio, sino que él se empeñó en acompañarla a casa de los Collins. El señor Darcy nunca decía gran cosa, pero ella tampoco se molestaba en hablar o escuchar demasiado. Sin embargo, en el tercer encuentro, a Elizabeth le pareció que el señor Darcy hacía unas preguntas extrañas que no guardaban relación entre sí: ¿estaba disfrutando de Hunsford?, ¿le gustaba dar paseos sola?, ¿qué opinaba de la felicidad de los señores Collins? Pero lo que más le extrañó fue que, al mencionar Rosings y lo poco que ella conocía la casa, el señor Darcy hablaba como si Elizabeth fuera alojarse allí la próxima vez que visitara Kent. Eso parecía haberle dado a entender. ¿Acaso estaba pensando en su primo, el coronel Fitzwilliam? Elizabeth pensó que quizá la insinuación tenía que ver con una posible relación de éste con ella. La idea le causó cierto desasosiego, por lo que se alegró mucho al ver que habían llegado a la verja de la empalizada, frente a la rectoría.

Un día, durante un paseo, mientras releía con detenimiento una carta de Jane y revisaba algunos pasajes que revelaban su desánimo, alzó la vista y, creyendo que volvía a encontrarse al señor Darcy, vio al coronel Fitzwilliam. Guardó la carta de inmediato y forzó una sonrisa.

—No sabía que a usted también le gustara pasear por aquí —le dijo.

—Estaba haciendo un recorrido por la finca —respondió el coronel—, como suelo hacer todos los años, y quería terminar el paseo en la rectoría. ¿Tiene pensado ir más lejos?

—No, ya iba a dar media vuelta.

Así lo hizo, y regresaron juntos a la rectoría.

—¿Es verdad que se marchan de Kent el sábado? —preguntó Elizabeth.

—Sí... si Darcy no vuelve a retrasar el viaje otra vez. Estoy a su disposición: él hace y deshace a su antojo.

—Y si no está contento con lo que hace y deshace, al menos disfrutará haciendo lo que él quiere. No conozco a nadie que disfrute tanto como el señor Darcy haciendo lo que quiere.

—Es cierto que le gusta salirse con la suya —contestó el coronel Fitzwilliam—. Pero también es cierto que a todos nos gusta. La diferencia está en que él tiene más medios que otros para conseguirlo porque es rico, y los demás son, la mayoría, pobres. Se lo digo con toda sinceridad. Como bien sabe, un hijo menor no tiene más remedio que resignarse a la abnegación y la dependencia.

—No creo que el hijo menor de un conde tenga que resignarse tanto. En serio, dígame, ¿qué sabe usted de abnegación y dependencia? ¿Cuándo le ha faltado dinero para no poder ir donde le ha apetecido o comprar algo que le gustaba?

—Sabe dar en el blanco, señorita... Cierto, puede que no haya pasado privaciones de ese tipo, pero la falta de dinero podría afectarme en aspectos de mayor peso. Por ejemplo, los hijos menores no pueden casarse con la persona que quieran.

—A menos que tengan predilección por mujeres pudientes, cosa que, según creo, es habitual.

—Nosotros tenemos la costumbre de gastar, lo cual nos hace depender de otros, y no muchos hombres de mi misma posición pueden permitirse el lujo de casarse sin tener en cuenta el dinero.

Elizabeth se preguntó si el comentario iría dirigido a ella, lo cual la hizo ruborizarse, pero se recuperó y dijo en un tono alegre:

—Dígame, ¿cuánto suele recibir el hijo menor de un conde? A menos que el mayor esté muy enfermo, supongo que no pedirá más de cincuenta mil libras.

El coronel bromeó respondiéndole en el mismo tono, y el tema quedó zanjado. Para interrumpir un silencio que podría haber hecho pensar al coronel que Elizabeth se había ofendido, dijo al poco rato:

—Supongo que su primo le pidió que lo acompañara para tener a alguien a su disposición. Me extraña que no se haya casado ya, porque se aseguraría esa comodidad para siempre. Pero a lo mejor su hermana ya le sirve por ahora y, como está bajo su cuidado, hará con ella lo que le plazca.

—No —dijo el coronel Fitzwilliam—. Esa ventaja, la comparte conmigo, porque los dos tenemos la tutela de la señorita Darcy.

—Ah, ¿sí? Dígame, ¿y cómo se les da ejercer de tutores? ¿Les da mucho trabajo? Las chicas de su edad a veces son difíciles de manejar y, si tiene el carácter de Darcy, seguramente le gustará salirse con la suya.

Elizabeth se fijó en que, mientras hablaba, el coronel la miraba con seriedad, y la manera en que le preguntó, a continuación, por qué daba por sentado que la señorita Darcy era una joven difícil, convenció a Elizabeth de que no andaba mal encaminada.

—No se preocupe, coronel —respondió, y añadió con franqueza—: Nunca he oído hablar mal de ella. Es más, diría que es una de las personas más dóciles que existen. Es una gran favorita entre ciertas damas que conozco, la señorita Hurst y la señorita Bingley. Me pareció oírle decir que las conocía.

—Las conozco un poco. Su hermano es un hombre simpático y caballeroso... es íntimo amigo de Darcy.

—¡Es verdad! —exclamó Elizabeth con sequedad—. El señor Darcy le tiene un aprecio extraordinario, y hace lo imposible por cuidar de él.

—¿Cuidar de él? Bueno, sí, es cierto que Darcy cuida de él cuando se trata de asuntos que exigen tener cuidado. A juzgar por algo que me contó durante el viaje a Kent, tengo motivos para creer que Bingley está en deuda con él. Pero, que me disculpe este caballero, porque no tengo derecho a dar por sentado que Darcy se refería a Bingley. Era sólo una suposición.

—¿Qué quiere decir?

—Se trata de algo que a Darcy no le gustaría sacar a la luz porque si llegara a oídos de los familiares de la joven en cuestión, se crearía una situación muy desagradable.

—Puede estar seguro de que no contaré nada.

—Y recuerde que no tengo motivos para suponer que hablaba de Bingley. Darcy me contó que estaba contento por haber ahorrado a un amigo los inconvenientes de un matrimonio imprudente. Pero no dio nombres ni más detalles. Yo pensé que podía tratarse de Bingley porque es la clase de muchacho que se metería en un lío descomunal como ése. Y porque sé que pasaron juntos el verano.

—¿Le dijo el señor Darcy por qué había intervenido para impedirlo?

—A mi entender, tenía objeciones contra la dama en cuestión.

—¿Y qué artes utilizó para separarlos?

—No me contó nada de sus artes —dijo Fitzwilliam con una sonrisa—. Se limitó a contarme lo que le he contado a usted.

Sin decir nada más, Elizabeth siguió andando con el corazón encogido de indignación. Después de observarla unos momentos, Fitzwilliam le preguntó por qué estaba tan pensativa.

—Estoy pensando en lo que me ha dicho —le dijo—. La conducta de su primo no me gusta nada. ¿Por qué tuvo que intervenir?

—¿Cree que su intervención fue una intromisión?

—Creo que el señor Darcy no tenía derecho a decidir si la atracción que su amigo tenía hacia esa chica le convenía o no. Tampoco veo por qué él tiene que decidir y controlar de qué modo debe ser feliz su amigo. Pero —prosiguió con más serenidad—, como no conocemos los detalles, no es justo condenarlo. Habrá que suponer que la pareja no estaba enamorada.

—Es lógico suponerlo —reconoció Fitzwilliam—, pero si es así, por desgracia quita mérito al logro de mi primo.

El coronel dijo esto en broma, pero Elizabeth pensó que retrataba tan bien al señor Darcy que prefirió no decir nada. Así pues, cambió por completo el tema de conversación, y siguieron hablando de otras cosas hasta llegar a la rectoría. Cuando el coronel se marchó, en la soledad de su cuarto Elizabeth pudo reflexionar sobre lo que le había contado sin interrupciones. Era imposible que las personas de las que había hablado no fueran Jane y el señor Bingley. No podía haber dos hombres en el mundo sobre los que el señor Darcy tuviera una influencia ilimitada. Elizabeth nunca había dudado que éste había tenido algo que ver con las medidas que se habían tomado para separarlos, pero siempre había creído que la señorita Bingley había ideado y aplicado esas medidas. Sin embargo, si la vanidad del señor Darcy no lo había engañado, él era la causa; su orgullo y capricho eran la causa de que Jane hubiera sufrido y siguiera sufriendo tanto. Él había truncado las esperanzas de ser feliz del corazón más tierno y generoso del mundo, y nadie sabría cuánto duraría el dolor que le había infligido.

El coronel Fitzwilliam había dicho que «tenía objeciones contra la dama en cuestión», y seguramente éstas eran que la dama tenía un tío que era abogado de provincias y otro que era comerciante en la capital.

«Porque nadie puede objetar nada contra Jane en sí», se dijo Elizabeth. «¡Es todo encanto y bondad! Es inteligente, cultivada y cautivadora. Tampoco mi padre tiene nada reprochable; es verdad que tiene sus rarezas, pero posee unas aptitudes que el señor Darcy no puede desdeñar, y goza de un respeto que él seguramente nunca conseguirá.»

Sin embargo, al pensar en su madre ya no estaba tan segura, pero no le pareció que Darcy encontrara en su comportamiento razones de peso, porque tenía la certeza de que la baja categoría de los posibles parientes de su amigo ofendía al orgullo de Darcy más que la insensatez de éstos. Llegó, pues, a la conclusión de que Darcy había obrado movido en parte por un orgullo infame, y en parte por el deseo de conservar al señor Bingley para su hermana.

La turbación y las lágrimas que aquello le causó le dieron un dolor de cabeza que a lo largo de la tarde empeoró. Alegando este motivo —y porque no le apetecía ver al señor Darcy— decidió no acompañar a sus primos a Rosings, donde les habían invitado para merendar. Viéndola tan mal, Charlotte no quiso insistir e hizo lo posible por evitar que tampoco lo hiciera su marido, pero el señor Collins no pudo disimular su temor a ofender a lady Catherine porque Elizabeth se había quedado en casa.

CAPÍTULO XI

Cuando los demás se marcharon, como si quisiera acabar de abo rrecer al señor Darcy, decidió ocupar el tiempo analizando cada una de las cartas que Jane le había escrito desde que estaba en Kent. En ninguna se quejaba de nada, ni aludía a ningún acontecimiento pasado, ni expresaba sufrimiento alguno. Pero en todas, desde la primera hasta la última, faltaba la alegría típica de su estilo; alegría que, al proceder de su paz y buena fe hacia los demás, raras veces se empañaba. Elizabeth se fijó en que todas las frases dejaban traslucir cierto desasosiego, algo que no había advertido en la primera lectura. Era una vergüenza que el señor Darcy se jactara de la desgracia que había causado, y esto le hacía sentir más compasión por el sufrimiento de su hermana. Era un consuelo pensar que el señor Darcy iba a marcharse de Rosings dentro dos días, y más todavía que vería a Jane dentro de dos semanas: la ayudaría a recuperar el ánimo dedicándole todo su cariño.

Sin embargo, Elizabeth se daba cuenta de que si el señor Darcy se iba de Kent, su primo partiría con él. Pero el coronel Fitzwilliam había dejado claro que no tenía ninguna intención de cortejarla y, a pesar de ser un hombre agradable, no quería estar triste porque se marchara.

Mientras en esto pensaba la sobresaltó el timbre de la puerta; la animó un poco la posibilidad de que fuera precisamente el coronel Fitzwilliam, que ya en una ocasión se había presentado a última hora de la tarde: quizá en esta ocasión venía a verla a ella. Pero la idea se desvaneció y el ánimo le cambió por completo cuando, para su asombro, vio entrar al señor Darcy. Con atolondramiento, el caballero se interesó por su salud y explicó que estaba allí para saber si se encontraba mejor. Elizabeth le respondió con fría amabilidad. Darcy se sentó unos momentos; luego se levantó y se puso a andar de un lado al otro de la sala. Elizabeth estaba sorprendida, pero no dijo nada. Después de guardar silencio durante unos minutos, se aproximó a ella algo agitado y empezó a decirle:

—He hecho lo posible por evitarlo, pero ha sido en vano. No lo he conseguido. No he podido reprimir mis sentimientos. Permítame decirle que siento una gran admiración por usted y que la amo con pasión.

Elizabeth quedó tan atónita que no supo cómo reaccionar. Se lo quedó mirando y se sonrojó, vacilante y muda. Él lo interpretó como una señal de consentimiento y, acto seguido, le confesó lo que sentía por ella desde hacía mucho tiempo. Se expresó bien, aunque aparte de su amor, le manifestó otras inquietudes, y no fue tan elocuente al expresar sus sentimientos como al hablar de aquello que afectaba a su orgullo. Le dijo que tenía presente su inferioridad de clase, la degradación social que suponía para él; que tenía en cuenta los obstáculos familiares que el buen criterio siempre había contrapuesto a los deseos. Hablaba de esto con una pasión que parecía deberse al daño que causaban a Elizabeth sus palabras, pero que no propiciaba en absoluto la petición de mano.

A pesar de su profunda antipatía por Darcy, el halago que significaba la declaración de un hombre como él no la dejó indiferente, y aunque no cambió ni un ápice su opinión del caballero, al principio le dio pena por el disgusto que iba darle al no corresponderle, pero después de escuchar todo lo demás, la furia acabó por imponerse a la compasión. Aun así trató de mantener la calma para responderle con serenidad cuando acabara de hablar. Para terminar, Darcy le dijo que estaba tan enamorado que, pese a poner todo su empeño, no había sido capaz de dominar el sentimiento, y que si ella aceptaba su mano recompensaría el esfuerzo. Mientras Elizabeth le escuchaba se dio cuenta de que Darcy tenía la convicción de que obtendría una respuesta favorable. Él le hablaba de sus dudas y temores, pero su expresión reflejaba absoluta seguridad. Esto sólo contribuyó a exasperar más a Elizabeth. Cuando Darcy terminó, con la sangre agolpada en las mejillas, ella le respondió:

—Que yo sepa, en estos casos lo habitual es manifestar agradecimiento por los sentimientos confesados, sean o no correspondidos. Lo natural es sentir esa gratitud. Y si yo la sintiera, así lo expresaría. Pero no puedo... Nunca he deseado que tuviera una buena opinión de mí, pero muy a su pesar la tiene. Lo lamento, si he hecho sufrir a alguien. Ha sido sin querer y espero que el dolor no dure demasiado. Los mismos sentimientos que, según dice, le han impedido expresarme su amor durante tanto tiempo seguramente le ayudarán a superarlo después de haber oído esto.

Apoyado sobre la repisa de la chimenea, el señor Darcy la escuchaba mirándola fijamente con un gesto de sorpresa y de resentimiento. La furia le hizo empalidecer, y su turbación se percibía en cada rasgo. Estaba haciendo lo imposible para tratar de mantener la compostura, y no diría nada hasta conseguirlo. Para Elizabeth aquel silencio fue un suplicio. Al fin, en un tono de voz que revelaba una calma forzada, el señor Darcy habló.

—¿Ésa es la respuesta que tengo el honor de escuchar? Quisiera saber por qué me rechaza, y sin la menor delicadeza... Aunque, claro, eso es lo de menos.

—Yo también quisiera saber —respondió ella— por qué, si tiene la clara intención de ofenderme e insultarme, decide confesarme que está enamorado de mí contra su voluntad, contra su criterio y contra su forma de ser. ¿No cree que me ha dado razones para no ser delicada (si es que no lo he sido)? Pero tengo otros motivos. Sabe que los tengo. Aunque mis sentimientos hacia usted hubieran sido propicios, o indiferentes... es más, aunque hubiera sentido algo por usted, ¿de verdad cree que su declaración me tentaría de aceptar la mano del hombre que ha echado a perder (puede que para siempre) la felicidad de mi hermana más querida?

Mientras Elizabeth pronunciaba estas palabras, el señor Darcy cambió de color. Pero la emoción fue breve, y la siguió escuchando sin intención de interrumpirla.

—Tengo motivos de sobra para pensar mal de usted —prosiguió Elizabeth—. No hay nada que justifique su injusta y mezquina intromisión en esa relación. No se atreva a negar... no puede negar que ha sido el principal (si no el único) causante de su separación; de exponer a su amigo a la censura de los demás por caprichoso e inconstante, y a mi hermana al escarnio de la gente por el desengaño sufrido, y de causarles un profundo sufrimiento a los dos.

Elizabeth calló un momento y vio con no poca indignación que Darcy la escuchaba con un gesto exento de remordimiento. Incluso la miraba con una sonrisa de incredulidad afectada.

—¿Niega que intervino para separarlos? —insistió Elizabeth.

Él le respondió con calma fingida.

—No voy a negar que hice cuanto estuvo en mis manos para separar a mi amigo de su hermana, ni que me alegro de haberlo conseguido. He sido más transigente con él que conmigo mismo.

Elizabeth prefirió hacer como si no hubiera oído aquella amable consideración, pero lo que ésta comportaba no le pasó por alto ni la apaciguó.

—Pero mi desagrado no sólo se debe a este asunto —prosiguió—, pues antes de que ocurriera ya me había formado una opinión de usted. Su forma de ser quedó al descubierto con lo que el señor Wickham me contó hace unos meses. ¿Qué tiene que decir a este respecto? ¿Qué gesto de amistad imaginario alegará para defenderse en este caso? ¿De qué modo tergiversará lo ocurrido para explicarlo a los demás?

—Muestra un gran interés por los asuntos que afectan a ese caballero —dijo Darcy en un tono menos sosegado y con cierto sonrojo.

—¿Quién no iba sentir interés por él después de conocer sus penurias?

—¡Sus penurias! —repitió Darcy con desdén—. Sí, desde luego, el pobre ha pasado terribles penurias.

—Que usted le causó —exclamó ella con firmeza—. Usted lo ha reducido a su estado actual de pobreza... de pobreza relativa. Usted le ha negado los privilegios que, como bien sabrá, le correspondían. Le ha privado, durante los mejores años de su vida, de esa independencia que no sólo le correspondía, sino que merecía. ¡Usted tiene la culpa! ¿Y todavía se atreve a desdeñar y ridiculizar sus penurias?

—¡Así que eso opina de mí! —dijo Darcy con enfado, caminando de un lado a otro de la sala— ¡Ése es el aprecio que me tiene! Le agradezco que me lo haya explicado con tanta franqueza. Teniendo en cuenta lo que le han contado, mis faltas son gravísimas, ¡por supuesto! Pero quizás —añadió deteniéndose para volverse hacia ella— habría pasado por alto esas ofensas si no hubiera herido su orgullo con mi honesta confesión de los reparos que, durante mucho tiempo, me han impedido decidirme a tener un propósito serio con usted. Quizás habría reprimido esas duras acusaciones si hubiera sido más diplomático y hubiera ocultado mis conflictos y le hubiera hecho creer, halagándola, que me he decidido a declararme por un sentimiento incondicional y absoluto, por la razón, por la reflexión... ¡por cualquier otra cosa! Pero aborrezco la hipocresía. Y no me avergüenzo de los sentimientos que he confesado. Son naturales y justos. ¿Cómo puede esperar que me alegre de la inferioridad social de sus familiares? ¿Cómo quiere que me guste la idea de emparentarme con personas de condición muy inferior a la mía?

Elizabeth notaba cómo se enfurecía por momentos, pero hizo lo posible por guardar la compostura al responderle.

—Se equivoca, señor Darcy, si supone que lo que me ha ofendido es el modo en que se ha declarado, porque aunque lo hubiera hecho como lo haría un caballero tampoco me habría evitado la angustia de rechazar su petición.

Aun viendo que Darcy daba un respingo, prosiguió.

—Su manera de declararse es lo de menos: lo hiciera de la manera que lo hiciera, nunca me tentaría de aceptar su mano.

El asombro de Darcy volvió a ser evidente; la miraba con un gesto de incredulidad y vergüenza. Pero Elizabeth no calló.

—Desde el principio, casi desde el primer instante en que le conocí, su arrogancia, su presunción, su egoísta desprecio por los sentimientos de los demás fueron tan convincentes que me dieron motivos para no sentir ningún aprecio por usted, lo cual sirvió de fundamento, después de lo que hizo, para consolidar la absoluta antipatía que me inspira. Y cuando apenas hacía un mes que le conocía ya pensaba que era el último hombre de la tierra con quien podría casarme, aun cuando intentaran convencerme.

—Ya ha dicho suficiente, señorita. Comprendo perfectamente sus sentimientos, y sólo me queda sentir vergüenza por los míos. Discúlpeme por haberle hecho perder tanto tiempo. Si me permite, le deseo salud y felicidad.

Dicho esto, salió sin perder un instante; Elizabeth le oyó abrir la puerta principal y abandonar la casa.

Estaba terriblemente confundida. Apenas podía mantenerse en pie; se sentía tan débil que tuvo que sentarse y estuvo media hora llorando. Su estupefacción era mayor cada vez que se detenía a pensar en lo que había pasado. Le parecía increíble que el señor Darcy le hubiera hecho una propuesta de matrimonio, que hubiera estado enamorado de ella durante tantos meses... ¡tan enamorado como para querer casarse con ella a pesar de las objeciones que él mismo había opuesto para evitar que su amigo lo hiciera con Jane, y que debían de haber surgido con la misma fuerza en su propio caso! Cierto, le gustaba la idea de haber inspirado un amor tan intenso sin saberlo. Pero el orgullo, el espantoso orgullo del señor Darcy, el descaro de confesar que había separado a su amigo de Jane, la imperdonable seguridad que había mostrado al reconocerlo pese a no poder justificarlo, y la poca compasión con que había reaccionado al hablar del señor Wickham sin la menor intención de negar que lo había tratado con crueldad, se impusieron sobre la lástima que, por un momento, le había inspirado al tener en cuenta el cariño que sentía por ella.

Estaba sumida en estas tribulaciones cuando oyó el carruaje de lady Catherine. Sintió que en aquel momento era incapaz de afrontar los comentarios de Charlotte, de modo que corrió a encerrarse en su habitación.

CAPÍTULO XII

A la mañana siguiente Elizabeth se despertó con los mismos pensamientos y preocupaciones que, por fin, le habían hecho cerrar los ojos. Aún no se había recuperado de la inesperada declaración del señor Darcy, y puesto que no podía pensar en otra cosa y era del todo incapaz de entretenerse con nada, decidió salir a tomar el aire y hacer ejercicio poco después de desayunar. Se dirigía hacia su lugar de paseo predilecto cuando recordó que el señor Darcy acudía allí de vez en cuando, así que en vez de entrar en la finca, prefirió seguir por el sendero que se apartaba del camino de peaje. A aquella altura, la empalizada limitaba la finca de los Collins de Rosings Park; siguió caminando hasta pasar junto a una verja que conducía al otro lado.

Después de recorrer el mismo tramo de sendero arriba y abajo varias veces, y dado que hacía un buen día, tuvo la tentación de detenerse frente a la verja a contemplar la finca del otro lado. Durante las cinco semanas que había pasado en Kent, la campiña había cambiado mucho, y los árboles más jóvenes ganaban verdor con cada día que pasaba. Se disponía a reanudar el paseo cuando, en la arboleda que delimitaba una parte del terreno, divisó la figura de un hombre que se dirigía hacia ella. Por miedo a que fuera el señor Darcy, tuvo el impulso de retirarse. Pero el hombre que se aproximaba ya estaba lo bastante cerca para verla y, tras acercarse unos pasos más, dijo su nombre. Elizabeth ya se alejaba, pero al oír su nombre y pese a confirmar que era, en efecto, el señor Darcy, dio media vuelta. Él ya había llegado a la verja. Tendiéndole una carta que Elizabeth tomó de manera instintiva, le dijo con una altivez serena:

—Hace un rato que paseo por la arboleda esperando encontrarla allí. ¿Me hará el honor de leerla?

Dicho esto, hizo una leve reverencia, dio media vuelta y se alejó, hasta que Elizabeth lo perdió de vista.

Sin esperar nada agradable, pero llena de curiosidad, Elizabeth abrió la carta y, para mayor asombro, vio que el sobre contenía dos hojas de papel de cartas con un texto apretado que ocupaba todas las páginas (incluso el sobre contenía texto). Leyó a la vez que regresaba por el sendero. Tenía fecha de aquel día, desde Rosings, a las ocho de la mañana, y decía lo siguiente:

Señorita Elizabeth, le ruego que al recibir esta carta no se alarme, pues no insistiré en los sentimientos ni en la petición que tanto le indignaron anoche. No le escribo con la intención de despertar su compasión ni de humillarme insistiendo en unos deseos que, por el bien de ambos, conviene desterrar cuanto antes. Podría haber evitado el esfuerzo de elaborar con cuidado esta carta si por mi forma de ser no me hubiera parecido necesario redactarla y leerla. Por consiguiente, disculpe que me tome la libertad de pedirle su atención y, aunque sé que preferiría no hacerlo, le ruego que sea indulgente y la lea.

Anoche me acusó de dos faltas de distinta naturaleza y de muy distinta gravedad. La primera se refiere a que separé al señor Bingley de su hermana sin tener en cuenta lo que uno sentía por el otro; la otra, a que, haciendo caso omiso a varios ruegos, faltando al honor y a la humanidad, impedí la prosperidad inmediata del señor Wickham y malogré su porvenir. Si me hubiera deshecho de manera intencionada y gratuita de ese compañero de la infancia (consabido preferido de mi padre), un joven cuyo futuro dependía de nuestro patronazgo y que creció con el convencimiento de que lo obtendría, sería un acto de maldad que no podría compararse con el de separar a dos jóvenes que se gustan desde hace unas semanas. Pero espero que, cuando lea la explicación de mis actos y los motivos que los justifican, retire las severas acusaciones que me prodigó anoche. Si con la explicación que le debo me veo obligado a aludir a sentimientos que podrían ofenderla, lo lamento, pero será necesario mencionar esos sentimientos. Y seguir disculpándome por ellos sería ridículo.

No hacía mucho que había llegado a Hertfordshire cuando me di cuenta, como todos los demás, de que Bingley mostraba predilección por su hermana mayor sobre cualquier otra muchacha del lugar. Pero la noche del baile en Netherfield empecé a preocuparme de que ese afecto fuera mucho más serio de lo que pensaba (pues lo he visto enamorarse muchas veces). En el baile, mientras disfrutaba del honor de bailar con usted, me enteré sin querer, por boca de sir William Lucas, de que las atenciones de Bingley para con su hermana habían levantado rumores de boda. Se refirió a esto como un acontecimiento para el que sólo quedaba poner fecha. En adelante observé con atención el comportamiento de mi amigo, y vi que su interés por la señorita Bennet era muy superior al que había tenido nunca por otra mujer. También me fijé en su hermana, la señorita Jane. Se mostraba igual de abierta, animada y encantadora que siempre, pero no revelaba ningún interés especial por mi amigo, y al observarla a lo largo de aquella noche me convencí de que, aunque recibía con gusto sus atenciones, no compartía los sentimientos de él. Si usted no se ha equivocado con respecto a esto, entonces el error es mío, lo cual es más probable, puesto que usted conoce mejor a su hermana. Si es así, si ese error me confundió hasta el extremo de hacer sufrir a su hermana, su resentimiento, señorita Elizabeth, es comprensible. Pero no tendré ningún reparo en decir que su hermana parecía tan tranquila que habría convencido incluso al observador más perspicaz de que, por simpática que pareciera, no era fácil acceder a su corazón. Cierto que yo prefería creer que mi amigo le era indiferente, pero también es cierto que mis esperanzas y temores no suelen influir en mis averiguaciones ni en mis decisiones. No pensaba que su hermana era indiferente porque quisiera creerlo: mi convicción era tan objetiva como sincero el deseo de que así lo fuera. Mis objeciones a ese matrimonio no se limitan a las que le expresé anoche, reconociendo que para dejarlas a un lado había hecho falta la fuerza de una pasión arrolladora en mi caso (pues en el caso de mi amigo, la condición de sus posibles familiares es indiferente). Había otros inconvenientes que, aunque siguen existiendo en ambos casos, yo podía pasar por alto porque no me afectaban. Le relataré cuáles eran brevemente.

Uno era la condición de su familia. Aunque era desaconsejable, no era nada en comparación con la habitual, casi constante falta de decoro de su madre, de sus tres hermanas pequeñas y, en alguna ocasión, de su padre. Perdóneme. Me duele ofenderla. Pero pese a los defectos de sus familiares más próximos y pese al disgusto que le habré causado al expresar mi parecer, sírvale de consuelo que usted y su hermana mayor no sólo no merecen la misma censura, sino que su sensatez y su modo de ser las honra.

Sólo añadiré que con lo que sucedió aquella noche se confirmaron mis suposiciones y me convencí de que debía impedir que mi amigo contrajera un parentesco tan poco apropiado. Partió a Londres al día siguiente, como seguramente recordará, con la idea de regresar pronto a Netherfield.

A continuación explicaré en qué aspectos tomé parte. Las señoritas Bingley compartían la misma preocupación que yo. No tardamos en darnos cuenta. Y como los tres sabíamos que había que alejar cuanto antes a mi amigo de la señorita Bennet, decidimos que lo acompañaríamos a Londres. Y así fue. Una vez allí hice lo posible por persuadirle de los inconvenientes que conllevaría aquella decisión. Los enumeré y los describí sin ambages. Sin embargo, aunque éstos dificultaran o dilataran su determinación, no creo que hubieran impedido el matrimonio si yo no le hubiera dicho con absoluta convicción que la señorita Bennet no tenía interés en él. Hasta ese momento, Bingley pensaba que ella le correspondía con sincero —si no idéntico— afecto. Pero Bingley es un hombre modesto por naturaleza y confía más en mi criterio que en el suyo. Por lo tanto, no fue difícil hacerle ver que se había equivocado. Una vez convencido fue muy fácil persuadirlo de no volver a Hertfordshire. Y no creo que nada de esto sea reprochable. En todo este asunto, sólo un aspecto de mi conducta no me complace, y es que me presté a tomar las medidas necesarias hasta el extremo de ocultarle que su hermana, la señorita Jane, se encontraba en la ciudad. Yo y la señorita Bingley lo sabíamos, pero su hermano todavía lo ignora. Si se hubieran encontrado quizá no habría pasado nada, pero no me pareció que su amor por ella se hubiera extinguido del todo para poder verla otra vez sin riesgo de volver a enamorarse. Puede que esta forma de actuar, ocultando cosas y engañando a un amigo, no sea digna de alguien como yo. Pero ya está hecho, y se hizo con buena intención. No tengo nada más que decir a este respecto, no tengo más disculpas que ofrecerle. Si herí los sentimientos de su hermana, fue sin querer; y aunque es posible que no le basten los motivos que me llevaron a actuar de esta manera, para mí no son censurables por ahora.

En cuanto a la acusación más grave de haber perjudicado al señor Wickham, sólo puedo argüir a mi favor describiendo con detalle la relación que ha mantenido con mi familia. No sé de qué me ha acusado en concreto el señor Wickham, pero más de una persona podría corroborar la veracidad de lo que voy a contarle. El señor Wickham es hijo de un hombre muy respetable que, durante muchos años, se ocupó de administrar todas las propiedades de Pemberley. Su buena conducta le valió la plena confianza de mi padre, y lo predispuso a ayudarles a él y a su hijo George Wickham, que era ahijado suyo, por lo que prodigó su generosidad con ambos. Mi padre costeó sus estudios desde la escuela hasta Cambridge. Fue una ayuda muy valiosa, pues su padre, que nunca disponía de dinero porque su esposa lo derrochaba, no podría haberle dado la educación propia de un caballero. Mi padre no sólo disfrutaba de la compañía de este joven, que sabía seducir con su simpatía, sino que además lo tenía en muy alta estima. Como esperaba que se dedicara al sacerdocio, quiso asegurar su porvenir. En cuanto a mí, hace muchos, muchos años que cambió mi opinión de él. Sus inclinaciones depravadas y la falta de principios que procuraba ocultar a mi padre, su mejor amigo, no pasaron por alto a un joven de su misma edad que, además, tenía ocasiones de verle en circunstancias que el señor Darcy no conocía. Con lo que voy a contarle volveré a causarle un disgusto, pero sean cuales fueren los sentimientos que el señor Wickham le haya despertado (aunque sospecho qué clase de sentimientos son), no me contendré de revelar su verdadera forma de ser. Al contrario: me da otro motivo para hacerlo.

Mi padre, que fue una persona excelente, falleció hace cinco años, y tal era su apego al señor Wickham que en su testamento me aconsejó que le ayudara a prosperar del mejor modo que permitiera su profesión y me expresó su deseo de que, si se ordenaba sacerdote, le adjudicara la primera capellanía importante que quedara libre. También le dejó mil libras. Su padre murió poco después del mío y, unos seis meses después, el señor Wickham me escribió para informarme de que al final había decidido no recibir las órdenes sagradas y que esperaba que no me pareciera descabellada la sugerencia de ofrecerle una ayuda económica en lugar del puesto de rector, de cuyos beneficios ya no podría disfrutar. A esto añadía que tenía la idea de estudiar Derecho, y que yo debía entender, por tanto, que la cantidad de mil libras sería insuficiente para mantenerse. Quería pensar que Wickham actuaba de buena fe, pero no le creía. Aun así estaba dispuesto a aceptar su propuesta. Yo sabía que él no estaba hecho para el sacerdocio. Por lo tanto el asunto se resolvió sin más. Él renunció por completo a cualquier ayuda para formarse en la iglesia en caso de que las circunstancias cambiaran y quisiera ordenarse sacerdote, y a cambio aceptó tres mil libras. Pensé que ya no tendríamos que relacionarnos más. Mi opinión de él era demasiado mala para invitarlo a Pemberley o para verle alguna vez en Londres, donde creo que residió la mayor parte del tiempo. Sin embargo, estudiar Derecho no había sido más que un pretexto y, al no tener restricciones, se entregó a una vida de ocio y disipación. A lo largo de los tres años siguientes supe muy poco de él, pero a la muerte del párroco que regentaba la parroquia que yo le había asignado antes de renunciar al sacerdocio, volvió a escribirme para que volviera a ofrecérsela. En la carta me aseguraba —y no era difícil de creer— que se hallaba en muy mala situación. Decía que estudiar Derecho había resultado ser muy poco rentable y ahora estaba decidido a recibir las órdenes sagradas si yo le adjudicaba la capellanía en cuestión, y añadía que tenía la certeza de que se la concedería porque le constaba que yo no disponía de ningún otro candidato para ocuparla, y que seguramente yo no habría olvidado la voluntad de mi padre. No puede censurarme por haberme negado a ceder a esta petición o por oponer resistencia a sus reiterados ruegos. Su resentimiento era proporcional a su penuria y, desde luego, me difamó con la misma vehemencia con que me reprochó mi denegación. A raíz de este desencuentro rompimos las relaciones. No sé cómo se las ingenió para vivir.

Muy a mi pesar, el verano pasado me llegaron noticias de él. A continuación relataré unos acontecimientos que yo mismo querría olvidar y que no revelaría a nadie salvo a usted, dada la presente circunstancia. Después de cuanto le he contado, no dudo de que guardará el secreto.

A la muerte de mi padre, mi hermana, que es diez años menor que yo, quedó bajo la tutela del sobrino de mi madre, el coronel Fitzwilliam, y la mía. Hace un año salió del colegio y se instaló en Londres con una institutriz, y el verano pasado fue con ella a Ramsgate, a donde también acudió el señor Wickham con toda la intención, porque posteriormente se demostró que ya conocía a la señora Younge, que por desgracia nos hizo creer que era una persona de fiar. Con su ayuda y complicidad, el señor Wickham sedujo a Georgiana, que quedó impresionada con sus atenciones. Todavía es una niña y tiende a tratar a todo el mundo con cariño. Wickham la convenció de que estaba enamorada y de que se fugara con él. Entonces sólo tenía quince años, lo cual disculpa su comportamiento. Por otra parte, me complace añadir que, después de reconocer su imprudencia, ella misma me explicó lo ocurrido. Fue un par de días antes de la fuga planeada; me presenté en Ramsgate, y Georgiana, que no soportaba la idea de disgustar y ofender a un hermano, al que quería casi tanto como a un padre, me lo contó todo. Se imaginará cómo me sentí y cómo reaccioné. Por respeto a la reputación y los sentimientos de mi hermana me abstuve de armar ningún escándalo, pero escribí una carta al señor Wickham —que se marchó de Ramsgate sin dilación— y despedí, claro está, a la señora Younge.

Es evidente que el objetivo principal del señor Wickham era la fortuna de mi hermana, que asciende a treinta mil libras, pero no puedo evitar suponer que su ánimo de venganza contra mí fue un aliciente importante.

Señorita Elizabeth, la presente ha sido una fiel descripción de los hechos que nos incumbían, y si no la rechaza como absolutamente falsa, espero que no siga pensando que he tratado con crueldad al señor Wickham. No sé de qué modo ni con qué impostura la habrá engañado, pero no es de extrañar que lo hiciera, puesto que usted no sabía nada de cuanto le he contado. Entiendo que era imposible averiguarlo, y tampoco parece usted una persona suspicaz. Tal vez se pregunte por qué no le conté todo esto anoche. Pero en ese momento no era dueño de mí mismo y, por tanto, no era capaz de decidir qué podía o qué debía revelar. Para corroborar la verdad de cuanto le he contado en la presente puedo apelar al testimonio del coronel Fitzwilliam. Teniendo en cuenta que tenemos una estrecha relación y mantenemos un trato habitual y que, además, fue uno de los albaceas del testamento de mi padre, conoce inevitablemente todos los detalles de este asunto. Si la antipatía que le inspiro desvirtúa mi aclaración, puede recurrir a mi primo, ya que nada tiene contra él. Y puesto que cabe la posibilidad de que le consulte, trataré de hacerle llegar esta carta a lo largo de esta mañana. Sólo me queda añadir una cosa: que Dios la bendiga.

Fitzwilliam Darcy

CAPÍTULO XIII

Cuando el señor Darcy le dio la carta, Elizabeth no esperaba que volviera a pedirle la mano, aunque tampoco se imaginaba qué podía contener. Pero teniendo en cuenta de qué se trataba, es de suponer que la leyó con avidez y le despertó sentimientos contradictorios. Mientras leía, era incapaz de definir sus sentimientos. Asombrada al principio, pensó que el señor Darcy querría disculparse, pero enseguida se convenció de que no podría darle ninguna explicación que no ocultara un justo sentimiento de vergüenza. Con un firme prejuicio contra cualquier cosa que pudiera decirle, empezó a leer su explicación sobre lo ocurrido en Netherfield. Leía con tal ansia que apenas si podía asimilar el contenido, y la impaciencia de saber qué diría la frase siguiente le impedía concentrarse en el sentido de la que estaba leyendo. Llegó a la conclusión de que el señor Darcy mentía al decir que pensaba que Jane era indiferente a su amigo, y pese a reconocer sus verdaderas (y terribles) objeciones contra la unión de la pareja, Elizabeth se enfadó tanto que no tenía ningún deseo de hacerle justicia. Ninguna muestra de arrepentimiento por lo que había hecho la satisfizo; y su estilo no revelaba pesadumbre sino más bien altivez. La carta rebosaba orgullo e insolencia.

Ahora bien, cuando llegó a la parte en que hablaba del señor Wickham, al leer con algo más de atención la exposición de unos hechos que, si eran ciertos, harían desvanecer la buena opinión que de él tenía y que tenían una afinidad alarmante con la historia que él mismo le había relatado, la embargaron unos sentimientos mucho más dolorosos y mucho más difíciles de definir. La invadieron unos sentimientos de estupor, de temor y hasta de horror que la abrumaron. Quería negar todo aquello exclamando una y otra vez: «¡Tiene que ser falso! ¡No puede ser! ¡Tiene que ser una burda calumnia!» Y cuando hubo terminado de leer la carta, pese a haber leído a la ligera las últimas dos páginas, la guardó, asegurando que la obviaría, que no volvería a leerla jamás.

Bajo ese estado de agitación, incapaz de concentrarse en ningún pensamiento, reanudó el paseo. Pero no pudo seguir. Al momento volvió a desplegar la carta, se sosegó lo más que pudo y volvió a leer la vergonzosa explicación acerca del señor Wickham con suficiente dominio de sí misma para analizar el sentido de cada frase. La mención a su trato con la familia de Pemberley era exactamente el mismo que él le había contado, y la generosidad del difunto señor Darcy —que Elizabeth conocía, aunque no con tanto detalle— también coincidía con sus propias palabras. Hasta ahí ambas versiones concordaban, pero en cuanto a la parte del testamento eran muy distintas. Elizabeth recordaba muy bien lo que Wickham le había contado sobre la capellanía, y al evocar sus palabras, no podía por menos de sentir que una de las dos versiones era una flagrante mentira. Por un momento pensó que no se equivocaba. Pero cuando leyó y volvió a leer con sumo cuidado la narración de lo que sucedió inmediatamente después de que Wickham renunciara por completo a la capellanía a cambio de la considerable suma de tres mil libras, volvió a dudar. Dejó de leer, sopesó todas las circunstancias tratando de ser imparcial y deliberó sobre el grado de probabilidad de ambas versiones. Pero fue en vano. En ambos casos eran sólo afirmaciones. Siguió leyendo. Y a pesar de haber pensado que al señor Darcy no iba a valerle ninguna artimaña para que su modo de obrar pareciera menos infame en el mejor de los casos, cada línea dejaba más claro que aquel asunto podía explicarse de tal manera que le eximiera de toda culpa.

Le indignó sobremanera que el señor Darcy no tuviera reparo en acusar al señor Wickham de libertino y despilfarrador, sobre todo porque ella no tenía pruebas para demostrar esa injusticia, pues lo había conocido al entrar en el regimiento de ——shire, donde se había alistado a sugerencia de un joven conocido al que se había encontrado en Londres por casualidad. En Hertfordshire nadie sabía nada de su vida aparte de lo que él había contado. En cuanto a su verdadera forma de ser, Elizabeth nunca habría querido indagar, aun cuando hubiera podido hacerlo. Gracias a su apostura, su voz y sus modales sólo se le atribuían virtudes. Trató de recordar alguna muestra de bondad, algún rasgo de integridad o benevolencia que lo distinguiera, que lo salvara de los ataques del señor Darcy, cuando menos para que sus virtudes compensaran sus errores ocasionales, entre los que incluiría la vida de ocio y depravación que, según éste, había llevado durante años. Pero sólo era capaz de ver la imagen de un hombre bien educado y encantador, no se le ocurría ninguna prueba de peso para defenderlo aparte de la aprobación general entre los vecinos y la buena opinión que su don de gentes le había valido entre los oficiales. Después de reflexionar durante un buen rato, leyó la carta por enésima vez. Pero, ¡ay!, el relato de la seducción de la señorita Darcy confirmaba en parte la conversación que Elizabeth había mantenido con el coronel Fitzwilliam la mañana anterior; al final, el señor Darcy le sugería que confirmara la verdad de lo narrado al propio coronel Fitzwilliam, que ya le había expresado su interés en todos los asuntos de su primo y de quien no tenía motivos para dudar. En un momento dado decidió que acudiría a él, pero luego pensó en lo incómodo que resultaría hacerlo. Al final prefirió descartar la idea al convencerse de que el señor Darcy nunca se habría arriesgado a sugerírselo sin tener la absoluta seguridad de que su primo lo corroboraría.

Elizabeth recordaba perfectamente de qué había hablado con el señor Wickham la noche que se conocieron en casa del señor Philips.

Tenía muy presente algunas de las cosas que él le había dicho. Al darse cuenta de lo indiscreto que había sido al contárselas a una desconocida, Elizabeth se preguntó cómo podía haberle pasado por alto hasta ese momento. Ahora se daba cuenta de lo incauto que había sido el señor Wickham al exponerse de ese modo. También reparó en lo incoherente de su actitud: recordó haberle oído jactarse de no temer al señor Darcy y decir que éste podía abandonar el condado si quería, pero que él no pensaba moverse de allí y, sin embargo, una semana después evitó asistir al baile de Netherfield. También vio que, mientras la familia de Netherfield residió en el vecindario, el señor Wickham sólo le contó su historia a ella, pero en cuanto se marcharon todos, ésta iba en boca de todo el mundo. Entonces, no había tenido reservas, no había tenido ningún reparo en desprestigiar al señor Darcy pese a haberle asegurado que el respeto por el padre siempre le impediría poner en evidencia al hijo.

¡Qué diferente parecía todo lo relativo al señor Wickham! Ahora veía sus atenciones hacia la señorita King como actos movidos únicamente por algo tan aborrecible como el interés, y la medianía económica de la joven no demostraba que el caballero hubiera moderado su ambición, sino que estaba dispuesto a agarrarse a lo que fuera para encumbrarse. Elizabeth ya no veía motivos aceptables en el interés que había mostrado por ella misma: bien se había equivocado creyendo que era rica, o bien había halagado su propia vanidad reforzando la predilección que Elizabeth incautamente le había demostrado. Si le quedaba algún interés por defenderlo era cada vez más débil. Y debía reconocer, a favor del señor Darcy, que hacía tiempo que el señor Bingley había asegurado (a instancias de Jane) la inocencia de su amigo en el asunto; debía reconocer que por muy orgulloso y antipático que fuera, desde que se trataban —y ese trato últimamente les había acercado mucho, por lo que Elizabeth había tenido ocasión de conocerle mejor— nada había delatado nunca que fuera un hombre sin principios o injusto, o de costumbres irreverentes o inmorales. Además, sus amigos lo apreciaban y, en otra época, hasta el señor Wickham lo había considerado un hermano. Por otra parte, le había oído hablar con mucho cariño de su hermana en diversas ocasiones, lo cual le hacía pensar que era capaz de tener sentimientos más amables. Y si sus actos hubieran sido tan graves como los pintaba Wickham, si hubiera actuado de manera tan inhumana, no habría podido ocultarlo y habría sido incomprensible su amistad con un hombre tan bondadoso como el señor Bingley.

Cada vez sentía más vergüenza de sí misma. No podía pensar ni en Darcy ni en Wickham sin sentir que se había obcecado, que había sido parcial y ridícula, que se había dejado llevar por sus prejuicios.

«¡Me he comportado de una forma despreciable!», exclamó para sí. «¡Yo, que tan orgullosa estaba de mi criterio! Yo, que tan lista me creía y que tantas veces he desdeñado la espléndida franqueza de mi hermana, he complacido mi vanidad con recelos vanos e indignos. ¡Qué humillante descubrimiento! Sin embargo, ¡qué humillación tan merecida! Ni siquiera enamorada me habría ofuscado más. Pero no me he dejado llevar por el amor, no, sino por la vanidad. Me he entregado al prejuicio y la ignorancia y he ahuyentado la razón por preferir a uno y ofenderme por la indiferencia del otro, aun cuando apenas conocía a ninguno de los dos. No he sabido quién era en realidad hasta hoy.»

De pensar en ella pasó a pensar en Jane, y de ésta en Bingley, lo cual le hizo recordar que la explicación del señor Darcy sobre la relación de la pareja era insuficiente, de modo que volvió a leer aquella parte. El efecto de la segunda lectura fue muy distinto. ¿Cómo podía haberse negado a creer las afirmaciones de uno y, en cambio, creer las del otro? Al volver a leer que Darcy ignoraba que su hermana Jane estuviera tan enamorada de Bingley, le vinieron a la mente las palabras de su amiga Charlotte. Tampoco podía negar la acertada descripción que él mismo había hecho de Jane. En efecto, aunque los sentimientos de Jane eran fervientes, no lo demostraba, y su actitud imperturbable solía hacerle parecer una persona impasible.

Cuando llegó a la parte en que el señor Darcy señalaba la conducta de su familia en términos tan humillantes como bien merecidos, sintió auténtica vergüenza. Su recriminación era tan justificada que no podía negarla, y las circunstancias concretas a las que aludía (la noche del baile en Netherfield) y que además confirmaban su primera objeción, no podían haberle impresionado a él más que a ella. Tampoco le pasó inadvertido el cumplido que les dedicaba a ella y a su hermana al excluirlas. Cierto que era un alivio, pero no la consolaba del desprecio que sentía por el resto de la familia. Y al pensar que su familia directa era realmente la responsable del desengaño sufrido por Jane, y que la falta de decoro de sus padres y hermanas podía haber dañado considerablemente la reputación de ambas, sintió un abatimiento que no había sentido nunca en su vida.

Después de vagar sin rumbo por el sendero durante dos horas, reflexionando sobre muchas cosas, recapacitando sobre los hechos, pensando en toda clase de posibilidades y resignándose, en la medida en que era capaz, a aceptar un cambio tan repentino e importante, sintió que estaba agotada y, al ver que se había ausentado durante demasiado tiempo, decidió volver a casa. Esperando parecer igual de alegre que siempre, entró decidida a reprimir aquellas reflexiones a fin de poder mantener una conversación normal.

Nada más llegar le comunicaron que los dos caballeros de Rosings habían hecho una visita durante su ausencia. El señor Darcy sólo había estado unos minutos para despedirse, pero el coronel Fitzwilliam se había sentado con ellos a esperarla durante casi una hora con la ilusión de verla, y hasta se había ofrecido a salir a buscarla. Elizabeth fingió que lamentaba no haber llegado a tiempo (pues en realidad se alegraba). Había perdido el interés por el coronel Fitzwilliam, y sólo podía pensar en la carta.

CAPÍTULO XIV

Ambos caballeros se marcharon de Rosings a la mañana siguiente. El señor Collins, que había esperado cerca de los pabellones de la entrada para despedirse de ellos con una reverencia, volvió a casa con la grata información de que tenían buen aspecto y parecían animados dentro de lo que cabía después de la triste escena que seguramente había tenido lugar en Rosings. Acto seguido y sin perder un instante

se dirigió a Rosings con el fin de consolar a lady Catherine y su hija. Regresó de allí muy contento, con el recado de que la señora estaba tan desanimada que le apetecía mucho invitarles a comer.

Elizabeth no podía ver a lady Catherine sin pensar que, si ella hubiera querido, el señor Darcy la habría presentado en aquel momento como su futura sobrina política. Inevitablemente, también pensó con una sonrisa en la indignación que le habría causado semejante noticia. «¿Qué habría dicho? ¿Cómo habría reaccionado?», se preguntaba con cierto regocijo.

El primer tema de conversación fue la reducción del grupo de Rosings.

—Les aseguro que los echo mucho de menos —confesó lady Catherine—. Nadie siente tanto como yo la ausencia de los seres queridos. Pero por estos dos jóvenes siento un cariño especial. ¡Y ellos por mí! ¡Les dio mucha pena marcharse! Pero siempre les ocurre. El buen coronel se contuvo bastante hasta el último momento, pero diría que Darcy parecía mucho más afectado que el año pasado. Es evidente que cada vez tiene más apego a Rosings.

El señor Collins hizo un comentario y una alusión sobre la despedida, que madre e hija recibieron con una amable sonrisa.

Después de comer, lady Catherine se fijó en que la señorita Bennet parecía desanimada, y decidió preguntarle a qué se debía, suponiendo que se debía a que no quería marcharse tan pronto de Kent.

—Si es así —añadió—, debería escribirle a su madre para preguntarle si puede alargar la estancia. Estoy segura de que la señora Collins agradecerá su compañía.

—Le agradezco su amable sugerencia —respondió Elizabeth—, pero no está en mis manos aceptarla. Tengo que estar en Londres el sábado.

—Entonces no habrá pasado más que seis semanas aquí. Esperaba que se quedara con nosotros un par de meses. Ya se lo dije a la señora Collins antes de llegar usted. No veo por qué tiene que irse tan pronto. Seguro que su hermana podrá prescindir de usted quince días más.

—Ella sí, pero mi padre no. La semana pasada me escribió para decirme que regresara pronto.

—¿Cómo que no? ¡Si su madre puede prescindir de usted, su padre también! Las hijas nunca son tan importantes para un padre. Y si se queda un mes entero, me ofrezco a llevarlas a una de ustedes a Londres, porque tengo pensado ir en junio para una semana. Y como a Dawson no le importa ir en el pescante del landó, habrá sitio de sobra para una de las dos… de hecho, si el tiempo refresca, no me importa que vengan las dos, porque ambas son delgadas.

—Es usted muy amable, señora, pero tenemos que atenernos al plan previsto.

Lady Catherine parecía resignada.

—Señora Collins, debe usted mandar a un sirviente para que las acompañe. Ya sabe que siempre digo lo que pienso, y no soporto la idea de que dos mujeres tan jóvenes viajen solas en diligencia. Es inapropiado. Ingénieselas para que alguien vaya con ellas. Esas cosas no me hacen ninguna gracia. Hay que atender y proteger a las jóvenes según su posición. El verano pasado, cuando mi sobrina Georgiana fue a Ramsgate insistí en que la acompañaran dos sirvientes. Lo contrario no habría sido nada propio de alguien como la señorita Darcy, hija del señor Darcy de Pemberley y lady Anne. Yo tengo muy en cuenta ese tipo de cosas. Debe enviar a John con las muchachas, señora Collins. Me alegro de haberlo comentado, porque habría sido un desprestigio para usted que las dejara irse solas.

—Mi tío pensaba mandarnos un sirviente.

—¡Claro! ¡Su tío! Tiene un criado, ¿verdad? Me alegro de que tenga a alguien que piense en esas cosas. ¿Dónde cambiarán los caballos? En Bromley, claro… Si dicen que vienen de mi parte, en Bell también las atenderán.

Lady Catherine hizo muchas preguntas más acerca del viaje, y como no se las respondía todas ella misma, había que prestarle atención, de lo cual Elizabeth se alegraba, pues, de no haber sido así, como la mente le bullía con otros pensamientos, se habría abstraído fácilmente de donde estaba. Debía reservar las reflexiones para los momentos de soledad, cosa que hacía con gran alivio. No pasaba un día sin que saliera a dar un paseo sola, entregándose al placer de evocar recuerdos nada agradables.

Casi se sabía de memoria la carta del señor Darcy. Había analizado cada frase, y a veces los sentimientos que le inspiraba eran muy diferentes. Cada vez que pensaba en el tono de la carta se indignaba, pero cuando recordaba lo injusta que había sido al condenarlo y reprenderlo, dirigía el enfado hacia sí misma y sentía pena por haberle causado un desengaño. El amor que sentía por ella le despertaba gratitud, su buena reputación respeto, pero no podía aceptarlo, ni quería retractarse de su negativa ni volver a verle. Además, cada vez que pensaba en cómo se había comportado ella misma, también sentía irritación y arrepentimiento, y lamentaba más aún los desafortunados defectos de su familia. No tenían remedio. Su padre, que se contentaba con reírse de éstos, nunca haría el esfuerzo de dominar el atolondramiento de sus dos hijas pequeñas; y su madre, cuyos modales también dejaban mucho que desear, ni siquiera se daba cuenta de las nefastas consecuencias que éstos podían acarrear. Elizabeth y Jane habían intentado controlar la temeridad de Catherine y Lydia, pero mientras su madre siguiera siendo indulgente con ellas, jamás las corregirían. Siempre que habían intentado aconsejar a Catherine, ésta se había ofendido, pues era de carácter débil e irritable y vivía sometida a la voluntad de Lydia; y ésta, que era terca y despreocupada, ni siquiera se dejaba aconsejar por ellas. Eran ignorantes, holgazanas y vanidosas. Mientras hubiera un oficial en Meryton, coquetearían con él; y puesto que quedaba cerca de Longbourn a pie, nunca dejarían de ir al pueblo.

Su preocupación por Jane era otra cuestión importante, y ahora que la explicación del señor Darcy había restituido la buena opinión que Elizabeth tenía del señor Bingley, se daba más cuenta de lo que su hermana había perdido. Sus sentimientos por ella habían resultado ser sinceros y, si se pasaba por alto la incondicional confianza que depositaba en su amigo, no había nada que reprocharle. ¡Cuánto le dolía pensar que la falta de sensatez de su propia familia había privado a Jane de un futuro tan ventajoso, tan provechoso, tan prometedor!

Al recordar entonces que la carta le había revelado la auténtica forma de ser del señor Wickham, no es de extrañar que el ánimo de Elizabeth, que raras veces se empañaba, hubiera decaído. Tanto era así que le resultaba difícil mostrarse un poco alegre.

Durante la última semana en Kent, las invitaciones a Rosings volvieron a ser igual de frecuentes que al principio. Pasaron la última tarde en aquella casa. Lady Catherine volvió a hacerles preguntas muy concretas sobre el viaje y les dio recomendaciones sobre la mejor manera de preparar el equipaje. Insistió tanto en que la mejor (y única) manera posible de plegar y colocar bien los vestidos era como ella decía que, al volver a casa de los Collins, Maria se sintió en la obligación de deshacer y volver a hacer el equipaje que se había molestado en preparar de mañana.

Al despedirse, lady Catherine les deseó con gran condescendencia que tuvieran un buen viaje y las invitó a volver a Hunsford el año siguiente. Por su parte, la señorita De Bourgh hizo el esfuerzo de hacer una reverencia y tenderles la mano.

CAPÍTULO XV

El sábado por la mañana Elizabeth y el señor Collins coincidieron durante el desayuno unos minutos antes de que llegaran los demás. Su primo aprovechó la oportunidad para despedirse con los cumplidos que la ocasión requería y que eran, a su entender, indispensables.

—Señorita Elizabeth —dijo—, no sé si la señora Collins ya le ha agradecido la amabilidad de su visita, pero conste que no se irá de esta casa sin que así sea. Su compañía ha sido muy grata, se lo aseguro. Sabemos que nuestra humilde morada no ofrece grandes alicientes para visitarla. Nuestro sencillo modo de vida, nuestros cuartos pequeños y los pocos sirvientes de que disponemos, así como nuestra escasa afición a las salidas deben de hacer de Hunsford un lugar tremendamente aburrido para una chica como usted. Aun así, espero que sepa que estamos muy agradecidos por su condescendencia y que hemos hecho todo lo posible por que su estancia fuera agradable.

Elizabeth le dio las gracias y le aseguró entusiasmada que lo había pasado muy bien. Había disfrutado de lo lindo aquellas seis semanas y agradecía muchísimo el tiempo que había pasado con Charlotte, así como las amables atenciones que le habían dedicado. Su gratitud satisfizo al señor Collins, que añadió con solemnidad, pero sonriendo:

—No sabe cuánto me complace oír que ha tenido una estancia agradable. Por nuestra parte, hemos hecho cuanto ha estado en nuestras manos para que así fuera, y hemos tenido la excelente suerte de haberla podido presentar a la alta sociedad y, gracias al trato frecuente que mantenemos con la familia De Bourgh (que nos ha permitido variar de escenario doméstico), diría que su visita a Hunsford no ha sido del todo aburrida. Nuestra posición con respecto a la familia de lady Catherine es, desde luego, una bendición y un privilegio de los que pocos pueden jactarse. Ya ha visto qué trato nos dan. Ya ha visto que nos invitan cada dos por tres... La verdad, debo reconocer que, pese a las desventajas que comporta una humilde rectoría, no creo que ninguno de los que vivimos en ella pueda inspirar compasión mientras mantengamos un trato estrecho con la familia De Bourgh.

Las palabras no le bastaban para sublimar sus sentimientos, por lo que se vio obligado a levantarse y pasear por la sala. Elizabeth trató de reunir suficiente cortesía y sinceridad para decir lo justo.

—Así pues, querida prima, creo que podrá hablar bien de nosotros en Hertfordshire. Al menos eso espero. Usted misma ha sido testigo de las grandes atenciones que lady Catherine dedica a la señora Collins; y en general confío en que no haya tenido la impresión de que su amiga no es una mujer feliz... aunque de esto es preferible no hablar. Permítame decirle, querida señorita Elizabeth, que de todo corazón le deseo que sea igual de feliz cuando se case. Mi querida Charlotte y yo tenemos un mismo modo de pensar. Y es asombrosa la afinidad de nuestras ideas y formas de ser. Parece que estemos hechos el uno para el otro.

Sin temor a equivocarse, Elizabeth dijo que celebraba que fuera así, y podía añadir con la misma sinceridad que estaba convencida y se alegraba muchísimo de ese bienestar doméstico. Con todo, no lamentó que, al entrar la señora de la casa, tuvieran que interrumpir la conversación y ponerse de pie. ¡Pobre Charlotte! ¡Qué tristeza tener que dejarla sola con semejante compañía! Pero ella la había elegido conociendo bien las circunstancias. Saltaba a la vista que le dolía despedirse de sus huéspedes, pero también que no quería inspirar pena por ello. Para Charlotte, el hogar y sus labores, la parroquia y el corral, así como las ocupaciones adicionales que éstos comportaban, no habían perdido encanto todavía.

Entonces llegó el carruaje. Una vez hubieron cargado y atado los baúles y hubieron colocado los paquetes en su sitio, se anunció que el vehículo estaba listo para partir. Después de una despedida calurosa entre las amigas, el señor Collins acompañó a Elizabeth al carruaje. Mientras cruzaban el jardín, le pidió que presentara sus respetos a toda su familia, que no olvidara agradecerles la amabilidad con que lo habían acogido en Longbourn en invierno y que saludara de su parte al señor y la señora Gardiner a pesar de no conocerlos. A continuación la ayudó a subir, y luego a Maria. Se disponían a cerrar la portezuela cuando de repente les recordó con consternación que habían olvidado dejar algún recado a las damas de Rosings.

—Porque imagino —añadió— que querrán que presente sus humildes respetos a las dos, y que les transmita su agradecimiento por la amabilidad que les demostraron durante su estancia.

Elizabeth no puso reparos en que lo hiciera. Así pudieron cerrar la puerta, y el carruaje arrancó.

—¡Dios mío! —exclamó Maria después de unos minutos en silencio—. ¡Si parece que llegamos hace un par de días! ¡Y han pasado tantas cosas!

—Muchas, sí, desde luego —dijo Elizabeth con un suspiro.

—Hemos comido nueve veces en Rosings, ¡y eso sin contar las dos que fuimos a tomar el té! ¡Cuántas cosas tendré para contar!

«Y cuántas tendré yo que ocultar», pensó Elizabeth.

El viaje transcurrió sin incidentes y con poca conversación. A las cuatro horas de salir de Hunsford llegaron a casa del señor Gardiner, donde pasarían unos días.

Jane tenía buen aspecto, aunque Elizabeth no tuvo ocasión para fijarse bien en su estado de ánimo, pues su tía se había tomado la molestia de organizar diversas actividades para entretenerlas. Pero Jane iba a regresar a Longbourn con ella, y entonces tendría tiempo de sobra para observarla.

Elizabeth tuvo que hacer un esfuerzo para no contarle a su hermana la propuesta del señor Darcy hasta regresar a Longbourn. Era difícil resistirse a la tentación de contárselo todo, de saber que si quería podría revelarle algo que la dejaría estupefacta y que, a la vez, halagaría sobremanera la vanidad que Elizabeth no había sido capaz de asimilar todavía. Pero aún no había decidido qué debía relatarle y qué debía omitir, y además temía precipitarse y contarle algo de Bingley que entristeciera más a Jane.

CAPÍTULO XVI

La segunda semana de mayo, las tres jóvenes partieron de Gracechurch Street hacia el pueblo de ___, del condado de Hertfordshire. En cuanto se acercaron a la hostería donde el carruaje del señor Bennet iba a recogerlas vislumbraron (y esto demostraba la puntualidad del cochero) a Kitty y a Lydia asomadas a la ventana del comedor, que estaba en la planta de arriba. Ya hacía dos horas que habían llegado, tiempo que habían aprovechado para visitar la tienda de sombreros que había delante, espiar al centinela de guardia y preparar una ensalada de pepino.

Después de recibirlas, muy contentas les mostraron una mesa dispuesta con todos los fiambres que suele haber en la despensa de una hostería, exclamando:

—No me digáis que no da gusto. ¿No os parece una grata sorpresa?

—Habíamos pensado invitaros —añadió Lydia—, pero tendréis que dejarnos dinero, porque nos hemos gastado el nuestro en esa tienda. —Y, enseñándoles las compras, añadió—: Mirad, yo me he comprado este sombrero. No es muy bonito, pero he pensado que daba lo mismo comprarlo que no. En cuanto llegue a casa lo desharé y veré si puedo mejorarlo un poco.

Cuando sus hermanas lo vieron y dijeron que era muy feo, Lydia respondió con absoluta indiferencia:

—Pues en la tienda había otros más feos todavía. Cuando le ponga una cinta de raso de un color más bonito y lo adorne un poco no quedará mal del todo. Además, dará igual qué nos pongamos este verano, porque el regimiento de __shire ya no estará en Meryton. Se van dentro de dos semanas.

—¿De verdad? —exclamó Elizabeth con gran satisfacción.

—Acamparán cerca de Brighton. ¡Me encantaría que papá nos llevara allí a pasar el verano! Sería un plan estupendo, y no creo que fuera a costar mucho. Además, a mamá le encantaría ir también. Si no vamos, ¡imaginaos qué verano más triste pasaremos!

«Sí, claro», pensó Elizabeth, «sería un plan estupendo, y perfecto para nosotras... ¡Santo cielo! ¡Brighton y un campamento entero de soldados! Con los disgustos que ya nos ha causado un mero regimiento de soldados y los bailes mensuales de Meryton.»

—Pues tengo noticias frescas —dijo Lydia mientras se sentaban a la mesa—. A ver si lo adivináis. Son buenas noticias, noticias excelentes, y sobre una persona que nos gusta a todas.

Jane y Elizabeth se miraron y despacharon al camarero diciéndole que ya no lo necesitaban. Lydia se rió y dijo:

—Esa formalidad y discreción son típicas de vosotras. ¡Como si al camarero le importara lo que voy a decir! Seguro que ha oído cosas peores que las que os voy a contar. Da lo mismo; me alegro de que se haya ido, porque es feísimo. Nunca en mi vida había visto un mentón tan largo... Bueno, os cuento las noticias: se trata de nuestro querido Wickham. Demasiado bueno para el camarero, ¿verdad? Pues ya no hay peligro de que Wickham se case con Mary King. ¿Qué os parece? Se ha ido a vivir a Liverpool con su tío. Y para siempre. Wickham está a salvo.

—¡La que está a salvo es Mary King! —añadió Elizabeth—. Está a salvo de un matrimonio económicamente imprudente.

—Pues si Wickham le gustaba ha sido tonta de marcharse.

—Espero que ninguno de los dos estuviera muy enamorado —dijo Jane.

—Él seguro que no. Mary no le importaba un comino. ¿A quién le va a gustar ese mamarracho repugnante y pecoso?

Aunque Elizabeth no habría sido capaz de utilizar una expresión tan ordinaria, se espantó al pensar que hacía unos meses sentía idéntico desprecio por Mary King, y eso que en ese momento pensó que era una opinión tolerante.

Cuando hubieron comido (y las mayores hubieron pagado) hicieron llamar el coche. Y después de organizar y colocar cajas, neceseres de costura y paquetes, así como las incómodas adquisiciones de Kitty y Lydia, el grupo se acomodó.

—¡Qué bien vamos así, tan juntitas! —exclamó Lydia—. ¡Me alegro de haber comprado el sombrero aunque sólo sea por el gusto de tener otra sombrerera! Bueno, pongámonos cómodas, que tenemos todo el viaje para charlar y reírnos de muchas cosas. Para empezar, ¿por qué no nos contáis lo que habéis hecho desde que os fuisteis? ¿Habéis conocido a algún hombre apuesto? ¿Ha habido coqueteos con alguno? Tenía la ilusión de que alguna de vosotras encontrara marido antes de volver. Si Jane no encuentra marido pronto, será una solterona. ¡Está a punto de cumplir los veintitrés! ¡Dios mío, qué vergüenza me daría no estar casada antes de los veintitrés! Mi tía Philips tiene tantas ganas de que encontréis maridos que no os lo podéis ni imaginar. Dice que a Lizzy le habría convenido aceptar la mano del señor Collins, pero entonces no habría sido tan divertido como lo fue. ¡Dios mío, cómo me gustaría casarme antes que vosotras! ¡Así os haría de carabina en los bailes! ¡Madre mía, qué bien nos los pasamos el otro día en casa del coronel Forster! Kitty y yo fuimos a pasar el día, y la señora Forster me prometió que daría un bailecito por la tarde (por cierto, la señora Forster y yo nos hemos hecho muy amigas), e invitó a las hermanas Harrington, pero como Harriet estaba enferma, Pen tuvo que venir sola. ¿Y a que no sabéis qué hicimos luego? Disfrazamos a Chamberlayne de mujer para hacerlo pasar por una dama. ¡Imaginaos qué divertido! Nadie lo sabía excepto el coronel, la señora Forster, Kitty y yo... La tía tampoco porque tuvimos que cogerle prestado un vestido. ¡No os imagináis lo bien que le quedaba! Cuando Denny, Wickham y Pratt, y otros dos o tres hombres entraron, no lo reconocieron. ¡Dios mío! ¡Cómo me reí! ¡Y la señora Forster igual! Creí que iba a morirme de risa. Y claro, entonces empezaron a sospechar y luego se dieron cuenta de lo que pasaba.

Y con estas historias de bailes y bromas (y con la ayuda de los comentarios que añadía Kitty) Lydia entretuvo a sus compañeras de viaje hasta Longbourn. Elizabeth casi no le prestaba atención, pero no pasó por alto las frecuentes alusiones a Wickham.

Sus padres les dieron un caluroso recibimiento. La señora Bennet se alegraba de ver que Jane no había perdido hermosura y, durante la comida, el señor Bennet le dijo a Elizabeth más de una vez que se alegraba de que hubiera vuelto.

Eran un grupo grande en el comedor, pues casi todos los Lucas habían ido para recibir a Maria y escuchar las novedades. Hablaron de muchas cosas. Lady Lucas, sentada frente a Maria, le preguntaba acerca del bienestar y el corral de su hija mayor; la señora Bennet estaba doblemente ocupada escuchando por un lado a Jane, que estaba sentada cerca y le hablaba de las últimas tendencias en moda y, por otro, informando de éstas a las más pequeñas de las Lucas. Lydia, levantando la voz sobre las demás, estaba contando a quien quisiera escucharla lo que habían disfrutado aquella mañana.

—¡Oh, Mary! —exclamó—. ¡Cómo me habría gustado que hubieras venido, porque nos lo pasamos de maravilla! De ida, Kitty y yo bajamos las persianas del carruaje para hacer ver que iba vacío, y así habríamos ido todo el viaje si Kitty no se hubiera mareado. Y en la hostería George nos comportamos como señoritas invitando a las otras a almorzar los mejores fiambres del mundo; y si hubieras venido, te habríamos invitado a ti también. ¡Y la vuelta fue tan divertida! Creía que no íbamos a caber en el coche. Casi me muero de risa. ¡Estuvimos muy animadas todo el viaje! ¡Hablábamos tan alto y nos reíamos tanto que nos habrán oído a diez kilómetros de allí!

Después de escuchar a Lydia, Mary dijo con mucha seriedad:

—Querida hermana, no es que quiera despreciar esa clase de fruiciones. Y no dudo que en general gusten a las mujeres. Pero debo confesar que en mi caso carecen de todo interés. Prefiero mil veces un libro.

Pero Lydia no oyó ni una sola palabra. Raras veces escuchaba a nadie más de medio minuto, y a Mary jamás le prestaba atención.

Por la tarde Lydia no veía el momento de ir a Meryton con sus hermanas para ver cómo estaban todos, pero Elizabeth se opuso firmemente a la propuesta. No quería que dijeran por ahí que las hijas de los Bennet no podían pasar ni medio día en casa sin salir en busca de oficiales. Pero además tenía otro motivo para oponerse. Le horrorizaba volver a ver a Wickham, y estaba resuelta a evitarlo en la medida en que pudiera. Por supuesto, el alivio de saber que el regimiento iba a marcharse pronto era indescriptible. Iban a hacerlo dos semanas después, y esperaba que aquel asunto no volviera a atormentarla a partir de entonces.

Apenas si hacía unas horas que habían llegado a casa cuando Elizabeth reparó en que sus padres ya habían discutido varias veces sobre la sugerencia de Lydia de pasar el verano en Brighton. Enseguida vio que su padre no tenía la menor intención de ceder. Ahora bien, sus respuestas eran a la vez tan vagas y ambiguas que aunque su madre se desanimaba, no desesperaba de conseguirlo.

CAPÍTULO XVII

Elizabeth ya no soportaba la impaciencia por contarle a Jane lo que había sucedido, de modo que, al fin, a la mañana siguiente, decidiendo ocultar los detalles que afectaban a su hermana, le anunció que se preparara para sorprenderse y le relató los detalles más importantes de lo ocurrido entre ella y el señor Darcy.

La declaración del señor Darcy no sorprendió tanto a Jane como cabía esperar porque, dado el cariño que le tenía a Elizabeth, le parecía absolutamente lógico que alguien se enamorara de ella. Por otra parte, la poca sorpresa que tuvo se disipó con otros sentimientos.

Lamentaba que el señor Darcy hubiera expresado sus sentimientos de una manera tan poco idónea para agradar; pero lo que más le dolía era el disgusto que le habría causado el rechazo de su hermana.

—No tendría que haber estado tan seguro de que ibas a aceptar su mano —dijo; debería haber disimulado aunque fuera un poco. Precisamente por eso el desengaño habrá sido mayor.

—De hecho —respondió Elizabeth—, no sabes lo mucho que lo siento por él. Pero otros sentimientos seguramente le ayudarán a ahuyentar su interés por mí. Aun así, ¿te parece mal que le haya dicho que no?

—¿Que si me parece mal? ¡No!

—En cambio, te parece mal que hablara con tanto cariño de Wickham.

—No... no sé si te equivocaste o no al decir lo que dijiste.

—Cuando te cuente lo que pasó al día siguiente lo sabrás.

Entonces le habló de la carta, contándole todo lo que decía acerca de George Wickham. Aquello fue un golpe duro para la pobre Jane, que bien podría haber dado la vuelta al mundo sin creer que el ser humano era capaz de tanta maldad como la que reunía aquel único individuo. Y la explicación de Darcy tampoco la consolaba de tal descubrimiento. Con toda su buena fe buscó razones que justificaran la posibilidad de un error, a fin de poder defender a uno sin la necesidad de acusar al otro.

—No es posible —dijo Elizabeth—. No encontrarás argumentos para justificar que los dos son buenos. Tendrás que decidirte por uno de ellos. Entre los dos reúnen las virtudes justas para conformar un solo hombre bueno, y eso que últimamente han intercambiado mucho los papeles. Yo prefiero creer al señor Darcy, tú elige al que quieras.

Pero le costó arrancarle una sonrisa a Jane.

—No sé si me había impresionado tanto en mi vida —dijo ésta—. La perversidad de Wickham es tal que casi cuesta creer. ¡Pobre señor Darcy! Lizzy, querida, imagínate lo que habrá sufrido. Imagínate el desengaño que habrá sufrido, ¡y con el disgusto añadido de saber que piensas tan mal de él! Es angustioso... Seguro que a ti también te lo parece.

—No, en absoluto: tienes tantos remordimientos y compasión que a mí no me hace falta tenerlos. Y como sé que serás muy justa con él, yo estoy menos preocupada y soy más indiferente por momentos. Con tu derroche de buenos sentimientos, a mí no me hace falta tenerlos, y si sigues lamentándote por él mucho más, harás que tenga el corazón más ligero que una pluma.

—Pobre Wickham... ¡con la cara de bueno que tiene! ¡Con lo franco y caballeroso que parece!

—Está claro que se equivocaron al educar a estos dos hombres: uno aprendió a ser bondadoso y el otro a aparentarlo.

—A mí el señor Darcy nunca me pareció tan mala persona.

—En cambio yo me creí muy lista y lo aborrecí sin contemplaciones, sin motivos para hacerlo. Pero es que una antipatía así estimula la inteligencia, espolea el ingenio. Podemos criticar constantemente a alguien sin decir nada justo, pero no podemos burlarnos continuamente de un hombre sin tener de vez en cuando alguna ocurrencia ingeniosa.

—Lizzy, estoy segura de que no pensabas igual la primera vez que leíste la carta.

—No, no habría podido. La carta me incomodó mucho... tanto que me desconsoló. Y no tenía a nadie con quien hablar de cómo me sentía, no tenía a nadie como tú, que me consolara y me dijera que no había sido tan débil, tan vanidosa ni tan necia como yo sabía que había sido. ¡Cuánta falta me hiciste!

—Qué lástima que arremetieras contra el señor Darcy para defender a Wickham, porque eso sí que fue una injusticia.

—Sí, pero los reproches que le hice eran lógicos, teniendo en cuenta los prejuicios que yo misma me creé. Quiero que me des tu consejo sobre un aspecto. Quiero saber si debo o no debo revelar a los demás cómo es Wickham realmente.

Jane calló un momento y luego dijo:

—Yo creo que no hay motivos para ponerlo en evidencia. ¿Tú qué crees?

—Que no debería hacerlo. El señor Darcy no me ha autorizado para divulgar lo que me contó. Al contrario: me pidió que, si podía, mantuviera en secreto los detalles referentes a su hermana. Además, si me empeño en hacer ver a la gente cómo era en realidad, ¿quién me va a creer? El prejuicio general contra el señor Darcy es tal que la mitad de la buena gente de Meryton preferiría morirse antes que mirarlo con buenos ojos. No me veo capaz. Wickham se irá dentro de nada, y pronto a nadie le importará quién era o no era en realidad. Un día saldrá a la luz, y entonces nos reiremos de lo necios que fueron por no darse cuenta antes. Así que no diré nada por el momento.

—Tienes toda la razón. Si divulgas sus errores podrías acabar de arruinarle la vida. Puede que ahora lamente lo que ha hecho y quiera reformarse. No hace falta sumirlo en la desesperación.

Esta conversación aplacó la desazón de Elizabeth. La ayudó a liberarse de dos secretos que la habían atormentado durante las dos últimas semanas, y sabía que Jane siempre estaría dispuesta a escuchar si quería volver a hablar de ellos. Pero todavía le preocupaba otra cosa, que no quería revelar por precaución. No se atrevía a hablarle de lo que el señor Darcy le contaba en el resto de la carta, ni a decirle que el amor de Bingley era sincero. Pero no podía compartir con nadie aquella confidencia, y sabía que sólo un perfecto entendimiento entre ambas partes justificaría la revelación de aquel último secreto.

«Y entonces», pensó, «si eso ocurriera —aunque es improbable—, sólo tendría que contarle lo que el propio Bingley ya le habría contado con palabras más amables. ¡Sólo puedo tomarme la libertad de contárselo a Jane cuando lo ocurrido haya perdido importancia!»

Al hallarse ya en casa podía observar con tranquilidad el auténtico estado de ánimo de su hermana, y vio que no era feliz. Aún sentía algo por Bingley. Puesto que Jane nunca había estado enamorada, su mirada reflejaba la pasión de esa primera vez y, dada su edad y su modo de ser, ésta era mucho más intensa que la de un amor pasajero. Y tan ferviente era el recuerdo de Bingley y tanto lo prefería a cualquier otro hombre, que debía emplear todo su sentido común y dedicar toda su atención a sus seres queridos para no entregarse a una tristeza que le habría hecho daño y que habría preocupado a su familia y sus amigos.

—Dime, Lizzy —preguntó un día la señora Bennet —, ¿qué opinas de la triste historia de Jane? Yo no pienso hablar más del tema con nadie. Ya se lo dije el otro día a mi hermana. Lo que me extraña es que Jane no se encontrara con él ni una sola vez en Londres. Ese joven no se la merece. Y dudo ya que exista alguna posibilidad de que acaben casándose. No he oído que vayan a regresar a Netherfield este verano, y eso que he preguntado a todos los que podrían saber algo.

—Yo no creo que vuelva a Netherfield.

—Pues que haga lo quiera. A nadie le importa ya. Aunque, eso sí, siempre diré que utilizó a mi hija de mala manera. Y si yo fuera ella, no lo habría consentido. Me consuela pensar que Jane se morirá de pena y que él lamentará haber sido el responsable.

Puesto que tal posibilidad no era un consuelo para Elizabeth, prefirió no decir nada.

—Bueno, Lizzy —prosiguió su madre después de unos instantes—, ¿y los Collins? Supongo que vivirán holgadamente, ¿no? En fin, espero que les dure. ¿Y qué suelen comer? Tengo la impresión de que Charlotte ha de ser un ama de casa excelente. Con que sea la mitad de avispada que su madre ya le basta. Y supongo que no tendrán grandes excesos.

—No, en absoluto.

—Porque para eso hace falta saber administrar una casa como nadie, te lo aseguro. Sí, sí... Ya se cuidarán de no gastar más de la cuenta. Porque los Collins nunca pasarán estrecheces... ¡Mejor para ellos! Bueno, y supongo que hablarán a menudo del día que muera tu padre, y sean los dueños de Longbourn. Seguro que ya hablarán de la casa como si fuera suya.

—En ningún momento mencionaron el tema en mi presencia.

—No, claro. Habría sido incómodo. Pero no tengo ninguna duda de que cuando están solos hablarán de esto. En fin, si les da igual heredar una propiedad que no les pertenece, allá ellos... Yo me avergonzaría de vivir en una casa que he heredado ilegalmente.

CAPÍTULO XVIII

La primera semana en Longbourn pasó deprisa. La siguiente sería la última que el regimiento de soldados pasaría en Meryton, lo cual se notaba en el progresivo decaimiento de las muchachas del vecindario. El abatimiento era casi general. Sólo las mayores de las Bennet podían comer, beber y dormir todavía, así como realizar sus labores con la normalidad habitual. Kitty y Lydia les reprochaban su insensibilidad; se sentían tan desdichadas que no comprendían cómo el resto de la familia podía ser tan impasible.

—¡Dios mío! ¿Qué será de nosotras? ¿Qué vamos a hacer? —exclamaban de vez en cuando, afligidas—. ¿Cómo puedes sonreír tanto, Lizzy?

Su madre, que se mostraba comprensiva, compartía su profundo desconsuelo, pues se acordaba de lo que ella misma había sufrido en una ocasión similar veinticinco años atrás.

—Por lo menos —decía— me pasé dos días llorando cuando el regimiento del coronel Millar se marchó. Pensé que iba a morirme de pena.

—Yo sí que me moriré de pena —se lamentó Lydia.

—¡Si pudiéramos ir a Brighton! —observó la señora Bennet.

—Ay, sí... ¡Si pudiéramos ir a Brighton! Pero papá es tan fastidioso...

—Unos baños de mar me sentarían de maravilla.

—Y la tía Philips dice que a mí también me irían muy bien —añadió Kitty.

Tales eran las lamentaciones que se dejaban oír por la casa una y otra vez. Elizabeth trataba de tomárselas como algo divertido, pero la vergüenza no se lo permitía, ya que volvía a recordar las comprensibles objeciones del señor Darcy contra su familia; nunca había estado tan dispuesta como entonces a disculparlo por haber persuadido a su amigo Bingley de cambiar de parecer.

Sin embargo Lydia perdió todo el pesimismo al recibir una invitación de la señora Forster, la esposa del coronel del regimiento, para ir con ellos a Brighton. Aquella amiga inestimable era una chica muy joven, recientemente casada. Tenía una vitalidad y un buen humor afines a los de Lydia, por lo que a los tres meses de conocerse ya eran íntimas amigas.

El frenesí de alegría que la invitación causó a Lydia, sus elogios desmesurados a la señora Forster, el gozo de la señora Bennet y la amargura de Kitty eran indescriptibles. Obviando los sentimientos de su hermana, Lydia fue por toda la casa extasiada, pidiendo a todos que la felicitaran, riéndose y hablando con más ímpetu que nunca, mientras que Kitty se encerró en el salón a lamentarse con obstinación y malhumor de su triste suerte.

—No entiendo por qué la señora Forster no me ha invitado a mí también —decía— aunque no seamos amigas íntimas. Tengo tanto derecho como ella... o más, porque soy dos años mayor.

Elizabeth intentó en vano hacerle entrar en razón, y Jane que se resignara. En cuanto a la propia Elizabeth, la invitación no la entusiasmó en absoluto como a su madre y a Lydia; consideraba que, yendo a Brighton, su hermana perdería toda posibilidad de sentar la cabeza. De modo que, por mucho que Lydia y su madre la odiaran si se enteraban, se sintió en la obligación de sugerir a su padre en secreto que no la dejara marchar. Le hizo ver que el comportamiento general de Lydia era indecoroso, que la amistad de una mujer como la señora Forster no le convenía, y que tal vez se comportaría con más irresponsabilidad con semejante amiga en Brighton, donde habría muchas más tentaciones que en casa. El señor Bennet la escuchó con atención y luego dijo:

—Lydia no descansará hasta que no se haya puesto en evidencia en un lugar público ya sea aquí o en Brighton, y creo que nunca se dará una circunstancia tan favorable y asequible para su familia como la que se le ha presentado ahora.

—Si entendieras —insistió Elizabeth— cuánto nos perjudicará a todas las demás que Lydia cause un escándalo público que ponga en evidencia su forma de ser despreocupada e imprudente... mejor dicho: si supieras cuánto nos ha perjudicado ya, verías la situación con otros ojos.

—¿Que ya os ha perjudicado, dices? —preguntó el señor Bennet—.

¿Acaso ha ahuyentado a algún pretendiente? Ay, pobre Lizzy... Pero no te desanimes, porque esos jóvenes tan remilgados que no soportan un poco de locura en la familia no merecen la pena. A ver, dime quiénes son esos tristes mozos a los que Lydia ha espantado con sus disparates.

—De hecho, papá, te equivocas. No me ha perjudicado en ese aspecto. No me quejo de nada en particular, sino de los riesgos que su comportamiento nos acarrea en general. La impetuosa volubilidad, la confianza y el desdén por toda compostura que caracterizan a Lydia afectan, queramos o no, a nuestra reputación, a nuestra dignidad en el mundo. Perdóname... pero tengo que hablar claramente. Querido padre, si tú no te encargas de controlar su impetuosidad, si tu no le enseñas que las cosas que la divierten ahora no durarán toda la vida, dentro de poco ya no habrá manera de enmendarla. Su carácter se afianzará, y a los dieciséis ya será la coqueta más empedernida que se haya puesto en ridículo y que haya puesto en ridículo a su familia. Y cuando digo «coqueta», me refiero al peor sentido de la palabra, a una mujer sin más interés que su juventud y un físico medianamente aceptable. Además, como es tan ignorante y tiene la cabeza tan hueca, es del todo incapaz de protegerse mínimamente del desprecio general que despertará su afán por gustar a los hombres. Y Kitty corre el mismo riesgo. Porque siempre hará lo que haga Lydia. ¡Porque es vana, ignorante, holgazana y desenfrenada! Querido padre... ¿no ves que las criticarán y las despreciarán allá donde vayan, y que sus hermanas también sufrirán esa deshonra?

El señor Bennet se dio cuenta de que su hija hablaba de todo corazón y, tomándole la mano con cariño, le respondió:

—No te preocupes, cariño. Tal como sois Jane y tú, os respetarán y valorarán, y no os querrán menos por tener dos... bueno, tres hermanas chifladas. Y en casa no habrá tranquilidad si no le dejamos ir a Brighton. El coronel Forster es un hombre sensato y no permitirá que se meta en ningún lío. Además, tenemos la suerte de que Lydia es demasiado pobre para que nadie se interese por ella. Y aunque sea una muchacha coqueta, en Brighton llamará menos la atención que aquí. Porque las mujeres de allí llamarán mucho más la atención de los oficiales. Así que esperemos que su visita le dé una lección de humildad. Al menos es imposible que empeore mucho más. Y si empeora, la encerraremos para el resto de su vida.

Elizabeth tuvo que contentarse con aquella respuesta, pero no cambió de parecer, por lo que salió triste y decepcionada. Pero no le gustaba recrearse en sus tribulaciones. Tenía la tranquilidad de haber cumplido con su obligación; no le gustaba preocuparse por males inevitables ni dejarse llevar por la inquietud dándoles vueltas y más vueltas.

Si Lydia y su madre hubieran sabido de qué habían hablado ella y su padre, pese a su locuacidad no habrían tenido palabras para expresar su indignación. Para Lydia, la visita a Brighton le abría la puerta a todas las delicias terrenales. El poder creativo de la imaginación le hacía pensar en las calles de aquel pueblo costero atestadas de oficiales. Se veía a sí misma como el centro de atención de decenas, veintenas de hombres que aún no conocía. Se imaginaba el campamento en todo su esplendor: las tiendas de campaña montadas en hileras hermosas y uniformes, repletas de jóvenes simpáticos, deslumbrantes con sus casacas escarlatas. Para rematar la visión, se imaginaba sentada bajo una tienda, coqueteando tiernamente con al menos seis oficiales a la vez.

Si hubiera sabido que su hermana había intentado privarla de esa posibilidad, de esa realidad, ¿cómo habría reaccionado? Sólo la habría entendido su madre, porque era capaz de sentir casi lo mismo. Y es que el viaje de Lydia a Brighton era lo único que la consolaba de la triste resolución de su esposo a no llevarla nunca.

Sin embargo, ni Lydia ni la señora Bennet se enteraron de lo que había pasado, y sus arrebatos de entusiasmo no cesaron hasta el mismo día que Lydia partió.

Elizabeth tendría que ver una última vez al señor Wickham. Puesto que ya habían coincidido en diversas ocasiones desde su regreso de Kent, buena parte de su inquietud ya se había disipado, y ya le daba igual haberlo defendido anteriormente. Incluso había aprendido a detectar en el encanto de Wickham, que solía fascinarle, una afectación y una monotonía que ahora la asqueaban y aburrían. Es más, ahora le molestaba cómo Wickham la trataba, pues con su renovado interés en dedicarle las mismas atenciones que al conocerse sólo conseguía exasperarla, sobre todo después de lo ocurrido desde entonces. Y al ver que volvía a ser objeto de un galanteo frívolo e interesado, Elizabeth acabó de perder el interés por él. Y aunque se contenía de expresarlo, no podía evitar condenar a Wickham por creer que, a pesar del tiempo que había pasado, a pesar de haberse desinteresado por ella por los motivos que fueran, ella siempre iba a sentirse halagada y a sentirse la preferida cada vez que él renovara sus atenciones.

El último día que el regimiento pasó en Meryton Wickham fue invitado a comer con otros oficiales a Longbourn. Elizabeth estaba tan poco dispuesta a despedirse de él con buen humor que cuando le preguntó cómo lo había pasado en Hunsford, ella respondió que el coronel Fitzwilliam y el señor Darcy habían pasado tres semanas en Rosings, y luego le preguntó si conocía al primero.

Wickham se mostró sorprendido, contrariado, asustado, pero recobró la compostura y, devolviéndole la sonrisa, respondió que habían coincidido en diversas ocasiones y, tras comentar que el coronel era todo un caballero, le preguntó qué opinión le merecía. Elizabeth habló de él con cariño. Luego, aparentando indiferencia, Wickham preguntó:

—¿Y cuánto tiempo dice que el coronel pasó en Rosings?

—Casi tres semanas.

—¿Y lo veía a menudo?

—Sí, casi cada día.

—Es muy distinto de su primo.

—Sí, muy distinto. Pero yo creo que el señor Darcy mejora mucho cuando se le conoce.

—¡Desde luego! —exclamó Wickham con una mirada que no pasó desapercibida a Elizabeth—. ¿Le importa que pregunte —dijo con sequedad, pero modificó el tono y prosiguió con más desenfado— qué es lo que mejora? ¿Su trato con los demás? No me diga que se ha dignado a añadir a su estilo habitual la obligación moral de ser cortés, porque me cuesta creer —continuó en un tono más grave y serio— que haya mejorado en lo esencial.

—¡No, de ningún modo! —contestó Elizabeth—. En lo esencial es como siempre.

Mientras respondía, Wickham no sabía si alegrarse o desconfiar de lo que le decía. Algo en la expresión de Elizabeth le hacía escucharla con atención e inquietud.

—Cuando he dicho que mejora cuando se le conoce —decía Elizabeth—, no me refería ni a su forma de pensar ni a sus modales, sino que ahora que le conozco mejor también entiendo mejor su carácter.

La inquietud de Wickham se reflejó esta vez en un tono de tez más subido y una mirada nerviosa. Guardó silencio unos minutos, hasta que se sobrepuso a la vergüenza y volvió a dirigirse a ella con mucho más tacto:

—Usted, que bien sabe qué opino del señor Darcy, entenderá que me alegre de que el caballero sea lo bastante astuto para guardar las apariencias. Su orgullo en este caso puede ser útil, si no para él, para otras personas, porque lo disuadirá de tratarlas tan mal como me trató a mí. Mucho me temo que él sólo actúa con tanta prudencia (como imagino que querrá usted decir) cuando visita a su tía, porque le interesa mucho que tenga un buen concepto de él. Me consta que el temor que ella le inspira siempre le ha hecho guardar las apariencias, sobre todo por su interés en casarse con la señorita De Bourgh.

Elizabeth no pudo contener una sonrisa al oír esas últimas palabras, pero se limitó a responderle inclinando levemente la cabeza. Se daba cuenta de que Wickham quería conducir la conversación hacia la consabida injusticia que había sufrido, y no estaba de humor para darle ese gusto. El resto de la tarde, Wickham aparentó su buen ánimo habitual, pero desistió de sus intentos de halagar a Elizabeth. Llegado el momento, se despidieron cordialmente, acaso con el mutuo deseo de no verse nunca más.

Cuando el grupo se separó, Lydia se fue con la señora Forster a Meryton, desde donde partirían a primera hora de la mañana. La despedida de Lydia y su familia fue más bulliciosa que conmovedora. Kitty fue la única que lloró, pero de rabia y envidia. La señora Bennet expresó extensa y vagamente a su hija sus deseos de que fuera feliz y la animó a aprovechar cualquier oportunidad para pasarlo bien (y todo hacía pensar que Lydia seguiría el consejo al pie de la letra). La despedida de Lydia fue tan agitada y descompuesta que no oyó las voces más delicadas de sus hermanas al decirle adiós.

CAPÍTULO XIX

Si Elizabeth hubiera basado su opinión en la experiencia de su propia familia, nunca habría tenido un buen concepto de la felicidad conyugal y el bienestar doméstico. Su padre, que se había dejado cautivar por la belleza y la juventud (y por esa apariencia de buen carácter que éstas suelen conllevar), se había casado con una mujer de inteligencia limitada y mente cerrada, defectos que pronto acabaron con el verdadero cariño que sentía por ella. El respeto, el aprecio y la confianza se desvanecieron para siempre, y perdió toda esperanza de volver a ser feliz. Pero el señor Bennet no era de los que buscan consuelo de una decepción causada por la propia imprudencia entregándose a esos placeres que suelen consolar a otros que se sienten desdichados por sus propios vicios o insensateces. Él disfrutaba de la vida en el campo y la lectura, y ambos constituían los mayores placeres de su vida. A su esposa poco le debía aparte del hecho que su ignorancia y sus necedades contribuían a divertirlo. Cierto que no era la felicidad que un hombre en general querría deberle a su mujer, pero a falta de mejores cualidades para entretener, quien sabe tomarse las cosas con filosofía sabe sacar provecho de aquello que se le ha concedido.

Sin embargo Elizabeth siempre se había dado cuenta de lo mal esposo que era su padre. Esto le dolía, pero como respetaba su inteligencia y agradecía el cariño con que siempre la había tratado, se esforzaba por pasar por alto algo que no podía obviar y por apartar de su cabeza algo tan reprochable como el permanente incumplimiento de la obligación conyugal y la grave falta de exponer constantemente a su esposa al desprecio de sus propias hijas. Pero nunca había sentido como entonces el daño que podía causar un matrimonio infeliz a sus hijos, ni había visto tan claro los males que podía acarrear una orientación tan imprudente de la inteligencia; inteligencia que, bien empleada, pese a no poder ampliar la capacidad intelectual de su mujer al menos habría servido para proteger la respetabilidad de sus hijas.

Aunque Elizabeth estaba encantada de no tener que ver más a Wickham, era lo único que la alegraba de que el regimiento hubiera partido. Fuera de casa las reuniones eran menos variadas que antes, y en casa tenía que aguantar a una madre y una hermana que a todas horas se quejaban de lo aburrida que era su vida, actitud que acabó impregnando de una auténtica melancolía el entorno doméstico. Y aunque Kitty recuperaría con el paso de los días su sentido común (pues aquello que lo había afectado ya no estaba presente), su otra hermana, cuya forma de ser hacía temer peligros mayores, probablemente ganaría insensatez y confianza al hallarse en una situación que entrañaba la amenaza combinada de un pueblo costero y un campamento de soldados. Elizabeth llegó a la misma conclusión que otras veces: cuando un acontecimiento que esperaba con impaciencia se producía, no la alegraba tanto como había creído. De modo que debía reanudar el ciclo que proporcionaría esa felicidad; debía pensar en un hecho sobre el que proyectar sus deseos y esperanzas para deleitarse otra vez con las expectativas, consolarse de su vida presente y prepararse luego para otra decepción. El viaje a los Lagos era su nueva ilusión, era el mejor consuelo para matar las horas que la insatisfacción de su madre y Kitty hacían inevitablemente tediosas. Y de haber podido incluir a Jane en sus planes habría sido perfecto.

«Pero es una suerte», se decía, «que tenga algún anhelo. Si no hubiera algún que otro inconveniente, seguro que sufriría alguna desilusión. Pero como en este caso lamentaré durante todo el viaje la ausencia de mi hermana, cabe esperar que se cumplan las expectativas de pasármelo bien. Un plan que promete ser perfecto de principio a fin no puede salir bien, y la decepción sólo puede evitarse si se acepta que haya alguna contrariedad.»

Al marcharse, Lydia había prometido a su madre y a Kitty que les escribiría contándoles todos los detalles del viaje. Pero las cartas se hacían esperar y siempre eran muy breves. Las que iban dirigidas a la madre no contaban más que acababa de volver de la biblioteca, donde había estado tal oficial y tal otro y donde había visto unos adornos que le habían encantado; que tenía un vestido o un parasol nuevo que habría descrito con más detalle, pero se veía obligada a marcharse enseguida, porque la señora Forster la estaba llamando para ir al campamento. Y a través de la correspondencia que mantenía con su hermana averiguaban menos cosas todavía porque, aunque las cartas eran más largas, abundaban las palabras subrayadas que no podían darse a conocer.

A las dos o tres semanas de ausentarse Lydia, la salud, el buen humor y la alegría resurgieron en Longbourn. Todo parecía cobrar vida. Las familias que se habían ausentado en invierno regresaban, y se reanudaban las galas y los encuentros estivales. La señora Bennet recobró la calma y reanudó las quejas habituales, y a mediados de junio Kitty ya podía entrar en Meryton sin llorar, lo cual hacía pensar a Elizabeth que por Navidad quizá ya habría recuperado suficiente sensatez para no mencionar a algún oficial más de una vez al día (siempre y cuando el Departamento de Guerra no tomara la malévola y despiadada decisión de acuartelar allí a otro regimiento).

Se acercaba la fecha del viaje que Elizabeth haría con sus tíos por el Norte. Cuando sólo faltaban dos semanas llegó una carta de la señora Gardiner en la que anunciaba que saldrían más tarde y volverían antes de lo previsto. Por motivos de trabajo, el señor Gardiner no podía irse de vacaciones hasta dos semanas después, y debía estar de vuelta en Londres en un mes. Como era demasiado poco tiempo para ir tan lejos y ver todo lo que se habían propuesto (o al menos verlo con la calma y las comodidades que esperaban) tenían que renunciar a los Lagos y acortar el viaje. Así, de acuerdo con el nuevo plan, lo más al norte que irían era Derbyshire, condado que ofrecía bastantes atracciones para mantenerlos ocupados las tres semanas. Además, para la señora Gardiner tenía un interés especial, porque la ciudad donde había vivido algunos años, y donde pensaban pasar unos días, despertaba tanta curiosidad como las célebres maravillas de Matlock, Chatsworth, Dovedale o The Peak.

Elizabeth se llevó un disgusto, pues lo que más ilusión le hacía era la visita a los Lagos, y pensaba que había tiempo suficiente con tres semanas. Pero no tuvo más remedio que contentarse y, como era además alegre por naturaleza, pronto aceptó la nueva situación.

La alusión a Derbyshire evocó muchas cosas. Era imposible leer la palabra sin pensar en Pemberley y en su dueño. «Pero seguro», se dijo, «que puedo entrar en su condado impunemente y llevarme unas cuantas piezas petrificadas sin que sepa que he estado allí.»

Así pues, tendría que esperar dos semanas más para emprender el viaje. Sus tíos no llegarían hasta dentro de cuatro semanas. Pero los días pasaron y, por fin, los Gardiner llegaron a Longbourn. Sus hijos, dos niñas de seis y ocho años, y dos niños más pequeños, quedarían al cuidado particular de su prima Jane, que era la favorita de todos, y cuyos sentido común y dulzura, que eran inalterables, hacían de ella la persona ideal para atenderlos en todos los aspectos: para enseñarles, para jugar y para darles cariño.

Los Gardiner pasaron sólo una noche en Longbourn, y a la mañana siguiente partieron con Elizabeth en busca de novedades y diversión. Si algo tenían asegurado era la avenencia entre ellos. Era una avenencia basada en la buena salud y el buen carácter de todos para soportar posibles inconvenientes; buen humor para mejorar los placeres y, a falta de éstos, cariño e inteligencia para afrontar decepciones.

No tenemos la intención de describir en la presente obra el condado de Derbyshire, como tampoco ninguno de los lugares extraordinarios por los que pasaron; Oxford, Blenheim, Warwick, Kenelworth, Birmingham y demás son de sobra conocidos, y solamente nos interesa una pequeña parte de Derbyshire. Después de visitar las principales maravillas de este condado, se dirigieron hacia el pueblo de Lambton, antiguo lugar de residencia de la señora Gardiner, donde aún quedaban viejos conocidos, según había oído hacía poco. Y según supo Elizabeth por su tía, a ocho kilómetros de Lambton estaba Pemberley. No les venía de paso, pero sólo quedaba a dos o tres kilómetros si se desviaban. La noche anterior, mientras hablaban de la ruta que tomarían, la señora Gardiner manifestó su interés por volver a ver Pemberley. El señor Gardiner accedió, y preguntaron a Elizabeth si le apetecía.

—Cariño, ¿no te gustaría ver el lugar del que tanto has oído hablar —le preguntó su tía—, y que además tiene tanta relación con muchas personas a las que conoces? ¿Sabías que Wickham pasó allí toda su infancia?

Elizabeth estaba angustiada. Pensó que no podía aparecer por Pemberley, y se vio obligada a mostrarse reacia a la visita. Para ello dijo que estaba cansada de ver grandes casas y que, después de haber visto tantas, ya no disfrutaba tanto contemplando alfombras exquisitas y cortinas de raso.

La señora Gardiner la reprendió por decir semejante bobada.

—Si sólo fuera una casa hermosa con muebles de lujo —arguyó su tía—, a mí tampoco me importaría. Pero es que el entorno natural que la rodea es magnífico. La finca contiene uno de los bosques más bonitos del país.

Elizabeth no dijo nada más, pero su mente no se apaciguaba. Pensó en la posibilidad de encontrarse al señor Darcy durante la visita. ¡Sería horrible! Se ruborizó sólo de imaginarlo, y pensó que era preferible hablar de la cuestión abiertamente con su tía que correr el riesgo. Pero como también halló inconvenientes en contárselo, decidió que éste sería el último recurso si averiguaba que la familia Darcy estaba en casa.

Para ello, al retirarse a dormir aquella noche preguntó a la camarera si Pemberley era un lugar bonito, cómo se llamaba su propietario y, fingiendo indiferencia, si la familia ya había llegado para pasar el verano. A esto la camarera respondió que no, lo cual fue un alivio para Elizabeth. Desechada esta preocupación, ahora tenía mucha curiosidad por ver la casa. Cuando a la mañana siguiente volvieron a hablar de visitar Pemberley y le preguntaron otra vez si quería ver la casa, Elizabeth les respondió de buena gana —y hasta con cierta indiferencia— que el plan no le disgustaba del todo.

Por lo tanto, irían a Pemberley.

TOMO III

CAPÍTULO I

Desde el carruaje, Elizabeth esperaba con cierta inquietud la aparición de los bosques de Pemberley. Cuando al fin llegaron a la entrada de la finca, el corazón le latía con fuerza.

Ésta era muy grande y albergaba una gran variedad de tierras. Entraron por uno de los accesos más bajos y atravesaron un hermoso bosque que se extendía a lo ancho y a lo largo.

Elizabeth tenía la mente demasiado ocupada para conversar, pero contemplaba y hacía comentarios sobre el paisaje y los rincones que le parecían más hermosos. En un momento dado, el camino ascendió en una pendiente gradual a lo largo de casi un kilómetro hasta llegar a lo alto de un promontorio donde acababa el bosque y desde donde se veía la casa de Pemberley, al otro lado de un valle atravesado por un camino abrupto y sinuoso. Era un edificio grande y espléndido de piedra que se erguía sobre una elevación del terreno. Al fondo se alzaba una cadena de colinas boscosas y, delante, corría un arroyo caudaloso, al parecer, natural, pues las orillas estaban intactas y carecían de adornos artificiales. Elizabeth estaba maravillada. Nunca había visto un lugar tan favorecido por la naturaleza, donde la belleza salvaje no se hubiera retocado con mal gusto. Los tres estaban fascinados. Elizabeth pensó que no estaría nada mal ser la señora de Pemberley.

Descendieron por la colina, cruzaron el puente y llegaron a la puerta principal. Al contemplar de cerca la casa volvió a asaltarla el temor de encontrarse con el dueño. Le horrorizaba pensar que la camarera podía haberse equivocado. Cuando solicitaron visitar la casa, les hicieron pasar al vestíbulo y, mientras esperaban al ama de llaves, Elizabeth tuvo tiempo de maravillarse por estar donde estaba.

Al poco llegó el ama de llaves. Era una mujer mayor de aspecto honorable, y mucho menos refinada y más amable de lo que Elizabeth esperaba. La siguieron hasta el comedor. Éste era una sala amplia de buenas proporciones, amueblada y decorada con buen gusto. Después de una mirada rápida, Elizabeth se acercó a una ventana para contemplar el paisaje. Desde allí, la colina boscosa por la que habían bajado parecía más abrupta y conformaba una hermosa vista. Viendo que la finca estaba bien distribuida, se recreó en la contemplación de todo el paisaje: el riachuelo, los árboles que crecían aquí y allá en ambas orillas, la curvatura del valle, todo, hasta donde alcanzaba la vista. Al cambiar de sala, también cambiaba la perspectiva de estos elementos, pero su belleza era la misma desde cualquier ventana. Las salas, de techos altos, eran magníficas, y la calidad del mobiliario se correspondía con la fortuna del propietario. Pero Elizabeth también se fijó en que la decoración no era vulgar ni innecesariamente lujosa, lo cual le permitió admirar su buen gusto, y en que el mobiliario era menos ostentoso y más elegante que el de Rosings.

«¡Y pensar», se dijo, «que podría haber sido la señora de esta casa! ¡A estas alturas ya me habría acostumbrado a estas salas! En lugar de mirarlas como una desconocida, las estaría disfrutando y estaría invitando a mis tíos a pasar y verlas. Pero no...», pensó, «esa circunstancia nunca podría haberse dado, porque habría tenido que renunciar a mis tíos y no se me habría permitido invitarles.»

Esta reflexión la salvó de sentir algo parecido al arrepentimiento.

Deseaba preguntar al ama de llaves si el dueño estaba ausente, pero no tenía valor. Sin embargo, su tío hizo la pregunta. Elizabeth se horrorizó al oír decir a la señora Reynolds que «lo esperaban mañana con un grupo de amigos». ¡Cuánto se alegró Elizabeth de que ningún contratiempo les hubiera obligado a retrasar el viaje un solo día!

En ese momento su tía la llamó para enseñarle un cuadro. Al acercarse, entre varias miniaturas sobre la repisa de la chimenea, vio que había colgado un retrato del señor Wickham. Su tía le preguntó, sonriéndole, si le gustaba. El ama de llaves se acercó y dijo que era el retrato de un joven caballero, hijo del difunto administrador del señor de la casa, al que él mismo había criado a sus expensas.

—Ahora está en el ejército —añadió—, pero me temo que ha acabado dándose a la mala vida.

La señora Gardiner volvió a mirar a su sobrina con una sonrisa, pero Elizabeth no pudo corresponderle con otra.

—Y ése —dijo la señora Reynolds señalando otra miniatura— es mi señor. El retrato está muy conseguido. Lo pintaron a la vez que el otro... hará unos ocho años.

—He oído hablar con mucho respeto de su señor —dijo la señora Gardiner mirando el retrato—; es un hombre bien parecido. Lizzy, dinos, ¿se parece al señor Darcy o no?

Cuando el ama de llaves oyó que ésta conocía a su señor, mostró más interés por ella.

—¿Conoce esta joven al señor Darcy?

Elizabeth se ruborizó y asintió.

—Un poco, sí.

—¿Y no le parece que es un caballero muy apuesto, señorita?

—Sí, es muy apuesto.

—Yo creo que nunca he visto hombre más apuesto. En la galería de arriba verán un retrato más grande de él. Esta sala era la preferida de su difunto padre, mi antiguo señor, y estas miniaturas se han mantenido tal como él las colgó. Solían gustarle mucho.

Esto explicaba que el retrato del señor Wickham se contara entre éstas.

La señora Reynolds les hizo dirigir la atención hacia una miniatura de la señorita Darcy, pintada cuando sólo tenía ocho años.

—¿Y la señorita Darcy es tan guapa como su hermano? —quiso saber la señora Gardiner.

—¡Oh, sí! Es la jovencita más hermosa que se haya visto jamás. Y además una joven con mucho talento. Pasa el día entero tocando el piano y cantando. En la sala contigua hay un piano nuevo que han traído hace poco... es un regalo del señor. La señorita llegará mañana con él.

El señor Gardiner, que era un hombre de trato fácil y agradable, la animaba a hablar haciéndole preguntas y observaciones; la señora Reynolds, ya fuera por orgullo o por cariño, estaba claramente encantada de poder hablar del señor y de su hermana.

—¿Y su señor suele pasar mucho tiempo en Pemberley?

—No tanto como me gustaría, caballero... pero diría que pasa la mitad del tiempo aquí. Y la señorita Darcy siempre pasa aquí el verano.

«Salvo cuando va a Ramsgate», pensó Elizabeth.

—Seguramente, si su señor se casara, lo vería más a menudo.

—Así es, caballero. Pero eso no sé cuándo ocurrirá. No sé qué mujer se lo merece.

El señor y la señora Gardiner sonrieron, y Elizabeth no pudo resistirse a comentar:

—Eso dice mucho a favor del señor Darcy.

—Yo sólo digo la verdad, y lo que diría de él cualquiera que le conozca —respondió la señora Reynolds.

Elizabeth pensó que se estaban excediendo en las preguntas, pero con creciente asombro escuchó decir al ama de llaves:

—El señor Darcy no me ha levantado la voz en toda mi vida, y eso que lo conozco desde que tenía cuatro años.

Aquel elogio era de sobra el más extraordinario que Elizabeth había oído y el que más contradecía la idea que tenía de él, pues estaba convencida de que era un hombre con muy mal genio. El comentario despertó poderosamente su atención y deseaba oír más cosas sobre él. Así que se alegró cuando su tío dijo:

—Existen pocas personas de las que pueda decirse algo así. Tiene suerte de que su señor sea como usted dice.

—Lo sé muy bien, caballero. Aunque diera la vuelta al mundo no encontraría a un hombre mejor. Pero siempre he observado que las personas que son buenas de pequeñas, también lo son cuando crecen. Y él siempre fue el niño más dulce y generoso del mundo.

Elizabeth casi no le quitaba los ojos de encima. «¿Es posible que esté hablando del señor Darcy?», pensaba.

—Su padre era un hombre magnífico —dijo la señora Gardiner.

—Sí que lo era, señora, sí que lo era. Y su hijo será como él, igual de afable con los pobres.

Nada de lo que la señora Reynolds pudiera contarles podía interesarle tanto. En vano hablaba de los cuadros, de las dimensiones de las salas y del precio de los muebles. El señor Gardiner, a quien le hacía mucha gracia el prejuicio familiar de aquella mujer (prejuicio que atribuía a la prodigalidad de elogios al señor Darcy), no tardó en recuperar aquel tema de conversación. La señora Reynolds se recreó exaltando los méritos de su señor mientras subían juntos las escaleras.

—Es el mejor terrateniente y el mejor amo —decía— que haya existido nunca. No es como esos jóvenes alocados que sólo piensan en sí mismos. No tiene un sólo arrendatario o un sirviente que hable mal de él. Hay quien lo acusa de ser orgulloso, pero yo puedo decirles que nunca he visto ni un ápice de orgullo en él. Yo creo que lo dicen porque no va por ahí haciendo locuras como otros jóvenes.

«¡Eso dice mucho a su favor!», pensó Elizabeth.

—Esta descripción —le susurró al oído su tía mientras andaban— no concuerda, que digamos, con la forma en que se comportó con su pobre amigo.

—Puede que éste nos engañara —respondió Elizabeth.

—No lo creo: la fuente era fidedigna.

Al llegar al espacioso vestíbulo de la planta superior, la señora Reynolds les hizo pasar a una coqueta sala de estar, decorada recientemente con más elegancia y sutileza que las estancias de la planta baja. El ama de llaves les explicó que acababan de renovarla para darle el gusto a la señorita Darcy, que había mostrado especial predilección por aquella sala durante su última estancia en Pemberley.

—Qué buen hermano es —observó Elizabeth al dirigirse hacia una de las ventanas.

La señora Reynolds esperaba que la señorita Darcy quedara encantada al entrar en la sala.

Elizabeth escuchaba, se maravillaba, dudaba y quería oír más.

—El señor siempre hace estas cosas —añadió—. Hace lo posible por contentar a su hermana. Lo haría todo por ella.

Sólo quedaban por mostrar la pinacoteca y dos o tres dormitorios principales. En la primera había muchos cuadros buenos, pero Elizabeth no sabía nada de arte y, a juzgar por lo que ya había visto abajo, prefirió contemplar unos dibujos que la señorita Darcy había hecho con lápices de colores y, en general, de temas más interesantes y comprensibles.

En la galería había muchos retratos familiares, pero carecían de interés para un desconocido. Elizabeth entró buscando el único rostro cuyos rasgos reconocería. Finalmente lo encontró, y vio un parecido asombroso con el señor Darcy, con la misma sonrisa que recordaba haberle visto cuando la miraba. Miró el retrato concienzudamente durante unos minutos, y volvió a hacerlo antes de salir de la galería. La señora Reynolds les explicó que se había pintado cuando el padre del señor Darcy aún vivía.

En aquel preciso instante, Elizabeth advirtió que tenía por el modelo real del retrato sentimientos mucho más amables de los que había tenido en el punto culminante de su relación. El encomio que le dedicaba la señora Reynolds no era desdeñable. ¿Qué elogio podía tener más valor que el de una sirvienta inteligente? Elizabeth pensó que de él dependía la felicidad de muchas personas ya fuera como hermano, como arrendador o como amo; que tenía poder para beneficiarlas o perjudicarlas, para ayudarlas o hacerles daño si quería. El ama de llaves sólo había hablado bien de él. Y mientras contemplaba el lienzo en el que estaba retratado y observaba aquellos ojos que la miraban fijamente, pensó en el cariño que él le profesaba, con un sentimiento de gratitud mucho mayor del que había sentido nunca. Al recordar el sentimiento que le había transmitido en su carta toleró mejor la falta de decoro de sus palabras.

Cuando hubieron visto la parte de la casa abierta al público, regresaron a la planta baja y, tras despedirse del ama de llaves, ésta los encomendó al jardinero, que les esperaba en la puerta principal.

Al cruzar el prado para dirigirse al río, Elizabeth se dio la vuelta para volver a mirar la casa; su tío y su tía también se detuvieron. Mientras éste hacía conjeturas sobre el año en que habría sido construido el edificio, el dueño de la misma apareció inesperadamente por un camino que conducía a las caballerizas por la parte de atrás.

Algo menos de veinte metros los separaba, y tan repentina fue la aparición que era imposible esquivarle. Sus miradas se cruzaron al momento, y la sangre se agolpó en las mejillas de ambos. Él dio un respingo y, por un instante, la sorpresa lo paralizó, pero no tardó en recuperarse y se dirigió hacia el grupo para saludar a Elizabeth, aunque no con absoluta calma, al menos con absoluta corrección.

El primer impulso de Elizabeth al verle había sido dar media vuelta, pero se había contenido al ver que él se acercaba a ellos. Con una vergüenza insoportable, ella le correspondió con otro saludo. Si a simple vista la presencia del señor Darcy (o el parecido al retrato que acababan de contemplar) no hubiera bastado para asegurar a los Gardiner que estaban ante el mismísimo dueño de la finca, la expresión de sorpresa del jardinero al ver a su señor habría sido suficiente. Mantuvieron cierta distancia mientras conversaba con su sobrina, que, atónita y turbada, apenas osaba mirarlo de frente y no sabía qué responder a las preguntas de cortesía sobre su familia. Asombrada por el cambio de actitud de Darcy desde la última vez que se habían visto, Elizabeth sentía más y más vergüenza con cada frase que él pronunciaba. Y como no dejaba de pensar en lo indecorosa que podía parecerle su presencia en Pemberley, los pocos minutos que compartieron a solas fueron para Elizabeth los más incómodos de su vida. Él también parecía incómodo: su voz carecía de la calma habitual, y le preguntó tantas veces y de forma tan apresurada cuándo se había ido de Longbourn y cómo lo estaba pasando en Derbyshire que era obvio que tenía la cabeza en otra parte.

Por último, cuando al parecer al señor Darcy no se le ocurría nada más que preguntarle, estuvo sin decir nada durante unos minutos, hasta que reaccionó y se marchó.

Entonces los señores Gardiner se acercaron a Elizabeth y elogiaron la buena planta del caballero. Pero Elizabeth no oyó ni una palabra y los siguió en silencio, completamente absorta en sus sentimientos. La vergüenza y el desconcierto la dominaban. Sentía que no debía haber ido a Pemberley. ¡Había sido la idea más disparatada del mundo! ¡Qué extraño debía de haberle parecido al señor Darcy! ¡Qué vergonzoso debía de haberle parecido a un hombre tan vanidoso como él! Pero ¿por qué habría ido a Pemberley? ¿Y por qué él tenía que haber vuelto un día antes de lo previsto? Si se hubieran marchado diez minutos antes, él no los habría visto, porque era evidente que acababa de llegar, que era justo el momento en que había bajado del caballo o del carruaje. Además, ¿qué podía significar aquel comportamiento tan distinto del habitual? ¡Era increíble que fuera incapaz de hablar con ella y que a la vez tuviera la cortesía de preguntarle por su familia! Elizabeth nunca lo había visto comportarse de un modo tan natural, nunca como entonces le había hablado con tanta amabilidad. ¡Qué diferencia con respecto a su último encuentro en Rosings Park, la mañana que le había entregado la carta! No sabía qué pensar, no se lo explicaba.

Habían llegado a un hermoso sendero junto al río; cada paso les acercaba a una hondonada majestuosa o a un magnífico bosque, pero pasó cierto tiempo antes de que Elizabeth se diera cuenta y, aunque respondía de manera mecánica a los constantes comentarios de sus tíos y miraba hacia donde le señalaban, no percibía la belleza del entorno. Tenía todo el pensamiento puesto en un lugar de Pemberley House, el lugar dondequiera que en ese momento estuviera el señor Darcy. Anhelaba saber qué pasaba por su mente en ese instante, qué sentía por ella y si, a pesar de todo lo ocurrido, todavía la quería. Quizás sólo había sido cortés con ella porque estaba tranquilo. Pero ¿y aquel tono en su voz que indicaba todo lo contrario? Elizabeth no sabía decir si le había dolido o le había gustado encontrársela, pero estaba segura de que lo había desconcertado.

Al final sus tíos se dieron cuenta de que estaba distraída y pensó que debía actuar con normalidad.

Se adentraron en el bosque dejando atrás el río y ascendieron por una pendiente. Allí donde se abrían claros se apreciaban distintas perspectivas del paisaje, algunas con tramos del río. El señor Gardiner expresó el deseo de dar toda la vuelta a la finca, pero no pensaba que pudieran hacerlo de una sola vez. El jardinero les informó con una sonrisa ufana que el terreno se extendía a unos dieciséis kilómetros, lo cual los disuadió y prefirieron seguir el recorrido habitual, recuperando la orilla del río en una bajada entre árboles inclinados en la parte más estrecha del camino. Cruzaron al otro lado por un puente sencillo, acorde con el entorno. Era un rincón más salvaje que los que habían visto hasta entonces, y el valle, que allí se estrechaba formando una cañada, sólo dejaba espacio para el arroyo y un sendero angosto en medio del agreste bosquecillo que lo bordeaba. Elizabeth quería explorar los meandros del río, pero después de cruzar el puente y ver lo lejos que estaba la casa, la señora Gardiner, que no era muy dada a largos paseos, no quiso seguir adelante y ya sólo pensaba en volver cuanto antes al carruaje. Sin más remedio, su sobrina accedió a regresar y, tomando el camino más corto, emprendieron la vuelta a la casa, que quedaba al otro lado del río. Pero avanzaban despacio, pues el señor Gardiner, aunque raras veces se permitía el gusto, era aficionado a la pesca y cada vez que veía una trucha se detenía a contemplarla y a comentarlo con el jardinero. Mientras paseaban tranquilamente, volvieron a sorprenderse (y Elizabeth volvió a desconcertarse) al ver al señor Darcy dirigiéndose hacia ellos. Como aquella parte del camino era menos frondosa, lo vieron antes de llegar. Y aunque Elizabeth no salía de su asombro, al menos estaba más preparada para hablar con él que en la ocasión anterior, y decidió que lo haría con calma y aparentaría serenidad si él decidía ir a su encuentro. De hecho, en un momento dado tuvo la impresión de que iba a desviarse al perderlo de vista en un recodo, pero volvió a aparecer por el camino, justo delante de ellos. A Elizabeth le bastó una mirada para saber que no había perdido la amabilidad de antes e, imitando su buena educación, al encontrarse elogió la hermosura del lugar. Apenas había pronunciado las palabras «precioso» y «encantador» cuando interfirió en sus pensamientos un recuerdo inoportuno y, al pensar que sus elogios de Pemberley podían malinterpretarse, cambió de color y no volvió a pronunciar palabra.

La señora Gardiner estaba algo más atrás, y él aprovechó el silencio para preguntarle si le haría el honor de presentarle a sus amigos. Elizabeth no estaba preparada para aquel gesto de amabilidad, y no pudo contener una sonrisa al pensar que el señor Darcy quería conocer a las mismas personas contra las que su orgullo se había rebelado al declararle su amor.

«Se llevará una sorpresa», pensó, «cuando sepa quiénes son. Ahora cree que son gente importante.»

Con todo, los presentó enseguida, y al decir que eran sus tíos, lanzó una fugaz mirada a Darcy para ver su reacción, esperando que quisiera echar a correr ante tan vergonzosa compañía. Fue muy evidente que Darcy se sorprendió de que fueran familiares. Pero mantuvo la compostura y no sólo no echó a correr, sino que incluso entabló conversación con el señor Gardiner. Elizabeth no pudo por menos de sentirse encantada, exultante. Era un alivio saber que tenía parientes de los que no avergonzarse. No perdía detalle de la conversación, y se regocijaba con los comentarios y observaciones de su tío, pues ponían de relieve su inteligencia, su buen gusto y su buena educación.

Al poco rato la conversación recayó en la pesca, y oyó cómo el señor Darcy invitaba con suma cordialidad a su tío a pescar en su finca cuando quisiera durante su estancia en el condado. También se ofreció a prestarle los avíos de pesca y le indicó las partes del río donde había más peces. La señora Gardiner, que iba del brazo de Elizabeth, dirigió a su sobrina una clara mirada de asombro. Ésta no dijo nada, pero estaba muy contenta, porque supuso que la atención con su tío iba dirigida a ella. Aun así, no se lo podía creer y no dejaba de repetirse: «¿Por qué habrá cambiado tanto de actitud? ¿A qué se deberá? No es posible que haya cambiado su forma de ser por mí. No es posible que los reproches que le hice en Hunsford le hayan hecho cambiar tanto. Es imposible que me siga queriendo.»

Después de pasear juntos un rato, las dos damas delante y los dos caballeros detrás, y bajar a la orilla del río para ver de cerca una planta acuática curiosa, hubo un cambio de posiciones. La señora Gardiner estaba agotada por tanto ejercicio, no tenía suficiente con apoyarse en el brazo de Elizabeth y prefería el de su esposo, por lo que el señor Darcy ocupó su lugar junto a su sobrina, y reanudaron el paseo. Después de un breve silencio, Elizabeth se decidió a hablar. Deseaba decirle que antes de visitar Pemberley le habían asegurado que él no iba a estar en casa, de ahí que todos se sorprendieran de verle.

—...porque su ama de llaves nos ha dicho —añadió— que no iba a llegar hasta mañana. Por supuesto, antes de salir de Bakewell pensábamos que no iba a estar en el condado.

El señor Darcy reconoció que tal era su idea inicial y explicó que debía tratar con su administrador unos asuntos que habían surgido, para lo cual había llegado unas horas antes que el resto del grupo con el que viajaba.

—Los demás llegarán mañana por la mañana —prosiguió—. A algunos, el señor Bingley y sus hermanas, ya los conoce.

Elizabeth respondió asintiendo levemente con la cabeza. Sus pensamientos la trasladaron a la última vez que se había mencionado el nombre del señor Bingley entre ellos y, a juzgar por el rubor de Darcy, más o menos estaba pensando lo mismo.

—Hay otra persona en el grupo —añadió después de una breve interrupción— que tiene especial interés en conocerla. ¿Me permitirá presentarle a mi hermana durante su estancia en Lambton? ¿O es demasiado pedir?

La sorpresa de Elizabeth fue mayúscula; tanto que accedió sin darse cuenta. Enseguida pensó que el interés de la señorita Darcy sólo podía deberse a que su hermano le había hablado bien de ella. Pero luego decidió no darle más vueltas: se alegraba de que el resentimiento de Darcy no hubiera afectado a su opinión de ella.

Siguieron andando en silencio, ambos sumidos en sus pensamientos. Elizabeth no estaba cómoda —era imposible estarlo—, pero se sentía halagada y contenta. Su deseo de presentarla a su hermana era todo un gesto. Pronto se adelantaron bastante a los demás y, cuando llegaron al carruaje, los señores Gardiner todavía estaban a unos doscientos metros de allí.

El señor Darcy le preguntó entonces si quería entrar en casa, pero Elizabeth dijo que no estaba cansada, de modo que esperaron de pie sobre la hierba. Era un buen momento para hablar de muchas cosas, por lo que el silencio resultaba muy incómodo. Ella quería hablar, pero cualquier tema parecía prohibido. Al fin, recordó que había estado viajando y hablaron de Matlock y Dove Dale con perseverancia. Aun así, el tiempo y su tía iban despacio, y casi había agotado su paciencia y sus ideas antes de concluir su conversación. Cuando los señores Gardiner se acercaron, el anfitrión insistió en que pasaran a tomar un refrigerio, pero aquéllos declinaron la invitación y ambas partes se despidieron con mucha educación. El señor Darcy ayudó a subir a las damas al coche. Cuando se alejaron, Elizabeth vio cómo regresaba paseando hacia su casa.

Sus tíos empezaron a comentar la visita, y ambos declararon que el dueño de Pemberley era muchísimo más agradable de lo que creían.

—Es un caballero amabilísimo, educado y modesto —opinó su tío.

—Aunque es cierto que es un poco altivo —dijo su tía—, pero es sólo el porte, y no le desfavorece. Ahora puedo decir que estoy de acuerdo con el ama de llaves: aunque haya gente que lo tache de orgulloso, a mí no me lo ha parecido en absoluto.

—La manera en que nos ha tratado es lo que más me ha sorprendido. Ha sido más que amable y muy atento, cuando no hacía falta serlo tanto, porque tampoco es tan amigo de Elizabeth.

—Aunque hay que reconocer, Elizabeth —dijo su tía— que no es tan apuesto como Wickham... o, mejor dicho, no es tan guapo. Por lo demás, tiene buena planta. Pero ¿por qué nos dijiste que era tan antipático?

Elizabeth se justificó como mejor supo: dijo que en Kent había tenido ocasión de conocerlo mejor, que desde entonces le resultaba más simpático y que nunca lo había visto tan amable como esa mañana.

—Puede que sea amable por capricho —respondió su tío—. Los hombres ricos suelen serlo. Así que, por si acaso, no me tomaré al pie de la letra la invitación a pescar, porque a lo mejor otro día cambia de opinión y me advierte que no ponga los pies en su propiedad.

Elizabeth pensó que sus tíos habían malinterpretado el carácter del señor Darcy, pero no dijo nada.

—Por lo que he visto hoy —prosiguió la señora Gardiner— nunca habría pensado que pudiera portarse tan mal como se portó con el pobre Wickham. No parece mala persona. Al contrario, hay algo agradable en su forma de hablar. Y su expresión trasluce una dignidad que nunca daría que pensar nada malo de él. ¡Eso sí, la buena mujer que nos ha enseñado la casa nos lo ha descrito como un modelo de perfección! En algunos momentos me costaba contener la risa. Pero supongo que es un amo liberal y, a los ojos de un sirviente, eso comprende todas las virtudes.

Al oír esto, Elizabeth sintió la obligación de decir algo para justificar su forma de proceder con Wickham, de modo que les dio a entender del modo más discreto posible que, por lo que había oído contar a sus familiares de Kent, sus acciones podían interpretarse de un modo muy distinto, y que ni él era un hombre tan imperfecto, ni el señor Wickham un hombre tan bueno como creía la gente de Hertfordshire. Para demostrarlo, sin revelar la fuente, pero asegurando que ésta era de fiar, explicó con detalle los tratos económicos que habían mantenido los dos caballeros.

Esto sorprendió a la señora Gardiner y la dejó preocupada. Pero justo entonces se acercaban al pueblo del que tan buenos recuerdos guardaba, y todo pensamiento dio paso al placer de la rememoración, y al distraerse señalándole a su esposo los lugares dignos de interés se olvidó de las preocupaciones. Agotada como estaba por el paseo de la mañana, en cuanto hubieron comido salió en busca de antiguos amigos y conocidos, y dedicó la tarde al placer de renovar las relaciones con éstos después de años sin verse.

En cuanto a Elizabeth, los acontecimientos del día habían sido demasiado interesantes para prestar atención a aquellas nuevas amistades. No podía dejar de pensar en la amabilidad del señor Darcy, que la había maravillado, y sobre todo en el afán que había mostrado por presentarle a su hermana.

CAPÍTULO II

Elizabeth supuso que el señor Darcy acompañaría a su hermana a visitarla el día después de llegar ésta a Pemberley, de modo que aquella mañana decidió no alejarse de la hostería. Pero se equivocó al suponerlo, pues se presentaron la mañana después de su propia llegada a Lambton. Hacía poco, después de haber dado un paseo por el pueblo con unos nuevos amigos, habían regresado a la hostería para cambiarse y salir luego a comer con ellos, cuando el ruido de un carruaje los atrajo a la ventana. Vieron que se aproximaba un tílburi con un caballero y una dama. Al reconocer de inmediato la insignia del vehículo, Elizabeth supo qué significaba, y dejó atónitos a sus familiares al informarles del honor que le esperaba. Sus tíos no salían de su asombro, y la vergüenza que traslucía el tono de voz de su sobrina, así como la circunstancia en sí misma (y las circunstancias del día anterior), les hizo ver con otra luz aquel asunto. Nada se lo había sugerido hasta el momento, pero ahora se percataban de que sólo una cosa podía explicar que alguien como el señor Darcy les dedicara tantas atenciones, y era que estaba interesado en su sobrina. Mientras consideraban esta posibilidad, Elizabeth estaba cada vez más abrumada. Su propia turbación la asombraba, pero, entre otras causas de inquietud, lo que más la horrorizaba era que Darcy se hubiera dejado llevar por su afecto y hubiera hablado excesivamente bien de ella a su hermana. Y más que preocupada en agradarle, temía que le fallara su facultad para agradar.

Se apartó de la ventana por miedo a que la vieran y echó a andar de acá para allá con el fin de sosegarse, pero el gesto de sorpresa y curiosidad de sus tíos la turbó más todavía.

Llegado el momento aparecieron los hermanos Darcy y tuvo lugar la temida presentación. Con asombro, Elizabeth vio que la señorita Darcy estaba, cuando menos, igual de cohibida que ella. Durante su estancia en Lambton había oído decir que la joven era sumamente orgullosa, pero después de observarla durante unos momentos advirtió que en realidad era sumamente tímida. A duras penas pudo arrancarle poco más que monosílabos.

La señorita Darcy era bastante más alta que Elizabeth y, aunque sólo tenía dieciséis años, su cuerpo ya estaba formado, y tenía una figura femenina y grácil. No era tan guapa como su hermano, pero su rostro reflejaba sensatez y buen humor, y era de trato sencillo y agradable. Pensando que sería una observadora igual de perspicaz y desenvuelta que su hermano, Elizabeth sintió un gran alivio al ver que eran muy distintos.

No hacía mucho que habían llegado cuando Darcy le dijo que Bingley también pasaría a verla. Apenas tuvo tiempo de expresar su satisfacción por el anuncio de esta visita y prepararse para recibirla, cuando oyeron en la escalera unos pasos apresurados y Bingley entró en la sala. Elizabeth ya no le guardaba rencor y, si todavía hubiera conservado algo de éste, se habría disipado del todo con la alegría genuina que él manifestó al verla otra vez. Le preguntó por su familia en general, y hablaba y se desenvolvía con la misma jovialidad de siempre.

La presencia de Bingley también despertó el interés de los señores Gardiner, pues hacía mucho que querían conocerlo. De hecho, todos los presentes despertaron su curiosidad. Dadas las sospechas surgidas hacía sólo unos momentos de que al señor Darcy pudiera gustarle su sobrina, estaban muy pendientes de la pareja, a la que miraban con discreta atención. A partir de estas observaciones se convencieron de que al menos uno de los dos sabía qué significaba estar enamorado. Les quedaron dudas sobre los sentimientos de Elizabeth, pero era bastante evidente que al caballero ella le gustaba mucho.

Elizabeth, por su parte, tenía muchas cosas que hacer. Quería estar segura de los sentimientos de cada uno de los visitantes, quería poner en orden los suyos y, al mismo tiempo, complacer a los tres. Y aunque su peor temor había sido fallar en esto último, en realidad había sido lo más fácil, pues las personas a las que deseaba complacer estaban predispuestas a su favor. Bingley estaba más que dispuesto a ser complacido, Georgiana lo ansiaba y Darcy estaba decidido a estarlo.

Como es de suponer, la presencia de Bingley la llevó a pensar en Jane y quería saber si él también pensaba en ella. Había momentos en que Bingley hablaba menos de lo acostumbrado, y en un par de ocasiones pensó que la miraba buscando acaso semejanzas con su hermana. Aunque esto tal vez fueran imaginaciones suyas, su forma de relacionarse con la señorita Darcy, a la que se habían referido como la supuesta rival de Jane, no la engañó. No percibió ninguna mirada que revelara una inclinación particular del uno por el otro. Entre ellos no había nada que justificara las esperanzas de Caroline Bingley. Respecto a esto, Elizabeth quedó tranquila. Y antes de despedirse reparó en un par de comentarios que —dado su afán por interpretar cualquier signo— daban a entender que guardaba un recuerdo tierno de Jane y que tenía ganas de decir más cosas para que se hablara de ella, pero no se atrevía. En un momento en que los demás conversaban, Bingley observó en un tono que traslucía auténtico arrepentimiento que «hacía mucho desde de la última vez que había tenido el gusto de verla» y, antes de tener tiempo a responder, añadió:

—Hace más de ocho meses. No nos habíamos visto desde el 26 de noviembre, cuando asistimos todos al baile de Netherfield.

Elizabeth se alegró de que recordara aquella vez con tanta exactitud. En un momento en que los demás no estaban pendientes, Bingley aprovechó la oportunidad para preguntarle si todas sus hermanas seguían en Longbourn. La pregunta no era excepcional, como tampoco el comentario anterior, pero su mirada y la manera de decirlo sugerían mucho más.

Durante el encuentro no tuvo demasiadas ocasiones de fijarse en el señor Darcy, pero cada vez que lo miró vio en su rostro un gesto de satisfacción general, y en ningún momento le oyó hablar en un tono altivo o desdeñoso para con sus tíos. Esto la convenció de que la mejora de actitud observada el día anterior, fuera o no a perdurar, al menos había durado más de un día. Así, al ver que mostraba interés en conocer y en causar una buena impresión a unas personas con las que, un mes atrás, cualquier trato habría sido motivo de vergüenza; al ver lo amable que era no sólo con ella sino también con sus familiares, a los que había despreciado abiertamente; y al recordar el incómodo encuentro que habían tenido en la rectoría de Hunsford, la diferencia, el cambio eran tales y la impresionaron tanto que le costaba disimular su asombro. Nunca, ni siquiera en compañía de sus amigos de Netherfield o de sus encopetados parientes de Rosings, lo había visto tan deseoso de agradar, tan libre del engreimiento y la rigidez habituales como en ese momento, cuando de nada le serviría el esfuerzo de ser amable, cuando su trato con aquellos a quien dirigía sus atenciones podía valerle la burla y la censura de las damas de Netherfield y Rosings.

La visita duró una media hora. Cuando se levantaron para marcharse, el señor Darcy pidió a su hermana que se acercara para pedir a los señores Gardiner y la señorita Bennet que comieran con ellos en Pemberley antes de abandonar el condado. La señorita Darcy le obedeció de inmediato a pesar de hacerlo con una timidez que revelaba su falta costumbre en hacer invitaciones. La señora Gardiner miró a Elizabeth, a quien sobre todo iba dirigida la invitación, para ver si estaba dispuesta a aceptarla, pero su sobrina miraba hacia otra parte. Suponiendo, sin embargo, que había sido un movimiento calculado para disimular un momento de vergüenza y no una declinación del convite, y al ver que su esposo —un entusiasta de las reuniones sociales— estaba más que dispuesto a aceptarla, se arriesgó a aceptar la invitación por ella, y acordaron comer juntos dos días después.

Bingley se puso muy contento al saber que volvería a ver a Elizabeth, pues tenía muchas cosas que contarle y muchas preguntas que hacerle sobre sus amigos de Hertfordshire. Elizabeth, que lo interpretó como un deseo de oír hablar de Jane, se alegró mucho. A este respecto, cuando las visitas se marcharon, llegó a la conclusión de que la última hora había merecido la pena, aun cuando no la había disfrutado tanto en el momento. Ansiosa por quedarse sola, pues temía las preguntas y las insinuaciones de sus tíos, estuvo con ellos el tiempo justo para escuchar los comentarios favorables sobre Bingley, y luego corrió a vestirse.

Sin embargo, la curiosidad de los señores Gardiner no debía preocuparle porque no tenían la intención de hacerle hablar del tema. Para sus tíos era evidente que conocía mucho mejor al señor Darcy de lo que siquiera sospechaban, y era evidente que él estaba muy enamorado. Muchas cosas habían despertado su interés, pero no por ello iban a importunarla con preguntas.

Ahora lo importante era tener una buena opinión de Darcy y, de momento, no le habían encontrado defectos. Su buena educación no los dejó indiferentes, y si hubieran tenido que describirlo sin más referencia que su primera impresión y los elogios del ama de llaves, el círculo de Hertfordshire que lo conocía no se habría creído que hablaban del señor Darcy. Ahora más que nunca tenían interés en creer a la señora Reynolds, y empezaron a pensar que no había que descartar sin fundamento la autoridad de una criada que lo había conocido desde los cuatro años, y cuyos propios modales demostraban que el caballero era una persona respetable. Tampoco sus amistades de Lambton les habían contado nada que hiciera dudar de sus palabras. De nada podían acusarle salvo de tener orgullo. Y seguramente era así, y si no era así, se lo atribuían los habitantes de aquel pueblo de comerciantes que la familia Darcy no frecuentaba. Sin embargo, también se le conocía por ser un hombre generoso que hacía mucho por los pobres.

Respecto a Wickham, pronto averiguaron que no era apreciado en el lugar, pues aunque los señores Gardiner no conocían muy bien qué había ocurrido entre él y el hijo de su señor, todo el mundo sabía que al marcharse de Derbyshire había dejado muchas deudas que el señor Darcy se había encargado de saldar.

Aquella noche Elizabeth pensó más en Pemberley que la anterior, y aunque se le hizo larga, no lo fue bastante para resolver qué sentía por el dueño de la mansión, y estuvo dos horas despierta tratando de averiguarlo. No lo odiaba, por descontado. Hacía tiempo que no sentía odio por él; el mismo tiempo que se avergonzaba de haber sentido una aversión tal que mereciera ese nombre; casi el mismo tiempo que no rechazaba el respeto que le inspiraba el convencimiento de que Darcy poseía buenas cualidades, algo que se había resistido a reconocer inicialmente. Ahora, gracias a cuanto había oído a su favor y gracias a su voluntad de mostrarse más agradable, tenía por él un sentimiento más próximo al afecto. Pero por encima de todo, por encima del respeto y el afecto, Elizabeth tenía otro motivo para mirarlo con buenos ojos, y era gratitud. Gratitud no sólo por haberla querido, sino por seguir queriéndola a pesar de todo, por perdonarle el mal genio y la acritud que había mostrado al rechazarlo, y por perdonarle las injustas acusaciones que acompañaron ese rechazo. Él, que (según había creído Elizabeth) podía haberla evitado a toda costa como su peor enemiga en aquel encuentro casual, parecía más interesado que nunca en conservar la amistad. Además, sin dar muestra alguna de indiscreción ni afectación sobre un asunto que solamente les concernía a él y a Elizabeth, deseaba granjearse la buena opinión de sus tíos y se empeñaba en presentarla a su hermana. Semejante cambio en un hombre tan orgulloso inspiraba, además de asombro, gratitud, pues aquella actitud sólo podía atribuirse a que estaba enamorado, apasionadamente enamorado. Esta sensación (que no era precisamente desagradable) la hacía sentir bien, aunque no entendía por qué. Elizabeth lo respetaba, lo apreciaba, le estaba agradecida y deseaba que fuera feliz de todo corazón. Y sólo quería saber hasta qué punto deseaba que esa felicidad dependiera de ella y si, para que ambos fueran felices, debía utilizar el poder que creía tener todavía para que volviera a pedirle la mano.

Por la tarde, tía y sobrina hablaron de que el gesto que había tenido la señorita Darcy al ir a verles el mismo día que había llegado a Pemberley (pues había llegado a media mañana, después del desayuno) debía ser correspondido con otro gesto de cortesía por su parte, aun cuando no fuera comparable al suyo. Decidieron, pues, que lo más adecuado era ir a Pemberley a la mañana siguiente para hacerle una visita, y así lo harían. Elizabeth estaba contenta, pero al preguntarse por qué no encontró ninguna explicación concreta.

El señor Gardiner se marchó después de desayunar. Y es que el día anterior el señor Darcy había reiterado su invitación a pescar y, aceptada ésta, habían quedado en encontrarse al mediodía con otros caballeros en Pemberley.

CAPÍTULO III

Elizabeth tenía la certeza de que la antipatía de la señorita Bingley hacia ella se debía a los celos, de modo que podía imaginarse la poca gracia que le haría su aparición en Pemberley, aunque también sentía curiosidad por saber con qué grado de cortesía reaccionaría ante el reencuentro.

Al llegar, las hicieron pasar del vestíbulo al salón, una estancia deliciosa para el verano, dada la orientación hacia el norte. Las ventanas abiertas brindaban una vista espléndida de las colinas boscosas que se alzaban detrás de la casa, así como de los hermosos robles y castaños que crecían en el prado.

En el salón las recibió la señorita Darcy, que esperaba sentada con la señora Hurst y la señorita Bingley, y la que era su dama de compañía en Londres. Georgiana se mostró muy amable con ellas, aunque con esa vergüenza que, pese a deberse a la timidez y el temor a equivocarse, fácilmente podía hacer creer a alguien de condición inferior que era una persona orgullosa y adusta. Pero no fue el caso de la señora Gardiner y su sobrina, que fueron justas y la compadecieron.

La señora Hurst y la señorita Bingley se limitaron a saludarlas con una leve reverencia. Cuando se hubieron sentado, durante unos momentos se impuso un silencio incómodo, como suele suceder en estos casos. La señora Annesley fue la primera en romperlo. Era una mujer elegante y bien parecida, cuyo esfuerzo por entablar conversación demostró que en realidad era la más refinada de todas. Entre ella y la señora Gardiner, y con la ayuda ocasional de Elizabeth, sostuvieron la conversación. Cuando la señorita Darcy reunía el valor suficiente para participar en ésta, intervenía con un breve comentario, sobre todo cuando corría menos riesgo de que la oyeran.

Al poco rato Elizabeth se fijó en que la señorita Bingley la observaba atentamente, y que cada vez que hablaba —y sobre todo cuando se dirigía a la señorita Darcy— estaba muy pendiente de lo que decía. No por ello habría rehusado hablar con la señorita Bingley si no hubieran estado sentadas tan lejos la una de la otra, pero tampoco lamentaba no poder hacerlo, ya que estaba ocupada con sus propios pensamientos. Elizabeth esperaba que en cualquier momento alguno de los caballeros fuera a entrar en la sala, y deseaba y a la vez temía que el amo de la casa fuera uno de ellos; pero era incapaz de distinguir si el deseo era más fuerte que el temor. Después de pasar un cuarto de hora absorta en estos pensamientos, sin oír siquiera la voz de la señorita Bingley, Elizabeth salió de su ensueño cuando ésta le preguntó con frialdad por la salud de su familia. Ella respondió con la misma indiferencia y brevedad, y la otra no dijo más.

La siguiente variación que hubo en ocasión de la visita fue la entrada de los sirvientes con fiambres, pasteles y un surtido de las mejores frutas de la temporada. Esto después de que la señora Annesley lanzara varias miradas y sonrisas elocuentes a la señorita Darcy para recordarle su obligación. Con el refrigerio, el grupo ya tenía algo que hacer, pues aunque no todas podían hablar, al menos todas podían comer, y las hermosas pirámides de uvas, nectarinas y melocotones pronto las reunieron en torno a una mesa redonda.

Fue en estas circunstancias cuando Elizabeth averiguó si temía más que deseaba, o viceversa, que Darcy apareciera en la sala, pues lo supo en cuanto lo vio entrar. Pese a creer un momento antes que predominaba el deseo de verle, empezó a lamentarse de su presencia.

Darcy venía del río, donde el señor Gardiner estaba pescando con otros caballeros de la casa; lo había dejado con ellos al enterarse de que las damas de la familia tenían pensado pasar a ver a Georgiana aquella mañana. En cuanto lo vio aparecer, Elizabeth tomó la prudente decisión de mantener la calma y no parecer cohibida. Y aunque no era fácil guardar esta actitud, se le impuso como una necesidad ante la sospecha que brotó entre las damas, que estaban muy pendientes de su reacción cuando el dueño de Pemberley entró en la sala. Ahora bien, ningún rostro reflejaba tanta curiosidad y atención como el de la señorita Bingley a pesar de sonreír ampliamente cuando hablaba con alguien. Y es que los celos no le habían hecho perder la esperanza todavía, ni le habían hecho desistir de conquistar al señor Darcy. En presencia de su hermano, Georgiana Darcy hacía un mayor esfuerzo para hablar; Elizabeth percibió su interés en que ella y su hermana se conocieran mejor, ya que favorecía el menor indicio de conversación que surgía entre las dos. La señorita Bingley también se daba cuenta y, cometiendo la imprudencia de dejarse llevar por la rabia, aprovechó la primera oportunidad para decir con amabilidad socarrona:

—Dígame, señorita Eliza, ¿no se ha retirado ya el regimiento de ——shire de Meryton? Debe de haber sido una gran pérdida para su familia.

La señorita Bingley no se atrevió a pronunciar el nombre de Wickham en presencia de Darcy, pero Elizabeth captó la insinuación. Los recuerdos que la asaltaron le causaron un momento de turbación, pero hizo un gran esfuerzo por repeler el malicioso ataque y respondió a la pregunta en un tono aceptablemente indiferente. Mientras lo hacía, con una mirada involuntaria vio que Darcy estaba ruborizado y tenía la vista clavada en ella, y que su hermana, desconcertada, era incapaz de alzar la suya. Si la señorita Bingley hubiera sabido el dolor que había causado a su querido amigo con aquella insinuación, se habría contenido. Pero su única intención era hacer perder la compostura a Elizabeth al aludir a un hombre que, según creía, le gustaba; de este modo esperaba hacerle delatar un sentimiento que pudiera perjudicarla a los ojos de Darcy y, de paso, quizá recordarle a éste las insensateces y los desatinos de la familia Bennet. La señorita Bingley no sabía ni media palabra de la fuga de Wickham con la señorita Darcy. Salvo a Elizabeth, no se había revelado a nadie, pues era un estricto secreto que Darcy había querido ocultar, sobre todo a los Bingley porque deseaba aquello que Elizabeth había sospechado hacía tiempo: que Bingley y Darcy podían acabar siendo parientes. Era evidente que tal era el propósito de Darcy, y tuviera o no que ver con su empeño en separar a su amigo de Jane, es posible que pretendiera contribuir con éste a la felicidad de Bingley.

La serenidad con que Elizabeth reaccionó al comentario de Caroline lo tranquilizó. La señorita Bingley, molesta y decepcionada, no se atrevió a hacer más alusiones a Wickham; Georgiana se recuperó al poco rato, aunque no lo suficiente para volver a hablar ni a mirar a su hermano a los ojos, pero éste ya no recordaba su implicación en aquella historia. Además, la misma estrategia que había de apartar su atención de Elizabeth, al parecer le había hecho estar más pendiente aún de ella.

La visita no se prolongó mucho más después de aquel traspié. Mientras el señor Darcy las acompañaba al carruaje, la señorita Bingley se desahogaba hablando mal de Elizabeth y criticando su comportamiento y su vestido. Pero Georgiana no le hacía caso. La buena opinión de su hermano le bastaba para asegurar su buena opinión de Elizabeth; su hermano no podía equivocarse, y le había hablado tan bien de ella que Georgiana sólo podía encontrarla encantadora y agradable. Cuando Darcy regresó al salón, la señorita Bingley no pudo contenerse de hacerle partícipe de lo que ya le había dicho a su hermana.

—¡Qué mala cara tenía esta mañana Eliza Bennet, señor Darcy! —exclamó—. Nunca he visto a nadie que cambie tanto del invierno a esta época del año. ¡Se le ve la piel más oscura y curtida! Louisa y yo decíamos que no la habríamos reconocido.

Por poca gracia que le hubiera hecho el comentario, el señor Darcy se contentó con responder fríamente que el único cambio que había apreciado era que estaba morena, un efecto habitual por viajar en verano, que nada tenía de extraño.

—Por mi parte —insistió ella—, debo confesar que a mí nunca me ha parecido nada guapa. Tiene la cara demasiado delgada y la piel apagada y carece de rasgos nobles. Su nariz no tiene personalidad: no hay nada especial en su forma. Cierto que sus dientes son aceptables, pero nada del otro mundo. Y en cuanto a los ojos, que tantos elogios le han valido, la verdad, nunca me han parecido nada extraordinarios. Tiene una mirada penetrante y maliciosa que no me gusta nada. Además, se da unos aires de suficiencia sin tener ninguna gracia, y eso es intolerable.

Convencida como estaba la señorita Bingley de que a Darcy le gustaba Elizabeth, aquél no era el mejor recurso para seducirlo. Pero las personas furiosas no siempre actúan con prudencia y al verle al fin algo molesto, supo que había conseguido lo que pretendía. Con todo, él guardaba un firme silencio. Pero ella, resuelta a hacerle hablar, insistió:

—Recuerdo cuando la conocimos en Hertfordshire y lo asombrados que quedamos al saber que tenía fama de ser una belleza. Me acuerdo, sobre todo, de oírte decir una noche, después de una cena con ellas en Netherfield: «¡Si ella es una belleza, su madre es una mujer de ingenio!» Pero, al parecer, con el tiempo fue mejorando tu concepto de ella, y creo que en una ocasión hasta dijiste que era bastante guapa.

—Sí —respondió Darcy, que ya no aguantaba más—, pero fue cuando acababa de conocerla, porque ahora hace meses que la considero una de las mujeres más bellas que conozco.

Dicho esto se marchó, y la señorita Bingley quedó satisfecha de haberle obligado a decir algo que no le dolía a nadie excepto a ella.

De camino a Lambton, la señora Gardiner y Elizabeth hablaron de todo lo ocurrido durante la visita, menos de lo que más les interesaba a las dos. Comentaron el aspecto y el comportamiento de todos los presentes, salvo los de la persona en quien más interés tenían. Hablaron de su hermana, de sus amigas, de la casa, de la fruta, de todo menos de él, pero Elizabeth ansiaba saber qué pensaba la señora Gardiner de Darcy, y a la señora Gardiner le habría encantado que su sobrina hubiera sacado el tema a colación.

CAPÍTULO IV

Elizabeth se había llevado una desilusión el día que habían llegado a Lambton al no haber recibido ninguna carta de Jane; desilusión que había vuelto a tener la mañana siguiente. Pero al tercer día su aflicción se desvaneció, y la ausencia de misivas de su hermana quedó justificada al recibir dos a la vez, una de las cuales mostraba que había sido enviada a otra parte por error, cosa que a Elizabeth no le extrañó nada porque Jane no había escrito con claridad la dirección.

Las misivas llegaron cuando se disponían a salir para un paseo, de modo que sus tíos se marcharon solos para que Elizabeth disfrutara leyéndolas con tranquilidad. Dio prioridad a la carta extraviada, escrita cinco días atrás. En la primera parte Jane hablaba de los bailes y las reuniones y le contaba las pocas novedades que podía haber en el campo. Pero la segunda mitad, escrita un día después con una caligrafía que denotaba evidente agitación, contenía noticias más graves. Ésta decía:

Querida Lizzy, después de escribir las últimas líneas ha ocurrido algo grave e inesperado. Pero antes de asustarte, has de saber que estamos todos bien. Lo que tengo que contarte se refiere a la pobre Lydia. Anoche, a las doce, cuando ya nos habíamos acostado, un mensajero trajo una carta del coronel Forster en la que decía que Lydia se había marchado a Escocia con un oficial. Te lo diré sin rodeos: ¡el oficial es Wickham! Imagínate qué sorpresa para todos. En cambio, parece que a Kitty no la ha cogido de nuevas. No sabes cuánto lo siento. ¡Es una imprudencia por parte de los dos! Pero quiero pensar lo mejor y tengo la esperanza de que la mala reputación de Wickham sea sólo un malentendido. Puedo entender que sea irreflexivo e indiscreto, pero no veo (y alegrémonos de ello) malicia alguna en esta decisión. Parece que, por fin, ha hecho una elección desinteresada, porque sabe que nuestro padre no puede darle nada. Nuestra pobre madre está muy afectada. Papá ha reaccionado mejor. No sabes cuánto me alegro de que no llegáramos a contarles lo que se ha dicho de él; nosotras mismas debemos olvidarlo. Parece que se marcharon el sábado a medianoche, pero nadie los echó en falta hasta ayer, a las ocho de la mañana. El coronel mandó al mensajero de inmediato. Lizzy, habrán pasado a poco más de diez kilómetros de aquí. El coronel Forster ha dicho que vendrá pronto a Longbourn. Lydia dejó una nota a su esposa, informándola de sus intenciones. Tengo que terminar, porque no puedo dejar a mamá sola mucho más rato. Me temo que te costará entender la letra, pero ni siquiera yo sé qué he escrito.

Sin darse tiempo a reflexionar y sin apenas saber cómo se sentía, Elizabeth cogió la otra carta, que Jane había escrito un día después de la anterior. La abrió con impaciencia y leyó:

A estas alturas, hermana querida, ya habrás recibido la carta precipitada que te mandé. Espero que ésta sea más inteligible, pero, a pesar de que ahora tengo tiempo, estoy tan apabullada que no sé si podré ser coherente. Queridísima Lizzy, no sé ni qué debo contarte, pero tengo malas noticias que darte y no puedo esperar. Pese a lo imprudente que sería una boda entre el señor Wickham y nuestra pobre Lydia, nos preocupa que ya se hayan casado, pues hay motivos de sobra para pensar que no han ido a Escocia. Ayer llegó el coronel Forster, que salió de Brighton anteayer, a las pocas horas de haber enviado al mensajero. Pese a que el breve escrito que Lydia dejó a la señora Forster daba a entender que se dirigían a Gretna Green, Denny dijo que estaba seguro de que Wickham nunca había tenido intención de ir allí, ni de casarse con Lydia; cuando el coronel Forster se enteró dio la voz de alarma enseguida y partió de Brighton con el propósito de seguirles la pista. Pero sólo consiguió hacerlo hasta Clapham, porque al llegar aquí cambiaron la diligencia que habían tomado en Epsom por un coche de alquiler. A partir de entonces sólo sabemos que alguien les vio tomar la carretera de Londres. No sé qué pensar. Después de haber hecho todas las indagaciones posibles de allí a Londres, el coronel Forster se dirigió a Hertfordshire; de camino volvió a hacer averiguaciones en todos los caminos de peaje y en las hosterías de Barnet y Hatfield, pero fue en vano, porque nadie había visto por allí a una pareja como la que describía. Cuando llegó a Longbourn nos confesó sus temores con mucho pesar, lo cual dice mucho de él. Me sabe muy mal por los señores Forster, pero nadie puede echarles la culpa. Estamos todos muy preocupados, Lizzy. Nuestros padres sospechan lo peor, pero yo no puedo pensar que Wickham sea un hombre tan cruel. Muchos indicios hacen pensar que podrían haber huido a Londres para casarse en vez de seguir el plan inicial; e incluso si pretende echar a perder a una jovencita bien situada como Lydia (cosa que creo improbable), ¿he de creer que ha echado a perder su vida? No puede ser. Con todo, me entristece que el coronel Forster descarte la posibilidad de que se hayan casado. Movió la cabeza cuando le dije que a lo mejor había una esperanza y dijo que mucho se temía que Wickham no era un hombre de confianza. Mamá está muy disgustada y no sale de su cuarto. Si se esforzara un poco ayudaría a mejorar la situación, pero no creo que pueda. En cuanto a papá, nunca lo había visto tan afectado. La pobre Kitty lamenta haber ocultado la relación de Lydia con Wickham, pero como era una cuestión de confianza, no podemos echárselo en cara. Querida Lizzy, me alegro mucho de que no hayas tenido que presenciar los angustiosos momentos que hemos vivido, pero ahora que ya hemos superado la primera impresión, te diré que deseo que vuelvas pronto. Sin embargo, si te resulta inconveniente no seré tan egoísta de insistir. Adiós.

Vuelvo a tomar la pluma para hacer lo que hace un momento te he dicho que no haría. Pero las circunstancias son tan graves que no puedo evitar suplicarte abiertamente que vengas lo antes posible. Conozco muy bien a nuestros tíos para pedírselo sin temor. Sin embargo, hay otra cosa que quiero pedirle al tío Edward. Papá partirá hacia Londres con el coronel Forster de inmediato a fin de averiguar el paradero de Lydia. No sé exactamente qué medidas tomará, pero el disgusto que ha tenido no le hará actuar precisamente del modo mejor y más seguro, y el coronel Forster tiene que estar de vuelta en Brighton mañana por la tarde. Dada la emergencia, el consejo y la ayuda de nuestro tío serían de gran ayuda. Comprenderá enseguida cómo me siento, y confío en su bondad.

—¡Oh! ¿Dónde está mi tío? —exclamó Elizabeth, poniéndose en pie de un salto al terminar de leer la carta con la intención de salir en su busca sin perder un instante. Pero al llegar a la puerta, un criado la abrió y apareció el señor Darcy. La palidez de Elizabeth y su impetuosidad lo sobresaltaron y, antes de que pudiera decir nada,

Elizabeth, que sólo podía pensar en la situación de Lydia, exclamó precipitadamente:

—Discúlpeme, pero tengo que marcharme. Debo encontrar a mi tío enseguida para resolver un asunto sin demora. No puedo perder un instante.

—¡Dios mío! Pero ¿qué ha pasado? —preguntó él con más angustia que decoro y, tras recuperar la compostura, añadió—: No la entretendré ni un momento, pero permita que un sirviente o que yo mismo vaya a buscar a los señores Gardiner. Usted no está en condiciones de hacerlo.

Elizabeth vaciló un instante, pero las rodillas le temblaron y se dio cuenta que de poco serviría que ella fuera en busca de sus tíos. De modo que volvió a llamar al criado y le encargó —aunque en un tono tan entrecortado que sus palabras fueron casi ininteligibles— que fuera a buscar a los señores de inmediato.

Cuando el sirviente hubo salido, Elizabeth se sentó, pues no era capaz de sostenerse en pie; parecía tan desdichada que Darcy no se vio con ánimo de dejarla sola ni se pudo contener de decirle en un tono amable y apenado:

—Llamaré a la doncella. ¿Quiere tomar algo que la alivie? ¿Una copa de vino? ¿Quiere que le sirva una? No se encuentra nada bien...

—No, gracias —respondió, tratando de recuperarse—. No me pasa nada. Me encuentro bien. Sólo estoy consternada por una espantosa noticia que acabo de recibir de Longbourn.

Se echó a llorar al mencionarlo y durante unos minutos no pudo pronunciar palabra. Absolutamente intrigado, Darcy sólo fue capaz de murmurar que lo lamentaba y de observarla con pena en silencio, hasta que Elizabeth volvió a hablar.

—Acabo de recibir una carta de Jane con una horrible noticia. Es imposible ocultarlo. Mi hermana pequeña ha abandonado a las personas que la quieren... se ha fugado... se ha entregado a los brazos de... del señor Wickham. Han huido juntos de Brighton. Usted le conoce bien para saber qué ha podido pasar luego. Lydia no tiene dinero, no tiene parientes influyentes, no tiene nada que a él le pueda interesar... ¡la hemos perdido para siempre!

Darcy estaba inmóvil de estupefacción.

—¡Y pensar —prosiguió Elizabeth aún más agitada— que yo podría haberlo evitado! Porque yo sabía cómo era ese hombre... Si al menos le hubiera explicado una parte... ¡sólo una parte de lo que había averiguado a mi pobre familia! Si hubieran sabido que Wickham tenía muy mala reputación, esto no habría pasado. Pero ya es demasiado tarde...

—Lo lamento mucho, muchísimo —le aseguró Darcy—. Estoy... horrorizado. Pero ¿es posible que sea absolutamente cierto?

—¡Sí, es absolutamente cierto! Salieron juntos de Brighton el domingo por la noche y les siguieron la pista casi hasta Londres. A partir de ahí se la perdieron. A Escocia no han ido, desde luego.

—¿Y qué han hecho hasta ahora... qué se ha intentado para recuperar a su hermana?

—Mi padre ha ido a Londres, y Jane me ha escrito para pedir que mi tío acuda a ayudarle cuanto antes... y mi tía y yo... supongo que nos marcharemos en la próxima media hora. Pero ya no hay nada que hacer... Sé muy bien que ya no hay nada que hacer. ¿Cómo se convence a un hombre así? ¿Cómo van a averiguar siquiera dónde están? No tengo la menor esperanza. Se mire como se mire, ¡es espantoso!

Darcy movió la cabeza para darle la razón en silencio. Elizabeth siguió lamentándose:

—Cuando me di cuenta de cómo era ese hombre en realidad... ¡Oh! Si hubiera sabido cómo actuar... si me hubiera atrevido a actuar... Pero no sabía cómo hacerlo. Temía excederme. ¡Fue un error! ¡Fue un terrible error!

Darcy no respondió. Apenas si parecía escucharla; iba de un lado al otro de la sala, sumido en una profunda reflexión, muy serio, con el ceño fruncido y el gesto sombrío. Al mirarle, Elizabeth enseguida supo qué le pasaba. El encanto que ejercía sobre él se estaba desvaneciendo; y es que una demostración tal de debilidad familiar, de indiscutible deshonra podía erradicar cualquier sentimiento. Elizabeth no podía extrañarse ni podía reprochárselo, pero al ver que se recuperaba no sintió alivio, ni se mitigó su angustia. Al contrario, precisamente le valió para comprender sus propios deseos: por primera vez sentía realmente que podría haberlo amado. Justamente ahora, cuando el amor ya era inútil.

Sin embargo, pese a que sus sentimientos afloraban, no se distrajo de lo que había ocurrido. Lydia... La humillación, el sufrimiento que estaba causando a todos acaparaban toda su atención sin dejar lugar a preocuparse por sí misma. Elizabeth se cubrió el rostro con un pañuelo y se olvidó de todo lo demás. Después de guardar silencio durante unos minutos, recobró la conciencia de la situación al oír la voz del señor Darcy, que le dijo en un tono compasivo a la vez que comedido:

—Supongo que está esperando a que me vaya. Tampoco tengo nada que decir que justifique mi presencia, salvo que estoy verdaderamente preocupado, y eso no la ayuda en nada. Desearía decir o hacer algo para aliviar su angustia... pero no. No quiero atormentarla con vanos deseos que podrían hacerle pensar que sólo busco su agradecimiento. Imagino que este infeliz asunto privará a mi hermana del placer de verles hoy en Pemberley.

—Sí, claro. Le ruego que tenga la amabilidad de disculparme ante la señorita Darcy. Dígale que hemos tenido que regresar a casa por un asunto urgente. No revele la triste verdad mientras pueda... aunque sé que no tardará en salir a la luz.

Él le aseguró de buena gana que no revelaría nada, volvió a decir que lamentaba mucho su aflicción, le deseó que el desenlace fuera más favorable de lo que en ese momento cabía esperar y, pidiéndole que saludara a su familia de su parte, se marchó, dirigiéndole una única y grave mirada de despedida.

Al verle salir, Elizabeth pensó que era improbable que volvieran a verse en unas circunstancias tan cordiales como las de los últimos encuentros en Derbyshire. Y al echar una mirada retrospectiva de su relación, con tantos cambios y contradicciones, suspiró al pensar en la perversidad de sus sentimientos, pues ahora habrían permitido hacerla florecer y antes le habrían hecho alegrarse si le hubieran puesto fin.

Así como la gratitud y el aprecio son buenas bases para que surja el amor, el cambio de sentimientos de Elizabeth no era improbable ni censurable. Pero si no es así, y el amor que surge de esos sentimientos no es racional ni natural en comparación con lo que suele definirse como amor a primera vista (aun cuando los individuos en cuestión no se han dicho nada) no podemos decir nada para defenderla salvo quizás que al inclinarse por Wickham Elizabeth probó primero esta manera de enamorarse y que, dado el estrepitoso fracaso, quizá podamos concederle que aplicara la otra forma de enamorarse, por otra parte menos interesante. Fuera como fuere, vio salir al señor Darcy con pesar, y con aquella primera consecuencia del acto de infamia de Lydia, se angustió más todavía al reflexionar sobre aquel horrible asunto. Después de leer la segunda carta de Jane, no pensó que hubiera esperanza alguna de que Wickham tuviera la intención de casarse con ella. Nadie salvo Jane podía abrigar esa ilusión, lo cual no era nada extraño. Al pensar en el contenido de la primera carta, le resultaba asombroso, increíble, que Wickham pretendiera casarse con una chica sin dinero, e incomprensible que se hubiera sentido atraído por Lydia. Pero luego lo entendió. Su hermana seguramente poseía suficientes encantos para entablar una relación así con él, y aunque no pensaba que Lydia se hubiera comprometido a fugarse sin que Wickham tuviera la intención de casarse con ella, tampoco le costaba creer que ni su honra ni su entendimiento la protegerían de ser una presa fácil.

Durante la estancia del regimiento en Hertfordshire, nunca había observado que Lydia tuviera interés por él, pero sabía muy bien que bastaba con halagar a su hermana para gustarle. Unas veces mostraba predilección por un oficial y otras veces por otro, según las atenciones que le dedicaran. Sus gustos iban y venían, pero siempre había algún oficial preferido. ¡Cuánto daño habían hecho al descuidar la educación de Lydia, al dejarle hacer lo que quisiera! ¡Cuánto le pesaba ahora a Elizabeth!

Ansiaba llegar a casa, escuchar, ver, estar presente para ayudar a Jane, pues en medio de la perturbación familiar —su padre estaba ausente, y su madre era incapaz de reaccionar y exigía permanentes atenciones—, todo el trabajo doméstico había recaído en ella. Y aunque estaba casi convencida de que no podían hacer nada por Lydia, la intervención de su tío parecía sumamente importante. La impaciencia la consumía, hasta que, por fin, lo vio entrar en la sala.

Los señores Gardiner regresaron a la hostería alarmados, creyendo, por lo que les había contado el criado, que su sobrina había enfermado de repente. Después de tranquilizarles y decirles que estaba bien, Elizabeth les explicó por qué les había hecho llamar. Leyó en voz alta las dos cartas, haciendo hincapié, con la voz trémula, en la posdata de la segunda. Aunque Lydia nunca había sido una sobrina preferida, los señores Gardiner quedaron muy afectados. No sólo por lo que le había ocurrido, sino por todo lo que implicaba la fuga. Después de las primeras exclamaciones de sorpresa y espanto, el señor Gardiner prometió ayudarles con todo lo que pudiera. Aunque Elizabeth no esperaba menos, se lo agradeció con lágrimas en los ojos. Movidos los tres por un mismo impulso, se organizaron para partir sin perder más tiempo. Tenían que marcharse lo antes posible.

—¿Y qué hacemos con la invitación a Pemberley? —preguntó la señora Gardiner—. John nos ha dicho que el señor Darcy estaba aquí cuando has mandado llamarnos... ¿es verdad?

—Sí, y ya le he dicho que teníamos que cancelar el compromiso. Así que eso ya está arreglado.

—Eso ya está arreglado —repitió su tía, corriendo a su cuarto a prepararse—. Deben de ser muy íntimos para que le haya contado la verdad... —se dijo—. Desearía saber qué ha pasado entre ellos...

Y aunque era inútil desear nada en esos momentos, al menos servía para entretenerse con algo en medio de la prisa y la confusión de la hora siguiente. Si Elizabeth se hubiera cruzado de brazos, su tía habría pensado que era normal que, desdichada como debía de sentirse, no tuviera ánimos para nada. Pero Elizabeth tenía mucho que hacer, al igual que su tía que, entre otras cosas, debía dejar a los amigos de Lambton unas notas con falsas excusas que explicaran su repentina marcha. Pero una hora les bastó para tenerlo todo organizado. Como, entretanto, el señor Gardiner había pagado la cuenta de la hostería, sólo les quedaba partir.

Después del disgusto de aquella mañana, Elizabeth se halló en el carruaje de vuelta a Longbourn antes de lo previsto.

CAPÍTULO V

—Le he estado dando vueltas, Elizabeth —dijo su tío al salir del pueblo— y, la verdad, me inclino a pensar lo mismo que tu hermana mayor. Sería muy raro que un joven pretendiera hacer daño a una muchacha que no está precisamente desamparada, que tiene amigos y que, por si fuera poco, se alojaba en casa de la familia de su coronel. Por eso me inclino a esperar lo mejor. No es posible que Wickham crea que su familia y amigos le darán la espalda; ni que volvería a ser aceptado en el regimiento después de semejante afrenta al coronel Forster. Representaría correr demasiados riesgos por una simple tentación.

—¿De verdad lo crees? —le preguntó Elizabeth, animándose por un momento.

—Yo empiezo a estar de acuerdo con tu tío —dijo la señora Gardiner—. Sería una violación tan grave contra la dignidad, el honor y los intereses propios que no le convendría arriesgarse. No creo que Wickham sea un hombre tan perverso. ¿Y tú, Elizabeth? ¿Tanto lo has aborrecido que le crees capaz de algo tan grave?

—De perjudicarse a sí mismo puede que no. Pero sí le creo capaz de cualquier otra fechoría. ¡Me gustaría pensar que tenéis razón! Pero no me atrevo. Si fuera como decís, ¿por qué no han ido a Escocia?

—En primer lugar —respondió el señor Gardiner—, no hay pruebas concluyentes de que no hayan ido a Escocia.

—¡Pero que cambiaran la diligencia por un coche de alquiler es prueba suficiente! Además, no han hallado indicios de que hayan pasado por la carretera de Barnet.

—Bueno, en ese caso... supongamos que están en Londres. Podrían haber ido allí sólo para ocultarse. No creo que a ninguno de los dos les sobre el dinero. Y en algún momento podrían darse cuenta de que casarse en Escocia sería más barato que hacerlo en Londres.

—Pero entonces, ¿para qué se ocultan? ¿Por qué no quieren que los encuentren? ¿Por qué tienen que casarse en secreto? No, no lo creo... no creo que vayan a casarse. Por lo que ha dicho Jane,

Wickham le contó a su mejor amigo que no tenía ninguna intención de casarse con ella. Wickham nunca se casaría con una mujer sin dinero. No se lo puede permitir. ¿Y qué tiene Lydia que ofrecer? ¿Qué atractivo tiene aparte de su juventud, su buena salud y su buen humor, que hiciera renunciar a Wickham a mejores posibilidades para casarse con ella? No sé hasta qué punto lo desprestigiaría en el cuerpo militar una fuga deshonrosa, porque no sé qué efectos puede tener un acto así. Pero en cuanto a tu otro argumento, diría que no se sostiene: Lydia no tiene hermanos que la defiendan, y Wickham seguramente cree, por la actitud de mi padre, por la indolencia que siempre muestra con las cosas que pasan en la familia, que hará y reflexionará lo mínimo que haría cualquier padre en una situación así.

—Pero ¿tú crees que Lydia está tan enamorada como para acceder a irse a vivir con él sin estar casados?

—Parece, y sé que es espantoso que lo diga —respondió Elizabeth con los ojos arrasados en lágrimas—, que en este caso sólo cabe poner en duda la decencia y la virtud de mi hermana. Aunque ya no sé qué pensar. A lo mejor no estoy siendo justa con ella. Pero es que es muy joven; nadie le ha enseñado a reflexionar sobre temas importantes. Y durante los últimos seis meses... no, durante el último año, se ha entregado a la diversión y la vanidad. Se le ha permitido llevar una vida ociosa y frívola y a hacer lo que le ha venido en gana. Desde que el regimiento de __shire se acuarteló en Meryton sólo ha pensado en el amor, en coqueteos y en oficiales. Y como sólo pensaba en esas cosas y hablaba constantemente de ellas, ha acabado... ¿cómo decirlo?... ha acabado favoreciendo la fogosidad que ya la caracteriza. Y todos sabemos que Wickham posee encantos y elocuencia de sobra para seducir a una mujer.

—Pero ya has visto que Jane —insistió su tía— no piensa que Wickham sean tan mala persona para creerle capaz de hacerle daño.

—Jane no cree que nadie sea mala persona. Ella sólo cree que una persona ha obrado de mala fe (aun cuando ya lo haya hecho alguna vez) cuando queda demostrado. Pero en este caso, Jane sabe tan bien como yo qué clase de hombre es Wickham. Las dos sabemos que ha sido un hombre disoluto en todos los sentidos. Que no tiene ni integridad ni honor. Que es tan desleal y embustero como adulador.

—Pero ¿estás segura de lo que dices? —preguntó la señora Gardiner, que tenía mucha curiosidad por saber cómo se había enterado.

—Sí, muy segura —respondió Elizabeth sonrojándose—. Ya te hablé el otro día de su infame comportamiento con el señor Darcy, y tú misma oíste la última vez en Longbourn cómo habló del hombre que tan tolerante y generoso fue con él. Además, conozco otras circunstancias que no puedo... que no merece la pena contar. Pero puedo decir que ha calumniado sobradamente a toda la familia de Pemberley. Me describió a la señorita Darcy de una manera que, antes de conocerla, pensé que iba a encontrarme con una joven orgullosa, desagradable y adusta. Pero él ya sabía que era todo lo contrario. Él sabía muy bien que era una chica afable y sencilla, como supimos luego, al conocerla.

—¿Y Lydia no sabe nada de esto? ¿Es posible que ignore algo que Jane y tú, por lo visto, sabíais?

—Sí... Eso... eso es lo más grave de todo. Hasta que no llegué a Kent y tuve ocasión de tratar varias veces con el señor Darcy y su primo, el coronel Fitzwilliam, yo misma ignoraba la verdad. Cuando regresé a casa, el regimiento de ___shire iba a salir de Meryton a las dos semanas, por lo que ni a Jane (a quien puse al corriente de todo) ni a mí nos pareció necesario sacar a la luz lo que sabíamos. Pensamos: «¿Para qué?, si no le hará ningún bien a nadie y sólo conseguiremos echar a perder la buena opinión que los vecinos tienen de él.» Ni siquiera cuando mis padres decidieron que Lydia fuera a Brighton con la señora Forster pensé que había necesidad de revelar la mala fama de Wickham. Porque no se me pasó por la cabeza que corriera el riesgo de dejarse embaucar. Como comprenderás, era imposible prever estas consecuencias.

—Supongo, entonces, que cuando el regimiento se trasladó a Brighton no tenías motivos para creer que se gustaban.

—Ni lo sospechaba. No recuerdo haber visto ninguna muestra de afecto por ninguna de las dos partes. Y si alguien hubiera notado algo, debes tener en cuenta que, siendo como es nuestra familia, a nadie le habría pasado por alto. Es verdad que cuando Wickham se alistó al regimiento, a Lydia le gustó enseguida, ¡pero es que nos gustó a todas! Durante los dos primeros meses, Wickham causó sensación entre todas las chicas de Meryton y alrededores, pero nunca le dedicó ninguna atención especial a Lydia; así que después de estar loca por él durante el tiempo justo, dejó de interesarle y se fijó en otros oficiales del regimiento que la trataban con más distinción y que pasaron a ser sus favoritos.

Como es de suponer, por pocas novedades que aportaran a sus temores, esperanzas y conjeturas al repasar los hechos una y otra vez, no dejaron de hablar de éstos durante todo el viaje. Elizabeth no podía pensar en otra cosa, pues ni la punzante angustia ni la mala conciencia le permitían olvidar lo ocurrido ni tener un momento de tranquilidad.

Viajaron lo más deprisa que pudieron y, al no detenerse a dormir, llegaron a Longbourn a la hora de comer del día siguiente. Elizabeth se consoló con que, al menos, Jane no había tenido que soportar una espera larga.

Al ver que un carruaje atravesaba el cercado, los hijos de los señores Gardiner salieron a las escaleras principales, y cuando el vehículo se detuvo ante la puerta, la sorpresa y la alegría que iluminó sus rostros, y que los niños manifestaron con brincos y saltitos, fue la primera muestra de satisfacción por su llegada.

Elizabeth bajó de un salto y, después de dar un fugaz beso a cada uno, corrió al vestíbulo para encontrarse con Jane, que, hallándose en el dormitorio de su madre, bajó corriendo las escaleras.

Mientras se abrazaban con efusividad entre lágrimas, Elizabeth no perdió un instante y le preguntó si sabían algo de los prófugos.

—Todavía no —respondió Jane—, pero ahora que está aquí nuestro querido tío, espero que las cosas mejoren.

—¿Papá está en Londres?

—Sí, se marchó el martes, como te dije en la carta.

—¿Y habéis tenido noticias de él?

—Sólo una vez. El miércoles me mandó cuatro líneas para decir que había llegado bien y para darme la dirección del lugar donde se aloja porque insistí en que lo hiciera. Aparte de eso, dijo que sólo volvería a escribir si había alguna novedad importante.

—¿Y mamá? ¿Cómo está? ¿Cómo estáis todas?

—Creo que mamá está más o menos bien, aunque ha quedado muy impresionada. Está arriba. Se alegrará muchísimo de veros. Aún no quiere salir de su cuarto de estar. Y Mary y Kitty, gracias a Dios, se encuentran muy bien.

—¿Y tú...? ¿Cómo estás tú? —insistió Elizabeth—. Estás pálida. ¡Lo que habrás tenido que aguantar!

Sin embargo, le aseguró que se encontraba perfectamente bien. Entretanto, los señores Gardiner se habían quedado con sus hijos. Luego entraron juntos y, entre sonrisas y lágrimas, Jane corrió a darles las gracias y la bienvenida.

Cuando todos estuvieron en el salón, sus tíos repitieron, claro está, las mismas preguntas que había hecho Elizabeth. Jane volvió a responder que no había novedades y, alentada por su optimismo y su buena fe, añadió que a pesar de todo no había perdido la esperanza de que nada malo iba a pasar. Todavía pensaba que aquella historia iba a acabar bien y que cualquier mañana llegaría una carta de Lydia o de su padre explicando por qué habían obrado de aquel modo y acaso anunciando que iban a casarse.

Después de charlar un rato, subieron todos juntos a la estancia de la señora Bennet, que los recibió tal como esperaban: con lágrimas y lamentaciones de pesar, improperios contra la infame conducta de Wickham y quejas de su propio sufrimiento y maltrato, culpando a todos salvo a la persona cuya imprudente permisividad era la principal responsable de los errores de su hija.

—Si me hubieran dejado ir a Brighton —dijo la señora Bennet—, como yo quería, con toda la familia, esto no habría pasado... pero Lydia, pobrecita mía, no tenía a nadie que la cuidara. ¿Por qué los Forster la perdieron de vista? Estoy segura de que fue por un descuido u otro por su parte, porque ella no es de esa clase de chicas, y si la hubieran vigilado bien no lo habría hecho. Ya sabía yo que no estaban capacitados para hacerse cargo de ella, pero, como siempre, nadie me hizo caso. ¡Pobrecita mía! Y ahora el señor Bennet se ha ido, y se enfrentará a Wickham cuando lo encuentre, y lo matará... ¡ay!, ¿y qué será de nosotras? Los Collins nos echarán de casa apenas lo hayamos enterrado y... hermano, si no tienes la bondad de ayudarnos, no sé qué vamos a hacer...

Todos protestaron ante el terrible panorama que imaginaba, y el señor Gardiner le dijo, después de asegurarle que la quería mucho y también a toda su familia, que estaría en Londres al día siguiente para ayudar al señor Bennet a encontrar a Lydia.

—No te alarmes innecesariamente —añadió—. Aunque conviene prepararse para lo peor, no hay que pensar que eso acabará pasando. No hace ni una semana que se fugaron de Brighton. Dentro de unos días seguro que sabremos algo de ellos, y mientras sepamos que no se han casado ni piensan hacerlo, no demos el asunto por perdido. En cuanto llegue a la capital, iré a buscar a mi cuñado y lo llevaré a Gracechurch Street y en casa decidiremos qué medidas tomar.

—¡Ay, querido hermano! —exclamó la señora Bennet—. Eso es lo que más deseo en este momento. Así que, te lo ruego, cuando llegues a Londres, encuéntralos estén donde estén, y si no están casados ya, oblígales a casarse. Y si no quieren porque no tienen trajes de boda, que se aguanten, pero dile a Lydia que le daremos todo el dinero que quiera para comprárselos una vez se hayan casado. Y, sobre todo, que el señor Bennet no se meta en una pelea. Dile que me encuentro en un estado lamentable y que estoy atemorizada. Que tengo unos temblores y unos escalofríos en todo el cuerpo, unos espasmos en el costado y unos dolores de cabeza y unas palpitaciones... que no me dejan dormir ni de noche ni de día. Y dile a Lydia que no encargue la ropa hasta que yo esté allí, porque no sabe cuáles son las mejores tiendas donde comprar. ¡Ay, hermano, qué bueno eres! Ya sabía yo que tú lo arreglarías todo...

Y aunque el señor Gardiner volvió a asegurarle que haría lo posible por ayudar, tuvo que aconsejarle que moderara sus expectativas, así como sus temores. Estuvieron hablando con ella hasta la hora de comer, momento en que les relevó el ama de llaves, con quien la señora Bennet siguió desahogándose.

Aunque su hermano y su cuñada pensaban que no era necesario que se quedara sola en su cuarto, tampoco insistieron en que saliera: sabían muy bien que su indiscreción le impediría callar delante de las criadas durante la comida, y les pareció que ya era suficiente con que sólo una —la de más confianza— conociera sus temores y preocupaciones sobre los hechos.

Una vez reunidos en el comedor, Mary y Kitty, que habían estado demasiado ocupadas en sus respectivos dormitorios (una leyendo y la otra arreglándose) para salir antes, hicieron su aparición. Las dos parecían bastante tranquilas. No se apreciaba ningún cambio en ninguna, salvo que la fuga de su hermana preferida (o la rabia que aquello le daba) había afectado a la voz de Kitty, que tenía un tono más fastidioso de lo habitual. En cuanto a Mary, era suficiente dueña de sí misma para susurrar con un gesto solemne y meditabundo a Elizabeth cuando se hubieron sentado a la mesa:

—Este asunto es lamentable y seguramente se hablará mucho de él. Pero debemos contener la corriente de malicia y verter sobre nuestros corazones heridos el bálsamo del consuelo fraternal. —Al ver que Elizabeth no tenía intención de responderle, añadió:— Aunque para Lydia lo ocurrido sea una calamidad, nos ha enseñado una lección a las demás: que perder la virtud es para una mujer un hecho irreparable, que un paso en falso la puede hundir en la miseria para siempre, que su reputación es tan frágil como su belleza y que toda precaución es poca a la hora de tratar con las bajezas del otro sexo.

Elizabeth levantó la vista con asombro, pero estaba demasiado angustiada para responderle. Con similares conclusiones morales Mary siguió consolándose del acto de maldad que estaban presenciando.

Por la tarde, las dos hermanas mayores se quedaron solas durante una media hora, momento que Elizabeth aprovechó para hacerle diversas preguntas, que Jane ansiaba responder. Después de lamentarse sobre las terribles consecuencias de los hechos, que Elizabeth ya daba por ciertas y que a Jane no convencían, la primera, que quería saber más cosas, dijo:

—Pero cuéntamelo todo, cuéntame lo que no sé. Dame más detalles. ¿Qué dijo el señor Forster? ¿No temían que pudiera pasar algo antes de la fuga? Debieron de haberlos visto juntos muchísimas veces, ¿no?

—El coronel Forster reconoció que había sospechado que existía cierto interés del uno por el otro, sobre todo por parte de Lydia, pero nada tan serio como para alarmarse. No sabes la pena que me da el pobre. Ha sido muy atento y amable. Pensaba venir a Longbourn para comunicarnos su preocupación antes incluso de saber que no habían ido a Escocia; pero cuando se enteró, adelantó el viaje.

—¿Y Denny estaba completamente seguro de que Wickham no pretendía casarse? ¿Sabía que pensaban fugarse? ¿El coronel Forster llegó a hablar con Denny?

—Sí, pero cuando lo interrogó, Denny negó que supiera nada del plan y no quiso decir lo que pensaba de verdad. Pero no repitió que, en su opinión, no iban a casarse. Por eso tengo la esperanza de que antes el señor Forster lo hubiera entendido mal.

—Y hasta que no llegó el coronel Forster, me imagino que nadie dudaba que se hubieran casado.

—¿Cómo se nos iba a pasar por la cabeza? Yo estaba un poco inquieta... me preocupaba que Lydia no fuera a ser feliz casada con él, porque sabía que no siempre había sido un hombre recto. Papá y mamá no sabían nada de esto; sólo pensaban en lo insensato que era un matrimonio así. Entonces Kitty reconoció, con la lógica satisfacción de que tenía más información que los demás, que en la última carta, Lydia ya le había anunciado que pensaba dar ese paso. Por lo visto ya sabía que estaban enamorados desde hacía semanas.

—Pero no antes de que huyeran de Brighton, ¿no?

—No, creo que no.

—¿Y te pareció que el coronel Forster sospechaba o sabía algo de la mala reputación de Wickham?

—La verdad es que ya no habló tan bien de Wickham como había hecho otras veces. Dijo que era un hombre insensato y derrochador. Y desde que ocurrió esta triste desgracia, cuentan que dejó muchas deudas en Meryton... aunque espero que no sea verdad...

—Ay, Jane... Si no hubiéramos callado, si hubiéramos contado todo lo que sabíamos... ¡a lo mejor esto no habría pasado!

—Puede que hubiera sido mejor contarlo —respondió su hermana—. Pero no parecía justo sacar a la luz los errores que una persona ha cometido en el pasado, sin saber si en el presente ha cambiado para bien. Obramos con la mejor intención.

—¿Os dijo el coronel qué decía la nota que Lydia le dejó a su mujer?

—Nos la trajo —dijo Jane, y la sacó de su cartera para dársela a Elizabeth.

En la nota ponía lo siguiente:

Querida Harriet:

Te vas a reír cuando te cuente a dónde he ido (ni yo misma puedo evitar reírme al pensar en la sorpresa que te llevarás mañana por la mañana cuando me echéis en falta). Me voy a Gretna Green. Si no adivinas con quién, pensaré que eres boba, porque sólo amo a un hombre en este mundo, y es un ángel. Nunca sería feliz sin él y por eso no creo que vaya a pasar nada por marcharme. Si no te gusta la idea, no hace falta que digas nada a mi familia; así, la sorpresa será mayor cuando les escriba y firme como Lydia Wickham. ¡Será muy gracioso! Casi no puedo escribir de la risa. Por favor, preséntale mis disculpas a Pratt por no poder concederle el baile que le había prometido esta noche. Dile que espero que me disculpe cuando lo sepa todo y que bailaré gustosa con él en la próxima fiesta que coincidamos. Cuando llegue a Longbourn mandaré a alguien para que recoja la ropa que me he dejado. Antes de empaquetarlo todo, quisiera que le pidieras a Sally que me arregle una rasgadura que tengo en ese vestido de muselina tan gastado. Adiós. Da recuerdos al coronel Forster, y brindad por que tenga un buen viaje.

Tu querida amiga,

LYDIA BENNET

—Pero ¡será irresponsable! ¡Será irresponsable! —exclamó Elizabeth al terminar de leerla—. Pero ¿a quién se le ocurre escribir una carta así en un momento como éste? Al menos demuestra que se tomó muy en serio la huida. Si luego él la convenció de otra cosa, está claro que ella no tenía intenciones tan infames. ¡Mi pobre padre! ¡Qué mal lo habrá pasado!

—Nunca he visto a nadie tan afectado por algo. Fue incapaz de articular palabra durante diez minutos. Mamá se puso mala al instante, ¡y la casa quedó sumida en la más absoluta confusión!

—¡Oh, Jane! —se lamentó Elizabeth—. ¿Al final del día quedaba algún sirviente que no se hubiera enterado de todo?

—No lo sé... Espero que sí... Pero es muy difícil mantener la discreción en momentos así. Mamá estaba histérica, y aunque he hecho todo lo que he podido para ayudarla, ¡creo que podría haber hecho más! Pero es que cuando pensé en lo que podría pasar, casi perdí el uso de mis facultades.

—Estás agotada de tanto atender a mamá. No tienes buen aspecto. ¡Ay, si yo hubiera estado aquí! Has cargado con todos los cuidados y las preocupaciones tú sola.

—Mary y Kitty se han portado muy bien, y estoy segura de que se habrían ofrecido a hacer todas las tareas, pero no me parecía justo para ellas. Kitty es menuda y delicada, y Mary estudia tanto que no hay que quitarle las horas de descanso. El martes, después de irse papá vino la tía Philips y tuvo la bondad de quedarse conmigo hasta el jueves. Nos ayudó y nos animó mucho a todas. Y lady Lucas también ha sido muy amable: pasó por aquí el miércoles por la mañana para expresarnos su pesar y preguntó si ella o sus hijas podían ayudar en algo.

—Ya podría quedarse en su casa —protestó Elizabeth—. Puede que tuviera buenas intenciones, pero cuando ocurre una desgracia así, cualquier excusa es buena para visitar a los vecinos. Ayudar es imposible, y la pena es insufrible. Que se regodeen de lo nuestro en sus casas, y que se contenten con eso.

Luego preguntó por las medidas que, una vez en Londres, su padre pensaba tomar para recuperar a Lydia.

—Creo —respondió Jane— que tenía intención de ir a Epsom, el último sitio donde cambiaron de coche, para hablar con los postillones y ver si podía sacar algo en claro a partir de lo que le contaran. Supongo que lo primero que hará será averiguar la matrícula del coche de alquiler que tomaron en Clapham con un pasajero de Londres. Como pensó que un caballero y una dama que salían de un carruaje y entraban en otro llamarían la atención, le pareció que debía hacer indagaciones en Clapham. Si daba con la casa donde el cochero había dejado a su pasajero, preguntaría allí, y esperaba que no fuera del todo imposible obtener la matrícula y la estación de origen del vehículo. No sé si pensará hacer algo más, pero tenía tanta prisa por partir y estaba tan alterado que incluso me costó averiguar todo esto.

CAPÍTULO VI

Toda la familia esperaba recibir una carta del señor Bennet la mañana siguiente, pero el correo no les trajo ni una sola línea. Su mujer y sus hijas sabían que no solía atender ni responder pronto su correspondencia, pero esperaban que en unas circunstancias como aquéllas hubiera hecho un esfuerzo. De modo que llegaron a la conclusión que no tenía novedades gratas que contar, aunque les habría gustado haber podido comprobarlo, sobre todo porque el señor Gardiner esperaba que mandara alguna carta antes de partir a Londres.

Cuando se marchó, las mujeres sabían que, gracias a él, al menos recibirían con regularidad noticias de cuanto se fuera averiguando, y en el momento de partir les prometió que trataría de convencer al señor Bennet de regresar a Longbourn cuanto antes, lo cual fue un gran consuelo para su hermana, para quien éste era el único modo de asegurar que su esposo no muriera en un duelo.

La señora Gardiner y sus hijos se quedarían unos días más en Hertfordshire, porque ésta pensó que con su presencia podría ser de ayuda a sus sobrinas. Ella las ayudó a atender a la señora Bennet, lo cual permitió a las jóvenes descansar en sus ratos libres. Su otra tía les hacía visitas frecuentes. Y aunque acudía con el propósito de animarlas (como ella misma decía), la mayoría de veces se marchaba dejándolas más abatidas porque les contaba alguna novedad sobre los excesos y desenfrenos de Wickham.

Parecía que todo el pueblo de Meryton hubiera unido fuerzas para desacreditar al mismo joven que, tres meses atrás, había sido un ángel bueno. Se decía que estaba en deuda con todos los comerciantes del lugar, y sus intrigas (todas las cuales llevaban la marca de la seducción) habían alcanzado a todas las familias de esos comerciantes. Todos declaraban que era el hombre más perverso que existía sobre la faz de la tierra, y todos empezaron decir que en realidad nunca se habían fiado de su aparente bondad. Aunque Elizabeth no creía ni la mitad de lo que se contaba, creía suficiente para acabarse de convencer de que su hermana había echado a perder su vida. Incluso Jane, que tenía sus reservas, casi había perdido la esperanza, sobre todo porque si la pareja realmente había ido Escocia (de lo cual no había perdido la esperanza hasta ese momento), a aquellas alturas ya tendrían que haber recibido noticias suyas.

El señor Gardiner salió de Longbourn el domingo. El martes, su esposa recibió una carta suya, en la que explicaba que se había encontrado con su cuñado al llegar y lo había convencido de ir con él a Gracechurch Street. También decía que el señor Bennet había estado en Epsom y Clapham antes de llegar él a Londres, pero sin novedades, y que ahora estaba decidido a investigar en los hoteles principales de la ciudad, pues en opinión de su cuñado era posible que se hubieran alojado en alguno al llegar, antes de hacerlo en otro sitio. El señor Gardiner no esperaba que esta medida fuera a resultar, pero como su cuñado se empeñaba en que sí, iba a ayudarlo. Por último, contaba que el señor Bennet no parecía tener la intención de regresar a Longbourn y prometía volver a escribir pronto. También añadía una posdata:

He escrito al señor Forster para pedirle, si es posible, que averigüe, por medio de algún amigo próximo del joven entre los oficiales, si Wickham tiene familiares o conocidos que puedan saber en qué parte de Londres se esconde. Y que si tiene alguno al que podamos dirigirnos para que nos facilite alguna pista, sería de gran ayuda. En este momento no tenemos ninguna para orientarnos. Seguro que el coronel Forster hará cuanto esté en sus manos para colaborar. Pero también he pensado que a lo mejor Lizzy es la persona más indicada para decirnos si Wickham tiene algún pariente vivo.

Elizabeth entendía por qué pensaban que ella podía saber algo, pero no podía darles información útil, como merecía el cumplido.

Que ella supiera, no tenía parientes, y sus padres habían muerto hacía muchos años. Pero quizá alguno de sus compañeros de regimiento pudiera facilitarles más información. Aunque no era muy optimista al respecto, hacía concebir ciertas esperanzas.

En Longbourn ahora todos los días se vivían con ansiedad, pero la parte más ansiosa era el momento previo a que llegara el correo. Cada mañana, el principal motivo de impaciencia era que llegara alguna carta. Las cartas les traerían noticias, ya fueran buenas o malas, y esperaban que cada nuevo día trajera novedades importantes.

Ahora bien, antes de volver a recibir carta del señor Gardiner, llegó una carta para su padre de otra persona: el señor Collins. Siguiendo instrucciones del señor Bennet, Jane la abrió y la leyó. Elizabeth, que sabía lo curiosas que eran siempre sus cartas, también la leyó por encima del hombro de Jane. Ésta decía lo siguiente:

Estimado caballero:

Dado el parentesco que nos une y dado mi oficio, me siento con el deber de transmitirle mi pesar por la dolorosa situación que está pasando y que conocimos ayer por una carta que nos llegó de Hertfordshire. Tenga por seguro que la señora Collins y yo le acompañamos a usted y a toda su respetable familia en este momento de desdicha que, imaginamos, debe de ser trágico, pues se debe a una equivocación que el tiempo no puede borrar. Por mi parte no faltarán argumentos que alivien tan grave calamidad, o que lo consuelen de esta situación, que debe de ser muy dolorosa para un padre. Comparada con esto, la muerte de su hija habría sido una bendición. Esta circunstancia resulta más lamentable todavía porque hay motivos para suponer —como me ha informado mi querida Charlotte— que la conducta licenciosa de su hija procede de un exceso de indulgencia. Aunque, para consuelo de usted y de la señora Bennet, yo me inclino a pensar que su hija debe de ser mala por naturaleza, porque de lo contrario no podría ser capaz de cometer barbaridad semejante a una edad tan temprana. Sea como sea, son ustedes dignos de lástima, sentimiento que no sólo comparte conmigo la señora Collins, sino también lady Catherine y su hija, a quienes he relatado lo ocurrido. Temen, al igual que yo, que este paso en falso perjudicará a las demás hermanas, pues, como ha dicho con gran condescendencia lady Catherine, ¿quién va a querer emparentarse con una familia así? Esto me ha hecho pensar con mayor satisfacción en cierto hecho que ocurrió en noviembre, pues de no haber ocurrido, yo mismo estaría sufriendo el mismo disgusto y la misma vergüenza que usted. Por consiguiente, permítame recomendarle, caballero, que se consuele como mejor pueda, que prive a su indigna hija de todo su cariño y que ella recoja los frutos de la abyecta ofensa que ha causado.

Saludos, etc., etc.

El señor Gardiner volvió a escribir en cuanto obtuvo respuesta del coronel Forster, si bien no tenía nada agradable que contar. Al parecer, Wickham no tenía relación con ningún pariente ni familiar próximo que viviera. Cierto que había tenido muchos conocidos, pero desde que se alistara en el ejército no había conservado la relación con ninguno. Por lo tanto, no había nadie a quien acudir para obtener noticias de él. Y dada su miserable situación económica, Wickham tenía un poderoso motivo para tanto secretismo (añadido al temor de que la familia de Lydia lo descubriera), y era que acababa de salir a la luz que había dejado tras de sí considerables deudas de juego. El coronel Forster calculaba que harían falta más de mil libras para saldar las que había dejado en Brighton. En el pueblo debía mucho dinero, pero sus deudas de honor eran todavía mayores. El señor Gardiner no quiso ocultar estos detalles a la familia Bennet. Al enterarse, Jane exclamó:

—¡Es un jugador! Esto sí que no me lo esperaba. No tenía ni la menor sospecha.

El señor Gardiner añadía que su padre regresaría a casa al día siguiente, que era sábado. Abatido por no haber sacado nada en claro pese a poner todo su empeño, accedió a los ruegos de su cuñado de volver con la familia y a dejarle proseguir solo las indagaciones que hicieran falta. Cuando la señora Bennet se enteró, no se alegró tanto como esperaban sus hijas después de la inquietud que había demostrado por su vida.

—¿Que vuelve a casa? ¿Y sin la pobre Lydia? —protestó—. No permitiré que se marche de Londres hasta que no los haya encontrado. ¿Quién va a enfrentarse a Wickham y a obligarlo a casarse con ella si aparecen?

La señora Gardiner ya tenía ganas de volver a su propia casa, de manera que aprovechó el regreso del señor Bennet a Longbourn para irse a Londres con los niños: el mismo coche que los llevaría a la capital traería al señor Bennet de vuelta.

La señora Gardiner se marchó con las mismas dudas que tenía al partir de Derbyshire sobre Elizabeth y su amigo de Pemberley. Su sobrina nunca lo había mencionado hasta entonces, y su esperanza de que hubiera escrito a Elizabeth quedó en nada, porque desde que habían llegado a Longbourn, Elizabeth no había recibido ninguna carta de Pemberley.

El abatimiento general de la familia permitía a Elizabeth no tener que dar explicaciones de su desánimo. De modo que nadie sospechaba nada. Sin embargo, ahora que Elizabeth conocía bastante mejor sus sentimientos, era consciente de que si no hubiera sabido nada de Darcy habría soportado mejor el acto de infamia de su hermana o, cuando menos, le habría ahorrado un par de noches en vela.

Cuando el señor Bennet llegó a Longbourn estaba igual de sosegado y pensativo que siempre. Como de costumbre, dijo poca cosa, no comentó nada acerca del asunto por el que se había ausentado, y sus hijas tardaron unas horas en aludir a lo ocurrido.

En esta ocasión nadie dijo nada hasta la tarde, mientras tomaban el té. Elizabeth se atrevió a mencionar los hechos y, a continuación, después de expresarle su pesar por todo lo que había tenido que soportar, su padre respondió:

—¿A quién sino a mí corresponde sufrir? La culpa es mía y yo soy quien debe soportar las consecuencias.

—No seas tan duro contigo mismo, papá —respondió Elizabeth.

—Es mejor que no me tientes. ¡La naturaleza humana es demasiado propensa a la indulgencia! No, Lizzy, por una vez en la vida, deja que sienta el peso de la culpa. Lo soportaré. Tarde o temprano se me pasará.

—¿Crees que están en Londres?

—Sí. ¿Dónde si no pueden haberse escondido tan bien?

—Además, Lydia siempre quería ir a Londres —añadió Kitty.

—Entonces será feliz —dijo su padre con sequedad—, y seguramente vivirá allí durante un tiempo. —Y después de un breve silencio añadió:— Lizzy, no te guardo rencor por las advertencias que me hiciste en mayo; eran justificadas y, teniendo en cuenta lo ocurrido, demuestran una gran lucidez por tu parte.

En ese momento Jane, que entraba a buscar el té de la señora Bennet, los interrumpió.

—¡Esto es estupendo! —exclamó—. No se puede pedir más. ¡Da tanta elegancia a la desgracia! Otro día yo haré lo mismo: me quedaré sentado en la biblioteca con el gorro de dormir y la bata, y daré a mis hijas todo el trabajo que pueda... a lo mejor esperaré a que Kitty se fugue.

—Yo no voy a fugarme —se quejó Kitty—. Si alguna vez voy a Brighton, me portaré mejor que Lydia.

—¿Si alguna vez vas a Brighton? ¡No te dejaría ir ni a East Bourne, que está más cerca! ¡Ni por cincuenta libras! No, Kitty, por fin he aprendido que debo ser prudente, y tú sufrirás los efectos. Ningún oficial volverá a entrar en mi casa... ni volverá a pasar por el pueblo. Se te prohibirá bailar, a menos que lo hagas con una de tus hermanas. Y no volverás a salir hasta que no seas capaz de demostrar sentido común al menos diez minutos al día.

Kitty se tomó al pie de la letra la amenaza y se echó a llorar.

—Vamos, vamos —dijo el señor Bennet—, no te pongas tan triste. Si te portas bien durante los próximos diez días, te llevaré a ver un desfile militar.

CAPÍTULO VII

Dos días después de regresar el señor Bennet, mientras Jane y Elizabeth daban un paseo por el jardín de atrás, vieron al ama de llaves salir y dirigirse hacia ellas. Pensaron que acudía a buscarlas para atender a su madre, pero al acercarse, dijo mirando a Jane:

—Disculpe que la interrumpa, señorita, pero si no le importa me tomaré la libertad de preguntarle si las noticias que han llegado de Londres son buenas.

—¿A qué te refieres, Hill? No sabemos nada de Londres.

—Pero, señorita —exclamó la señora Hill, perpleja—, ¿acaso no sabe que un mensajero ha traído una carta de su tío dirigida al señor?

Las chicas echaron a correr hacia la casa, demasiado ansiosas para seguir hablando. Fueron del vestíbulo al comedor y de allí a la biblioteca, pero no encontraron a su padre. Cuando se disponían a subir al cuarto de su madre se cruzaron con el mayordomo, que les dijo:

—Señoritas, si están buscando al señor, se dirige hacia el bosquecillo.

Dicho esto, volvieron a cruzar el vestíbulo y cruzaron el jardín en busca de su padre, que avanzaba con parsimonia hacia el grupo de árboles que crecían junto al cercado.

Jane se rezagó, ya que no era muy ligera, ni estaba acostumbrada a correr como Elizabeth. Cuando ésta alcanzó a su padre, le preguntó con ansias, tratando de recobrar el aliento:

—Papá, ¿qué novedades hay? ¿Qué novedades hay? ¿Has recibido una carta del tío Edward?

—Sí, la ha traído un mensajero.

—¿Y qué noticias hay? ¿Son buenas o malas?

—¿Qué noticias buenas vamos a esperar? —dijo, sacando la misiva del bolsillo—. Toma, léela si quieres.

Elizabeth la cogió con impaciencia, justo al llegar Jane.

—Léela en voz alta —pidió su padre—, porque ni siquiera yo entiendo qué ha dicho.

Gracechurch Street, lunes, 2 de agosto
   Querido cuñado:
   Por fin puedo enviarte nuevas de mi sobrina, y espero que sean satisfactorias. Al poco de marcharte de la ciudad tuve la suerte de averiguar en qué parte de Londres se hallaban. Reservaré los detalles para cuando nos veamos. De momento bastará con decirte que los he encontrado. Los he visto a los dos...

—Entonces es como yo decía: ¡se han casado! Exclamó Jane. Elizabeth siguió leyendo.

Los he visto a los dos. No se han casado, ni me pareció que tuvieran intención de hacerlo. Pero si estás dispuesto a suscribir los compromisos que he contraído en tu nombre, confío en que no tardarán en hacerlo. Sólo tendrías que garantizar a tu hija, como dote, una parte igual de las cinco mil libras que recibirán tus hijas a tu muerte y a la de mi hermana. También tendrías que comprometerte a pagarle cien libras al año mientras vivas. Dadas las circunstancias, no he dudado en tomarme la libertad de aceptar estas condiciones en tu nombre. Enviaré esta carta por mensajero, pues necesito recibir una respuesta cuanto antes. Por lo que te he contado, entenderás que las circunstancias del señor Wickham no son tan desastrosas como se creía. En este aspecto la gente se ha equivocado, y me alegra decir que incluso después de saldar sus deudas le quedará algo de dinero para casarse, aparte de la dote de mi sobrina. Creo que ya no hace falta que vuelvas a Londres. Por tanto, quédate tranquilo en Longbourn y déjalo en mis manos, pues me encargaré de resolverlo todo con diligencia y cuidado. Escríbeme lo antes que puedas y procura darme indicaciones claras. Si te parece bien, hemos pensado que lo mejor es que Lydia salga de nuestra casa para casarse. Viene a vernos hoy. Volveré a escribirte en cuanto se hayan concretado más las cosas.

Un abrazo,

E. Gardiner

—¿Es posible? —exclamó Elizabeth cuando hubo terminado de leer—. ¿Es posible que vaya a casarse con ella?

—Parece que Wickham no es tan indigno como creíamos —dijo su hermana—. Querido padre, te felicito.

—¿Ya le has respondido? —quiso saber Elizabeth.

—No, pero habrá que hacerlo pronto.

Elizabeth le suplicó de todo corazón que no perdiera más tiempo.

—¡Papá, por favor! —le rogó—. Entra en casa y contéstale enseguida. Piensa que cada momento cuenta en estas circunstancias.

—Si te incomoda escribirle, déjame que yo lo haga por ti —sugirió Jane.

—Me incomoda, y mucho —respondió el señor Bennet—, pero debo hacerlo.

Dicho esto, dio media vuelta con sus hijas, y se dirigieron hacia la casa.

—¿Te importa que te pregunte —dijo Elizabeth— si vas a aceptar las condiciones?

—¿Que si las voy a aceptar? ¡Si lo vergonzoso es que pida tan poco!

—Eso sí: ¡tienen que casarse! A pesar de que sea un hombre tan...

—Sí, sí, tienen que casarse. No hay más remedio. Pero hay dos cosas que me gustaría saber. En primer lugar, ¿cuánto dinero le habrá dado vuestro tío para que Wickham haya accedido? Y en segundo lugar, ¿cómo le voy a pagar?

—¿Qué quieres decir con que el tío le ha dado dinero, papá? —preguntó Jane.

—Quiero decir que ningún hombre en sus cabales se casaría con Lydia a cambio de una oferta tan baja como cien libras al año, y cincuenta más cuando me muera.

—Eso es verdad —observó Elizabeth—, aunque no se me había ocurrido... ¡Es muy extraño que haya pagado sus deudas y que aún le quede algo! ¡Sólo puede ser cosa del tío! Es desprendido, buena persona... y creo que estaba muy consternado con lo ocurrido. Y con una suma tan baja no habría conseguido todo esto.

—No —dijo su padre—. Wickham sería un necio si accediera a casarse con Lydia por menos de diez mil libras. Lamentaría tener una opinión tan mala de él justo ahora que vamos a ser familia.

—¡Diez mil libras! ¡Dios no lo quiera! ¿Cómo íbamos a devolver esa cantidad?

El señor Bennet no dijo nada, y los tres siguieron andando sumidos en sus cavilaciones hasta llegar a la casa. El padre entró en la biblioteca para escribir y las chicas fueron al comedor.

—¡Se van a casar de verdad! —exclamó Elizabeth en cuanto quedaron a solas—. ¡Qué extraño me resulta! Y encima tenemos que alegrarnos. Tenemos que alegrarnos de que vayan a casarse a pesar de que tienen pocas posibilidades de ser felices y a pesar de la mala reputación de Wickham. Ay, Lydia...

—Yo me consuelo pensando —respondió Jane— que si Lydia no le gustara no se casaría. Aunque no dudo que nuestro tío ha mediado de alguna manera, no creo que le haya anticipado diez mil libras ni nada parecido. El tío Edward tiene hijos y puede que quiera tener más. ¿Cómo va a prestarle a alguien diez mil libras?

—Si algún día averiguamos a cuánto ascendía la deuda de Wickham —dijo Elizabeth— y cuánto le ha ofrecido el tío Edward como dote, sabremos exactamente lo que ha hecho por ellos, porque Wickham no tiene ni un triste penique. Nunca podremos corresponder a nuestros tíos por el amable gesto que han tenido. Que hayan acogido a Lydia en casa y que le hayan ofrecido amparo y comprensión es un sacrificio tal que nunca podremos agradecérselo bastante. De hecho, ¡en estos momentos está con ellos! Si esa muestra de bondad no la hace sentirse mal ahora,

¡no merece ser feliz! ¡Seguro que se le caerá la cara de vergüenza al mirar a la tía!

—Ahora tenemos que tratar de olvidar lo que han hecho —dijo Jane—. Con todo lo que ha pasado, espero que todavía puedan ser felices. Que él acceda a casarse con ella demuestra (o eso quiero creer) que Wickham ha sentado cabeza. El cariño que los une los enderezará. Y quiero pensar que se dejarán de tonterías y llevarán una vida tan responsable que con el tiempo olvidarán las locuras del pasado.

—Jane, han actuado tan mal —objetó Elizabeth— que ni tú, ni yo, ni nadie podrá olvidarlo nunca. No merece la pena plantearse lo contrario.

Entonces cayeron en la cuenta de que su madre no sabía nada de la carta. Así que fueron a la biblioteca a preguntar al señor Bennet si quería que subieran a contárselo. Éste, que estaba escribiendo a su cuñado, levantó la cabeza y respondió con tranquilidad:

—Como queráis.

—¿Podemos llevarnos la carta del tío para leérsela?

—Llevaos lo que queráis, pero salid de una vez.

Elizabeth cogió la carta, que estaba sobre el escritorio, y juntas subieron a ver a su madre. Mary y Kitty estaban con la señora Bennet, de modo que podrían dar la noticia a todas a la vez. Después de prepararlas para escuchar buenas noticias leyeron la carta en voz alta. La señora Bennet apenas si podía contenerse. En cuanto Elizabeth leyó la parte en que su tío expresaba la esperanza de ver a Lydia casada pronto, no cabía en sí de gozo, y con cada nueva frase estaba más y más eufórica. La alegría le había provocado un estado de exaltación que no había llegado a alcanzar con el disgusto de aquellos días. Le bastaba con saber que su hija iba a casarse. No le preocupaba si su hija iba a ser feliz o no, y el recuerdo de su mala conducta tampoco le suponía ninguna humillación.

—¡Mi Lydia! —exclamó—. Pero ¡qué alegría! ¡La niña va a casarse! ¡Volveré a verla! ¡Con dieciséis años y ya casada! Pero ¡qué hermano tengo! Ya lo sabía... ya sabía yo que él lo arreglaría todo. ¡Qué ganas tengo de verla! ¡Y de ver al señor Wickham! Pero... ¡ay!, ¡el vestido!

¡El vestido de novia! Voy a escribirle a mi cuñada enseguida. Lizzy, cariño, baja y pregúntale a tu padre cuánto piensa darle. No. Quédate, quédate aquí, que ya bajaré yo. Kitty, toca la campanilla para que venga Hill. Me vestiré en un momento. ¡Ay, Lydia! ¡Mi queridísima Lydia! ¡Qué alegría, cuando nos encontremos!

La hija mayor trató de moderar la euforia de su madre recordándole lo agradecidas que debían estar al señor Gardiner por su intervención.

—Porque en gran medida —añadió— todo ha salido bien gracias a su generosidad. Creemos que se ha comprometido a ayudar al señor Wickham con dinero.

—Bueno —dijo su madre—, eso está muy bien. ¿Quién sino su tío debería hacerlo? Si él no tuviera mujer e hijos, nosotras habríamos heredado todo su dinero, ¿no? Además, es la primera vez que nos da algo, aparte de algún que otro regalo. ¡En fin! Pero ¡qué contenta estoy! Dentro de nada tendré una hija casada. ¡La señora Wickham! ¡Qué bien suena! ¡Y eso que cumplió dieciséis años en junio! Jane, querida, estoy tan emocionada que seguramente no puedo ni escribir, así que yo dictaré y tú escribirás. Ya hablaremos después con tu padre del dinero. Pero hay que encargar todo lo demás ahora mismo...

Y de este modo se puso a dictar detalles sobre telas de percal, muselina y batista; y habría empezado a pedir a la señora Gardiner que hiciera toda clase de encargos si Jane no la hubiera persuadido —no sin cierta insistencia— de esperar a hablar con su padre para consultarle. Le dijo que no pasaría nada por retrasar la carta un día. Y puesto que su madre estaba demasiado contenta para ser tan terca como siempre, accedió. Además, en ese momento ya estaba pensando en otras cosas que hacer.

—Iré a Meryton —dijo— en cuanto me haya vestido y le contaré las estupendas noticias a la señora Philips. Y cuando vuelva haré una visita a lady Lucas y a la señora Long. Kitty, corre, ve a pedir el carruaje. Seguro que me vendrá bien un poco de aire fresco. Niñas, ¿queréis algo de Meryton? ¡Oh, aquí está Hill! Hill, querida, ¿has oído la buena noticia? La señorita Lydia va a casarse, así que os podréis tomar una ponchera entera para brindar por su boda.

La señora Hill enseguida expresó su alegría, y felicitó a la madre y a las hijas. Elizabeth, cansada ya de aquella locura, fue a refugiarse en su habitación para poder pensar con tranquilidad.

La situación de Lydia era terrible, pero agradecía que no fuera peor. Así lo sentía y, aunque al pensar en el porvenir de su hermana no creía que fuera a ser feliz ni que fuera a prosperar en la vida, al recordar los temores que las habían asaltado sólo dos horas antes, llegó a la conclusión de que al menos algo habían ganado.

CAPÍTULO VIII

Antes de aquel momento de su vida, el señor Bennet había pensado en muchas ocasiones que, en vez de gastar todos sus ingresos, acaso habría sido mejor ahorrar cierta cantidad al año para que sus hijas y su mujer vivieran mejor si le sobrevivían. Ahora quería hacerlo más que nunca. También pensaba que si lo hubiera hecho antes, como le correspondía en cuanto padre, Lydia no habría tenido que estar en deuda con su tío por mantener el honor o la dignidad que pudieran quedarle. De este modo se habrían ahorrado la satisfacción de haber sido capaces de convencer a uno de los hombres más despreciables de toda Inglaterra de casarse con ella.

Le preocupaba mucho que su cuñado hubiera tenido que cargar por su cuenta con una causa como la de Lydia, que no beneficiaba a nadie. De modo que, si podía, averiguaría hasta qué punto les había ayudado y saldaría cuanto antes su deuda con él.

Cuando el señor Bennet se casó, no le pareció necesario ahorrar, porque estaba convencido de que tendría un hijo, de que ese hijo heredaría la propiedad cuando alcanzara la edad necesaria y, de este modo, la viuda y los hijos menores tendrían asegurado su bienestar. Pese a tener cinco hijas seguidas, siempre pensó que el hijo varón estaba por llegar. Y la señora Bennet, incluso años después de nacer Lydia, estaba segura de que así sería. Cuando, al fin, el matrimonio aceptó que ya no tendrían un hijo varón, ya era demasiado tarde para empezar a ahorrar: la señora Bennet no era una mujer ahorradora, y sólo el gusto por la independencia económica de su esposo evitó que en su familia los gastos sobrepasaran los ingresos.

El contrato matrimonial establecía que la señora Bennet y sus hijas habrían de recibir cinco mil libras a su muerte, pero la proporción del reparto incumbía a los padres. Ahora había llegado el momento de decidir qué parte correspondía a Lydia, y el señor Bennet no vacilaría en suscribir la propuesta de su cuñado. Para agradecer a su cuñado toda su amabilidad, redactó sobre papel (si bien muy sucintamente) su absoluta aprobación de cuanto había hecho hasta el momento y declaró que estaba más que dispuesto a aceptar los compromisos que había contraído en su nombre. Jamás habría pensado que hubieran podido convencer a Wickham de casarse con su hija, pero mucho menos que fuera a causarle tan pocos inconvenientes, como demostraba aquel acuerdo. A lo sumo iba a perder diez libras al año con las cien que había acordado pagarles, porque la asignación para comida y gastos personales, y los constantes obsequios en forma de dinero que Lydia solía recibir de su madre ascendían más o menos a aquella cantidad.

Otra grata sorpresa era que para ello no tendría que hacer grandes esfuerzos. Y es que su principal preocupación en ese momento era resolver aquel asunto de la forma más sencilla posible. Cuando había ido a Londres en busca de Lydia estaba fuera de sí, pero ahora ya había recuperado la indolencia habitual. Pronto ya había enviado la carta, y es que aunque le costaba emprender cualquier asunto, solía ser expeditivo en su ejecución. En la misiva rogaba a su cuñado que le detallara cuánto le debía, pero no mandaba recuerdos para Lydia porque estaba demasiado enfadado.

La buena noticia no tardó en extenderse por toda la casa y, con la rapidez proporcional, por todo el vecindario, que la asimiló con filosofía. Lo cierto es que habría dado más que hablar si la señorita Lydia Bennet hubiera estado presente en el pueblo o, mejor, si la hubieran recluido en una granja remota. Pero su matrimonio ya daba suficiente que hablar, y todos los buenos deseos que las señoras viejas y maliciosas de Meryton habían expresado por su bienestar previamente no decayeron un ápice con aquel cambio de circunstancias, pues con un marido así, la joven tenía la desdicha asegurada.

Ya hacía dos semanas que la señora Bennet no bajaba de su cuarto, pero aquel feliz día volvió a ocupar su lugar a la cabeza de la mesa, y con tanto entusiasmo que resultaba exasperante para los demás. No había en ella ni una pizca de vergüenza que pudiera aguarle aquel triunfo. Estaba a punto de casar a una de sus hijas (su principal deseo desde que Jane cumpliera los dieciséis años) y sólo pensaba y hablaba de nupcias elegantes, finas muselinas, carruajes y sirvientes nuevos... Andaba de acá para allá, buscando en la vecindad una casa digna de su hija, y sin conocer o sin tener en cuenta el dinero del que la pareja dispondría, rechazó diversas por no ser lo bastante grandes o señoriales.

—Haye-Park no estaría mal —dijo— si los Goulding se marcharan, o esa casa grande de Stoke si el salón fuera más grande, ¡pero Ashworth está demasiado lejos! No soportaría que viviera a más de diez kilómetros de mí; y en cuanto a Purvis Lodge, el desván es un espanto.

En presencia de los criados su esposo la dejó hablar sin interrumpirla, pero cuando se retiraron, le dijo:

—Señora Bennet, antes de que alquiles una de esas casas (o todas) para tu hija y tu yerno, aclaremos unas cuantas cosas. Hay una casa del vecindario en la que tendrán prohibida la entrada. No pienso alentar la insolencia de ninguno de los dos recibiéndoles en Longbourn.

Esta declaración desató una larga discusión. Pero el señor Bennet no pensaba ceder, lo cual provocó otra discusión, y la señora Bennet supo que su esposo no anticiparía ni una sola guinea para comprar ropa a su hija. Su marido se quejó diciendo que Lydia no tenía por qué recibir muestra alguna de afecto por su parte en aquella ocasión. La señora Bennet no entendía cómo era posible que su esposo albergara un rencor tan inconcebible como para negarle a su hija un privilegio sin el cual su boda no parecería válida. La señora Bennet era más sensible a la deshonra de que su hija no fuera a tener un vestido de novia nuevo el día de su boda, que a la vergüenza de que se hubiera fugado con Wickham y se hubieran amancebado quince días antes de casarse.

Elizabeth lamentaba más que nunca haberse dejado llevar por la angustia del momento y haber confiado al señor Darcy lo que había hecho su hermana, pues aunque la boda marcaría el fin de la fuga, tal vez la pareja querría evitar que aquel torpe comienzo llegara a oídos de más personas.

No temía que el señor Darcy fuera a difundirlo. Pocas personas le inspiraban la misma confianza, pero le avergonzaba que él conociera aquella debilidad de su hermana. Y no es que temiera que aquello afectara a su relación, porque ahora ya los separaba un abismo infranqueable. Aunque Lydia se hubiera casado de forma honrosa, no había por qué suponer que Darcy estaba dispuesto a formar parte de su familia cuando, a las objeciones que ya tenía, se iba a sumar la de contraer un parentesco íntimo con un hombre al que despreciaba con razón.

A Elizabeth no le extrañaba que Darcy se hubiera echado atrás ante la perspectiva de ser familia de Wickham. No era de esperar que él siguiera deseando ver su amor correspondido (como Elizabeth creía en Derbyshire) después de un golpe como aquél. Se sentía humillada, desconsolada; sentía arrepentimiento, pero no sabía por qué. Ahora que no podía esperar que la quisiera, no quería que dejara de amarla. Ahora que era casi imposible saber algo de él, ansiaba tener noticias suyas. Ahora que era improbable que volvieran a verse, sabía con certeza que habría sido feliz con él.

Elizabeth pensaba a menudo que para él habría sido una gran satisfacción saber que ahora ella habría aceptado de buen grado la misma propuesta de matrimonio que había desdeñado cuatro meses atrás. No dudaba que era generoso como ningún otro hombre, pero como era mortal, se deleitaría de aquel triunfo.

Ahora empezaba a comprender que Darcy era, tanto por su modo de ser como por sus facultades, el hombre que más le habría convenido. Si bien su forma de entender el mundo y su carácter eran distintos de los de ella, éstos habrían satisfecho todos sus deseos. Su unión habría beneficiado a ambos: la serenidad y el buen humor de ella habrían suavizado su carácter y habrían mejorado su forma de relacionarse; y con el buen criterio, la cultura y el conocimiento del mundo que él tenía, ella habría aprendido mucho más.

Pero ese matrimonio ideal que había de mostrar la auténtica felicidad marital a una admirada multitud ya no iba a existir. Es más: en su familia pronto se consumaría una unión de muy distinta tendencia, que además iba a excluir toda posibilidad de que se diera la otra.

Elizabeth no sabía de qué modo Wickham y Lydia pensaban conseguir una independencia económica aceptable. Pero se imaginaba lo poco que podía durar la felicidad de una pareja que se había unido porque la fuerza de sus pasiones superaba la de sus virtudes.

El señor Gardiner no tardó en escribir otra vez a su cuñado. Como breve respuesta a los agradecimientos del señor Bennet le aseguraba que sólo deseaba contribuir al bienestar de su familia y le rogaba que no volviera a mencionar el asunto nunca más. El propósito principal de su carta era informarles de que el señor Wickham había decidido abandonar el regimiento.

Yo esperaba que lo hiciera —añadía— en cuanto decidieran casarse. Y creo que estarás de acuerdo conmigo en que tanto a él como a Lydia les conviene que se retire de ese regimiento. La intención del señor Wickham es entrar en el ejército regular. Y entre sus antiguos amigos hay quien está dispuesto y capacitado para ayudarle a ingresar. Le han prometido ingresar como alférez en el regimiento del general ___, que está acuartelado en el Norte. Es una ventaja que esté en una parte tan remota del reino. Se ha comprometido a enderezarse, y espero que al hallarse entre personas que no les conocen todavía y en un lugar donde tienen que mantener su reputación, los dos serán más prudentes. He escrito al coronel Forster para informarle del acuerdo al que hemos llegado, así como para solicitarle que comunique a los acreedores de Brighton y alrededores que el señor Wickham les pagará dentro de muy poco, a lo cual yo mismo me he comprometido. Te ruego que hagas lo mismo con los acreedores que tiene en Meryton, para lo cual te adjuntaré una lista de éstos, que él mismo me ha proporcionado. Ha confesado todas sus deudas; espero que no nos haya engañado. Ya le hemos dado instrucciones a Haggerston, y todo estará resuelto en una semana. Luego se incorporarán al nuevo regimiento, a menos que antes los invitéis a Longbourn. Por lo que me ha dicho mi esposa, Lydia tiene muchas ganas de veros a todos antes de partir hacia el Norte. Se encuentra bien y me ha pedido que su madre y tú os acordéis de ella.

Un abrazo,

E. GARDINER

Al señor Bennet y sus hijas les pareció tan conveniente como al señor Gardiner que Wickham abandonara el regimiento de ___shire. Pero la señora Bennet no estaba de acuerdo. Para ella sería una gran desilusión que Lydia se estableciera en el Norte justo cuando más iba a disfrutar de ella, justo cuando más orgullosa estaba de ella. La señora Bennet aún pretendía que fueran a vivir a Hertfordshire. Además, era una lástima que apartaran a Lydia de un regimiento donde conocía a todo el mundo y donde tanta gente la quería.

—Con lo bien que se lleva con la señora Forster —dijo—, ¡le afectaría mucho irse a vivir tan lejos! Y también conoce a varios jóvenes a los que tiene mucho aprecio. Puede que los oficiales del regimiento del general ___ no sean tan simpáticos.

Cuando la señora Bennet rogó que Lydia volviera a ser admitida en la familia antes de partir al Norte, primero obtuvo una rotunda negativa. Pero Jane y Elizabeth, que estaban de acuerdo en que (por consideración a los sentimientos y al futuro de su hermana) sus padres debían reconocer su matrimonio, le pidieron encarecidamente, aunque con sensatez y delicadeza, que recibiera a Lydia y a su esposo en Longbourn después de casarse. Al final consiguieron que el señor Bennet les diera la razón e hiciera lo que le pedían. Su madre se alegró al saber que podría presumir de hija casada en el vecindario antes de desterrarla al Norte. Por lo tanto, cuando el señor Bennet volvió a escribir a su cuñado, dio su visto bueno para recibirles en su casa. Por último, acordaron que en cuanto concluyera la ceremonia la pareja se dirigiría a Longbourn. A Elizabeth le sorprendió que Wickham accediera a ese plan. En cuanto a ella, el oficial era la última persona a la que tenía ganas de ver.

CAPÍTULO IX

Llegó el día de la boda. Jane y Elizabeth estaban probablemente más emocionadas que la propia Lydia. Mandaron el carruaje para recogerlos en ——, y estaba previsto que regresaran en él sobre la hora de comer. Las dos hermanas mayores estaban aterrorizadas, sobre todo Jane, pues imaginaba que Lydia debía de sentirse como ella misma se habría sentido de haber actuado tan mal y, por tanto, se angustiaba al pensar en lo mal que lo estaría pasando su hermana pequeña.

Llegaron los recién casados. La familia se había reunido en la sala de almorzar para recibirles. La señora Bennet era todo sonrisas cuando el carruaje se detuvo frente a la puerta. Su esposo tenía una expresión grave e inescrutable, y sus hijas estaban inquietas, nerviosas y agitadas.

Oyeron la voz de Lydia en el vestíbulo, la puerta se abrió de golpe, y entró en la sala. Su madre se adelantó para abrazarla y, extasiada, le dio la bienvenida. Luego, con una sonrisa afectuosa le dio la mano a Wickham, que estaba detrás de su hija, y les deseó con tal presteza que fueran felices que evidenciaba que estaba convencida de que ya lo eran.

Acto seguido se dirigieron al señor Bennet, que no sólo no los recibió con la misma cordialidad, sino que su expresión se volvió más austera, y apenas abrió la boca. Saltaba a la vista que el desparpajo que ostentaba la joven pareja bastaba para provocarle. Elizabeth estaba asqueada, y hasta Jane estaba impresionada. Lydia era la Lydia de siempre: rebelde, desenfadada, alocada, bulliciosa y temeraria. Iba de hermana en hermana pidiendo que la felicitaran y, cuando todos se hubieron sentado por fin, miró con alegría la sala, se fijó en algunos cambios y comentó, riéndose, que no había estado allí hacía mucho tiempo.

Wickham tampoco parecía cohibido en absoluto, y sus modales eran igual de agradables que siempre; tanto era así que si su reputación y su boda hubieran sido como debían, al pedir la mano de Lydia habría encandilado a todos con sus sonrisas y su espontaneidad. Elizabeth nunca había imaginado que Wickham fuera capaz de tanto descaro, pero decidió que nunca volvería a fijar límites a la insolencia de un hombre insolente. Tanto ella como Jane se habían ruborizado, pero las mejillas de la pareja responsable de aquel desconcierto no mudaron ni un ápice de color.

No había necesidad de dar un discurso. Ni la novia ni la madre daban abasto para hablar más y más deprisa, y Wickham, que estaba sentado junto a Elizabeth, empezó a preguntarle por sus conocidos del vecindario con una desenvoltura que ella no supo igualar con sus respuestas. Wickham y Lydia parecían las dos personas del mundo con más recuerdos felices. No hablaban de ningún hecho pasado con vergüenza o arrepentimiento, y Lydia sacaba a colación temas que sus hermanas no habrían osado ni insinuar.

—Y pensar que ya han pasado tres meses desde que me fui —exclamó Lydia en un momento dado—, cuando parece que sólo han pasado un par de semanas. Y eso que han ocurrido muchísimas cosas. ¡Válgame Dios! ¿Quién me iba decir a mí, cuando me marché, que iba a volver casada? Aunque reconozco que pensé que podía ser muy divertido.

Su padre alzó la vista. Jane estaba afligida. Elizabeth lanzó una mirada elocuente a Lydia, pero como ésta nunca quería ver ni oír nada que no le interesara, prosiguió alegremente:

—¡Oh, mamá! ¿Saben los vecinos que me he casado hoy? Por si no lo sabían aún, al adelantar el tílburi de William Goulding, he bajado la ventanilla, me he quitado el guante y he apoyado la mano en el marco para que viera el anillo, y luego he inclinado la cabeza y he sonreído como si nada.

Elizabeth ya no lo soportaba. Se levantó y salió a toda prisa. No regresó hasta oírles pasar al comedor. Llegó a tiempo para ver a Lydia correr a sentarse a la derecha de su madre y oírle decir a Jane con ansia y alardeo:

—¡Ah, Jane! Ahora me toca ocupar tu lugar, y a ti rebajar el tuyo, porque soy una mujer casada.

Ya nadie esperaba que en algún momento Lydia fuera a sentir la vergüenza que no había demostrado al llegar. Al contrario: su desparpajo y buen humor fueron a más. Dijo que deseaba ir a ver a la señora Philips y a las Lucas y demás vecinas para oír cómo cada una de ellas la llamaba «señora Wickham»; y después de comer fue a enseñar el anillo a la señora Hill y a las dos criadas para presumir de casada.

—Bueno, mamá —dijo cuando todos volvían a estar en la sala de almorzar—, ¿y qué te parece mi esposo? ¿Verdad que es encantador? Seguro que todas mis hermanas me envidian. Sólo espero que tengan la mitad de la suerte que he tenido yo. Tendrían que ir todas a Brighton. Es el lugar perfecto para buscar marido. Es una lástima que no fuéramos todas, mamá.

—Tienes toda la razón, hija mía. Y si fuera por mí, deberíamos ir. Pero Lydia, cariño, no me gusta nada que tengas que irte a vivir tan lejos. ¿Es necesario?

—¡Por Dios! Sí, claro… No pasa nada. Seguro que me gustará mucho. Tú y papá y mis hermanas tenéis que venir a vernos. Pasaremos el invierno en Newcastle y seguro que habrá bailes… y ya me encargaré yo de buscarles buenas parejas a todas.

—¡Seguro que me encantará! —exclamó la madre.

—Y cuando volváis a casa, una o dos de mis hermanas pueden quedarse conmigo, y te aseguro que antes de que acabe el invierno tendrán marido.

—Gracias por pensar en mí —dijo Elizabeth—, pero no me gusta tu manera de buscar maridos.

La visita no duró más de diez días. El señor Wickham había recibido la documentación que confirmaba su puesto antes de salir de Londres y tenía que unirse al regimiento en quince días.

Aparte de la señora Bennet, nadie lamentó una estancia tan breve. Ésta aprovechó el tiempo al máximo visitando a unos y otros con su hija y organizando varios convites en casa. Convites que toda la familia agradecía, sobre todo aquellos que preferían evitar el círculo familiar.

Tal cual Elizabeth había sospechado, el amor de Wickham por Lydia era muy distinto del que su hermana sentía por él. Le bastó con observarlos un poco para saber que se habían fugado movidos por el amor de Lydia, y no por el de Wickham. Además, estaba segura de que se había fugado con ella, no porque la amara apasionadamente, sino porque las circunstancias le habían obligado a hacerlo. Y si era éste el caso, Wickham no era de la clase de hombres que desaprovechan la oportunidad de tener una fiel compañera.

Lydia lo adoraba. Era su «querido Wickham» para todo, no había otro hombre igual. Lo hacía todo mejor que nadie, y estaba segura de que el uno de septiembre mataría más pájaros que nadie en todo el condado.

Al poco tiempo de llegar Lydia, una mañana que estaba con sus dos hermanas mayores, dijo:

—Lizzy, creo que no he llegado a contarte cómo fue la boda. No estabas cuando se lo conté a mamá y a las demás. ¿No tienes curiosidad por saber cómo fue todo?

—La verdad es que no —respondió Elizabeth—. Creo que cuanto menos se hable del tema mejor.

—Mira que eres rara... Pero te lo contaré igualmente. Nos casamos en St. Clement's, ya sabes, porque Wickham se alojaba en ese distrito. Acordamos que la celebración sería a las once, que yo iría con los tíos y que nos encontraríamos con los demás en la iglesia. Bueno, pues cuando llegó el lunes por la mañana, ¡yo era un manojo de nervios! Tenía tanto miedo de que pasara algo que nos obligara a cancelar la boda... ¡Me habría dado un patatús! Pero mientras me vestía, ahí estaba nuestra tía, rezando y perorando como si diera un sermón. Pero yo ni la oía porque, como comprenderás, sólo pensaba en mi querido Wickham. Me preguntaba si iba a casarse con el abrigo azul.

»Y desayunamos a las diez, como todos los días. Pensaba que nunca íbamos a terminar... porque los tíos, por cierto, se portaron fatal conmigo mientras estuve en su casa. ¿Te puedes creer que no me dejaron salir ni una sola vez en las dos semanas que pasé con ellos? No me dejaron ir a ninguna fiesta, ni hacer ninguna excursión... ¡nada! Aunque en esa época no había mucha gente en Londres, la verdad... pero el Little Theatre estaba abierto... en fin. Cuando el carruaje ya estaba en la puerta, apareció ese horror del señor Stone para hablar de negocios con el tío, y ya sabes que cuando se juntan no acaban nunca. Bueno, pues tenía mucho miedo... porque el tío era el padrino, y si no llegábamos a la hora convenida ya no podríamos casarnos ese día. Por suerte llegó a los diez minutos y salimos a tiempo. Aunque luego me acordé de que si el tío no hubiera podido asistir, tampoco habría hecho falta aplazar la boda, porque el señor Darcy podría haber sido el padrino...

—¿El señor Darcy? —preguntó Elizabeth, estupefacta.

—Sí, claro, él acompañó a Wickham... ¡Válgame Dios! ¡Se me había olvidado! Se supone que no tenía que haber dicho nada. ¡Les di mi palabra! ¿Qué dirá Wickham? ¡Era un secreto!

—Si era un secreto —dijo Jane—, no sigas hablando. Ten por seguro que yo no pienso preguntarte nada.

—¡Claro, claro! —asintió Elizabeth, muriéndose de curiosidad—. No te preguntaremos nada.

—Gracias —dijo Lydia—, porque si lo hicierais, seguro que os lo contaría todo, y Wickham se enfadaría.

A fin de no caer en la tentación de preguntarle, Elizabeth salió de la sala.

Sin embargo, era imposible vivir en la ignorancia después de lo que habían oído o, cuando menos, era imposible no intentar averiguar más cosas. El señor Darcy había estado en la boda de su hermana a pesar de tratarse de la circunstancia menos apetecible para él y la clase de gente menos afín a él. Empezó a hacer toda clase de conjeturas que pudieran explicar aquello, pero ninguna la satisfizo. Las que más la convencían (las que más honraban a Darcy) eran las más improbables. No aguantaba el suspense, así que cogió una hoja y escribió una breve carta a su tía para que le aclarase el comentario indiscreto de Lydia, si es que era posible hacerlo sin desvelar el secreto.

«Estoy segura de que comprenderás», le decía, «mi curiosidad por saber por qué alguien que no es pariente nuestro, alguien (relativamente) ajeno a la familia estaba allí en ese momento. Te ruego me escribas cuanto antes para que pueda entenderlo, a menos que haya razones poderosas para guardar la discreción que Lydia considera necesaria. En tal caso, trataré de resignarme a la ignorancia.»

«Aunque no tengo por qué resignarme», se dijo al terminar la carta. «Además, tía querida, si no eres sincera, no tendré más remedio que recurrir a otros ardides para averiguarlo por mi cuenta.»

Jane tenía un sentido del honor demasiado sensible para comentar nada a Elizabeth en privado acerca de lo que Lydia había dejado caer. Y Elizabeth se alegraba, pues mientras no obtuviera respuesta a sus preguntas, prefería prescindir de confidentes.

CAPÍTULO X

Elizabeth tuvo la alegría de recibir una respuesta a su carta lo más pronto que cabía esperar. Apenas la tuvo en sus manos, corrió al bosquecillo, pues seguramente allí nadie la interrumpiría. Se sentó en uno de los bancos y se preparó para disfrutar, pues la extensión de la carta le decía que su tía no negaría la verdad.

Gracechurch Street, 6 de septiembre

Queridísima sobrina:

He recibido tu carta y dedicaré toda la mañana a contestarla, pues veo que unas pocas líneas no bastarán para explicártelo todo. Debo confesar que tu petición me ha sorprendido: nunca lo habría esperado de ti. Pero no me entiendas mal, no creas que estoy enfadada. Sólo quiero decir que no imaginaba que precisamente tú tuvieras la necesidad de hacerme esas preguntas. Si prefieres no entender mi postura, disculpa la impertinencia. Tu tío está igual de sorprendido que yo, y si tú no hubieras sido una parte implicada, él no habría actuado como lo ha hecho. Ahora bien, si de verdad eres inocente y desconoces los hechos, seré más explícita. El mismo día que llegué a casa después de mi estancia en Longbourn, tu tío recibió una visita muy inesperada. Era el señor Darcy. Por lo visto se encerraron a hablar durante horas. Cuando llegué ya lo había arreglado todo, de modo que no tuve tiempo de sentir tanta curiosidad como, al parecer, te ocurrió a ti. El señor Darcy había venido para decirle al señor Gardiner que había averiguado el paradero de Wickham y tu hermana, y que había hablado con los dos (varias veces con Wickham, y una con Lydia). Por lo que sé, el señor Darcy se marchó de Derbyshire un día después de nosotros, decidido a buscarlos en Londres. Explicó que lo hacía porque él tenía la culpa de que se ignorara lo despreciable que es Wickham, pues si lo hubiera dado a conocer ninguna mujer respetable se habría enamorado de él ni habría confiado en él. En un gesto de humildad, atribuyó su silencio a una cuestión de orgullo mal entendido, y confesó que había cometido el error de pensar que era indigno de él revelar al mundo sus asuntos personales. Según él, la propia mala fama de Wickham acabaría delatándolo. Por lo tanto, consideraba que tenía la obligación de actuar y tratar de poner remedio a un mal que él mismo había causado. Si tenía otros motivos, estoy segura de que no eran deshonrosos.

Los buscó por Londres durante unos cuantos días, pero, a diferencia de nosotros, él tenía una pista que seguir. Al parecer, conoce a una tal señora Younge que fue institutriz de la señorita Darcy, a la que despidió por algún acto reprobable que el señor Darcy no especificó. Tiempo después esta señora compró una casa grande en Edward Street y, desde entonces, vive de alquilar habitaciones. Él sabía que había tenido una relación estrecha con Wickham, de modo que tan pronto llegó a la capital acudió a ella para preguntarle si sabía dónde podía estar. Sin embargo le costó dos o tres días sonsacarle lo que quería. Supongo que la mujer no quiso traicionar a Wickham sin antes dejarse sobornar, porque sabía exactamente dónde encontrar a su amigo. Como sospechaba, al llegar a Londres Wickham acudió a ella y, según ésta le contó, de haber tenido espacio en casa ella misma habría alojado a la pareja. Al final, sin embargo, nuestro querido

amigo obtuvo la información deseada: estaban en ___ Street.
Primero se vio con Wickham y luego insistió en ver a Lydia.
Reconoció que su primera intención fue convencerla de acabar
con la vergonzosa situación en que se hallaba y regresar con las
personas que la querían tan pronto accedieran a admitirla en su
seno otra vez, para lo cual se ofreció a ayudarla en lo necesario.
Pero resultó que Lydia estaba resuelta a quedarse donde estaba.
Su familia no le importaba y no quería la ayuda del señor Darcy,
ni oír hablar de abandonar al señor Wickham. Estaba segura de
que tarde o temprano se casarían, y que lo importante no era
cuándo. Como era lo que ella sentía, el señor Darcy pensó que
la única solución era asegurar que se casaran lo antes posible, lo
cual no era el propósito inicial de Wickham, como ya le había
dicho en su primera conversación. Confesó que se había visto
obligado a abandonar el regimiento a causa de unas deudas de
honor apremiantes, y no tuvo ningún reparo en achacar a la
propia insensatez de Lydia las consecuencias de su fuga. Pensaba
dimitir de su cargo de inmediato, aunque aún no había pensado a
qué iba a dedicarse después. Sabía que tenía que marcharse a otra
parte, pero no sabía a dónde; lo único que sabía de seguro es que
no tendría de qué vivir. El señor Darcy le preguntó por qué no se
había casado con tu hermana desde un principio, pues aunque el
señor Bennet no era rico, seguro que le habría ayudado en algo, y
casado habría mejorado su situación. Pero Wickham le contestó
que todavía abrigaba la esperanza de hacer fortuna casándose
con una mujer rica en otra parte del país. Ahora bien, dadas las
circunstancias, podía dejarse tentar con una ayuda inmediata. Se
encontraron varias veces, porque tenían mucho de que discutir.
Wickham, claro está, quería más de lo que el señor Darcy le ofrecía, pero al final éste consiguió hacerle entrar en razón. Una vez
resuelto el asunto entre ellos, el siguiente paso era poner a tu tío
al corriente de todo, de modo que el señor Darcy pasó por Gracechurch Street la noche antes de mi llegada. Pero tu tío estaba
ocupado, y al preguntar por él el señor Darcy supo que tu padre
todavía estaba en casa, pero que tenía previsto irse de Londres a

la mañana siguiente. No le pareció que tu padre fuera la persona adecuada a la que consultar, de manera que prefirió ver a tu tío una vez tu padre se hubiera marchado. Como no dejó su nombre, al día siguiente sólo se sabía que un caballero había pasado por asuntos de trabajo. El sábado volvió a venir. Como tu padre ya se había ido y tu tío estaba en casa, pudieron hablar a sus anchas. El domingo volvieron a encontrarse, por lo que tuve ocasión de verle. No lo resolvieron todo hasta el lunes. Entonces mandaron una carta por mensajero a Longbourn. Pero nuestro visitante era muy obstinado. Creo, Lizzy, que en realidad el defecto de este hombre es la obstinación. Lo han acusado de muchas cosas, pero creo que éste es su único defecto de verdad. Él quiso ocuparse de todo, aunque tu tío (y no lo digo para que me des las gracias, así que no lo comentes a nadie) seguramente habría estado dispuesto a resolverlo. Discutieron de la cuestión durante mucho tiempo, más dc lo que merecían el caballero o la señorita implicados. Pero al final tu tío cedió y en vez de permitirle ayudar a su sobrina, el señor Darcy lo obligó a limitarse a aceptar el mérito que se le concedería, algo que sencillamente iba contra sus principios. Estoy convencida de que tu carta de esta mañana le ha causado una gran satisfacción, porque exigía dar una explicación que le permitirá descargar la conciencia y devolver los méritos a quien corresponden de verdad. Pero, Lizzy, nadie más que tú y yo —y a lo sumo Jane— debe saberlo. Supongo que comprenderás lo que han hecho por esos jóvenes: las deudas de Wickham (que ascienden según tengo entendido a más de mil libras) se saldarán; recibirán otras mil a modo de dote; y a él se le ha conseguido un trabajo. Ya he mencionado más arriba el motivo por el cual el señor Darcy ha querido asumir todo el coste. Se siente responsable —por su exceso de reserva, por no haber medido bien la gravedad de las posibles consecuencias— de que nadie conociera la verdadera fama de Wickham y que, en consecuencia, éste recibiera un trato y una consideración que no merece. Puede que haya algo de verdad en los motivos que aduce el señor Darcy, pero dudo que un suceso como éste pueda achacarse a su reserva, o la reserva de cualquier otra persona. Pero, querida Lizzy, a pesar de tan buenas palabras por su parte, ten por seguro que tu tío nunca habría accedido si no hubiera pensado que el señor Darcy tenía otros intereses en esta historia. Después de llegar a un acuerdo, regresó a Pemberley, donde todavía estaban sus amigos, pero aseguró que volvería a Londres el día de la boda para ultimar los asuntos financieros. Creo que te lo he contado todo. Supongo que te habrá sorprendido sobremanera; si no, espero al menos que no te haya contrariado. Lydia se quedó en casa con nosotros, y Wickham venía a verla con frecuencia. Él era exactamente el mismo hombre que conocí en Hertfordshire; pero Lydia... No te contaría lo poco que me gustó su conducta durante el tiempo que pasó con nosotros si no fuera porque el miércoles recibí una carta de Jane en la que me contaba que se portó exactamente igual al llegar a Longbourn. Por tanto, lo que voy a relatarte no te cogerá de nuevas. Tuve varias charlas muy serias con ella para hacerle ver la perversidad de sus actos y el disgusto que le había dado a la familia. Será una suerte si oyó algo de lo que le dije, porque no me prestaba atención. Había momentos en que me sacaba de quicio, pero luego pensé en mis queridas Elizabeth y Jane, y sólo por vosotras tuve paciencia con ella. El señor Darcy regresó con puntualidad y, tal como Lydia te dijo sin querer, asistió a la boda. Comió con nosotros al día siguiente, con la idea de volver a marcharse el miércoles o el jueves. ¿Te enfadarás conmigo, querida Elizabeth, si aprovecho la ocasión para decirte (lo que nunca tuve valor de decirte) cuánto me gusta este hombre? Se ha portado con nosotros y en todos los aspectos con la misma amabilidad que demostró en Derbyshire. Me gusta su inteligencia y su buen criterio; sólo le falta un poquito de jovialidad, aunque creo que si es prudente y se casa con la mujer adecuada, ella le ayudará a adquirirla. Me pareció un hombre muy astuto, ya que te nombró muy pocas veces. Pero al parecer la astucia es la tendencia imperante. Te ruego que me disculpes si estoy siendo demasiado suspicaz o, al menos, que no me castigues hasta el extremo de excluirme de P. No estaré contenta hasta que no haya recorrido toda esa finca. Lo ideal sería hacerlo en un faetón bajo tirado por dos ponis. En fin, tengo que dejarte, pues hace media hora que los niños me reclaman.

Un fuerte abrazo,

M. Gardiner

El contenido de la carta sumió a Elizabeth en un estado de inquietud que le impedía saber si debía reír o llorar. Después de leer la carta, quedaban absolutamente confirmadas las vagas sospechas de que el señor Darcy había podido promover la boda de su hermana. Sospechas en las que no había querido insistir por miedo a que implicaran un gesto de bondad demasiado magnánimo para ser cierto, que a la vez conllevaría la angustia de sentirse en deuda con él. El señor Darcy los había seguido expresamente a la ciudad y había asumido la molestia y la humillación que comportaría semejante búsqueda, pues había tenido que suplicar a una mujer de la que seguramente abominaba y a la que despreciaba, y había tenido que verse varias veces con el hombre al que más deseaba evitar, y cuyo nombre le asqueaba pronunciar. Un hombre con el que había tenido que razonar, al que había tenido que persuadir y, por último, sobornar. Y todo por consideración a una chica por la que no sentía ningún aprecio.

El corazón le decía que lo había hecho por ella. Pero otras consideraciones reprimieron esa esperanza; su propia vanidad no bastaba para dar por sentado que siguiera queriendo a la mujer que ya lo había rechazado y que estuviera dispuesto a vencer la aversión lógica de emparentar con Wickham. ¡Él, cuñado de Wickham! Cualquier forma de orgullo se rebelaría contra aquel parentesco. Seguramente el señor Darcy pensaría que ya había hecho suficiente. A Elizabeth le avergonzaba imaginar cuánto. Pero él había dado unos motivos que justificaban su intervención, y no eran descabellados. Era lógico que el señor Darcy creyera haber actuado mal al no delatar a Wickham. Era generoso y tenía medios para demostrarlo. Y aunque Elizabeth no pensaba que ella hubiera sido su principal motivación, quizá el poco amor que pudiera sentir todavía por ella lo había empujado a resolver una situación que afectaba considerablemente a su tranquilidad. Era doloroso, terriblemente doloroso estar en deuda con una persona que nunca se dejaría corresponder. Estaban en deuda con él porque había recuperado a Lydia, porque había restituido su reputación... ¡Era todo gracias a él! ¡Cuánto lamentaba haberlo criticado, haber tenido la insolencia de hablar mal de él! Sentía que había recibido una lección de humildad, pero estaba orgullosa de él. Orgullosa de que en un asunto como aquél hubiera puesto por encima de todo el honor y la compasión. Leyó una y otra vez los elogios que hacía su tía de él. Eran poca cosa, pero le gustaba. Incluso le alegraba (aunque a la vez le entristecía) que sus tíos no dudaran que entre ella y el señor Darcy todavía existía confianza y cariño.

En ese momento, al ver que alguien se acercaba, interrumpió sus reflexiones y se levantó de un respingo. Era Wickham. Antes de tener tiempo de tomar otro sendero, éste la alcanzó.

—¿No habré interrumpido su paseo solitario, querida cuñada? —dijo al aproximarse.

—Sí, lo ha hecho —respondió ella con una sonrisa—, aunque la interrupción no ha sido inoportuna.

—Lamentaría que lo fuera. Siempre hemos sido buenos amigos, y ahora somos algo más que eso.

—Cierto. ¿Los demás van a salir también?

—No lo sé. La señora Bennet y Lydia se van a Meryton con el carruaje. Querida cuñada, he sabido por sus tíos que ha estado usted en Pemberley.

Elizabeth asintió.

—Casi la envidio, pero creo que sería demasiado para mí; si no fuera así me detendría para una visita de camino a Newcastle. Supongo que vio a la antigua ama de llaves. Pobre Reynolds... siempre me quiso mucho. Pero imagino que ni siquiera me nombró.

—Sí, sí que lo nombró.

—¿Y qué dijo?

—Que se había alistado en el ejército y que le preocupaba que... las cosas no le hubieran ido bien. Ya sabe que con la distancia la información, curiosamente, se tergiversa.

—Cierto —respondió mordiéndose los labios.

Elizabeth esperaba haberlo hecho callar, pero Wickham prosiguió.

—Me sorprendió ver a Darcy en Londres el mes pasado. Nos cruzamos varias veces. No sé qué le habrá llevado allí.

—Quizá se esté preparando para su boda con la señorita De Bourgh —dijo Elizabeth—. Tiene que ser algo muy importante para que esté en Londres en esta época del año.

—Desde luego. ¿Lo vio durante su estancia en Lambton? Me pareció oír comentar a los Gardiner que lo habían visto.

—Así es. Y nos presentó a su hermana.

—¿Qué le pareció?

—Me gustó mucho.

—De hecho, he oído que ha mejorado considerablemente en los dos últimos años. Cuando la conocí no prometía nada. Me alegro de que le gustara. Espero que las cosas le vayan bien.

—Seguro que sí: ya ha pasado la edad más difícil.

—¿Pasaron por el pueblo de Kympton?

—Diría que no.

—Se lo digo porque es la parroquia que me correspondía. ¡Un lugar precioso! ¡Una rectoría magnífica! Me habría ido bien en muchos aspectos.

—¿Qué tal se le habría dado pronunciar sermones?

—Sumamente bien: primero me lo habría tomado como una gran responsabilidad, pero con un poco de práctica habría sido coser y cantar. No está bien lamentarse, pero... ¡debo reconocer que me habría encantado! La tranquilidad, una vida de retiro... ¡habría colmado mis aspiraciones! Pero no pudo ser. ¿Oyó a Darcy mencionar lo de la rectoría durante su estancia en Kent?

—He oído de una fuente igual de fidedigna que la parroquia se le legó de manera condicional, y a voluntad del dueño actual.

—¿Eso le han dicho? Bueno, sí, claro... fue algo así. Ya se lo dije la primera vez que hablamos de esto, como recordará.

—También he oído que durante una época no le entusiasmaba la idea de pronunciar sermones, como, al parecer, le ocurre ahora;

que tomó la decisión de no ordenarse sacerdote y que, de acuerdo con eso, se cerró el trato.

—¿Eso le han contado? Pues sí, es cierto... y no fue sin fundamento. Supongo que recordará lo que le conté a este respecto la primera vez que hablamos del asunto.

Casi habían llegado a la puerta, ya que Elizabeth había apretado el paso para zafarse de él. Y como por consideración a su hermana no quería provocarlo, se limitó a responderle con una sonrisa amistosa:

—Vamos, señor Wickham, somos cuñados, ¿verdad? No discutamos sobre el pasado. Espero que en adelante no tengamos desavenencias.

Elizabeth le tendió la mano, él la besó con afectuosa caballerosidad, sin saber con qué cara mirarla, y entraron en casa.

CAPÍTULO XI

El señor Wickham había quedado tan satisfecho con aquella conversación que nunca más volvió a preocuparse ni volvió a provocar a su querida cuñada Elizabeth sacando el tema a colación. Y Elizabeth se alegraba de haber dicho lo justo para mantenerlo callado.

Pronto llegó el día en que él y su hermana Lydia habían de partir, y la señora Bennet se vio obligada a aceptar una separación que al menos se extendería hasta un año, pues el señor Bennet no estaba dispuesto, ni mucho menos, a llevar a la familia de visita a Newcastle.

—¡Oh, Lydia, cariño! —exclamó—. ¿Cuándo volveremos a vernos?

—¡Dios mío, mamá! No lo sé. Puede que no nos veamos hasta dentro de dos o tres años.

—Escríbeme muy a menudo, cariño.

—Lo haré lo más a menudo que pueda. Pero ya sabes que las mujeres casadas no suelen tener mucho tiempo para escribir. Que me escriban mis hermanas, que no tendrán nada mejor que hacer.

La despedida del señor Wickham fue más calurosa que la de su mujer. Sonriente y radiante, dijo muchas cosas bonitas.

—Pero ¡qué joven tan refinado! —dijo el señor Bennet en cuanto se hubieron marchado—. Con esas sonrisitas nos hace la corte a todos. Estoy inmensamente orgulloso de él. Me apuesto lo que sea a que ni siquiera sir William Lucas tendrá alguna vez un yerno tan estupendo.

La señora Bennet pasó varios días decaída por haber perdido a Lydia.

—Muchas veces pienso —dijo un día— que no hay nada peor que separarse de tus seres queridos. Uno se siente tan desamparado sin ellos...

—Verá, señora, es la consecuencia directa de casar a una hija —dijo Elizabeth—. Porque si eso piensas, serás más feliz si las otras cuatro nos quedamos solteras.

—No es eso. Lydia no se ha ido de mi lado por haberse casado, sino porque el regimiento de su esposo está muy lejos. Si hubiera estado más cerca, no se habría ido tan pronto.

Pero pronto se recuperó del estado de abatimiento en que la había sumido la separación y volvió a abrir la puerta a la esperanza, gracias a una noticia que empezó a circular. El ama de llaves de Netherfield había recibido órdenes de preparar la residencia, ya que dentro de uno o dos días iba a llegar el señor de la casa con la intención de pasar allí varias semanas. La señora Bennet se puso muy nerviosa. No dejaba de mirar a Jane, o de sonreírle, de asentir con la cabeza.

—Vaya, vaya... Parece que el señor Bingley vuelve a Netherfield, hermana —dijo la señora Bennet a su hermana, pues ella había dado la noticia—. En fin, tanto mejor. Aunque a mí no es que me importe. Porque a nosotras nos da igual, ¿verdad?, y yo no quiero verle nunca más. Aunque si quiere ir a Netherfield, bienvenido sea. ¿Quién sabe qué podría pasar? Aunque a nosotras nos da igual. No sé si te acuerdas, hermana, pero habíamos quedado en no volver a mencionar este asunto. En fin... ¿y seguro que va a venir?

—No te quepa duda —respondió la señora Philips—, porque anoche vi a la señora Nicholls en Meryton. La vi pasar, y salí a la calle a propósito para averiguarlo. Y me confirmó que su señor vendría con toda seguridad. Está previsto que llegue el jueves a más tardar, pero lo más probable es que llegue el miércoles. Me dijo que el miércoles iría a la carnicería para encargar más carne precisamente por eso, y ya había comprado media docena de patos listos para matar.

Jane cambió de color inevitablemente al oír que el señor Bingley regresaba. Hacía meses que no mencionaba su nombre a Elizabeth, pero en cuanto quedaron a solas, le dijo:

—Lizzy, he visto cómo me mirabas cuando la tía nos ha informado de la novedad, y sé que has visto que me sofocaba. Pero no creas que ha sido por cualquier tontería. Sólo me he puesto roja por el momento en sí, porque he tenido la impresión de que estabais pendientes de mí. Te aseguro que la noticia no me ha afectado ni para bien ni para mal. Sólo me alegro de una cosa: de que vendrá solo. Porque así no lo veremos tanto. Mi reacción no me preocupa, pero me aterran los comentarios de los demás.

Elizabeth no sabía qué pensar. Si no hubiera visto a Bingley en Derbyshire habría podido suponer que sólo venía a Netherfield por el motivo que decía la gente. Pero aún creía que estaba enamorado de Jane, y no sabía si regresaba gracias a la aprobación de su amigo Darcy (lo cual era muy probable) o si había tenido el valor de hacerlo sin ésta.

«Es triste», pensaba a veces, «que este pobre hombre no pueda ir a una casa que ha alquilado legalmente sin levantar tantas conjeturas. Por mí, que haga lo que quiera.»

A pesar de las justificaciones de Jane y de su convencimiento acerca de que aquello era lo que realmente sentía por Bingley, Elizabeth notó que la noticia le había afectado: su hermana estaba de un humor cambiante y más inquieta que otras veces.

El tema del que tanto habían discutido sus padres un año atrás volvía a mencionarse.

—Por supuesto, en cuanto llegue el señor Bingley, querido —dijo un día la señora Bennet—, irás a hacerle una visita.

—De ninguna manera. Ya me obligaste el año pasado a hacerlo, y me prometiste que si lo hacía se casaría con una de mis hijas. Pero todo quedó en nada, y no pienso ir hasta allí para hacer el ridículo otra vez.

Su mujer le explicó que era absolutamente necesario que todos los caballeros de la vecindad tuvieran esa atención con el señor Bingley a su regreso a Netherfield.

—Desprecio esa clase de formalidades —se quejó el señor Bennet—. Si le interesa nuestra compañía, que él mismo la busque. Yo no pienso perder el tiempo corriendo detrás de los vecinos cada vez que deciden irse y volver.

—Bueno, pues será una grosería espantosa que no vayas a verle. Y no creas que por eso me abstendré de pedirle que venga a comer, porque lo pienso hacer. Pronto invitaré a la señora Long y a los Goulding. Seríamos trece, así que habría un sitio más para el señor Bingley.

El consuelo de haber tomado esta decisión le permitió soportar mejor la descortesía de su marido. Pero le avergonzaba la idea de que todos sus vecinos fueran a visitar al señor Bingley antes que ellos sólo porque él se negara a hacerlo.

Cuando el día de su llegada estaba próximo, Jane dijo a Elizabeth:

—Empiezo a lamentar que regrese. No pasaría nada... lo vería sin inmutarme, pero es que no soporto que se hable de él todo el día. Mamá tiene buenas intenciones, pero no sabe (nadie sabe) lo mucho que sufro con las cosas que dice. ¡Qué feliz seré cuando se haya marchado de Netherfield!

—Desearía tener palabras de consuelo —respondió Elizabeth—, pero no las tengo. Ya me conoces. Además, se me niega la satisfacción que proporciona aconsejar paciencia porque tú siempre tienes mucha.

Y llegó el señor Bingley. Con la ayuda de los criados, la señora Bennet se las arregló para ser de las primeras en saberlo, de manera que la desazón y el malhumor le duraran lo más posible. Contaba los días que tenían que pasar para mandar la invitación, porque no esperaba verlo antes. Pero a la tercera mañana de haber llegado a Hertfordshire, divisó su figura desde la ventana del vestidor; lo vio cruzar el cercado a caballo y dirigirse hacia la casa.

Acalorada, llamó a sus hijas para compartir su alegría. Jane resolvió no moverse de su sitio, pero Elizabeth fue hasta la ventana para contentar a su madre; al mirar y ver que iba el señor Darcy con él, volvió a sentarse a la mesa con Jane.

—Viene con un caballero, mamá —observó Kitty—. ¿Quién será?

—Supongo que algún conocido suyo, querida. No lo conozco.

—¡Ay, sí! —exclamó Kitty—. Parece ese hombre que siempre iba con él. ¿Cómo se llamaba? Ese hombre alto y orgulloso.

—¡Dios mío! Pero... ¡si es el señor Darcy! Sí, sí, juraría que es él... Bueno, cualquier amigo del señor Bingley será bien recibido en casa, pero también debo decir que a éste no puedo verlo ni en pintura.

Jane miró a Elizabeth con un gesto de sorpresa y preocupación. Puesto que sabía lo justo de su encuentro con él en Derbyshire, pensó en la situación incómoda que le esperaba a su hermana, teniendo en cuenta además que sería casi el primer encuentro después de su carta aclaratoria. Lo cierto es que ambas hermanas estaban bastante incómodas. Sufrían la una por la otra, y cada una por sí misma; por si fuera poco, su madre no dejaba de hablar de su antipatía por el señor Darcy y repetía que sólo sería educada con él porque era amigo del señor Bingley. Pero ni Elizabeth ni Jane la escuchaban. Elizabeth tenía otros motivos de preocupación que Jane ni sospechaba, pues aún no había tenido el valor de enseñarle la carta de la señora Gardiner, ni de confesarle que habían cambiado sus sentimientos por él. Para Jane sólo era el hombre cuya propuesta de matrimonio Elizabeth había rechazado y cuyos méritos había subestimado. En cambio, para Elizabeth, que estaba mejor informada, era la persona con la que su familia estaba en deuda por haberles hecho un gran favor, y por la que tenía un interés, si no tan tierno como el de Jane por Bingley, igual de razonable y justo. A Elizabeth le asombró que hubiera venido... que hubiera venido a Netherfield, a Longbourn, y que la buscara otra vez; le asombró tanto como su cambio de actitud en Derbyshire.

Por unos instantes recuperó el color que había perdido: su rostro resplandecía, y una sonrisa de felicidad iluminaba sus ojos al pensar que acaso el amor de Darcy y sus deseos seguían intactos. Pero tampoco quería hacerse ilusiones.

«Veamos cómo se comporta primero», se dijo, «y ya veré luego si puedo esperar algo.»

Trató de concentrarse en la labor que había dejado a un lado y procuró mantener la calma, pero sin atreverse a alzar la vista. Hasta que, al oír a la criada en la puerta, los nervios le hicieron mirar a su hermana. Jane estaba más pálida de lo normal, pero más tranquila de lo que esperaba Elizabeth. Con la aparición de los caballeros, Jane se ruborizó, pero los recibió con tolerable calma y compostura, sin dar muestras de resentimiento o excesiva alegría.

Elizabeth les dirigió las palabras justas para ser cordial, volvió a sentarse y reanudó su labor con más afán que nunca. Sólo había osado mirar una vez a Darcy. Estaba igual de serio que siempre, y pensó que se parecía más al Darcy que había conocido en Hertfordshire que al que había visto en Pemberley. Pero quizás en presencia de su madre no podía mostrarse como se había mostrado en la de sus tíos. Era una triste suposición, pero no era improbable.

También se había fijado un instante en Bingley, que parecía contento a la vez que cohibido. La señora Bennet lo recibió con un exceso de cortesía que avergonzó a sus dos hijas mayores, sobre todo en comparación con la frialdad y la formalidad ceremoniosa con que se dirigió a su amigo.

A Elizabeth, que sabía que su madre estaba en deuda con él por haber salvado a su hija predilecta de una infamia irremediable, le dolió y angustió especialmente su inoportuna muestra de preferencia por Bingley.

Después de preguntar a Elizabeth por los señores Gardiner —a lo cual ella respondió con bastante turbación—, Darcy casi no volvió a hablar. No estaban sentados cerca, lo cual podía explicar su silencio. Sin embargo en Derbyshire no había actuado igual, pues cuando en algún momento no había podido hablar con ella lo había hecho con sus tíos. Ya hacía varios minutos que no decía nada; pero alguna que otra vez, cuando no resistía la curiosidad, Elizabeth alzaba la vista y se encontraba con que Darcy la estaba mirando, o estaba mirando a Jane, aunque muchas veces sólo miraba al suelo. Lo evidente era que estaba más serio y que tenía menos interés en agradar que la última vez. Elizabeth estaba muy decepcionada, y además furiosa por estarlo.

«¡No podía ser de otro modo!», pensó. «Pero ¿para qué ha venido entonces?»

Ella sólo quería hablar con él, pero casi no tenía valor para hacerlo. Le preguntó por su hermana, pero no fue capaz de decir nada más.

—Ha pasado mucho tiempo, señor Bingley, desde que se marchó —dijo la señora Bennet. El joven asintió—. Empezaba a pensar que no iba usted a volver. La gente dice que piensa dejar Netherfield para siempre en otoño, pero espero que no sea así. Ha habido muchos cambios en el vecindario desde que se fue. La señorita Lucas se ha casado y le va muy bien. Igual que una de mis hijas. Supongo que se habrá enterado. Sí, seguro, porque salió en los periódicos. Me consta que en el *Times* y en el *Courier*; aunque a mí ni siquiera me mencionaban. Sólo ponía «el Sr. George Wickham ha contraído matrimonio con la Srta. Lydia Bennet», sin una sola mención a su padre, ni al lugar donde vivía, ni nada... También es verdad que lo redactó mi hermano, el señor Gardiner... pero no sé cómo tuvo tan poca gracia. ¿Lo vio?

Bingley respondió que sí, que lo había visto, y la felicitó. Elizabeth no se atrevía a alzar la vista. De modo que no supo qué cara puso el señor Darcy.

—Hay que reconocer que da gusto tener a una hija bien casada —prosiguió su madre—, pero al mismo tiempo, señor Bingley, es muy difícil vivir tan lejos de ella. Se han ido a vivir a Newcastle, que por lo visto está muy al norte, y ahí se quedarán no sé hasta cuándo. Allí está su regimiento; porque supongo que habrá oído que salió del de __shire para alistarse en el ejército regular. Gracias a Dios que tiene amigos... aunque quizá no tantos como se merece.

Al ver que el comentario iba dirigido al señor Darcy, Elizabeth sintió tanta vergüenza que tuvo que hacer un esfuerzo para quedarse sentada. Por otra parte, la actitud de su madre le hizo sacar fuerzas para hablar, de modo que preguntó a Bingley cuánto tiempo iba a pasar en el campo. Él respondió que unas semanas.

—Cuando haya matado todos sus pájaros, señor Bingley —apuntó su madre—, le ruego que venga a cazar cuantos quiera a la finca de mi esposo. Seguro que él estará encantado y le guardará las mejores nidadas.

Elizabeth sintió más vergüenza todavía con aquella muestra de atención exagerada e innecesaria. Elizabeth estaba convencida de que, si volvían a forjarse las mismas ilusiones que un año atrás, su madre contribuiría a precipitar el mismo final humillante. En ese momento sintió que no bastarían años enteros de felicidad para compensarlas a ella o a Jane por aquellos momentos de hiriente bochorno.

«Lo que más deseo en el mundo», se dijo Elizabeth, «es no ver nunca más a ninguno de los dos. Disfruto de su compañía, ¡pero no me compensa de tanta humillación! Por favor, que sea la última vez que los vea.»

Sin embargo, esa humillación que ni años enteros de felicidad podrían compensar se mitigó considerablemente al poco rato, cuando se fijó en cómo la belleza de su hermana hacía renacer la admiración de su antiguo amado. Al entrar, éste había hablado muy poco con Jane, pero cada cinco minutos que pasaban parecía dedicarle más y más atención. Le dijo que la encontraba más bella que hacía un año e igual de simpática y natural, aunque menos habladora. Jane no quería que él notara ningún cambio y pensó que hablaba lo mismo que siempre. Pero estaba tan ensimismada que no se daba cuenta de que a ratos callaba.

Cuando los caballeros se levantaron para marcharse, la señora Bennet no olvidó su propósito inicial de corresponderles con otro gesto de cortesía invitándoles a comer otro día.

—Me debe usted una visita, señor Bingley —añadió—, pues cuando se marchó a Londres en invierno me prometió que aceptaría una invitación a comer con la familia en cuanto regresara. Ya ve que no lo he olvidado, y le aseguro que me supo muy mal que no regresara y cumpliera el compromiso.

Esta reflexión desconcertó un poco a Bingley, y dijo que lo lamentaba porque los negocios lo habían retenido. A continuación se marcharon.

La señora Bennet habría querido pedirles que se quedaran a comer aquel día, pero, aunque en su casa siempre había buena mesa, pensaba que no podía servir menos de dos platos a un hombre que le inspiraba grandes expectativas, ni satisfacer el apetito y el orgullo de otro que ganaba diez mil libras al año.

CAPÍTULO XII

En cuanto se hubieron marchado, Elizabeth salió de casa para animarse un poco, o más bien para pensar con tranquilidad en cosas que la desanimarían. No daba crédito a la conducta del señor Darcy, y la enfurecía.

«¿Para qué ha venido? ¿Para estar serio, callado e impasible?», se preguntaba sin dar con una respuesta satisfactoria. «En Londres todavía fue amable y complaciente con mis tíos. ¿Por qué no podía serlo también hoy conmigo? Si le inspiro temor, ¿para qué viene a verme? Y si ya no le intereso, ¿por qué no habla? ¡Este hombre me subleva! No quiero pensar más en él.»

Mantuvo esta decisión sin querer al acercarse su hermana, que tenía una expresión alegre, clara señal de que la visita la había complacido más que a Elizabeth.

—Ahora que ya nos hemos vuelto a ver —dijo Jane refiriéndose a Bingley—, estoy mucho más tranquila. Ahora sé que soy fuerte y que su presencia nunca volverá a cohibirme. Me alegro de que venga a comer el martes. Así todo el mundo sabrá que mantenemos una relación distante y cordial, como dos simples conocidos.

—¡Y tan distante! —dijo Elizabeth, riéndose—. Ay, Jane, ten cuidado…

—Lizzy, cariño, ¿no creerás que soy tan débil como para correr algún riesgo a estas alturas?

—Lo que creo es que corres el riesgo de que él vuelva a enamorarse de ti como nunca.

No vieron más a los caballeros hasta el martes. Entretanto la señora Bennet se recreaba pensando en la perspectiva de un desenlace halagüeño, que el entusiasmo y la simple cortesía de Bingley habían hecho renacer en sólo media hora.

El martes se congregó en Longbourn un buen grupo de comensales. Los dos que las damas esperaban con más ansias llegaron con puntualidad, como perfectos caballeros. Cuando pasaron al comedor, Elizabeth estuvo pendiente de si Bingley iba a sentarse en el lugar que había ocupado otras veces, junto a su hermana. La señora Bennet, prudente como era, estaba pensando en lo mismo, por lo que no lo invitó a sentarse a su lado. Cuando pasaron al comedor, Bingley vaciló un momento, pero al ver que Jane miraba a su alrededor con una sonrisa, se decidió y fue a sentarse a su lado.

Sin caber en sí de dicha, Elizabeth lanzó una mirada al señor Darcy. Él la resistió con noble indiferencia. Y si ella no hubiera visto que Bingley lo miró con un gesto risueño pero alarmado, habría pensado que aquél le había dado su consentimiento para ser feliz.

El cariño que demostró Bingley en su forma de tratar a Jane durante la comida, si bien más disimulado que otras veces, convenció a Elizabeth de que la felicidad de la pareja ya estaría asegurada de haber dependido únicamente de él. Aunque no quería ilusionarse con la expectativa de un desenlace feliz, disfrutaba observando las atenciones que dedicaba a su hermana, lo cual además la animaba un poco a ella misma dentro de lo que cabía, pues no estaba de buen humor. El señor Darcy ocupaba el lugar más apartado posible de ella, a un lado de su madre. Elizabeth sabía muy bien lo incómoda que era para ambos aquella situación, que no les favorecía a ninguno de los dos. Desde su sitio, Elizabeth no alcanzaba a oír sus conversaciones, pero veía que eran escasas, formales y frías. La descortesía de su madre atormentaba más aún a Elizabeth, que tenía muy presente lo mucho que debían al señor Darcy; en algunos momentos habría dado lo que fuera por poder decirle que no toda su familia ignoraba lo que había hecho por ellos ni era ingrata con su generosidad.

Tenía la esperanza de que por la tarde surgiera la oportunidad de estar juntos, que no se marchara sin haber podido decirse algo más que los meros saludos formales al llegar. El momento de impaciencia y nerviosismo que pasó en el salón mientras esperaba con las otras damas a los hombres se le hizo tan largo y tedioso que casi se comportó de manera descortés. Ansiaba que entraran cuanto antes, pues creía que sería su único momento de disfrute aquella tarde.

«Si entonces no viene a mí», se dijo, «renunciaré a él para siempre.»

Por fin entraron los caballeros. La actitud de Darcy le hizo pensar que iba a satisfacer sus deseos, pero ¡ay!, todas las damas se habían agolpado en torno a la mesa donde Jane preparaba el té y Elizabeth servía el café, formando un grupo tan cerrado que cerca de ella no quedaba ningún hueco para una silla. Por si fuera poco, cuando los hombres se aproximaron, una de las chicas se acercó más a ella para susurrarle al oído:

—No pienso dejar que los hombres nos separen. No nos hacen ninguna falta, ¿verdad?

Darcy permaneció en otra parte del salón. Ella no lo perdía de vista, envidiando a todo el que hablaba con él, y cada vez le quedaba menos paciencia para servir cafés. Su propia irracionalidad la enfureció.

«¿Cómo puedo ser tan estúpida de creer que un hombre al que ya le he dado calabazas siga interesado en mí? Cualquier hombre consideraría una debilidad pedir la mano por segunda vez a una misma mujer. ¡Sería una humillación detestable!»

Pero al ver que el señor Darcy se acercaba para devolver él mismo la taza de café, se animó un poco y aprovechó la ocasión para preguntarle:

—¿Su hermana sigue en Pemberley?

—Sí, se quedará hasta Navidad.

—Pero ¿está sola? ¿Se han ido ya sus amigos?

—La señora Annesley está con ella. Los demás se han ido a pasar tres semanas a Scarborough.

A Elizabeth no se le ocurría nada más que decir, pero si él tenía intención de seguir hablando con ella, la conversación quizá no decaería. Pero el señor Darcy se quedó unos minutos de pie a su lado sin decir nada, hasta que la misma chica volvió a susurrarle algo a Elizabeth, y aquél se apartó.

Cuando retiraron el servicio de té y dispusieron las mesas de juego, las damas se levantaron. Elizabeth esperaba que él aprovechara el momento para sentarse a su lado, pero sus esperanzas se truncaron cuando vio que el señor Darcy era víctima de la voracidad de su madre, que buscaba jugadores de *whist*; momentos después estaba sentado con el resto del grupo. Elizabeth perdió toda esperanza de disfrutar, pues estaban confinados en mesas distintas para el resto de la tarde. Sólo cabía esperar que las constantes miradas que él dirigía a la parte del salón donde ella estaba le estuvieran haciendo jugar igual de mal que ella.

La señora Bennet tenía la intención de invitar a cenar a los dos caballeros de Netherfield aquella noche, pero por desgracia éstos pidieron su carruaje antes que los demás invitados, y no pudo retenerlos.

—Bueno, muchachas —dijo a sus hijas tan pronto quedaron a solas—. ¿Qué os ha parecido el día? Yo diría que todo ha ido extraordinariamente bien. La comida estaba presentada como en las mejores casas. El venado estaba en su punto justo... y todos han dicho que nunca habían visto una pierna tan gorda. La sopa estaba mil veces mejor que la que tomamos en casa de los Lucas la semana pasada, y hasta el señor Darcy ha reconocido que las perdices estaban muy bien cocinadas. Y eso que él debe de tener dos o tres cocineras francesas por lo menos. Y Jane, cariño, tú estabas preciosa como nunca. La señora Long también lo ha dicho, porque yo misma le he preguntado cómo te encontraba. Además, ¿sabes qué ha dicho? «¡Ah, señora Bennet! Creo que al final veremos a Jane en Netherfield.» Eso ha dicho. La señora Long es una mujer buena como ninguna, y sus sobrinas están muy bien educadas. Y aunque no son nada guapas, las adoro.

Dicho de otro modo, la señora Bennet estaba eufórica. Había visto lo justo para convencerse de que el señor Bingley, por fin, pediría la mano de Jane. Y cuando estaba de buen humor sus expectativas eran tan irracionales que sufrió una gran decepción cuando al día siguiente Bingley no apareció por Longbourn para pedirle la mano a su hija.

—Ha sido un día muy agradable —le dijo Jane a Elizabeth—. Los invitados estaban muy bien escogidos y han congeniado bien. Espero que nos juntemos más a menudo. —Elizabeth sonrió.— Lizzy, no pienses mal. No seas suspicaz, que me enfado. Te aseguro que ya he aprendido a disfrutar de su conversación como el chico agradable y sensato que es, sin esperar nada más. Estoy encantada con su simpatía, ahora que sé que nunca estuvo enamorado de mí. Lo que pasa es que tiene un trato más amable y más ánimo de complacer que otros hombres.

—Eres perversa —bromeó su hermana—: no me dejas sonreír, pero dices cosas para que lo haga.

—¡Qué difícil es conseguir que a una la crean!

—¡Y qué imposible es otras veces!

—Pero ¿por qué quieres convencerme de que siento algo más por él pero no quiero reconocerlo?

—Eso sí que no lo sé. A todos nos gusta aleccionar, aun cuando sólo somos capaces de enseñar cosas que no merece la penar aprender. Perdóname. Pero si insistes en mostrar indiferencia, no me escojas como confidente.

CAPÍTULO XIII

Días después de la comida el señor Bingley volvió a visitar Longbourn, pero esta vez solo. Aquella mañana su amigo se había ido a Londres y no regresaría a Hertfordshire hasta dentro de diez días. Pasó cerca de una hora con ellas, y estaba de excelente humor. La señora Bennet lo invitó a comer, pero muy a su pesar reconoció que tenía otro compromiso que atender.

—Bueno, a ver si hay más suerte la próxima vez que venga a vernos —lamentó la señora Bennet.

Bingley respondió que estaría encantado de comer en Longbourn cualquier otro día, etcétera, etcétera, y que si no les importaba aprovecharía la primera ocasión para hacerlo.

—¿Le iría bien mañana?

Asintió diciendo que no tenía ningún compromiso para el día siguiente y aceptó la invitación sin vacilar.

Al día siguiente llegó tan pronto que ninguna de las chicas se había vestido todavía. La señora Bennet, aún en bata y con el pelo a medio hacer, entró como un rayo en el cuarto de Jane, gritando:

—Jane, cariño, date prisa y baja. Ya ha llegado... el señor Bingley ya ha llegado. Está aquí. Date prisa, date prisa. Sarah, ven aquí ahora mismo para ayudar a la señorita Bennet a ponerse el vestido. Deja estar el pelo de Lizzy.

—Bajaremos cuando estemos listas —dijo Jane—, pero diría que Kitty ya está vestida, porque hace media hora que ha subido.

—¡Que Kitty se vaya al cuerno! Ella no pinta nada. Vamos, muévete, muévete... ¿Dónde está la faja, cariño?

Pero cuando su madre salió no pudieron convencer a Jane de bajar sola, sin que una de sus hermanas la acompañara.

Por la tarde, la señora Bennet volvía a estar claramente ansiosa por dejar sola a la pareja. Después del té el señor Bennet se retiró a la biblioteca como de costumbre, y Mary subió a tocar el piano. Al ver que dos de cinco obstáculos habían desaparecido, la señora Bennet esperó sentada un buen rato, haciendo guiños y otras señas a Elizabeth y Catherine, pero sin lograr que reaccionaran. Elizabeth ni siquiera la miraba y, cuando por fin Kitty se dio cuenta, dijo con inocencia:

—¿Qué ocurre, mamá? ¿Por qué no paras de guiñarme el ojo? ¿Qué quieres que haga?

—Nada, hija mía, nada. No te lo guiñaba a ti —respondió su madre, y permaneció sentada sin moverse.

Pero como la señora Bennet no soportaba perder aquella ocasión tan preciada, a los cinco minutos se levantó de pronto y fue hacia Kitty.

—Ven, cariño, que quiero hablar contigo —le dijo, llevándosela del salón.

Jane lanzó a Elizabeth una mirada que le dio a entender lo incómoda que la hacía sentir la premeditación de su madre y que a la vez le suplicaba que no saliera ella también. Pero al poco rato la señora Bennet entreabrió la puerta y la llamó.

—Lizzy, cariño, ¿puedo hablar contigo?

Elizabeth no tuvo más remedio que salir.

—Más vale dejarlos solos, ¿sabes? —le dijo su madre en cuanto salieron al vestíbulo—. Kitty y yo vamos a esperar en mi cuarto de estar.

Elizabeth ni siquiera trató de hacerla entrar en razón. Sin decir nada se quedó en el vestíbulo hasta que desaparecieron, y luego volvió al salón.

Así pues, los ardides de la señora Bennet no dieron resultado aquel día. Bingley era todo lo encantador que podía ser, pero no era el pretendiente manifiesto de su hija. Gracias a su naturalidad y buen humor aportó buen ambiente a la tertulia de la tarde, soportó bien la imprudente oficiosidad de la madre y prestó atención a todos sus comentarios estúpidos con paciencia y compostura, lo cual complació sobre todo a Jane.

Apenas hizo falta una invitación para que se quedara a cenar; y antes de marcharse se comprometió gustosamente, y a petición de la señora Bennet, a volver por la mañana para ir de caza con su marido.

A partir de ese día Jane no volvió a hablar de indiferencia. Ni ella ni Elizabeth mencionaron nada que tuviera que ver con Bingley. Pero esa noche Elizabeth se fue a dormir con la feliz convicción de que todo se resolvería pronto, siempre y cuando el señor Darcy no regresara antes de tiempo. Y aun así, estaba segura de que el interés renovado de Bingley por Jane se debía en parte a su propia intervención.

Bingley fue puntual al día siguiente. Tal como habían quedado, pasó la mañana con el señor Bennet, que fue mucho más agradable de lo que el joven esperaba. Y es que Bingley no era presuntuoso ni alocado, por lo que no despertó en el señor Bennet sentimientos de vergüenza ajena ni desprecio que le hicieran callar. Por otra parte, éste fue más comunicativo y menos excéntrico de como Bingley lo recordaba. Como cabía esperar, el joven regresó con él a Longbourn para comer con la familia. Y por la tarde la señora Bennet volvió a ingeniárselas para dejar a la pareja a solas. Elizabeth, que tenía que escribir una carta, se retiró a la sala de almorzar poco después del té.

Puesto que los demás se disponían a jugar a las cartas, su presencia ya no era necesaria para entorpecer los ardides de su madre.

Ahora bien, cuando regresó al salón después de escribir la carta vio con sorpresa que su madre había sido más lista que ella. Al abrir la puerta se encontró a su hermana y a Bingley de pie junto a la chimenea, abstraídos en la conversación. Si la escena no hubiera despertado suspicacias, la expresión y la reacción de ambos habría bastado para ello, pues al entrar Elizabeth se volvieron de espaldas y se apartaron el uno del otro. Elizabeth pensó que aunque la situación era incómoda para la pareja, para ella lo era mucho más. Nadie dijo nada, y cuando Elizabeth se disponía a salir, Bingley —que, como Jane, se había sentado— se levantó de pronto y, después de susurrar algo a su hermana, salió a toda prisa del salón.

Jane no podía ocultar a Elizabeth algo que iba a darle una alegría. Así que la abrazó y reconoció muy emocionada que era la persona más feliz del mundo.

—¡Es demasiado! —añadió—. ¡Es demasiado! No me lo merezco... ¡Oh! ¿Por qué no será todo el mundo tan feliz como yo?

Elizabeth la felicitó con una sinceridad, un cariño y un entusiasmo que no podría haber expresado con palabras. Y cada palabra amable era un nuevo motivo de dicha para Jane. Pero prefirió esperar para contarle a su hermana los detalles.

—Debo decírselo a mamá —explicó—. No quiero jugar con algo tan importante para ella, ni puedo permitir que se entere por otros. Él ya ha ido a hablar con papá. Ay, Lizzy... pensar que esta noticia alegrará a toda la familia... ¿Cómo voy a soportar tanta felicidad?

Salió corriendo en busca de su madre, que había interrumpido a propósito la partida de cartas para subir a esperar en su cuarto con Kitty.

Cuando quedó sola, Elizabeth sonrió al pensar en lo rápido y sencillo que había sido el desenlace de aquella historia que tantos meses de suspense y tribulaciones había ocasionado.

«Y así concluyen», se dijo, «todas las precauciones e inquietudes de su amigo, y todas las falsedades y artimañas de sus hermanas: con un desenlace feliz, sensato y justo como ninguno.»

A los pocos minutos apareció Bingley. La conversación con el señor Bennet había sido franca y breve.

—¿Dónde está su hermana? —le preguntó sin perder un instante.

—Arriba con mi madre. Supongo que bajará en un momento.

Bingley cerró la puerta y se acercó para pedirle toda la felicidad y todo el cariño de una cuñada. Elizabeth le dijo que se alegraba de todo corazón de que pronto fueran a ser parientes. Se dieron la mano con efusividad y, a continuación, mientras esperaban a Jane, escuchó cuanto Bingley deseaba decirle sobre lo feliz que era y lo perfecta que era Jane. Y a pesar de ser un hombre enamorado, Elizabeth no pensó que sus expectativas de felicidad fueran descabelladas, pues se fundamentaban en el buen entendimiento entre ellos, en el excelente carácter de Jane y en su afinidad de gustos y sentimientos.

Fue una tarde de incomparable felicidad para todos. La paz iluminaba el rostro de Jane, concediéndole una expresión risueña que la hacía parecer más hermosa que nunca. Kitty no podía dejar de sonreír como una boba y esperaba que pronto le tocara a ella. La señora Bennet no sabía cómo expresar su consentimiento y aprobación con más pasión, aun cuando no dejó de hablar de ello con Bingley durante la siguiente media hora. Y cuando el señor Bennet se unió al grupo para la cena, su alegría era evidente por su tono de voz y su actitud.

Sin embargo, hasta que el invitado no se hubo marchado no mencionó ni una sola palabra al respecto. Y cuando la familia quedó a solas, se volvió hacia su hija para felicitarla.

—Jane, enhorabuena. Serás una mujer muy feliz.

Jane se le echó encima para darle un beso y le dio las gracias por ser tan bueno.

—Tú sí que eres buena —respondió el señor Bennet—. Me complace saber que vas a estar felizmente casada. No me cabe duda de que os llevaréis muy bien. Os parecéis mucho. Los dos sois tan conciliadores que nunca tomaréis decisiones, tan cándidos que los criados os engañarán y tan generosos que siempre gastaréis más de lo que tengáis.

—Espero que no, papá. La falta de prudencia y previsión en asuntos de dinero sería algo imperdonable en mí.

—¿Cómo van a gastar más de lo que tengan? Pero ¿cómo dices algo así, señor Bennet? —dijo su esposa—. Si el señor Bingley dispone de cuatro o cinco mil libras al año... ¡o más! —Y volviéndose hacia su hija, añadió:— ¡Ay, mi querida Jane! ¡Estoy tan feliz! Seguro que no pegaré ojo en toda la noche. Ya sabía yo que esto iba a acabar así. Y así ha sido. ¡Es que no podías ser tan guapa para nada! La primera vez que lo vi cuando llegó a Hertfordshire, enseguida pensé que era muy probable que acabarais juntos. ¡Oh, es el hombre más guapo que he conocido nunca!

La señora Bennet ya se había olvidado de Wickham y de Lydia. Jane era, por encima de todo, su hija favorita. En ese momento no le preocupaba nadie más. Las hermanas más pequeñas empezaron a pedirle a Jane cosas que les gustaban y que ésta podría proporcionarles en breve.

Mary quería usar la biblioteca de Netherfield, y Kitty le suplicó que organizaran varios bailes en invierno.

Claro está, a partir de entonces Bingley fue una presencia habitual en Longbourn: a menudo llegaba antes del desayuno y se marchaba después de la cena, siempre y cuando algún vecino desconsiderado no lo hubiera invitado a cenar, y en ese caso él se sentía obligado a aceptar.

Ahora Elizabeth tenía pocas ocasiones de hablar con su hermana, pues cuando Bingley estaba presente, Jane no prestaba atención a nadie más. Aun así, era de bastante utilidad para la pareja durante las inevitables horas en que debían estar separados. En ausencia de Jane, él buscaba a Elizabeth por el gusto de hablar; y en ausencia de Bingley, Jane recurría a esta misma forma de consuelo.

—No sabes cuánto me alegré —le dijo una tarde— cuando me confesó que en primavera no supo en ningún momento que estaba en Londres. No me lo podía creer.

—Ya me lo figuraba —respondió Elizabeth—. Pero ¿cómo es posible que no lo acabara sabiendo?

—Seguro que fue cosa de sus hermanas. No es que yo les guste mucho que digamos. Aunque tampoco es de extrañar, porque él podía haber elegido a alguien mejor en muchos aspectos. Pero cuando vean (y espero que así sea) que su hermano es feliz conmigo, acabarán aceptándolo y volveremos a llevarnos bien.

—Ese comentario es absolutamente imperdonable —se quejó Elizabeth—. Ilusa... Te aseguro que me enfadaría mucho si volvieras a dejarte engañar por el falso interés de la señorita Bingley en ser amiga tuya.

—¿Te puedes creer, Lizzy, que cuando se marchó a Londres en noviembre Bingley me quería de verdad, y que nunca habría vuelto a Netherfield si hubiera estado convencido de que él me era indiferente?

—Hay que reconocer que se equivocó, pero porque pecó de modesto.

Lógicamente, el comentario dio pie a un panegírico sobre su timidez y la poca importancia que daba a sus buenas cualidades.

Elizabeth se alegraba de que Bingley no hubiera traicionado a Darcy confesando a su hermana su intervención, pues aunque Jane tenía el corazón más generoso y comprensivo del mundo, ella sabía que aquella circunstancia podría perjudicar el buen concepto que tenía de él.

—¡Soy la persona más feliz del mundo! —exclamó Jane—. Ay, Lizzy... ¿Por qué habré sido yo la elegida de entre todas mis hermanas? ¿Por qué habré tenido tanta suerte? ¡Me encantaría verte igual de feliz! ¡Espero que exista un hombre igual para ti!

—Aunque me dieras cuarenta hombres como él, nunca sería igual de feliz que tú. Mientras no tenga el mismo carácter y la misma bondad que tú, jamás seré igual de feliz. Deja, deja, que ya me las arreglaré yo sola. Además, si tengo suerte, hasta podría conocer a otro señor Collins a tiempo.

La situación que se vivía en casa de los Bennet ya no podía mantenerse en secreto. La señora Bennet se tomó la libertad de susurrárselo a la señora Philips, que a su vez lo contó a todas sus vecinas de Meryton sin antes pedir permiso.

Pronto los Bennet fueron declarados la familia más afortunada del mundo, cuando apenas unas semanas antes, después de la fuga de Lydia, se les compadecía por ser las personas más desdichadas que había sobre la faz de la tierra.

CAPÍTULO XIV

Una semana después de que Bingley y Jane se hubieran comprometido, mientras éste y las mujeres de la familia Bennet se hallaban en el salón, el ruido de un carruaje que se acercaba los atrajo a las ventanas. Se trataba de un coche tirado por cuatro caballos. Era demasiado temprano para visitas, y el vehículo no pertenecía a ninguno de sus vecinos. Los caballos eran de posta, y ni el carruaje ni la librea del criado que lo precedía les resultaba familiar. Fuera quien fuera, había llegado una visita. A fin de evitar la reclusión que ésta impondría, Bingley convenció a Jane de salir a pasear con él por el jardín. Y así lo hicieron. Las tres mujeres que quedaron en el salón en vano hacían conjeturas sobre quién podía ser, hasta que la puerta se abrió de golpe y apareció el visitante. Era lady Catherine de Bourgh.

Todas intentaron mostrar alegría por la sorpresa, pero pudo más su estupefacción, si bien la de la señora Bennet y Kitty, que no conocían a la señora, no fue tan grande como la de Elizabeth.

La dama entró en la sala con la mala sombra que la caracterizaba, devolvió el saludo de Elizabeth con una mera inclinación de la cabeza y se sentó sin decir palabra. Pese a que al entrar reparó en que Elizabeth estaba informando a su madre de quién era, la señora no pidió que las presentaran.

La señora Bennet, que no cabía en sí de asombro aunque se sentía halagada de tener en su casa a una persona tan importante, la recibió con suma cortesía. Después de esperar unos momentos sentada y en silencio, dijo a Elizabeth con frialdad:

—Espero que esté bien, señorita Bennet. Supongo que esta señora de aquí es su madre. —Elizabeth respondió sucintamente que sí.— Y ésta de aquí será una de sus hermanas.

—Así es, señora —respondió la señora Bennet, encantada de estar hablando con lady Catherine—. Es la penúltima. La más pequeña se ha casado hace poco, y la mayor está fuera, paseando con un joven que pronto será miembro de esta familia.

—Tiene usted una finca muy pequeña —observó lady Catherine después de un breve silencio.

—Debo reconocer que no es nada comparado con Rosings, señora, pero le aseguro que es mucho más grande que la de sir William Lucas.

—Esta sala de estar debe de ser muy poco práctica en verano: las ventanas dan de lleno al oeste.

La señora Bennet explicó que nunca se sentaban allí después de comer, y añadió:

—¿Me permite la señora preguntarle si el señor y la señora Collins se encuentran bien?

—Sí, muy bien. Los vi anteanoche.

Elizabeth esperaba que en ese momento fuera a sacar una carta de Charlotte para ella, pues era el único motivo que se le ocurría para la visita. Pero no hubo carta. Elizabeth estaba muy extrañada.

Con mucha educación, la señora Bennet sugirió a lady Catherine que tomara un refrigerio, pero ésta, con rotundidad y muy mala educación, dijo que no quería comer nada y, acto seguido, tras ponerse de pie, dijo a Elizabeth:

—Señorita Bennet, me ha parecido ver un rincón algo frondoso en una parte del jardín. Me gustaría pasear por allí un momento si hace el favor de acompañarme.

—Ve, cariño —dijo su madre—, y muéstrale a la señora los senderos de la finca. Creo que la ermita le gustará.

Elizabeth obedeció y, después de subir corriendo a su habitación para coger el parasol, atendió a la noble invitada, que esperaba abajo. Al pasar por el vestíbulo, lady Catherine abrió las puertas del comedor y las del salón y, después de escrutarlas brevemente y declarar que eran salas aceptables, siguió andando.

El carruaje se había quedado en la puerta, y Elizabeth vio que dentro estaba la camarera de la dama. Caminaron en silencio por la senda de grava que conducía al bosquecillo; Elizabeth no pensaba hacer ningún esfuerzo para dar conversación a una mujer que estaba siendo más insolente y desagradable que nunca.

«¿Cómo pude llegar a pensar que se parecía a su sobrino?», se dijo, mirándola.

Tan pronto estuvieron en el bosquecillo, lady Catherine dijo:

—Imagino, señorita Bennet, que ya sabrá para qué he venido hasta aquí. Su intuición, su conciencia, le dirán a qué se debe esta visita.

Elizabeth la miró con un gesto espontáneo de asombro.

—Se equivoca usted, señora. No se me ocurre a qué debemos el honor de su presencia en Longbourn.

—Señorita Bennet —respondió lady Catherine con enfado—, debe usted saber que conmigo no se juega. Y por falsa que usted prefiera ser, yo no pienso serlo. Siempre me han elogiado por ser franca y sincera, y en una circunstancia como la presente no pienso dejar de serlo. Hace dos días me llegó una noticia preocupante. Me dijeron que, no sólo su hermana estaba a punto de contraer un matrimonio ventajoso, sino que dentro de poco usted, señorita Elizabeth Bennet, va a casarse con mi sobrino... mi propio sobrino, el señor Darcy. Aunque seguramente se trata de una calumnia escandalosa, aunque no deshonraría a mi sobrino dando por cierto el rumor, en cuanto llegó a mis oídos decidí venir a verla a fin de comunicarle mi opinión al respecto.

—Si le parece imposible que sea cierto —dijo Elizabeth, sonrojándose de asombro e indignación—, ¿para qué se ha tomado la molestia de hacer un viaje tan largo? ¿Con qué propósito ha venido, señora?

—Antes que nada, para exigir que desmienta en público el rumor.

—El mero hecho de que usted haya venido a Longbourn para vernos a mí y a mi familia —dijo Elizabeth con serenidad— bastará para desmentirlo, si es que el rumor existe.

—¿Si es que existe, dice? ¿Acaso se hace de nuevas? ¿Acaso no se han ocupado ustedes mismas de difundirlo? ¿Acaso no sabe que todo el mundo se hace eco?

—No, hasta ahora no sabía nada.

—¿Y puede confirmar que es un rumor infundado?

—Yo no soy tan franca como usted. Puede hacerme las preguntas que quiera, pero no tengo por qué responderle.

—¡Esto es intolerable! Señorita Bennet, insisto en que me dé una respuesta. ¿Le ha hecho mi sobrino una propuesta de matrimonio?

—Usted misma ha dicho que eso era imposible.

—Debe de serlo. Ha de serlo si el señor Darcy todavía no ha perdido la razón. Pero con sus artes y su seducción, bien podría haberle hecho olvidar, en un momento de obcecación, que él se debe a sí mismo y a su familia. Usted podría haberlo arrastrado a hacerlo.

—Si fuera así, yo sería la última persona en confesarlo.

—Señorita Bennet, ¿sabe usted quién soy? No estoy acostumbrada a que se me hable de ese modo. Soy el pariente más próximo, o casi, que mi sobrino tiene en este mundo y, por tanto, tengo derecho a conocer sus intereses más íntimos.

—Pero no tiene derecho a conocer los míos, y su actitud no me persuadirá de ser más explícita.

—Veamos si me entiende bien: esta unión a la que tiene la presunción de aspirar nunca se consumará. Nunca. Jamás. El señor Darcy está comprometido con mi hija. ¿Qué tiene que decir al respecto?

—Que si es así, no tiene usted motivos para pensar que el señor Darcy vaya a pedirme la mano.

Lady Catherine dudó un momento y luego dijo:

—El compromiso que hay entre ellos es muy especial. Están destinados el uno para el otro desde niños. Tal era el deseo de su madre, y el mío. Planeamos la unión desde que nacieron. Y ahora, cuando los deseos de las dos hermanas están a punto de cumplirse con su matrimonio, es indignante que lo impida una joven de cuna inferior, absolutamente prescindible para el mundo y ajena por completo a la familia. ¿Acaso le traen sin cuidado los deseos de sus seres queridos? ¿Su compromiso tácito con lady De Bourgh? ¿Acaso ha perdido toda noción de decencia, toda sensibilidad? ¿Acaso no me oyó decir el día que nos conocimos que estaba destinado a su prima?

—Sí, y ya lo había oído antes también. Pero ¿a mí, qué más me da? Si ésta es la única objeción que habría para que yo me casara con su sobrino, el hecho de que su madre y su tía quisieran que se uniera a la señorita De Bourgh no me impediría hacerlo. Ambas hicieron lo que pudieron al planear su matrimonio. Pero la realización de ese deseo depende de otras personas. Si el señor Darcy no quiere casarse con su prima, ya sea por una cuestión de honor o porque no siente ninguna inclinación hacia ella, ¿por qué no habría de casarse con otra mujer? Y si yo fuera esa mujer, ¿por qué no habría de aceptarlo?

—Porque el honor, el decoro, la prudencia, ¿qué digo?, el interés no lo permiten. Sí, señorita Bennet, el interés. No espere que la familia y los amigos de mi sobrino vayan a reconocerla si se empeña en actuar contra la voluntad de todos. Todos sus parientes la censurarán, le rehuirán, la despreciarán. Su matrimonio será una vergüenza, ninguno de nosotros volveremos a pronunciar su nombre.

—Qué graves desgracias —respondió Elizabeth—... Pero la esposa del señor Darcy tendrá tantos motivos para ser feliz que, en general, no tendrá nada que lamentar.

—¡Es usted una joven obstinada y cabezota! ¡Me avergüenza! ¿Ésta es la gratitud que muestra después de las atenciones que le di en primavera? ¿No cree que sólo por eso deber tener en cuenta mi opinión?

»Sentémonos. Tiene que entender, señorita Bennet, que he venido hasta aquí con la firme determinación de conseguir mi propósito, y nadie me hará desistir de él. No estoy hecha para someterme a los caprichos de los demás, ni para tolerar la decepción.

—Eso agravará su situación, pero a mí no me afectará.

—¡No me interrumpa! Escúcheme en silencio. Mi hija y mi sobrino están hechos el uno para el otro. Comparten linaje noble por línea materna; los antepasados paternos son familias respetables, honorables y antiguas, aunque sin título nobiliario. La fortuna de ambas partes espléndida. Todos los parientes de sus respectivas casas dan por sentado que están destinados a estar juntos. ¿Cómo van a separarlos las pretensiones de una advenediza sin familia ni parientes de importancia, sin fortuna? ¡Es intolerable! No puede ser: no lo permitiré. Si supiera lo que le conviene, no querría abandonar el entorno en el que se ha criado.

—No tendría que abandonar mi entorno si me casara con su sobrino. Él es un caballero, y yo soy hija de un caballero. Por lo tanto, somos iguales.

—Cierto, es usted hija de un caballero, pero ¿y su madre? ¿Quién es su madre? ¿Quiénes son sus tíos? No crea que ignoro su condición.

—Sean quienes sean mis parientes —replicó Elizabeth—, si su sobrino no le da importancia, usted no tiene nada que decir al respecto.

—Dígame de una vez por todas: ¿está comprometida con él o no?

Elizabeth habría callado sólo por no darle el gusto a lady Catherine, pero después de reflexionar un instante dijo:

—No.

Lady Catherine parecía satisfecha.

—¿Y me promete no acceder nunca a comprometerse con él?

—No pienso prometerle algo así.

—Señorita Bennet, estoy asombrada y atónita. Esperaba que fuera usted más razonable. Pero no se haga ilusiones, porque no desistiré. No me iré hasta que no me haga la promesa que le exijo.

—Y yo no se la haré. No va usted a intimidarme con algo tan irracional. Usted quiere que su sobrino se case con su hija, pero aunque yo le hiciera la promesa que me pide, ¿de verdad cree que será por ello más fácil que acaben juntos? Suponiendo que su sobrino me quisiera, ¿cree que por rechazar su mano trasladaría su amor a su prima? Lady Catherine, permítame decirle que los argumentos que ha empleado para sostener su peculiar petición han sido tan frívolos, como imprudente ha sido la petición. Es evidente que me ha tomado por quien no soy al pensar que podría convencerme y salirse con la suya. No sé hasta qué punto su sobrino aprobará que se entrometa en sus asuntos; pero en los míos no tiene derecho a interferir. Por tanto, le ruego que no siga importunándome con esto.

—Haga el favor de no precipitarse. No he terminado. Hay otra objeción aparte de las que ya he expuesto. Conozco los detalles de la infame fuga de su hermana pequeña. Lo sé todo. Sé que su matrimonio fue un asunto arreglado a costa de su padre y sus tíos. ¿Cómo iba a ser cuñada de mi sobrino semejante muchacha? ¿Cómo iba a ser su marido, hijo del difunto administrador de su padre, su cuñado? ¡Por todos los santos! ¿En qué está usted pensando? ¿Es necesario deshonrar así la memoria de los antepasados de Pemberley?

—Ya ha dicho todo lo que tenía que decir —respondió Elizabeth con resentimiento—. Me ha insultado de todas las maneras posibles. Le ruego que volvamos dentro.

Y se puso de pie. Lady Catherine también se levantó y regresaron. La dama estaba indignadísima.

—¡No tiene ninguna consideración por el honor y el buen nombre de mi sobrino! ¡Es usted una joven insensible y egoísta! ¿No se da cuenta de que si emparienta con usted, lo deshonrará a los ojos del mundo?

—Lady Catherine, no tengo nada más que decir sobre este asunto. Ya sabe lo que pienso.

—Entonces, ¿está decidida a conseguirlo?

—Yo no he dicho eso. Mi única intención es proceder de una manera que, en mi opinión, me hará feliz, sin que tenga que darle cuentas a usted ni a nadie que nada tiene que ver conmigo.

—Muy bien. Así que se niega a hacerme ese favor. Se niega a obedecer las leyes del deber, del honor y de la gratitud. Está decidida a perjudicar la buena opinión que tienen de él todos sus seres queridos y a que el mundo lo desprecie.

—Si se diera la circunstancia y accediera a ser su esposa —respondió Elizabeth—, no faltaría ni al deber, ni al honor, ni a la gratitud. No faltaría a ninguno de los tres por casarme con el señor Darcy. Y en cuanto al rencor de su familia, o a la indignación del mundo... si nuestro matrimonio despertara ese resentimiento, me traería sin cuidado, y en general la gente sería demasiado sensata para unirse a su desprecio.

—¿Y eso es lo que piensa? ¿Eso es lo último que tiene que decir? Muy bien. Ahora ya sé a qué atenerme. No se haga ilusiones, señorita Bennet, porque no realizará su ambición. He venido para ponerla a prueba. Esperaba que entrara en razón. No le quepa duda que me saldré con la mía.

Lady Catherine siguió insistiendo en el asunto hasta que, al llegar a la puerta del carruaje, se dio la vuelta de pronto para añadir:

—No pienso despedirme de usted, señorita Bennet. Ni le pediré que salude a su madre de mi parte. Usted no merece esa atención. Estoy profundamente disgustada.

Elizabeth no le respondió y, sin tratar de convencerla para que volviera a la casa, entró sola y en silencio. Al subir las escaleras oyó cómo se alejaba el carruaje. Su madre la esperaba en la puerta de su cuarto de estar para preguntarle por qué lady Catherine no había entrado otra vez para descansar.

—Porque no ha querido —respondió su hija—. Ha preferido marcharse.

—¡Es una mujer muy refinada! ¡Y qué extraordinario detalle ha tenido al visitarnos! Porque sólo ha venido a decirnos que los Collins están bien, ¿verdad? Seguramente va de camino a alguna parte y, al pasar por Meryton, ha pensado que podría hacerte una vista. Porque no tenía nada especial que decirte, ¿no, Lizzy?

Elizabeth se vio obligada a mentir un poco, pues no podía contarle de qué habían hablado.

CAPÍTULO XV

La visita de lady Catherine dejó a Elizabeth en un estado de turbación difícil de superar. Fue incapaz de pensar en nada más durante horas. Al parecer, lady Catherine se había tomado la molestia de venir desde Rosings con el único propósito de romper su compromiso con el señor Darcy. Había que reconocer que su propósito tenía razón de ser, pero lo que Elizabeth no sospechaba era de dónde podía haber surgido el rumor de que fueran a casarse. Hasta que cayó en la cuenta de que podría proceder del hecho de ser él amigo íntimo de Bingley, y ella hermana de Jane, pues la expectación que despertaba una boda bastaba para despertar el ansia de que pronto fuera a haber otra. Elizabeth tenía presente que la boda de su hermana los acercaría más. Por tanto, era posible que la familia Lucas —pues el rumor seguramente había llegado a lady Catherine a través de los Collins— habían dado por sentado que ella y el señor Darcy iban a casarse, y pronto; hecho que Elizabeth sólo había osado contemplar como una posibilidad, y en el futuro.

Sin embargo, al recordar todo lo que lady Catherine le había dicho, no pudo evitar preocuparse por lo que pudiera ocurrir si ésta seguía interfiriendo en el asunto. A juzgar por sus amenazas de evitar a toda costa su matrimonio con el señor Darcy, Elizabeth pensó que la señora De Bourgh también hablaría con él. No se atrevía a pensar cómo podría reaccionar Darcy cuando su tía le describiera los males que le acarrearía emparentarse con ella. No sabía hasta qué punto quería a su tía ni hasta qué punto confiaba en su criterio, pero lo normal era suponer que tenía en más alta estima a la señora que a ella misma. Además, estaba segura de que ésta atacaría a su punto débil enumerándole las deshonras que le comportaría un matrimonio con una mujer cuyos parientes directos eran de clase inferior. Y conociendo el concepto que el señor Darcy tenía de la dignidad, los mismos argumentos que a Elizabeth le habían parecido inconsistentes y ridículos serían para él sólidos y lógicos.

Y si ya en otras ocasiones Darcy había dudado sobre cómo actuar —cosa que, al parecer, le sucedía a menudo—, el consejo y los ruegos de un pariente tan próximo quizá acabarían resolviendo cualquier duda que pudiera quedarle y le harían decidirse de una vez por todas a ser feliz dentro de lo que una dignidad sin mácula le permitiera. Si era así, jamás volvería a ella. Lo más probable era que lady Catherine pasara por Londres a verle. Y entonces seguramente cancelaría el compromiso con Bingley de volver a Netherfield.

«Por lo tanto, si dentro de unos días tiene noticias de Darcy excusándose por no poder venir», pensó, «ya sabré a qué se debe. Y entonces tendré que renunciar a toda posibilidad, a toda esperanza de que es leal a mí. Si él se conforma con lamentarse por haberme perdido cuando aún estaba a tiempo de obtener mi mano y mi amor, yo también dejaré de lamentarme pronto.»

Cuando el resto de la familia supo quién había visitado Longbourn la sorpresa fue mayúscula, y supusieron que se debía al mismo motivo que había imaginado la señora Bennet, de modo que Elizabeth se libró de que la importunaran con preguntas sobre su conversación.

A la mañana siguiente, al bajar de su dormitorio se cruzó con su padre, que salía de la biblioteca con una carta en la mano.

—Lizzy —le dijo—, venía a buscarte. Ven conmigo al despacho.

Elizabeth lo acompañó. Su curiosidad por saber qué tenía que decirle creció con la sospecha de que tuviera algo que ver con aquella carta. Entonces se le ocurrió que podía ser de lady Catherine y, consternada, se resignó a tener que darle explicaciones.

Después de sentarse los dos junto a la chimenea, dijo su padre:

—Esta mañana he recibido una carta que me ha dejado atónito. Como tiene que ver sobre todo contigo, supongo que ya te imaginarás el contenido. No tenía ni idea de que tuviera a dos hijas a punto de casarse. Debo felicitarte, hija mía, por tan importante conquista.

La sangre se agolpó en las mejillas de Elizabeth al entender que la carta era del sobrino y no de la tía, y no sabía si alegrarse de que el señor Darcy se hubiera decidido al fin, o si ofenderse porque no le hubiera escrito a ella.

—Diría que ya te imaginas a qué se refiere la carta —prosiguió el señor Bennet—. Las jóvenes tenéis mucha intuición con estas cosas, pero creo que desafiaré incluso a tu sagacidad cuando te dé el nombre de tu admirador. La carta es del señor Collins.

—¡Del señor Collins! ¿Y él qué tiene que decir?

—Algo que tiene mucho que ver con la cuestión que nos ocupa. Empieza felicitándome por las nupcias inminentes de mi hija mayor, noticia que le ha llegado a través de alguno de los buenos e indiscretos Lucas. No voy a impacientarte leyéndote lo que dice sobre esto. La parte que tiene que ver contigo es la siguiente: «Después de darle mi más sincera enhorabuena de parte de la señora Collins y de la mía por esta feliz noticia, permítame que haga un breve comentario acerca de otra nueva que nos ha llegado a través de la misma persona. Al parecer, su hija Elizabeth perderá el apellido Bennet poco después de que su hija mayor haya renunciado al suyo, pues el hombre que ha elegido para compartir su vida podría considerarse una de nuestras personalidades más ilustres.»

—¿A que no sabes de quién está hablando, Lizzy? «Este joven caballero está excepcionalmente dotado con todo lo que puede ambicionar un mortal: magníficas propiedades, parientes nobles y un extenso patronato. Ahora bien, pese a todas estas tentaciones, permítame advertirles a mi prima Elizabeth y a usted que no se precipiten a aceptar la proposición de este caballero, que, como es lógico, estarán dispuestos a aprovechar.»

—¿Tienes idea, Lizzy, de quién es ese caballero? Enseguida lo sabrás.

—«A continuación le explicaré por qué he querido advertirles. Tenemos motivos para creer que su tía, lady Catherine de Bourgh, no ve con buenos ojos esta unión.» ¿Te das cuenta, Lizzy? ¡Ese tal caballero es el señor Darcy! Ahora sí que te he sorprendido, ¿verdad? ¿No podían haber elegido los Lucas a cualquier otro conocido que hiciera la mentira más creíble? Entre todos, tenían que elegir al señor Darcy, que nunca mira a una mujer salvo para encontrarle defectos, ¡y que seguramente nunca se ha fijado en ti! ¡Es increíble!

Elizabeth intentó fingir que aquello le hacía tanta gracia como a él, pero sólo consiguió esbozar una sonrisa. Nunca como en ese instante le había molestado tanto el sarcasmo de su padre.

—¿No te parece divertido?

—¡Oh, sí, sí! Sigue leyendo, por favor...

—«Después de mencionarle anoche a la señora De Bourgh la posibilidad de este matrimonio, expresó su opinión al respecto con su habitual condescendencia. En cuanto me di cuenta de que —dadas sus objeciones contra la familia de mi prima— jamás consentiría una unión tan deshonrosa, pensé que tenía la obligación de informarlo antes posible a mi prima de ello, y aconsejarles a ella y a su noble admirador que reflexionen bien sobre el paso que piensan tomar y que no se precipiten contrayendo un matrimonio que no ha sido debidamente aprobado.» Y añade el señor Collins: «Me alegró sinceramente de que el triste asunto de mi prima Lydia se haya resuelto con tanta discreción. Ahora sólo me preocupa que salga a la luz que vivieron juntos antes de casarse. No debo desatender las obligaciones de mi posición y, por tanto, no me abstendré de decirle cuánto me asombró saber que recibió a la joven pareja en su casa tan pronto se casaron. Fue un acto de incitación al vicio por su parte y, de haber sido el párroco de Longbourn, me habría opuesto con empeño. Debe perdonarles como cristiano, cierto, pero jamás debe admitirlos en su presencia ni permitir que nadie pronuncie sus nombres delante de usted.» ¡Y ésta es la idea que tiene del perdón! En el resto de la carta habla de cómo se encuentra Charlotte y que pronto tendrán un retoño... pero, Lizzy, parece que nada de esto te haga gracia. Espero que no te hagas la melindrosa fingiendo que te ofendes por una memez como ésta. ¿Qué gracia tiene la vida si no podemos divertirnos riéndonos de nuestros vecinos, y ellos de nosotros?

—No —dijo Elizabeth—, si me parece divertidísimo, pero es que resulta tan extraño...

—Sí, y en eso precisamente está la gracia: si hubieran elegido a cualquier otro hombre no la tendría. ¡Pero es divertido por la absoluta indiferencia del señor Darcy por ti, y tu antipatía declarada por él! ¡Porque es absurdo! Pese a lo mucho que detesto escribir, no renunciaría a la correspondencia con Collins por nada del mundo. Más aún, cuando leo una carta suya, no puedo evitar darle preferencia frente a Wickham, y eso que valoro mucho el descaro y la hipocresía de mi yerno. Y, dime Lizzy, ¿qué dijo lady Catherine de esto? No me digas que vino para negarte su consentimiento.

Elizabeth se limitó a responder con una carcajada, y como el señor Bennet había hecho la pregunta sin sospechar nada, su hija no tuvo que soportar su insistencia. Nunca le había costado tanto disimular sus sentimientos. Tenía que reír cuando sólo quería llorar. Su padre la había humillado cruelmente al creer que Darcy nunca se habría fijado en ella. Le sorprendió su falta de perspicacia. ¿O acaso en realidad el ingenuo no era él, sino ella por haberse hecho ilusiones?

CAPÍTULO XVI

A los pocos días de la visita de lady Catherine, no sólo el señor Bingley no recibió la temida carta del señor Darcy excusándose por no poder venir, sino que apareció con éste en Longbourn. Los caballeros llegaron temprano y, antes de que la señora Bennet tuviera tiempo de decirle que su tía había estado allí (posibilidad que aterrorizó a Elizabeth por unos momentos), Bingley, que quería estar solo con Jane, propuso que todos salieran a dar un paseo. Y así lo hicieron. La señora Bennet dijo que no estaba acostumbrada a andar y Mary que no tenía tiempo, pero los otros cinco accedieron. Ahora bien, al poco rato Jane y Bingley se dejaron adelantar por los demás hasta quedar rezagados, y Elizabeth, Kitty y Darcy tuvieron que distraerse solos. Ninguno de los tres decía mucho: a Kitty, Darcy le imponía demasiado para hablar, Elizabeth se debatía entre si tomar o no una decisión desesperada, y a él quizás le sucedía lo mismo.

Se dirigieron a casa de los Lucas porque Kitty quería pasar a ver a Maria, y como a Elizabeth no le pareció que la visita fuera de interés general, cuando Kitty les dejó, se atrevió a seguir andando sola con Darcy. Había llegado el momento de poner en práctica su decisión y, armándose de valor, le dijo sin esperar más:

—Señor Darcy, soy una persona muy egoísta, y con tal de aplacar mis sentimientos, no me importa herir los suyos. No puedo dejar pasar más tiempo sin agradecerle el acto de generosidad sin igual que ha tenido para con mi pobre hermana. Desde que lo supe no he visto el momento de expresarle mi profunda gratitud. Y si el resto de mi familia lo supiera, también habría de expresar la suya.

—Lo lamento. Lamento muchísimo —respondió Darcy, sorprendido y conmovido— que haya llegado a sus oídos una información que, mal interpretada, haya podido inquietarla. Pensé que podía confiar en la señora Gardiner.

—La culpa no es de mi tía. Supe que usted había intervenido en el asunto por la indiscreción de Lydia y, claro, no descansé hasta que no supe todos los detalles. Permítame darle otra vez las gracias en nombre de toda mi familia por su gesto de generosidad, por haberse tomado tantas molestias y por haber tenido que aguantar tantas humillaciones para poder encontrar a Lydia y a Wickham.

—Si me quiere dar las gracias —respondió él—, que sea sólo en su nombre. No negaré que el deseo de hacerla feliz fue la motivación poderosa que me impulsó a lo demás. Pero su familia no me debe nada. Por mucho que los respete, sólo pensaba en usted.

La turbación de Elizabeth era tal que fue incapaz de pronunciar palabra. Después de un breve silencio, su acompañante añadió:

—Es usted demasiado buena para estar jugando conmigo. Si siente por mí lo mismo que en abril, dígamelo. Mi cariño y mis deseos no han cambiado. Me basta una palabra suya para que nunca más vuelva a mencionarle este asunto.

Viendo que él estaba más incómodo y nervioso que nunca, Elizabeth hizo un esfuerzo para hablar y, aunque con dificultad, le explicó que sus sentimientos habían cambiado tanto desde entonces que estaba dispuesta a recibir una nueva propuesta. La felicidad que embargó al señor Darcy al escuchar aquella respuesta fue seguramente la mayor de su vida y expresó su sentir con toda la sensatez y ternura que cabe esperar de un hombre perdidamente enamorado. Si Elizabeth se hubiera atrevido a mirarle a los ojos, habría visto cuánto le favorecía la felicidad que sentía y que se reflejaba en su rostro. Pero aunque no podía mirarlo, podía oírlo, y le hablaba de sentimientos que demostraban lo mucho que ella le importaba y, por tanto, le hacían valorar más todavía su cariño.

Siguieron andando sin saber hacia dónde ir. Tenían demasiado que pensar, que sentir, que decirse, para estar pendientes de nada más. Entonces él le contó que debían su buen entendimiento al empeño de lady Catherine de Bourgh, pues, efectivamente, ésta había ido a verle a su paso por Londres para hablarle de su visita a Longbourn, para explicarle por qué la había hecho y para relatarle su conversación con Elizabeth. Hizo especial hincapié en los comentarios de ésta que —según la interpretación de la dama— reflejaban más perversidad y convicción, creyendo que de este modo contribuiría a obtener de su sobrino la promesa que aquélla se había negado a hacerle. Muy a pesar de la dama, su intervención causó justo el efecto contrario.

—Mi tía me dio esperanzas —dijo Darcy— cuando casi las había perdido. Conocía bastante bien tu forma de ser para saber que si hubieras estado absolutamente, irrevocablemente decidida a no querer nada de mí se lo habrías dicho a lady Catherine con franqueza y sin rodeos.

Elizabeth se sonrojó y, riéndose, le dijo:

—Sí, sabes que soy lo bastante franca como para creerme capaz de hacer algo así. Después de insultarte sin miramientos, no podía tener reparos en insultarte ante toda tu familia.

—Merezco todo lo que dijiste de mí. Pues, aunque tus acusaciones eran infundadas, aunque estaban basadas en premisas equivocadas, la forma en que me comporté merecía una severa censura. Fue imperdonable. Detesto recordarlo.

—No vamos a discutir cuál de los dos tiene más culpa por lo que se dijo aquella tarde —dijo Elizabeth—. Mirándolo bien, ninguno de los dos se comportó de manera irreprochable. Pero desde entonces diría que los dos hemos aprendido a relacionarnos de una forma más amable.

—No puedo resignarme a olvidarlo sin más. Durante meses, cada vez que pensaba en lo que te dije, en cómo me porté, en cómo te traté, en cómo actué en general, sentía un pesar inexpresable. Nunca olvidaré el reproche tan acertado que me hiciste: «aunque lo hubiera hecho como lo haría un caballero». Estas fueron tus palabras. No sabes... no te puedes imaginar cuánto me han atormentado... Aunque he de confesar que fue difícil reconocer que decías la verdad.

—No pretendía, ni mucho menos, que causaran una impresión tan fuerte. No tenía la menor idea de que te hubieran afectado tanto.

—Lo supongo. Seguramente creías que era un hombre insensible. Nunca olvidaré la expresión de tu rostro cuando me dijiste que nunca aceptarías mi mano aunque te lo pidiera de otra manera.

—¡Por favor! ¡No repitas lo que dije! Recordarlo no sirve de nada. Te aseguro que hace tiempo que me avergüenzo por haberte dicho esas palabras.

Darcy mencionó su carta.

—¿Al leerla —dijo—... al leerla mejoró tu concepto de mí? ¿Te creíste lo que te contaba en ella?

Elizabeth le dijo qué efecto le había causado la carta y de qué modo fue perdiendo sus prejuicios.

—Sabía —dijo Darcy— que lo que iba escribir te entristecería, pero era necesario decírtelo. Espero que te hayas deshecho de la carta. Porque me horrorizaría que volvieras a leer una parte en concreto: el principio. Recuerdo algunas cosas que te harían odiarme con razón.

—Quemaré la carta si es imprescindible para poder conservar la buena opinión que tengo ahora de ti. Pero, aunque los dos tenemos motivos para creer que mis opiniones no son del todo inalterables, tampoco cambian, o eso espero, con tanta facilidad como cabría suponer.

—Cuando escribí esa carta —respondió Darcy—, creí que lo hacía con absoluta calma y serenidad, pero ahora sé que lo hice con resentimiento.

—Puede que la carta empezara con palabras de resentimiento, pero no terminaba así. La despedida era tierna. Pero no pienses más en la carta. Los sentimientos de la persona que la escribió y los de la persona que la recibió son tan distintos de los de entonces que hay que olvidar todo lo desagradable. Aplica mi filosofía: piensa sólo en el pasado si el recuerdo es grato.

—Yo no puedo aplicar tu misma filosofía. Seguramente, la ausencia de reproches en tus recuerdos hace que la satisfacción no se deba a la aplicación de una filosofía, sino a tu capacidad para pasarlos por alto. Pero yo no puedo. Tengo recuerdos dolorosos que no puedo... que no debo rehuir cuando aparecen. He sido egoísta toda mi vida, aunque sólo en la práctica, porque no lo he sido en mis principios. De niño me enseñaron a distinguir el bien, pero no me enseñaron a corregir mi genio. Me inculcaron buenos principios, pero me permitieron seguirlos con orgullo y presunción. Por desgracia fui hijo único y varón durante muchos años, y mis padres me malcriaron. Creyendo que hacían lo mejor (sobre todo mi padre, que era la bondad en persona) toleraron que fuera egoísta y autoritario, y me animaron (casi me enseñaron) a no preocuparme por nadie ajeno al círculo familiar, a pensar mal de los demás o, cuando menos, a despreciar su inteligencia y valía, en comparación con las mías. Así fui entre los ocho y los dieciocho años, y así sería aún si no fuera por ti, queridísima... adorable Elizabeth. Te lo debo todo. Me enseñaste una lección; cierto que una lección difícil de aprender al principio, pero muy provechosa. Me diste la lección de humildad que necesitaba. Te pedí la mano creyendo que no me la ibas a negar. Me hiciste ver que mis pretensiones no bastaban para agradar a una mujer que lo merecía.

—¿Creías que iba a aceptar tu proposición?

—Claro que sí. Así soy de vanidoso. Estaba convencido de que anhelabas, de que esperabas mi declaración de amor.

—Quizá no me comporté como debía, pero te aseguro que no fue mi intención. Nunca pretendí engañarte, pero me equivoco muchas veces. ¡Debiste de odiarme después de aquella tarde!

—¿Odiarte? Puede que al principio estuviera furioso, pero pronto el enfado se encauzó en la dirección adecuada.

—Casi no me atrevo a preguntarte qué pensaste de mí al verme aquel día en Pemberley. ¿Te molestó?

—No, claro que no... Me cogió por sorpresa, sólo eso.

—Pues imagínate a mí cuando viste que estaba en tu casa. La conciencia me decía que no merecía ninguna atención especial por tu parte, y reconozco que no esperaba más que la atención justa.

—Y yo —dijo Darcy— me propuse aprovechar la ocasión para demostrarte con todas las atenciones posibles que no era tan malo como para guardarte rencor. Y demostrándote que había tenido en cuenta tus reproches esperaba que me perdonaras, o al menos que no tuvieras tan mala opinión de mí. No sabría decirte con exactitud cuándo empecé a desear algo más, pero diría que media hora después de verte...

Entonces le contó que Georgiana había quedado encantada con ella y que tuvo un disgusto al enterarse de que tenías que marcharte urgentemente de Derbyshire. Elizabeth supo entonces que, después de partir ella, él también partió para ir en busca de Lydia. Le dijo que

había tomado la decisión antes de salir de la hospedería, y que su seriedad y circunspección en aquel momento se debían simplemente al esfuerzo que comportaba tomar tal resolución.

Elizabeth volvió a darle las gracias, pero no hablaron más del asunto porque era demasiado incómodo para los dos.

Después de pasear varios kilómetros al azar y ensimismados, finalmente repararon, al mirar el reloj, que era hora de volver.

Se preguntaron qué habría sido de Bingley y de Jane, lo cual les llevó a hablar de ellos. Darcy se alegraba mucho del compromiso, que Bingley le había comunicado en cuanto había podido.

—¿Puedo preguntarte si te sorprendió? —dijo Elizabeth.

—En absoluto. Al irme a Londres intuí que iba a producirse pronto.

—Es decir, que ya le habías dado tu consentimiento.

Aunque Darcy se quejó, Elizabeth pensó que probablemente había sido así.

—La tarde antes de irme a Londres —explicó— le hice una confesión que debí haberle hecho hace mucho tiempo. Le conté todo lo que había ocurrido contigo, lo cual hacía que mi interferencia en su relación con Jane fuera absurda e impertinente. Se sorprendió mucho. Nunca había sospechado nada. Además le dije que me había equivocado al creer que tu hermana no tenía ningún interés en él. Y como era evidente que seguía queriéndola, me convencí de que juntos serían felices.

Elizabeth no pudo evitar sonreírse al ver la facilidad con que manejaba a su amigo.

—Cuando le dijiste a Bingley que mi hermana le quería, ¿te diste cuenta tú solo o porque yo te lo dije en primavera?

—Yo mismo me di cuenta. Durante las dos últimas veces que vinimos a Longbourn la observé con atención y me convencí de que lo amaba.

—Y en cuanto tú te convenciste, él también se convenció...

—Así es. Bingley es un hombre modesto de verdad. Su cohibición le impedía confiar en su propio criterio en una circunstancia tan delicada e importante para él, pero su confianza en el mío facilitó mucho las cosas. Sentí que tenía la obligación de confesarle algo que le ofendió durante cierto tiempo, y no sin razón. No quise ocultarle que tu hermana había pasado tres meses en Londres en invierno, que yo lo sabía y que no se lo había querido decir. Se enfadó mucho. Pero estoy seguro de que el enfado se le pasó cuando ya no tuvo dudas de lo que tu hermana sentía por él. Creo que ya me ha perdonado.

Elizabeth deseaba decirle que el señor Bingley era un hombre encantador, de trato fácil y, por tanto, un amigo de valor inestimable, pero se contuvo al recordar que, aunque Darcy tenía que aprender a que los demás se rieran de él, todavía era pronto. Mientras él hablaba de lo feliz que sería Bingley (por supuesto, menos feliz que él), llegaron a la casa y, en el vestíbulo, se separaron.

CAPÍTULO XVII

—Lizzy, cariño, ¿dónde os habíais metido?

Fue la pregunta que le hizo Jane cuando Elizabeth entró en la sala, y que los demás repitieron al sentarse a comer.

Solamente les dijo que habían estado paseando y que habían perdido la noción del tiempo. Se ruborizó al decirlo, pero no despertó sospechas ni con éste ni con ningún otro indicio.

La tarde transcurrió con tranquilidad, sin que nada extraordinario sucediera. Los enamorados oficiales hablaban y reían; los que no lo eran todavía guardaban silencio. Darcy no era precisamente dado a grandes demostraciones de felicidad, y Elizabeth, que estaba inquieta y turbada, más que sentirse feliz, era consciente de serlo. Y es que aparte de la situación incómoda que les esperaba, tenía otras preocupaciones. Ya sabía cómo iba a reaccionar su familia cuando diera a conocer su nueva circunstancia; sabía que a nadie salvo a Jane le gustaba Darcy, y hasta temía que ni la fortuna ni la importancia de Darcy sirvieran para disipar su antipatía.

Aquella noche abrió su corazón a Jane, y aunque ésta no era dada a suspicacias, no se podía creer lo que acababa de oír.

—¡Me estás tomando el pelo, Lizzy! ¡No es posible! ¿Que te has comprometido al señor Darcy? No, no... No me engañarás. Sé que es imposible.

—¡Sí que empezamos mal! Eras mi única esperanza: si tú no me crees, nadie más lo hará. Estoy hablando en serio. Te estoy diciendo la verdad. Todavía me quiere, y nos hemos prometido...

Jane la miró con escepticismo.

—¡Ay, Lizzy! No puede ser. Sé la antipatía que le tienes.

—En realidad no sabes nada de nada. Olvidemos la antipatía: puede que antes no le quisiera tanto como ahora, pero en estos casos es imperdonable tener buena memoria. Ésta será la última vez que yo misma lo recordaré.

Jane aún no daba crédito. Elizabeth insistió en que hablaba en serio, que decía la verdad.

—¡Santo cielo! ¿Es posible? ¡Tendré que creerte! —exclamó Jane—. Querida, queridísima Lizzy... te felicito... pero ¿estás segura? Perdona que te lo pregunte, pero ¿estás segura de que serás feliz con él?

—Sin ninguna duda: hemos decidido que tenemos que ser la pareja más feliz del mundo. Pero bueno, dime qué te parece, Jane. ¿Crees que te gustará como cuñado?

—Mucho... muchísimo. Nada nos gustaría tanto a Bingley y a mí. No creas que no pensamos en la posibilidad, pero nos pareció imposible. ¿Y tú? ¿De verdad que le quieres suficiente? ¡Ay, Lizzy, haz cualquier otra cosa, pero no te cases sin amor! ¿Estás segura de que sientes lo que hay que sentir?

—¡Oh, sí! Cuando te lo cuente todo te convencerás de que siento mucho más que eso.

—¿Qué quieres decir?

—En fin, confieso que me gusta más de lo que me gusta Bingley. Cuando te lo cuente te enfadarás.

—Querida hermana, no bromees con estas cosas... Sé seria. Cuéntame todo lo que he de saber ahora mismo. Dime cuánto tiempo hace que le quieres.

—Todo fue tan gradual que no sabría decir cuándo empecé a quererle. Diría que en cuanto vi la preciosa finca de Pemberley...

Su hermana volvió a rogarle que fuera seria, y entonces Elizabeth la tranquilizó diciéndole con solemnidad que quería mucho a Darcy. Convencida Jane, se dio por satisfecha.

—Ahora soy feliz del todo —dijo Jane—, porque las dos seremos igual de felices. Yo siempre he apreciado al señor Darcy. Aunque sólo fuera porque te quiere tendría que apreciarlo. Y ahora que además de ser amigo de Bingley será tu marido, sólo puedo decir que hay dos personas a las que quiero más que a él y sois Bingley y tú. Pero Lizzy, has sido muy discreta, has sido muy reservada conmigo. ¡Qué poco me contaste de lo que pasó en Pemberley y Lambton! Todo lo que sé no es gracias a ti, sino a otra persona.

Elizabeth le explicó los motivos de su discreción. No había querido mencionarle a Bingley, y tampoco hablar de su amigo, dada la incertidumbre de sus propios sentimientos. Pero ahora ya no quería seguir ocultándole la intervención de Darcy en la boda de Lydia. Se lo contó todo, y se pasaron la mitad de la noche hablando.

—¡Ay, no, por favor! —exclamó a la mañana siguiente la señora Bennet, que estaba de pie mirando por la ventana—. ¡Ese antipático del señor Darcy ha vuelto a venir con Bingley! Pero ¿qué pretenderá ese pesado viniendo a Longbourn cada dos por tres? Ya podría irse a cazar o hacer cualquier otra cosa en vez de incordiarnos con su presencia. ¿Qué haremos con él? Lizzy, podrías llevártelo a pasear otra vez para que no retenga a Bingley.

Elizabeth tuvo que contenerse para no reír ante tan apropiada propuesta, aunque ya estaba harta de que su madre siempre hablara mal de él.

En cuanto los dos amigos entraron, Bingley la miró con un gesto tan elocuente y le dio la mano con tanta efusividad que no dejaba lugar a dudas de que estaba al corriente de lo ocurrido entre ella y Darcy, y luego dijo levantando la voz:

—Señor Bennet, ¿no tendrá más senderos por los que Lizzy pueda volver a perderse hoy?

—Sugiero al señor Darcy, a Lizzy y a Kitty —respondió la señora Bennet por su esposo— que esta mañana se dirijan hacia el monte

Oakham. Es un paseo largo y bonito, y así podrán enseñarle las vistas al señor Darcy.

—Es una buena idea para ellos dos —dijo a su vez Bingley—, pero, a lo mejor es demasiado para Kitty. ¿No, Kitty?

Kitty entendió que debía quedarse en casa. Darcy manifestó una gran curiosidad por las vistas desde el monte, y Elizabeth accedió sin decir nada. Al subir para cambiarse, la señora Bennet la alcanzó para decirle:

—Lizzy, siento muchísimo que tengas que ocuparte de ese hombre antipático tu sola, pero espero que no te importe: ya sabes que lo hacemos por Jane. No tienes por qué hablar con él más que de vez en cuando. Así que estate tranquila.

Durante el paseo acordaron que aquella tarde pedirían el consentimiento del señor Bennet. Elizabeth se encargaría de comunicárselo a su madre en algún momento que se quedaran a solas. No sabía cómo se lo tomaría; no sabía si la riqueza y la categoría de Darcy bastarían para dejar de detestarlo. Pero aprobara o desaprobara del matrimonio, lo haría con la misma vehemencia, de modo que en ambos casos su forma de reaccionar desacreditaría su sentido común. Y Elizabeth no estaba dispuesta a permitir que el señor Darcy presenciara ni los primeros arrebatos de júbilo de la señora Bennet si aprobaba el matrimonio, ni los primeros arranques de indignación si se oponía a éste.

Aquella tarde, poco después de retirarse el señor Bennet a la biblioteca, Elizabeth vio al señor Darcy levantarse y seguirlo. Una gran agitación se apoderó de ella. Lo que le preocupaba no era que su padre fuera a oponerse, sino que iba a darle un disgusto. La idea de que ella, su hija preferida, fuera a contrariarlo con la decisión que había tomado y a despertar en él temores y aflicciones al acceder a emanciparla, la hacía sentir desdichada. Sintiéndose así, esperó sentada hasta que el señor Darcy volvió a aparecer; al mirarlo, su sonrisa la tranquilizó un poco. Minutos después, se acercó a la mesa donde ella estaba sentada con Kitty y, mientras fingía admirar su labor, le susurró:

—Ve a hablar con tu padre. Está en la biblioteca.

Elizabeth se levantó y salió de inmediato.

Su padre iba de un lado al otro de la sala con el gesto grave y preocupado.

—Lizzy —le dijo—, ¿qué estás haciendo? ¿Te has vuelto loca al aceptar la mano de ese hombre? ¿Acaso no lo has odiado siempre?

Cuánto deseó Elizabeth en ese momento haber sido más prudente, más comedida, al expresar su opinión de él las primeras veces, ya que se habría evitado la incomodidad de tener que dar explicaciones y hacer confesiones embarazosas. Pero era necesario. De modo que con cierta turbación le aseguró que amaba al señor Darcy.

—O, en otras palabras, que estás decidida a no dejarlo escapar. Claro, como es rico, tendrás ropa y carruajes más elegantes que Jane. Pero, dime, ¿te hará eso feliz?

—Papá, ¿tienes alguna otra objeción aparte de creer que no siento nada por él?

—No, ninguna. Todos sabemos que es un hombre orgulloso y antipático, pero si te gustara de verdad, eso sería lo de menos.

—Me gusta, me gusta mucho —respondió Elizabeth con lágrimas en los ojos—. Le quiero. Y te aseguro que su orgullo no es tal. Es una persona sumamente amable. No sabes cómo es en realidad. Por eso te ruego que no hables así de él.

—Lizzy, le he dado mi consentimiento. El señor Darcy es de esa clase de hombres a los que no osaría negarles nada que se dignara a pedirme. Ahora te lo doy a ti si estás decidida a casarte con él. Pero permíteme aconsejarte que lo pienses bien. Sé cómo eres, Lizzy. Sé que nunca podrías ser feliz ni sentirte respetable si no apreciaras de verdad a tu marido, si no admiraras su superioridad. Porque tu vivacidad te haría correr un gran riesgo en un matrimonio desequilibrado. No podrías evitar la vergüenza y la amargura. Hija mía, no quiero tener que sufrir porque no respetes al que será tu compañero de por vida. No sabes lo duro que eso es.

Más emocionada aún, Elizabeth respondió con solemnidad y con el corazón en la mano. Y al fin, después de asegurar varias veces que el señor Darcy era el hombre al que quería, después de explicarle que había ido tomándole cariño poco a poco, que no había sido de un día para el otro, sino que habían tenido que pasar meses enteros de incertidumbre, y después de enumerar gustosamente sus buenas cualidades, logró conquistar la incredulidad de su padre y consiguió que se resignara a aceptar que estaba decidida a casarse con él.

—En tal caso, cariño —dijo el señor Bennet cuando Elizabeth terminó de hablar—, no tengo nada más que añadir. Si las cosas son como me has contado, ese hombre te merece. No podría haberte entregado a nadie más respetable.

Para completar la buena impresión de su padre, le contó lo que el señor Darcy había hecho de propia iniciativa por Lydia. El señor Bennet la escuchó boquiabierto.

—Pero ¡cuántas sorpresas nos ha deparado esta tarde! De modo que todo fue cosa de Darcy: ¿él arregló el casamiento, aportó el dinero, pagó las deudas de ese infeliz y, encima, le consiguió el puesto? Pues mucho mejor, porque me ahorraré una barbaridad en dinero y quebraderos de cabeza. Si hubiera sido obra de tu tío, habría tenido que pagarle... y le habría pagado, claro, pero estos jóvenes enamorados, apasionados, hacen las cosas a su manera. Mañana me ofreceré a saldar la deuda con el señor Darcy, él me echará un sermón sobre lo mucho que te quiere y no se volverá a hablar nunca más del asunto.

Entonces se acordó de la vergüenza que había mostrado Elizabeth días antes al leerle la carta del señor Collins, se rió un poco de ella y luego la dejó salir. Pero antes le dijo:

—Si aparece algún que otro pretendiente de Mary o de Kitty, hazlo pasar, ya que no tengo nada más que hacer.

Elizabeth sentía que le habían quitado un peso de encima. Subió a su habitación para reflexionar con calma, y cuando se hubo sosegado lo bastante bajó para unirse a los demás. Era demasiado pronto para alegrarse, pero la tarde transcurrió en paz: ya no había nada importante que temer, y el bienestar que dan la confianza y la intimidad vendrían con el tiempo.

Aquella noche, cuando su madre subió al vestidor, Elizabeth la siguió y le comunicó la gran noticia. El efecto fue inusitado, pues al oírlo, la señora Bennet se quedó sentada, incapaz de pronunciar palabra. De hecho, tardó varios minutos en entender lo que acababa de oír, pese a que normalmente era capaz de identificar enseguida algo que podía convenir a la familia o la posibilidad de conseguir un novio para sus hijas.

—Madre mía... ¡Válgame Dios! Pero, imagínate... ¡Dios mío!, ¡nada menos que el señor Darcy! ¿Quién me lo iba a decir? ¿Y de verdad que no me engañas? ¡Ay, queridísima Lizzy! ¡Qué rica y qué importante serás! ¡Piensa en el dinero, en las joyas, en los carruajes que tendrás! Lo de Jane no es nada comparado con esto. Estoy tan contenta... tan feliz. ¡Además, es un hombre encantador!... ¡y guapísimo, y altísimo! Ay, Lizzy, cariño, por favor, perdóname por haberle tenido tanta tirria. Espero que él lo pase por alto. Lizzy, cariño... ¡Tendrás una casa en la capital! ¡Tendrás lo mejor del mundo! ¡Tres hijas casadas! ¡Diez mil libras al año! ¡Ay, Dios mío! ¿Qué va a ser de mí? Me va a dar algo...

Esta serie de exclamaciones bastó para convencer a Elizabeth de que la aprobación de su madre era rotunda. Se alegró de haber sido la única en presenciar tanta efusividad y luego se fue a su habitación. Todavía no habían pasado tres minutos cuando su madre entró.

—Hija mía, no puedo dejar de pensar en esto. ¡Diez mil libras al año! ¡O seguramente más! ¡Es como un lord! Y con una licencia especial... tenéis que casaros con una licencia especial. Pero, dime, cariño mío, dime cuál es el plato preferido del señor Darcy, que mañana se lo prepararé.

La reacción de su madre era un triste presagio de cómo se comportaría con él. Elizabeth pensó que, a pesar de saber que tenía garantizado el amor de Darcy y que había obtenido el consentimiento de sus padres, aún le quedaban muchas cosas por desear. Pero al día siguiente todo se desarrolló mejor de lo que esperaba, ya que por suerte la señora Bennet se sentía tan cohibida delante de su futuro yerno que no se atrevió a hablar con él, salvo cuando estaba en sus manos dedicarle alguna atención o demostrarle que compartía su opinión.

Elizabeth también se alegró de ver que su padre hacía un esfuerzo para conocerlo mejor, y poco después le aseguró que Darcy le gustaba cada vez más.

—Siento una gran admiración por mis tres yernos —dijo—. Puede que Wickham sea mi preferido, pero creo que tu marido me gustará tanto como el de Jane.

CAPÍTULO XVIII

Elizabeth recuperó su animación habitual, y un día le pidió a Darcy que le contara cómo se había enamorado de ella.

—¿Cómo empezó? —le dijo—. Entiendo que, una vez enamorado, después lo estuvieras cada vez más, pero ¿cuándo te fijaste en mí?

—No sabría decirte el momento exacto, ni el lugar, ni la mirada, ni las palabras que lo iniciaron. Ha pasado mucho tiempo desde entonces. Cuando me di cuenta, ya estaba enamorado.

—Porque al principio no es que te apasionaras por mi belleza precisamente, ni por mis modales... Me comportaba contigo de un modo casi grosero, y casi siempre que hablábamos te deseaba algún mal. Vamos, sé sincero: ¿te gusté por mi impertinencia?

—Me gustaste por tu vivacidad.

—También puedes llamarlo impertinencia, porque era poco menos que eso. Yo creo que estabas harto de tanta cortesía, y deferencia y atenciones interesadas. Creo que estabas asqueado con esas mujeres que no dejaban de hablarte y de mirarte, y que sólo buscaban tu aprobación. Yo capté tu atención y desperté tu interés porque soy muy distinta a ellas. Si no hubieras sido bueno de verdad me habrías odiado por ello. Pero a pesar del esfuerzo que hacías por disimularlo, tus sentimientos siempre fueron nobles y justos, y en el fondo despreciabas profundamente a esas personas que querían granjearse tu simpatía con tanto afán. Ya está: acabo de ahorrarte la molestia de tener que decirlo. Y la verdad, bien mirado, empieza a parecerme del todo razonable. De hecho, tú no sabías si yo era buena o mala persona... pero nadie piensa en eso cuando se enamora.

—¿Y el cariño y la atención que demostraste por Jane cuando estuvo enferma en Netherfield? ¿Acaso no fue eso una muestra de bondad?

—¡Mi querida Jane! Cualquiera habría hecho lo mismo por ella. Pero, por favor, considéralo una virtud si quieres. Ahora mis buenas cualidades están a salvo contigo, y puedes exagerarlas cuanto quieras. En cambio, a mí me corresponde hacerte rabiar y reñir contigo siempre que pueda, y pienso empezar ahora mismo preguntándote por qué te costó tanto declararte al final. ¿Por qué estabas tan cohibido la primera vez que viniste a vernos y después, cuando te quedaste a comer? Sobre todo, porque durante la visita parecía que yo te diera igual.

—Porque estabas muy seria y callada, y no me animaste a dar un primer paso.

—Pero es que me moría de vergüenza.

—Yo también.

—Podrías haber hablado más conmigo el día que viniste a comer.

—Un hombre menos enamorado lo habría hecho.

—¡Qué mala suerte que tú tengas respuestas razonables para todo y que yo sea tan sensata de aceptarlas! No sé cuánto tiempo habrías dejado pasar si no te hubiera dado pie; ni sé en qué momento habrías abierto la boca si yo no te hubiera dicho nada. Mi decisión de agradecerte lo que habías hecho por Lydia tuvo un gran efecto, desde luego. Diría que demasiado efecto... porque, ¿en qué queda la moral si nuestra felicidad se debe a una promesa rota? Porque en principio yo no debía haber mencionado el asunto. ¡Esto no puede ser!

—No te atormentes con eso. La moral está intacta. Lo que me sacó de dudas fue el empeño injustificado de lady Catherine para separarnos. La felicidad que siento ahora no se debe a tu afán por expresar tu gratitud. Casi lo daba todo por perdido. Pero lo que me contó mi tía me dio esperanzas, y estaba decidido a saber qué pensabas de una vez por todas.

—Lady Catherine ha sido infinitamente útil, lo cual debería alegrarla, porque le encanta ser útil. Pero, dime, ¿para qué habías venido a Netherfield? No me digas que para venir a Longbourn a caballo para pasar vergüenza. ¿O te atrajo algo más importante?

—En realidad vine con el propósito de verte y averiguar personalmente si me querías. Aunque dije (o me dije a mí mismo) que pretendía averiguar si tu hermana todavía estaba interesada en Bingley y, si era así, confesar a mi amigo lo que había hecho.

—¿Tendrás valor para anunciar a lady Catherine lo que le espera?

—Seguramente me faltará más tiempo que valor, Elizabeth. Pero debe hacerse. Y si me dejas una hoja, lo haré ahora mismo.

—Y si yo no tuviera una carta que escribir, me sentaría a tu lado a admirar tu caligrafía uniforme, como hizo cierta dama en una ocasión. Pero yo también tengo una tía y no puedo desatenderla por más tiempo.

Y es que Elizabeth aún no había respondido todavía a la extensa carta de la señora Gardiner por no querer confesarle que había sobrevalorado su intimidad con Darcy. Pero ahora que podía hablarle abiertamente de algo que además sería un gran motivo de alegría, casi sentía vergüenza por haber hecho sufrir a sus tíos durante tres días. Así pues, escribió:

Querida tía, te habría dado las gracias antes —cosa que ya tendría que haber hecho— por la carta extensa, satisfactoria y detallada que me escribiste. Pero, para ser franca, te diré que estaba demasiado furiosa para escribir. Entonces suponías más de lo que en realidad existía. Pero ahora ya puedes suponer cuanto quieras, ya puedes dar rienda suelta a la fantasía; que vuele la imaginación tanto como este asunto permita, pues en poco te equivocarás, a menos que pienses que ya me he casado. Debes volver a escribirme y elogiarlo más de lo que lo hiciste la última vez. Gracias, mil gracias, por no haber ido a los Lagos. ¡Qué tonta fui al desearlo! Tu idea de recorrer Pemberley en pony es deliciosa. Daremos la vuelta a la finca todos los días. Soy la persona más feliz del mundo. Puede que otros lo hayan dicho antes, pero nunca con tanta razón. Soy incluso más feliz que Jane, porque ella sonríe, ¡pero yo río! El señor Darcy te manda todo el amor que le sobra del que me profesa a mí. En Navidad vendréis todos a Pemberley.

Un abrazo, etc.

La carta del señor Darcy para lady Catherine era muy distinta, y más distinta todavía la que el señor Bennet mandó al señor Collins en respuesta a la suya.

Apreciado caballero:
Debo molestarle otra vez para felicitarle. Dentro de poco Elizabeth será la esposa del señor Darcy. Consuele a lady Catherine de la mejor manera que pueda. Aunque yo que usted apoyaría la causa del sobrino: tiene mucho más que ofrecer.
Un abrazo, etc.

La enhorabuena de la señorita Bingley a su hermano fue tan afectada y tan poco sincera como cabía esperar. Incluso escribió a Jane para expresarle su alegría y repetirle las muestras de afecto de antaño. Jane no se dejó engañar, pero se emocionó un poco y, aunque ya no se fiaba de ella, no pudo evitar escribirle una respuesta mucho más amable de lo que merecía.

La alegría que la señorita Darcy expresó al recibir una noticia similar fue igual de sincera que la de su hermano al escribirla. No tuvo suficiente con cuatro caras de papel para manifestar su dicha y declarar su deseo de ser querida por su futura hermana política.

Antes de que llegara una respuesta escrita del señor Collins, o una felicitación para Elizabeth de parte de su esposa, la familia Bennet se enteró de que los Collins pasarían unos días en Lucas Lodge. Pronto supieron a qué se debía aquella repentina visita: lady Catherine había puesto el grito en el cielo al recibir la carta de su sobrino, y Charlotte, que se alegraba mucho del compromiso de su amiga, quería alejarse de Rosings hasta que hubiera amainado la tormenta. Elizabeth estaba encantada de la presencia de su amiga en un momento como aquel, aunque en ocasiones, cuando se reunían y veía a Darcy soportando la cortesía ostentosa y servil del señor Collins, pensaba que estaba haciéndole pagar muy cara su alegría. Pero aquél lo toleraba con una calma admirable. Una vez incluso atendió los cumplidos de sir William Lucas, que le dijo que se llevaba la joya más resplandeciente de todo el país y expresó con solemnidad su deseo de coincidir todos alguna vez en el palacio de St. James. El señor Darcy esperó a que sir William no le viera para encogerse de hombros.

Darcy también tuvo que soportar —acaso con mayor dificultad— la ordinariez de la señora Philips. Y aunque —como le sucedía a su hermana— la presencia del señor Darcy la intimidaba tanto que era incapaz de hablar con la familiaridad que le inspiraba el buen humor del señor Bingley, cuando tenía ocasión de abrir la boca, siempre decía algo vulgar. El respeto que le imponía el señor Darcy la hacía estar más callada, pero no la hacía comportarse con más elegancia. Elizabeth hizo lo que pudo para protegerlo de la insistente atención de todos, y procuraba que hablara sobre todo con ella y con los miembros de la familia que le hicieran pasar menos vergüenza. Y aunque las situaciones incómodas como aquélla restaban placer al noviazgo, también les hacían pensar con ilusión en el futuro: Elizabeth disfrutaba pensando en el momento en que se apartarían de aquella compañía que tan poco grata resultaba a los dos, para deleitarse con el bienestar y la exquisitez del círculo familiar de Pemberley.

CAPÍTULO XIX

El día que la señora Bennet se desprendió de sus dos hijas más preciadas colmó todas sus aspiraciones maternales. Es de imaginar con qué gusto y orgullo visitaría luego a la señora Bingley y la señora Darcy. Quisiera poder decir, por el bien de su familia, que el hecho de ver cumplido su mayor deseo (el de ver a tantas hijas casadas) la volvió una mujer más sensata, admirable e instruida para siempre. Pero quizá fue una suerte para su marido que la señora Bennet siguiera sufriendo de los nervios ocasionalmente y siguiera comportándose como una necia invariablemente, pues él no habría sabido disfrutar de una felicidad doméstica diferente de aquella a la que estaba acostumbrado.

El señor Bennet echaba mucho de menos a su segunda hija. Su cariño por ella le hacía salir de casa más a menudo que nunca.

Le encantaba ir de visita a Pemberley, sobre todo cuando no lo esperaban.

El señor Bingley y Jane se quedaron en Netherfield sólo un año. Ni el carácter afable de él, ni el gran corazón de ella sirvieron para querer seguir viviendo tan cerca de su madre y de los parientes de Meryton. De este modo se cumplió uno de los grandes deseos de las hermanas, ya que Bingley compró una propiedad en un condado próximo a Derbyshire, de modo que, para colmo de su felicidad, Jane y Elizabeth vivían ahora a menos de cincuenta kilómetros de distancia.

Kitty aprovechó las considerables ventajas de la buena posición de sus hermanas y pasaba la mayor parte del tiempo en sus casas. En un círculo social superior al que había conocido hasta el momento, su conducta mejoró mucho. No era de carácter tan indómito como Lydia, por lo que al alejarla de su influencia y con las atenciones y orientación adecuadas, dejó de ser tan irritable, ignorante e insulsa. Cierto que intentaban que frecuentara lo menos posible la compañía de Lydia, y aunque la señora Wickham la invitaba a quedarse en su casa a menudo prometiéndole llevarla a bailes y presentarle a muchos chicos, su padre nunca le consentía que fuera.

Mary fue la única hija que se quedó en casa y, puesto que la señora Bennet era incapaz de estar sola, ya no tenía tiempo para estudiar como antes. Se vio obligada a tener más vida social, pero las visitas de cada mañana también le permitían entretenerse con reflexiones morales. Por otra parte, como no tenía que sufrir las comparaciones de su belleza con las de sus hermanas, su padre sospechaba que había aceptado la nueva situación sin oponer mucha resistencia.

En cuanto a Wickham y Lydia, el matrimonio de sus hermanas no alteró en nada su forma de ser. Él aceptó con resignación la idea de que Elizabeth conocería los actos de ingratitud y falsedad que le había ocultado y, pese a todo, no había perdido la esperanza de convencer a Darcy de que le ayudara a hacer fortuna. De hecho, en la carta que Lydia envió a Elizabeth para felicitarla por la boda, le explicaba que al menos ella (si no su marido) aún tenían esa esperanza. La carta decía lo siguiente:

Querida Lizzy:

Muchísimas felicidades. Si quieres al señor Darcy la mitad de lo que yo quiero a mi amado Wickham, debes de ser muy dichosa. Es un alivio saber que ahora eres muy rica. Cuando no tengas nada mejor que hacer, piensa en nosotros. A Wickham le haría mucha ilusión tener un puesto en la corte. Ahora mismo creo que el dinero no nos dará para vivir si no nos ayuda alguien. Cualquier cosa nos iría bien, como trescientas o cuatrocientas libras al año. Si no te importa, no le cuentes nada de esto al señor Darcy.

Un abrazo, etc.

Resultó, sin embargo, que a Elizabeth sí que le importaba, y en su respuesta hizo lo posible por acabar con ruegos y expectativas de esa clase. Sin embargo, entendiéndolo como parte de sus gastos personales, a menudo y siempre que podía les mandaba algo de dinero. Siempre había sido evidente que el sueldo que tenían su hermana y su cuñado era insuficiente para mantenerse, pues despilfarraban sin pensar en el futuro. Y cada vez que se mudaban, siempre pedían ayuda a Jane o a Elizabeth para pagar las cuentas pendientes. Incluso cuando terminó la guerra y se vieron obligados a pagar un alquiler, siguieron llevando una vida muy inestable. Cambiaban de casa cada dos por tres a fin de reducir los gastos y siempre gastaban más de lo que debían. El cariño de Wickham por su esposa se volvió indiferencia, pero el de Lydia por él duró un poco más, y a pesar de su juventud y de su forma de ser, conservó la reputación que le había dado el matrimonio.

Aunque Darcy nunca quiso recibirlo en Pemberley, por amor a Elizabeth volvió a ayudarle a encontrar trabajo. Lydia los visitaba alguna que otra vez, mientras su marido estaba en Londres o en Bath divirtiéndose. Cuando visitaban a los Bingley, iban los dos y solían quedarse tanto tiempo que en una ocasión agotaron el buen humor de Bingley, que acabó diciendo que les insinuaría que se marcharan.

La boda de Darcy causó un tremendo disgusto a la señorita Bingley. Pero como no quería perder el derecho a visitar Pemberley, dejó a un lado el resentimiento. Así, estaba más encantada que nunca con Georgiana, dedicaba a Darcy casi las mismas atenciones de antaño y resarció a Elizabeth de los desplantes que le había hecho otras veces.

Georgiana se había instalado en Pemberley, y el afecto que se tenían las cuñadas era justo el que Darcy había deseado. Se querían mucho. Georgiana tenía en muy alta estima a Elizabeth, aunque al principio le asustó la desenvoltura y naturalidad con que se dirigía a su hermano. Él, que siempre le había inspirado un respeto casi mayor que el cariño, ahora era objeto de comentarios graciosos. Entonces empezó a aprender cosas que nunca había visto antes. Elizabeth le enseñó que una mujer podía tomarse unas libertades con su esposo que un hermano nunca permitiría a una hermana diez años menor.

Lady Catherine quedó absolutamente indignada con la boda de su sobrino. Y en su respuesta a la carta que anunciaba el compromiso dijo lo que pensaba sin ambages, usando un lenguaje tan ofensivo, sobre todo para censurar a Elizabeth, que durante un tiempo Darcy interrumpió la relación. Con el tiempo, Elizabeth lo convenció de que pasara por alto la ofensa y se reconciliara con ella. Y aunque lady Catherine se mostró algo renuente al principio, acabó por ceder, ya por el cariño hacia su sobrino, ya por la curiosidad de saber cómo se comportaba su esposa. De modo que un día accedió a ir a verles a Pemberley a pesar de la profanación que habían sufrido sus bosques, no sólo por la presencia de semejante ama, sino también por las visitas de sus tíos de la capital.

Con los Gardiner mantuvieron siempre una excelente relación. Darcy, al igual que Elizabeth, sentía un aprecio verdadero por ellos, y ambos estaban profundamente agradecidos a las dos personas que, al llevar a Elizabeth a Derbyshire, habían permitido su unión.

EPÍLOGO

MI QUERIDO HIJO

Una mañana de invierno de principios de febrero de 1813, Cassandra Austen recibió una carta de su hermana Jane. Cassandra —la hermana mayor de la novelista, amiga del alma y confidente suya toda la vida— había ido a visitar a su hermano James, que estaba a cargo de la parroquia de Steventon (lugar de nacimiento de Jane Austen, en Hampshire, Inglaterra) desde 1801, después de que su padre, George Austen, se hubiera retirado.

Las dos hermanas se separaban pocas veces, pero cuando sucedía no dejaban de escribirse, en ocasiones incluso a diario. Una carta de Jane era siempre motivo de alegría para Cassandra y, sin lugar a dudas, el sentimiento era mutuo. Sin embargo, la carta a la que nos referimos ha resultado tener un valor muy especial para nosotros. De hecho, incluso para Cassandra, para quien estas cosas eran habituales, la carta de Jane del 2 de enero de 1813 debió de destacar sobre todas las demás: contenía la noticia de un hecho anecdótico que, a su manera y en el momento oportuno, acabaría cambiando la fisonomía de la literatura inglesa. «Quiero que sepas [escribe Jane] que acaba de llegar de Londres mi querido hijo.»[1] El *hijo* al que se refiere con tanto cariño es la primera edición de la novela en tres volúmenes *Orgullo y prejuicio*. Algunos críticos han sugerido que para Austen, de hecho, escribir era un sustitutivo del matrimonio y de la maternidad (cuestión que no trataré en este escrito). Creo, sin embargo, que nadie puede dudar de la alegría que experimentó como autora al recibir los libros, resultado de años y años de escribir y revisar.

---

1. Le Faye (*Jane Austen's Letters*, p. 201).

Orgullo y prejuicio se ha acabado convirtiendo en eso tan inusual a lo que llamamos obra canónica, y con esto quiero decir que en general está reconocida como una obra maestra de la literatura y está consagrada como uno de los textos más importantes de su época. Sin embargo, existe otro aspecto que concede un valor más especial aún a la novela de Austen y es que la acogida de los lectores sigue siendo igual de entusiasta ahora que entonces. Su popularidad crece año tras año; las encuestas de la BBC y demás medios de comunicación británicos, por ejemplo, a menudo la sitúan en el primer puesto de las listas, o entre los primeros. Otra cualidad excepcional de esta obra es su capacidad para atraer —si bien por motivos y circunstancias diferentes, sin duda— ámbitos radicalmente distintos: es una «lectura obligada» para el público en general, pero también es un texto fundamental en los estudios académicos de la novela del siglo XIX.

Teniendo en cuenta estos comentarios preliminares, el objetivo de este epílogo es intentar comprender un poco más en profundidad el interés particular de la obra y, cuando menos, empezar a revelar la complejidad que se perdería si sólo nos concentráramos en unos cuantos detalles del argumento y los personajes.

Así pues, empecemos como empezaría cualquier estudio serio de una novela, por el principio: el título. «Orgullo y prejuicio» nos dice muchas cosas: en primer lugar, la combinación de estos dos substantivos abstractos nos indica las preocupaciones retóricas de una época pasada (el siglo XVIII) en la que las cadencias equilibradas de grupos de palabras como éste se entendían como una forma de expresión sofisticada y adecuada. De hecho, parece muy probable que Austen adoptara el título —y otros aspectos de esta obra— de la novela *Cecilia* (1782) de Frances Burney (1752-1840), una de sus escritoras preferidas.[2] Esto nos recuerda que Austen, que nació en diciembre

2. Burney utiliza esta expresión tres veces en un mismo párrafo hacia el final de su novela, siempre en mayúsculas, de manera que, sin demasiadas sutilezas, acerca a su terreno la enseñanza moral de su cuento para poner de relieve las consecuencias perjudiciales de estos defectos de personalidad. A modo de comparación con otros escritores de finales del siglo XVIII, es interesante señalar que Austen atenúa esta suerte de moraleja

de 1775 y murió en julio de 1817 cuando aún no había cumplido los cuarenta y dos años, vivió más de la mitad de su vida en el mundo del siglo XVIII: se imbuyó de sus preocupaciones, de su inquietudes, de su cultura y de sus perspectivas, creencias y formas de expresión tan particulares. Por consiguiente, es oportuno recordar que esta misma novela también se empezó en el siglo XVIII, si bien con otro título, y quizá hasta con un tipo de escritura diferente.

Según un memorándum que Cassandra redactó después de la muerte de su hermana, Jane empezó a escribir una novela en octubre de 1796, que terminó en agosto de 1797. Se titulaba *First Impressions* [«Primeras impresiones»]. La novela nunca se publicó (pese a que sabemos que el padre de Austen mantuvo correspondencia con un editor acerca de este asunto),[3] y el manuscrito no se ha conservado. Gracias a este memorándum también sabemos que dicho texto fue el precursor de una obra literaria extraordinaria «publicada posteriormente, con modificaciones y reducciones, bajo el título de *Orgullo y prejuicio*».[4]

A quienes conocen la última versión, «First Impressions» también podría parecer un buen título para la obra, porque buena parte de la historia gira en torno a unas primeras impresiones erróneas, sobre todo por parte de Fitzwilliam Darcy y de Lizzie Bennet. Sin embargo, en realidad es bastante más que una mera expresión adecuada que se aplica en forma de título. La propia expresión «procede directamente de la terminología de la literatura sentimental y, sin duda, Jane Austen debió de haberla encontrado en *Sir Charles Grandison*, donde aparece una breve definición de las connotaciones

---

(realzar determinadas frases y palabras no es precisamente su estilo) y, por tanto, evita el didactismo que encontramos en muchos autores contemporáneos suyos (didactismo que en la actualidad ya ha caído en desuso). La combinación de dos sustantivos abstractos también se encuentra en otros textos del siglo XVIII, entre los que se cuenta *Sir Charles Grandison* (1753-1754) de Samuel Richardson (1689-1761), otro escritor muy admirado por Austen.

3. En noviembre de 1797 George Austen escribió a Cadell, un escritor de Londres, para preguntarle acerca de la posibilidad de publicar *First impressions*. Sin embargo, los editores no mostraron interés.

4. El memorándum de Cassandra mencionado en Southam (*Jane Austen's Literary Manuscripts,* 53).

de aquélla».[5] Según esas connotaciones, como es patente en otras obras que conforman el apogeo de lo que vino a llamarse la «novela sentimental», hay que valorar la primera reacción instintiva del corazón, sobre todo si surge bajo la forma de amor a primera vista, y confiar en ella como en ninguna. En *Orgullo y prejuicio* —y al parecer también en *First Impressions*—, este principio de la sentimentalidad se trata con ironía. En primer lugar, porque la reacción instintiva de la protagonista para con su héroe no es de amor sino de antipatía; en segundo lugar, porque cuando las primeras impresiones hacen brotar de hecho sentimientos amorosos (especialmente de Lizzie hacia Wickham), resultan ser poco fidedignos. Por lo tanto, la fórmula romántica del impulso sentimental se considera temeraria, y hasta peligrosa. Lizzie aprende —y de esto volveremos a hablar más adelante— que el verdadero juicio, la verdadera percepción, pocas veces se tiene a partir de la voluble subjetividad del trastorno emocional, tanto si luego se abre camino hacia el amor como si lo hace en dirección contraria.

No obstante, al margen de las especulaciones sobre aquello que el título pueda sugerir, existen claras limitaciones sobre qué más podemos decir acerca de *First Impressions*, porque en último término tenemos que aceptar el hecho irremediable de que no se conserva ni una sola sílaba de esta obra. En cierto sentido sucede lo mismo con *Orgullo y prejuicio*: el manuscrito de Austen nunca se ha encontrado.[6] Por suerte, como se ha visto, el manuscrito llegó a publicarse de manera que el texto alcanzó a un público lector más amplio, adquirió popularidad y volvió a publicarse varias veces.

Así pues, ¿cómo abordamos esta obra excepcional, canónica y perennemente popular de la literatura? ¿Qué puede decirse, o qué habría que decir de esta novela que nos permitiera ir más allá de

---

5. Southam, 59.
6. Destino que comparten todas las novelas de Austen. Los únicos manuscritos que tenemos son tres volúmenes de las obras de juventud, la breve novela epistolar *Lady Susan*, dos capítulos eliminados de *Persuasión*, la novela inacabada *Sanditon* (que Austen estaba escribiendo poco antes de morir), el breve e irónico *Plan of a Novel*, y un fragmento de una novela titulada *The Watsons*. La mayoría de estos manuscritos se conservan en diversos museos y bibliotecas del Reino Unido y EEUU.

los tejemanejes del argumento, por mucho que nos intriguen, a fin de comprender por qué está considerado un texto tan extraordinario? La verdad —que entusiasma a unos y decepciona a otros— es que hay una infinidad de maneras de abordar esta obra, todas ellas válidas, todas ellas con sugestivas aportaciones en cuanto a por qué fue un éxito y por qué sigue interesándonos y sigue siendo una referencia cultural de la Inglaterra de la Regencia.[7] La política, la sociedad, la filosofía, el dinero, el estatus de las mujeres solteras y el porvenir que deben afrontar, la ley de sucesión, la arquitectura y el paisaje, el romanticismo, la comedia romántica, la vida doméstica, el lenguaje oral y escrito, la autoridad textual, la estrategia narrativa, los parámetros de felicidad personal, la patria potestad y la responsabilidad de los padres, la integridad personal, la clase social y el decoro social, la corrección, el género sexual y el género literario sólo son algunos de los diversos temas que plantea *Orgullo y prejuicio*, y cada una de estas cuestiones abre un camino hacia una comprensión más completa, más compleja y asimismo más gratificante de la novela. Ninguna introducción, ningún epílogo, hará nunca justicia al «querido hijo de Austen», y menos todavía una breve reseña como la presente. Ahora bien, teniendo en cuenta esta limitación, me gustaría centrarme —si bien sucintamente— en dos de estos enfoques, el político y el narrativo, esperando que puedan proporcionarnos, por una parte una comprensión del contexto de la novela y de sus inquietudes y, por otra, una perspectiva textual que revele cómo «funciona» realmente como texto de ficción. Se ha demostrado que ambos enfoques son de gran interés para un amplio espectro de tendencias y movimientos académicos.

---

7. El período de la Regencia en Inglaterra, estrictamente hablando, va de 1811 a 1820: el rey Jorge III sufría un estado de enajenación mental demasiado inestable para gobernar, de manera que su hijo Jorge, príncipe de Gales (posteriormente Jorge IV) asumió la regencia por poderes. Sin embargo, en un sentido más flexible, el nombre también suele utilizarse para el período que va de 1795 a 1837, que comprende una parte del reinado de Jorge III y los de sus hijos Jorge IV y Guillermo IV. Esta época se caracteriza, por una parte, por sus logros culturales, sobre todo en el ámbito de la arquitectura y la literatura. Por otra parte, también fue una época de inmoderación aristocrática y de una considerable extravagancia en el vestir.

En ocasiones, los lectores modernos de *Orgullo y prejuicio* dicen (sobre todo esas infelices almas para las que la lectura no es un acto voluntario) que nunca pasa nada importante. Cierto que los personajes van de un lado a otro todo el tiempo, de vez en cuando les invitan a bailar (o no) y pasan el rato tomando el té; y es cierto que las damas —las jóvenes y las no tan jóvenes— se pasan el día chismorreando sobre dinero y matrimonios. ¿Dónde está, entonces, la acción real? En un tono similar, si bien más serio, algunas voces críticas han preguntado cómo es posible que Austen, viviendo como vivía en la época de las grandes revueltas de la Europa napoleónica posrevolucionaria, fue capaz, consciente o inconscientemente, de hacer caso omiso a las cuestiones políticas y sociales de su época. De hecho, ninguno de estos dos puntos de vista se sostienen realmente, pues en *Orgullo y prejuicio* suceden muchísimas cosas: sencillamente hay que saber qué buscar y cómo escuchar. Y, quizá ante todo, tenemos que darnos cuenta de que la acción narrativa (entendida como una sucesión de hechos) es sólo una de las maneras, a menudo no muy importante, de evaluar el contenido de una obra de ficción.

Uno de los problemas más arduos a los que nos enfrentamos a la hora de entender los comentarios políticos y sociales que Austen expresa en su novela es que, en la actualidad, casi no conocemos el contexto de la época. Recuperar el contorno de aquel mundo es labor de especialistas, y ese esfuerzo suele ir más allá de los medios o del interés del lector común. Ahora bien, un poco de información sobre este aspecto de su escritura no sólo nos revelará que Austen se compromete activamente con los debates de su época, sino que también nos ofrecerá maneras nuevas y fascinantes de leer el texto y de valorar una «vida interior» en esta obra, que nos lleva más allá de la superficie de la trama.

En la época en que Austen empezó a trabajar por primera vez en esta novela, es decir, a finales de la década de 1790, en Inglaterra el clima político era complejo y abundaban los enfrentamientos. La sociedad estaba dividida esencialmente entre los partidarios de la Revolución francesa y sus objetivos por una parte, y por otra los contrarios a éstos (conocidos respectivamente como los jacobinos y los antijacobinos). No es exagerado decir que durante los primeros años posteriores a la Revolución, en ocasiones, el malestar social en Inglaterra amenazaba con desembocar en un conflicto civil, destino que finalmente se evitó, en buena parte por la contundente reacción de las fuerzas políticas conservadoras. En consecuencia, esta reacción creó una atmósfera de propaganda y control de la cual, entre muchas otras ideas, surgió una muy debatida sobre cómo debían comportarse las mujeres, qué papel desempeñaban realmente en la sociedad y cómo debían comportarse en todos los aspectos de la vida. Si bien algunos críticos, sobre todo Claudia Johnson (*Jane Austen: Women, Politics and the Novel*), han argumentado que las simpatías de Austen se decantaban más por los reformadores que por los defensores del *status quo*, la mayoría de los críticos tienden a estar de acuerdo en que las preferencias políticas de Austen son más bien conservadoras. Sin embargo, esto no significa que aceptara sin vacilar el papel claramente sumiso que se esperaba que las mujeres adoptaran en este contexto —sobre todo las jóvenes solteras—, y que los sectores conservadores las animaban a asumir.

La división fundamental de la opinión contemporánea sobre las posturas referentes a la conducta de las mujeres se refleja en los puntos de vista opuestos de Mary Wollstonecraft (en particular en *A Vindication of the Rights of Woman*, 1792) y de su oponente ideológica Hannah More (aunque fue una autora prolífica, su obra de 1799 *Strictures on the Modern System of Female Education* es la más pertinente en el caso que nos ocupa). Wollstonecraft creía que las diferencias de responsabilidades, expectativas y posibilidades que había entre hombres y mujeres —diferencias que a ella le parecían frustrantes— eran una imposición cultural, y no la consecuencia de la inferioridad natural de la mujer, como solía plantearse. More creía que tales diferencias, que ella valoraba positivamente, eran naturales e inherentes. Sin embargo, en Inglaterra la corriente estaba cambiando en contra de ideas que se asociaban o que fácilmente podían asociarse a la ideología revolucionaria, y la postura de Wollstonecraft estaba cada vez mas considerada como una actitud transgresora y desestabilizadora. Un aspecto decisivo para una mayor aceptación de sus argumentos fue que More rechazara la pasividad tradicional que las fuerzas sociales conservadoras proponían para las mujeres y sugería, en su lugar, que participaran de manera más activa apoyando el tejido moral y social de su nación. Sus opiniones animaban a las mujeres a actuar de una forma más directa, a condición de que lo hicieran sin descuidar el refinamiento, el rango y lo que socialmente se esperaba de su género. Teniendo en cuenta que era una época políticamente represiva para las mujeres, es evidente que entre ellas esta perspectiva obtuvo una buena acogida en general, pues significaba que, efectivamente, cabía la posibilidad de establecer un terreno propicio entre la inevitable necesidad de conformidad pública y el deseo de participar en ámbitos más interesantes que el restringido ámbito doméstico.

La opinión de Austen sobre este debate, el bando en el que milita y para el que escribe son cuestiones claramente difíciles de definir, y tanto más porque nunca hizo declaraciones ideológicas abiertas (a diferencia de muchas de sus contemporáneas). *Orgullo y prejuicio* es un claro ejemplo de ello: aparentemente, Lizzie Bennet es un personaje con un sentido de la independencia estimulante, mucho más próximo a las ideas wollstonecraftianas, como podríamos llamarlas, ya que renuncia categóricamente a la sumisión y el comedimiento. De hecho, la propia esencia de su personalidad podría considerarse como un desafío a las expectativas tradicionales del decoro y la aquiescencia femeninas, sobre todo porque afecta a las jóvenes solteras (a este respecto podríamos recordar la indignación con que lady Catherine de Bourgh reacciona ante los comentarios ocurrentes de Lizzie durante una comida en Rosings: «—En mi opinión —dijo la señora—, dice lo que piensa con mucha decisión para ser tan joven.»[8] Es muy significativo que Lizzie renuncie a aceptar con pasividad la imposición de acuerdos matrimoniales —pese a la frustración casi frenética de su madre— y que le traigan sin cuidado determinadas formas de decoro social (quizá el ejemplo más destacado sea cuando

8. *Orgullo y prejuicio* II, VI (p. 156).

cruza sin ningún reparo los campos cubiertos de fango para llegar a Netherfield Park).

Ahora bien, Wollstonecraft exhortaba a las mujeres a reivindicar su independencia y a servirse de ella para obtener una educación mejor y más amplia, así como a prepararse para ejercer una profesión y no sólo para negociar su matrimonio. Por otra parte, Austen aplica la independencia de espíritu de la mujer precisamente a este ámbito, auténtica esencia de la novela romántica. Tal como observa Vivien Jones:

> Austen devuelve una nueva feminidad a los placeres de la novela romántica [...] desde el punto de vista de Elizabeth, nos complacemos en su capacidad, con plena confianza en que el orgullo de Darcy sucumbirá a los encantos de una mujer de «espíritu independiente».[9]

De hecho, a través de Lizzie, Austen proyecta la visión de una mujer con poderío sexual, totalmente capaz de experimentar por sí misma una mejora racional, pero dispuesta a aceptar que su felicidad reside en la estructura patriarcal del matrimonio (cuestión que aún hoy se debate en numerosos foros de Internet y que, a mi parecer, sólo puede abordarse de verdad si se reconoce esta «postura» política). En resumen, en un mensaje que se ajusta perfectamente al clima de la época, la historia de Lizzie —especialmente importante para aquellas mujeres en circunstancias socioeconómicas similares a las de las hermanas Bennet— puede interpretarse como una aportación conservadora atenuada al debate social posrevolucionario que existía en Inglaterra. Se trata de un mensaje que, en última instancia, enfatiza y ensalza la conformidad social y, por tanto, la estabilidad, y que a la vez destaca la dignidad de la mujer y su seguridad en sí misma como elementos clave para su felicidad personal y colectiva, y hace hincapié en la necesidad de participar activamente para definir y alcanzar esa felicidad. A este respecto, pese a ser más romántica que pragmática, la novela sitúa a Austen más cerca de More que de Wollstonecraft, a la vez que se mantiene con firmeza en su propio bando.

9. Vivien Jones, 1996, introducción a *Pride and Prejudice* (Penguin Classics, XXVII).

En todo caso, y como ya he sugerido, el hecho de conocer el telón de fondo político ante el que se desarrolla la narrativa de Austen enriquece nuestra comprensión de la novela y nos proporciona nuevos enfoques desde los que analizar el alcance y el interés de ésta. Lo mismo sucede si observamos más de cerca los recursos narrativos que emplea la novelista.

El crítico de Austen Tony Tanner observó acertadamente que el problema de Lizzie y Darcy (al menos hasta la mitad de la novela) es que ambos se creen que son los protagonistas de una historia llamada «Dignidad y percepción», cuando en realidad son lamentablemente orgullosos, están llenos de prejuicios y tienen que aprender a pensar y comportarse mejor.[10] Me gustaría desarrollar esta idea —si bien limitaré el comentario a la primera mitad de la historia y, en concreto, a Lizzie Bennet— a fin de intentar demostrar de qué modo Austen recurre a una «estrategia» narrativa que refuerza la idea del orgullo y el prejuicio, y cómo ésta asombrosamente nos hace caer (a todos, y sobre todo a los lectores) en una suerte de trampa, un recurso que resulta ser fundamental para la enseñanza resultante si el desenlace de esta comedia romántica es favorable.

Sucede lo siguiente: el narrador de Austen (una voz en tercera persona omnisciente, no identificada y omnipresente) nos despista. Esto en sí no es nada inusual; es más, todo narrador «manipula» su historia y a sus lectores por el simple hecho de seleccionar episodios y poner énfasis en determinados momentos e ideas en detrimento de otros. Algunos recursos narrativos no parecen ir más allá; otros narradores nos embaucarán con estrategias complejas y desconcertantes y, de hecho, la idea del narrador que no es de fiar es muy común en el ámbito de la crítica literaria. Con ello no pretendo decir que el narrador de Austen en esta novela no sea de fiar, pero no cabe duda de que existe una suerte de juego.

Ya desde el principio de la novela, el narrador se asegura de que nos inclinemos inequívocamente a favor de Lizzie Bennet. Y Lizzie ni siquiera tiene que decir o hacer nada para que así sea. Así,

10. Véase la introducción a *Pride and Prejudice* (Penguin Classics), 1972.

por ejemplo, en el primer capítulo se presenta al señor y la señora Bennet; de una manera insufrible, ésta insiste a su esposo sobre la imperiosa necesidad de que visite al nuevo inquilino de Netherfield Park con la esperanza de que una de sus hijas acabe casándose con el pudiente recién llegado. La escena es cómica, por supuesto, pero en cierto modo despierta nuestra antipatía por esta mujer (por ser demasiado frívola, insistente, materialista...). En cambio, su esposo burlón tiende a gustarnos: su sutil forma de tomar el pelo —que claramente hace gracia a sus hijas— irradia calidez y humanidad, el antídoto perfecto, según parece, contra las maquinaciones frías y pragmáticas de la señora Bennet sobre aquello que, al fin y al cabo, será la futura felicidad de una de sus hijas. A través de este frecuente recurso narrativo, al que llamamos «atribución de simpatía», el narrador influye en nuestro sentir para con determinados personajes. Dicho de otro modo: ya desde el principio tenemos simpatía por el señor Bennet, pero no demasiada por su esposa. Y a continuación aparece lo siguiente:

[Señora Bennet] —Piensa en tus hijas. Imagínate el buen partido que supondría para una de ellas. Sir William y lady Lucas están decididos a pasar a verle sólo por eso; ya sabes que no suelen visitar a los vecinos nuevos. Tienes que ir, porque nosotras no podemos hacerle una visita sin que antes la hayas hecho tú.[11]

—La verdad es que eres demasiado escrupulosa. Estoy seguro de que el señor Bingley estará encantado de recibiros; le llevarás una nota de mi parte para garantizarle que le doy mi consentimiento para casarse con la que quiera (aunque tendré que decir alguna buena palabra para recomendar a mi querida Lizzy).

—Preferiría que no lo hicieras. Lizzy no es mejor que las demás, y no es ni la mitad de guapa que Jane, ni la mitad de graciosa que Lydia. Y aun así es tu preferida.

11. Según dictaba el decoro social de la época, solamente los hombres podían hacer la primera visita social a otro hombre con el propósito de conocerlo; por tanto, la señora Bennet y sus hijas dependen de la visita del señor Bennet como única posibilidad de acceso al señor Bingley.

—Es que ninguna de las otras es tan digna de recomendación —replicó el marido—. Son todas bobas e ignorantes como las demás chicas. En cambio Lizzy tiene una agudeza que no tienen sus hermanas.[12]

Ésta es la primera presentación que se hace de las hermanas Bennet. Aparte de mostrarnos que la madre no tiene el sentido del humor que tiene su marido, también nos da un ejemplo bastante normal de la preferencia de los progenitores, si bien la intención es que el lector no se la tome demasiado en serio (la sobria ironía del señor Bennet lo evita). Claro que, como lectores, el narrador ya ha hecho que nos decantemos ligeramente a favor del padre y no de la madre. Y el malhumorado «preferiría que no lo hicieras» de la señora Bennet consolida nuestra parcialidad por Lizzie, cuando ésta todavía no ha dicho ni una palabra.

A partir de este momento, cada vez estamos incondicionalmente más predispuestos a favor de nuestra protagonista, y el narrador utiliza una serie de recursos para asegurar que lo sigamos estando, sobre todo haciendo que gradualmente la acción gire a su alrededor y convirtiendo su perspectiva en el «punto de vista esencial» de la historia de tal manera que su futuro acabe siendo nuestro interés principal. Nos identificamos con ella y con sus preocupaciones, compartimos sus opiniones (de hecho, también son las nuestras). En definitiva, se convierte en «nuestra Lizzie».

Lo mismo sucede, pero al contrario, con Fitzwilliam Darcy. Una vez más, desde el principio el narrador nos induce a tener unos sentimientos determinados por él, sobre todo antipatía:

Los hombres opinaron que era un caballero distinguido, las señoras declararon que era mucho más guapo que el señor Bingley, y fue objeto de admiración durante buena parte de la velada, hasta que sus modales causaron una indignación general y, en consecuencia, un cambio de opinión sobre su popularidad. Y es que se

12. *Orgullo y prejuicio* I, I (pp. 8-9).

descubrió que era orgulloso, que se creía superior a quienes le rodeaban y que no era fácil contentarle. La gran extensión de su finca de Derbyshire no lo eximía de tener una expresión severa y antipática, ni de no ser digno de comparación con su amigo [el señor Bingley].[13]

Y cuando, más adelante, acabamos de formar nuestro juicio sobre él a partir de lo que «nuestra Lizzie» ve, oye y piensa, nuestra aversión hacia él está garantizada. Al responder a Bingley, después de que éste ensalce los atractivos de Lizzie (algo por lo que éste mismo nos encanta), Darcy observa con perversidad:

—No está mal, aunque no es lo bastante hermosa para tentarme. Y ahora no estoy de humor para atender a chicas con las que otros no quieren bailar.[14]

Lizzie ha sido despreciada, y por mucho que se ría de ello con sus amigas y que «cualquier cosa ridícula» la divierta, no olvidará así como así esta injusticia. Como tampoco lo olvidarán sus fervientes admiradores, los lectores, a los que el astuto narrador de Austen mantiene en este estado de enemistad con el orgulloso y arrogante Darcy.

Más adelante, cuando aparece en escena Wickham y ya desde el principio gusta a Lizzie, estamos más que dispuestos a aceptar su preferencia, tal como habíamos hecho cuando el señor Bennet se burlaba de su esposa al decir que sus hijas eran «bobas e ignorantes», y también sucumbimos a los encantos del apuesto soldado. Y cuando —para indignación de Lizzie— su nuevo favorito le habla del maltrato que sufrió precisamente a manos de ese personaje distante y desagradable que la había insultado en el baile y que además —como hemos visto en diversas ocasiones desde ese primer encuentro— es un hombre pagado de sí mismo, severo y arisco, también experimen-

---

13. Íbid, I, III (p. 13).
14. Íbid, I, III (pp. 14-15).

tamos el resentimiento y compartimos su enfado ante el intolerable y engreído Fitzwilliam Darcy.

Así pues, nos desconcierta descubrir —como ocurre cuando Lizzie rechaza la primera proposición de Darcy (rechazo que nos deja sin aliento por la admiración que despierta la enérgica defensa de la protagonista de cuanto es bueno y correcto)— que se había equivocado desde el principio tanto en la interpretación de los hechos como en la del personaje. Atónita, se da cuenta de lo erróneo que había sido su juicio de Wickham y lo inmerecida su desconfianza visceral en Darcy:

«¡Me he comportado de una forma despreciable!», exclamó para sí. «¡Yo, que tan orgullosa estaba de mi criterio! Yo, que tan lista me creía y que tantas veces he desdeñado la espléndida franqueza de mi hermana, he complacido mi vanidad con recelos vanos e indignos. ¡Qué humillante descubrimiento! Sin embargo, ¡qué humillación tan merecida! Ni siquiera enamorada me habría ofuscado más. Pero no me he dejado llevar por el amor, no, sino por la vanidad. Me he entregado al prejuicio y la ignorancia y he ahuyentado la razón por preferir a uno y ofenderme por la indiferencia del otro, aun cuando apenas conocía a ninguno de los dos. No he sabido quién era en realidad hasta hoy.»[15]

Elizabeth ha actuado, por emplear los términos de la propia novela, con orgullo y prejuicio. Con orgullo por suponer más de lo que podía percibir, con prejuicio por precipitarse y dejarse llevar por sus sentimientos, aunque distintos en cada caso, hacia Wickham y Darcy. Pero el narrador de Austen nos reserva otra sorpresa: al leer con Lizzie la carta de Darcy y descubrir que su impresión de él era

---

15. Íbid, II, XIII (p. 193). No hace falta decir que en este análisis simplifico considerablemente los hechos. Podrían decirse muchas cosas sobre los defectos de Darcy —sobre sus *orgullos y prejuicios* particulares (entre otros, su mal juzgada intervención en la relación de Charles Bingley y Jane Bennet, cuestión que le exige un largo y difícil período de examen a fin de poder entenderla y rectificar)— pero, en mi opinión, la trampa que nos tiende el narrador queda mejor ilustrada con Lizzie.

errónea, de pronto se nos revela que nosotros somos culpables de los mismos pecados. Puesto que estábamos predispuestos a favor de Lizzie desde el principio, compartimos todas sus opiniones, todas sus fervientes preferencias y aversiones, y como creíamos ser lectores con criterio, nos hiere el orgullo descubrir que nos hemos equivocado de lleno en la interpretación de la multitud de indicios que han ido apareciendo a lo largo de la historia y que apuntaban a una explicación alternativa de los hechos. Hemos caído, por decirlo así, en la trampa de un orgullo y de un prejuicio que son el reflejo de nuestra desdichada (hasta ahora) heroína. A partir del momento de *éclaircissement* de Lizzie, cuanto más analizamos la novela, más cuenta nos damos de que hemos mordido el anzuelo de la estrategia narrativa. La señora Bennet, esa mujer fastidiosa que despierta nuestra antipatía ya desde el primer capítulo, en realidad, dadas las circunstancias extraordinariamente delicadas en que se hallarían sus hijas si quedaran solteras a la muerte de su padre[16] está buscando una solución (si bien es cierto que de manera algo obsesiva) al problema de la única manera que sabe: exhortando a su marido a que tome medidas. El afable señor Bennet por quien tanta simpatía teníamos, precisamente por la actitud relajada que tiene con sus hijas, resulta ser irresponsable de tan pasivo, un grave elemento deficiente que casi hunde la reputación de la familia, lo cual habría sido irreversible para el futuro y, por tanto, para la supervivencia de sus otras hijas.[17] Con todo esto, con orgullo hemos dado por sentado que nuestras «primeras impresiones» eran acertadas; con todo esto

16. Según las leyes sucesorias de la época, a la muerte del padre, la fortuna familiar (en el caso de Bennet la casa y las tierras) pasaba al pariente masculino más próximo. Como en esta familia no hay hijos varones, la herencia iría a parar al señor Collins, el sobrino del señor Bennet. Las hijas y la madre sólo contarían con la dote económica que el señor Bennet pudiera dejarles, pero no tendrían derecho alguno sobre la casa, de la cual el heredero podría disponer a voluntad. Dicho sea de paso, éste es uno de los muchos aspectos socialmente injustos que debían afrontar las mujeres y que —podemos alegar— Austen critica de manera implícita recordándonos que, aun siendo una escritora conservadora, no es una defensora incondicional del patriarcado.

17. Dicho de otro modo, si Darcy no hubiera intervenido, el escándalo que habría causado la fuga de Lydia habría impedido a las demás hijas conseguir un matrimonio económicamente sólido y aceptable para su clase social, pues ningún hombre que se preciara habría querido asociarse a una familia tan «deshonrada».

y más, el narrador de Austen nos revela con habilidad los prejuicios que teníamos. Con esta historia aprendemos una lección seria y saludable, al igual que Lizzie, por más que la comedia genérica de un final feliz nos deje una sonrisa en los labios.

Al fin y al cabo, las primeras impresiones pueden ser menos fiables de lo que parecen. Esto nos enseña a ser mejores lectores, nos enseña a ser mejores compañeros y (uniendo el aspecto político al narrativo) enseña a una sociedad posrevolucionaria que quiere superar las deficiencias y divisiones creadas por el malestar social que la tolerancia y la comprensión son una fórmula más eficiente para la estabilidad y la reconciliación que la desconfianza variable derivada de los prejuicios sobre cómo han actuado los demás en el pasado.

DAVID OWEN
Doctor en Filología Inglesa
por la Universidad Autónoma de Barcelona

CUADERNO DOCUMENTAL

JANE AUSTEN. LO QUE INTERESA DE LA VIDA

ENTRE REVOLUCIONES

Jane Austen vivió en Inglaterra, a caballo de los siglos XVIII y XIX, entre 1775 y 1817. Sus cuarenta y un años de vida transcurrieron en el período georgiano (llamado así por la sucesión en el trono de cuatro reyes Jorge) y enteramente durante el reinado de Jorge III (1760-1820). Las seis novelas de Jane Austen se publicaron en esta etapa de Regencia.

El Príncipe Regente era un admirador de las novelas de Jane Austen, por lo que a la autora se le «sugirió» que le dedicase una de sus obras. Fue *Emma*, publicada en 1815 con la siguiente anotación: «A su Alteza Real EL PRINCIPE REGENTE, esta obra está, por permiso de Su Alteza Real, respetuosamente dedicada por la sumisa, obediente y humilde servidora de Su Alteza Real, LA AUTORA.»

Jane Austen retratada por su hermana Cassandra.

Fue una época de revoluciones, durante la cual Inglaterra estuvo en el centro o muy próxima a los grandes cambios y sucesos: la guerra de Independencia de los Estados Unidos de América, la Revolución Francesa, las guerras napoleónicas, la expansión de la Compañía de las Indias Orientales, el auge de las colonias esclavistas del Caribe, la revolución industrial, la lucha por abolir el tráfico de esclavos, la reivindicación de los derechos de las mujeres...

Retrato de Jorge III.

Fechas y personajes

1771 Richard Arkwright inventa un telar que funciona con energía hidráulica y construye en Cromford (Derbyshire) la primera gran fábrica de algodón. Años después, **Jane Austen** situaría en este mismo condado Pemberley, el hogar de Mr. Darcy.

1773 Warren Hastings, que trabajaba para la Compañía de las Indias Orientales, fue nombrado primer gobernador general de la India. Hastings era amigo y socio de **Tysoe Saul Hancock** y de su esposa **Philadelphia** (tía de **Jane Austen**), y fue el padrino de la hija de ambos, **Eliza**.

1775-1783 Guerra de Independencia de los Estados Unidos de América.

1789 Thomas Clarkson funda en Inglaterra la Sociedad para la abolición de la esclavitud.

1792 Se publica *Vindicación de los derechos de la mujer*, de **Mary Wollstonecraft**.

1799-1815 Guerras napoleónicas. Dos hermanos de Jane Austen, **Frank** y **Charles**, fueron oficiales de marina, y un tercero, **Henry**, estuvo en los regimientos que defendían la Isla de un posible desembarco francés.

Todos estos movimientos aportaban cambios al rígido sistema de clases, sobre todo en la *zona intermedia* habitada por la *gentry*, formada, en principio, por la pequeña nobleza y los terratenientes, y que podía incluir a profesionales liberales, a eclesiásticos y a oficiales del ejército y la marina. La *gentry* se engrosaba desde arriba, con los hijos no primogénitos de las familias nobles, y desde abajo, con comerciantes y fabricantes que habían logrado amasar grandes fortunas.

Una fortaleza familiar

Reverendo George Austen

(1731-1805)

El reverendo George Austen provenía del condado del Kent y entre sus parientes estaban los Knight, dueños de una gran propiedad en este condado y también de algunas tierras en el Hampshire que incluían beneficios eclesiásticos.

Los nobles y terratenientes adjudicaban a clérigos de su elección las parroquias situadas en sus propiedades (tal y como lady Catherine de Bourgh hace con el señor Collins), y la cesión era de por vida. Así pues, cuando George Austen acabó sus estudios de teología en Oxford y fue ordenado sacerdote, recurrió a sus familiares para conseguir que le adjudicasen una parroquia, lo cual quería decir una casa para vivir y una renta. No todos los beneficios eclesiásticos tenían el mismo *valor*, pero al señor Austen le pareció que la seguridad de la parroquia de Steventon (Hampshire) le permitía casarse y formar una familia.

James	**George**	**Edward**	**Henry**
(1765-1819)	(1766-1838)	(1767-1852)	(1771-1850)
Estudió teología en Oxford y sustituyó a su padre en la casa parroquial de Steventon.	Se cree que nació sordomudo. De hecho, no se crió ni vivió con el resto de los Austen, sino que se quedó al cargo de una familia de acogida.	Fue adoptado por el matrimonio Knight, los parientes más ricos del señor Austen, que no habían tenido hijos propios. Edward fue el único Austen que vivió como un gran terrateniente.	El hermano favorito de Jane, y su representante ante los editores. Se casó con su prima Eliza y se fue a vivir a Londres. En la etapa final de su vida se ordenó sacerdote y ejerció en Chawton.

Los Austen eran cultos, inteligentes, vitales, ambiciosos y atractivos, y actuaban como un clan. Pertenecían indiscutiblemente a la *gentry*, aunque no poseían otra cosa que su talento y las conexiones con familiares mejor situados, pero utilizaron bien ambos recursos.

Cassandra Leigh
(1739-1827)

Sus parentescos en la jerarquía social eran más elevados que los de su esposo. Era inteligente y tenía una enorme facilidad para la escritura. Componía versos llenos de gracia y humor para festejar o comentar situaciones familiares.

Llevaba la casa y un internado, participaba en las obras de teatro que organizaban sus hijos y se ocupaba de mantener los contactos familiares. Una vez que su cuñada fue encarcelada, acusada de robar unas cintas en una tienda, la Sra. Austen le ofreció a sus dos hijas para que la acompañasen en su cautiverio hasta la celebración del juicio (los familiares podían convivir con el reo en prisión). Afortunadamente para Cassandra y Jane, su tía se negó rotundamente a aceptar tal oferta, y al final fue declarada inocente.

Cassandra
(1773-1845)

La hermana y amiga incondicional de Jane, con la que vivió toda su vida. Ella y su hermano Henry se encargaron de publicar las obras póstumas de la escritora.

Francis
(1774-1865)

A los catorce años se embarcó hacia la India oriental e inició una carrera en la Marina Real, donde llegó a ser almirante. A la muerte de su padre propuso a su madre y a sus hermanas que se instalasen en su casa de Southampton.

Jane
(1775-1817)

Charles
(1779-1852)

El benjamín de los hermanos Austen. También hizo carrera en la marina, aunque no con tanto éxito como su hermano Francis. Murió de cólera en la India oriental.

Una tía y una prima particulares

PHILADELPHIA HANCOCK
(1730-1792)

Era hermana de George Austen. Philadelphia demostró espíritu emprendedor y alma aventurera cuando de joven se embarcó rumbo a la India para buscar marido, que era una de las drásticas salidas adoptadas por las inglesas más intrépidas que no conseguían un buen matrimonio en su propio territorio. Philadelphia se casó con un médico mucho mayor que ella, Tysoe Hancock (1711-1775), que era socio y amigo del primer gobernador, Warren Hastings.

ELIZA HANCOCK
(1761-1813)

Nació en la India. Se casó en París con un aristócrata francés que acabó en la guillotina. A la muerte de éste se fue a vivir a Londres con su hijo minusválido, su madre, una niñera francesa y la hija de ésta. Eliza había visto el mundo, era rica, refinada y le gustaba divertirse. Su madre fue siempre su gran apoyo. Y su madre era una Austen; para Eliza, Steventon fue siempre un refugio. Se casó con Henry, y siempre tuvo una buena relación con su prima Jane, más allá del trato familiar.

¿UNA VIDA INTERESANTE?

Jane Austen vivió en esta fortaleza familiar diversa y bien anclada en su tiempo que, a la vez que le impuso los límites que debía aceptar una joven de su clase y época, también le permitió ser ella misma casi con total libertad.

Anne Hathaway y James McAvoy interpretaban a Jane Austen y Tom Lefroy en *La joven Jane Austen* (2007), de Julian Jarrold.

Jane Austen nació el 16 de diciembre de 1775 en la casa parroquial de Steventon, Hampshire, en un invierno especialmente frío. Pasó sus primeros años con una familia de la aldea, y al regresar a la rectoría se reencontró con unos padres inteligentes que espoleaban las capacidades de sus hijos.

Se educó principalmente en casa, con sus padres, un profesor de música, su surtida biblioteca y las últimas novedades que podía conseguir en las bibliotecas ambulantes; porque los Austen eran lectores voraces que no desdeñaban ningún género, y mucho menos el de las novelas, que muchos todavía consideraban inferior a cualquier otro. Pronto la pequeña Jane les proporcionó sus «expansiones imaginativas escritas en un estilo totalmente nuevo». Su familia la escuchó y la alentó. Si bien nadie pensó que aquello pudiera convertirse en una profesión, y mucho menos que desplazara al matrimonio como primera opción para garantizar su subsistencia.

Sus hermanos mayores se casaban y tenían hijos, Cassandra se prometió y llegó el día en que ella misma se enamoró de Tom Lefroy, un joven irlandés que visitaba a su familia del Hampshire. Parece ser que fue correspondida, pero la familia Lefroy se interpuso y alejó al muchacho para que no cayese en un matrimonio imprudente, es decir, que no se uniese a una mujer que no le podía aportar ni fortuna ni ascenso social. Por entonces Jane Austen tenía veinte años. No podemos saber cómo le afectó; sólo sabemos que por aquel entonces estaba en plena efervescencia creativa.

BATH

Pero el día de su vigésimo quinto aniversario (1800), un gran cambio irrumpió en su vida: los días en Steventon se habían terminado. Con todos los hijos varones fuera de casa, el Sr. Austen decidió jubilarse y trasladarse a Bath con su esposa y sus dos hijas.

La pérdida de su casa, de su rutina habitual, de todo lo conocido, el hecho de ser llevada a una ciudad-escaparate para solteros, como si fuese la última opción para «colocarla»…, lo que no consiguió hacer el desengaño amoroso lo hizo el desarraigo: Jane Austen dejó de escribir. Llevó consigo todos sus escritos durante esta etapa itinerante, pero perdió el ritmo.

De vez en cuando volvían al Hampshire, invitados por familiares o amigos. En 1802, Jane y Cassandra estaban pasando unos días en Manydown, la mansión de los Bigg en el vecindario de Steventon. Las dos hermanas Bigg, de edades similares a las Austen, eran sus amigas desde siempre. Durante esta visita, Harris Bigg, el hermano heredero de Manydown, el muchacho tímido y tartamudo que Jane conocía de toda la vida, le propuso matrimonio y ella aceptó. Sin duda era un buen matrimonio: no tendría que preocuparse más por su subsistencia, podría dar cobijo a su madre y hermana cuando lo necesitasen y volvería al Hampshire. Pero, durante la noche, Jane cambió de parecer y a la mañana siguiente rompió el compromiso y abandonó Manydown a toda prisa con Cassandra. La *conveniencia* del matrimonio, para su seguridad y para la prosperidad de su familia, no fue suficiente motivo para convencerla.

CHAWTON

En Chawton Jane Austen reemprendió su trabajo, se consagró a él con la complicidad, sobre todo, de su hermana Cassandra y de Martha Lloyd, una antigua y querida amiga (otra mujer soltera) que hacía un tiempo que se había sumado al grupo de las mujeres Austen, pero también de su enérgica madre. Se repartieron el trabajo de la casa de manera que Jane pudiese dedicar unas horas diarias a escribir. Lo hacía en una pequeña mesa, que todavía se conserva, en una de las salas de la planta baja; se dice que una de las puertas chirriaba y no se engrasaba para que el ruido sirviese de aviso, y así la autora pudiese esconder su trabajo de las miradas curiosas de las visitas.

Poco después consiguió su primer éxito como escritora, al menos aparentemente. A través de su hermano Henry, consiguió vender *Susan* (primer título de *La abadia de Northanger*) a un editor, aunque éste nunca llegó a imprimirla.

La precariedad de su situación empeoró con la muerte del Sr. Austen y la desaparición de la renta que era el sustento de su viuda y sus dos hijas, que quedaron a expensas de la caridad de los hombres de la familia. Después de itinerar entre algunos familiares, por fin se pudieron establecer de nuevo: en 1809 su hermano Edward, convertido en un gran propietario, cedió a su madre y hermanas una casa en el pueblo de Chawton, donde él poseía una gran finca.

Mesa de trabajo de Jane en la casa de Chawton.

Después de la edición de *Mansfield Park*, su anonimato se fue resquebrajando, en parte porque sus hermanos reclamaban con orgullo el parentesco con la autora.

Jane Austen viajaba a Londres a corregir pruebas de imprenta, y allí, con su hermano Henry, ya viudo, iba al teatro y a ver exposiciones. Los veranos los pasaba en Godmersham, en la mansión de su hermano Edward. Pero a pesar de que Londres la atraía y le encantaba burlarse y disfrutar de la riqueza del Kent, donde escribía era en Chawton; en una casa senzilla, en un pueblo tranquilo donde tenía una rutina que la hacía feliz.

La intimidad que necesitaba para su trabajo no implica que no se sintiese cada vez más segura y confiada. Revisó las tres novelas escritas años antes y, de nuevo con la ayuda de Henry, y también de Eliza, vendió *Sentido y sensibilidad*, que apareció como «una novela escrita por una dama» y tuvo un gran éxito. *Orgullo y prejuicio* fue su segunda novela publicada y la confirmación de su gran talento y la estima de los lectores.

Empezó a anotar en un cuaderno la opinión que sus familiares y amigos tenían de sus libros, y siguió escribiendo: *Emma*, *Persuasión*... Cuando empezó *Sandition*, su novela inconclusa, estaba ya muy enferma.

El 18 de julio de 1817, Jane Austen murió en Winchester, donde había sido trasladada para recibir tratamiento médico. Fue enterrada en la catedral.

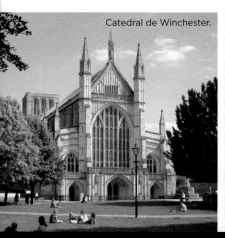

Catedral de Winchester.

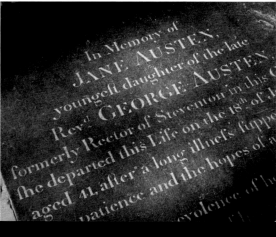

Una habitación propia

Jane Austen consiguió, en la última etapa de su vida, lo que muchos años después Virginia Woolf (1882-1941) definiría como «una habitación propia». Ésta fue la respuesta que la escritora inglesa dio a la pregunta de qué necesitan las mujeres para ocupar el mismo espacio que los hombres en la literatura: una habitación propia como sinónimo de independencia personal y económica.

Jane Austen no era en absoluto independiente, ni personal ni económicamente. Toda su vida siguió dependiendo de sus hermanos y ejerciendo de tía de sus numerosísimos sobrinos, y hasta su muerte compartió casa con su madre y su hermana. De hecho, nunca tuvo ni siquiera una habitación propia en sentido estricto, ya que siempre compartió dormitorio con su hermana Cassandra.

Pero Jane debió de percibirse a sí misma como *una escritora*, y por la constancia con la que se presentó así ante su familia, y también por su gran talento, encontró espacio y tiempo para ser escritora, y logró que sus allegados la respetasen y difrutasen del privilegio de leerla.

Jane Austen fue escritora en su mundo y murió cuando estaba empezando a ser reconocida por el resto. Sólo ella sabe lo mucho que le costó poder llevar una vida *poco interesante*, la que necesitaba para escribir.

Virginia Woolf.

Oh, it is only a novel!

«No soy yo lector de novelas...» «Rara vez leo novelas...» «No vaya usted a creer que yo leo novelas...» «No está mal para ser una novela...» Tales son los tópicos más frecuentes. «Y ¿qué está usted leyendo señorita?» «Bah, ¡no es más que una novela!», replica la joven dejando a un lado el libro con afectada indiferencia o momentánea vergüenza. No és más que *Cecilia*, *Camila* o *Belinda*: en resumidas cuentas, no es más que una obra en la que se manifiestan las más nobles facultades del espíritu, una obra que transmite al mundo el más profundo conocimiento de la naturaleza humana, la más acertada descripción de sus variedades, las más animadas muestras de ingenio y de humor con el lenguaje más escogido.

JANE AUSTEN
La abadía de Northanger

Página del manuscrito original de *Persuasión*.

Jane Austen, además de las obras de juventud, escribió seis novelas que alcanzan sobradamente la espléndida definición del género que ella misma estableció en este fragmento, conocido como su *defensa de la novela*.

OBRAS

- *Sentido y sensibilidad*. Publicada por primera vez en 1811. El primer borrador fue escrito hacia 1795, cuando Jane Austen tenia diecinueve años, en forma espistolar y con el título *Elinor and Marianne*.

- *Orgullo y prejuicio*. Publicada por primera vez en 1813. Austen escribió una primera versión entre 1796 y 1797, que llevaba por título *First Impressions* [«Primeras impresiones»].

1. Fotograma de *Sentido y sensibilidad* (1995), dirigida por Ang Lee y protagonizada por Emma Thompson y Kate Winslet.
2. Fotograma de *Mansfield Park* (1999), de Patricia Rozema.

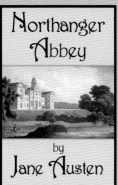

3. Fotograma de *Emma* (1996), dirigida por Douglas McGrath y protagonizada por Gwyneth Paltrow.

- *Mansfield Park*. Publicada por primera vez en 1814. La primera novela escrita enteramente en Chawton. Jane Austen anotó en un cuaderno las opiniones de sus amigos y familiares sobre esta obra, comparándola con las anteriores.

- *Emma*. Publicada por primera vez en 1815 y dedicada al Príncipe Regente.

- *Persuasión*. Jane Austen la acabó un año antes de morir y fue publicada póstumamente por sus hermanos Henry y Cassandra, junto con *La abadía de Northanger,* en 1818.

- *La abadía de Northanger*. Pertenece al primer grupo de novelas escritas en Steventon, pero fue publicada póstumamente, junto con *Persuasión*, en 1818. Jane Austen consiguió venderla en 1803, pero el editor decidió no imprimirla. Trece años más tarde pudo recomprar los derechos, y a muy buen precio, porque el editor no había descubierto que era la misma autora de otras novelas de éxito.

- *The Watsons* y *Sandition* son dos novelas inacabadas. La primera la empezó y abandonó durante los años que pasó en Bath. La segunda es la que estaba escribiendo cuando falleció.

Seis novelas en las que quizá tampoco ocurren «hechos interesantes», si consideramos el adjetivo como sinónimo de *espectacular* o *inusual*, tal como afirmaron su hermano y sobrino sobre la vida de la autora.

Así describía Jane Austen su trabajo a sus sobrinos:

«*El pequeño trozo de marfil (de dos pulgadas de ancho) sobre el que trabajo con un pincel muy fino para producir muy poco efecto después de mucho trabajo.*»

«*...eso que constituye las delicias de mi vida; con lo que hay que trabajar es con tres o cuatro familias en una aldea rural.*»

Con tan fino material, Jane Austen nos contó *la naturaleza humana*, con ingenio, humor y en el lenguaje más escogido.

Pride and Prejudice por todas partes

Jane Austen escribió la siguiente nota para la edición de *La abadía de Northanger*:

Advertencia de la autora
Esta pequeña obra, concluida en 1803, estaba previsto que se publicara inmediatamente. Entregada al editor, la obra fue incluso anunciada, pero nunca he conseguido averiguar por qué razones se torció el asunto [...]. Ruego por tanto al lector que tenga en cuenta que en los trece años transcurridos desde que terminé la obra, y en los que median desde que la comencé a escribir, lugares y costumbres, libros y opiniones, han sufrido considerables cambios.

Han pasado más de doscientos años desde que esta nota fue escrita; y casi dos siglos desde la muerte de su autora. ¿Qué diría si supiese que sus obras no sólo siguen siendo leídas, sino también versionadas y adaptadas para el cine?

Sin duda, de entre todas ellas, la más mediática es *Orgullo y prejuicio*. Estas son las adaptaciones más exitosas... y algún que otro experimento:

■ *Más fuerte que el orgullo* (1940). Película dirigida por Robert Z. Leonard y protagonizada por Laurence Olivier y Greer Garson. Ganadora de un Óscar a la mejor dirección artística.

■ *Orgullo y prejuicio* (1995). Serie de la BBC protagonizada por Colin Firth y Jennifer Ehle. Considerada por los fans de la novela la mejor adaptación hasta la fecha, fiel a la trama y al espíritu de la obra.

Más fuerte que el orgullo (1940).

■ *El diario de Bridget Jones* (2001). El personaje creado por Helen Fielding es adicta a la serie de la BBC de *Orgullo y prejuicio* y al Mr. Darcy interpretado por Colin Firth, actor que aparece en la película interpretándose a sí mismo y a Mark Darcy.

■ *Bodas y prejuicios* (2004). Una alegre y colorida versión al más puro estilo de Bollywood, dirigida por Gurinder Chadha y protagonizada por Aishwarya Rai y Martin Henderson.

■ *Orgullo y prejuicio* (2005). Película de Joe Wright protagonizada por Keira Knightley y Matthew Macfadyen.

■ *Lost in Austen* (2008). Serie de la ITV en la que Elizabeth Bennet y una joven londinense de hoy en día, Amanda Price, intercambian sus vidas y papeles... a través de una puerta secreta que comunica el hogar de los Bennet con el cuarto de baño de Amanda Price.

La Inglaterra de Jane Austen

Londres.

◾ Londres
Ciudad en la que vivían Henry Austen y su esposa Eliza, a los que Jane visitaba por motivos familiares y profesionales.

◾ Bath
La ciudad donde Jane dejó de escribir. Actualmente acoge el Jane Austen Centre (www.janeausten.co.uk), la exposición permanente sobre la estancia de la escritora en esta ciudad.

Bath.

◾ Southampton
Ciudad donde Jane vivió dos años, en casa de su hermano Frank.

Southampton.

◾ Steventon (Hampshire)
Casa parroquial de la familia Austen, donde Jane nació y vivió hasta los veinticinco años.

◾ Manydown Park
La mansión de la familia Bigg, donde Harris Bigg pidió matrimonio a Jane.

Steventon.

◾ Chawton
Jane Austen's House Museum (www.jane-austens-house-museum.org.uk), la casa que Edward Austen cedió a su madre y a sus hermanas, y donde Jane pudo vivir como escritora.

Chawton.